KB099333

DONGSUH MYSTERY BOOKS 64

COP HATER

경관 혐오

에드 맥베인/석인해 옮김

동서문화사

옮긴이 석인해 (石仁海)
와세다 대학 전문학부 졸업. 홍익대·충남대 교수 역임. 옮긴책 사마천《사기열전》 지은책《동양의 지성》《제자백가》 등이 있다.

DONGSUH MYSTERY BOOKS 64
경관 혐오
에드 맥베인 지음/석인해 옮김
초판 발행/1977년 12월 1일
중판 발행/2003년 5월 1일
발행인 고정일/발행처 동서문화사
창업 1956. 12. 12. 등록 16-345 (윤)
서울강남구신사동540-22 ☎ 546-0331~6 (FAX) 545-0331
www.epascal.co.kr

*

편찬·필름·제작 일체 「동판」 자본으로 이루어짐에 따라
출판권 소유권자 「동판」에서 제조출판판매 세무일체를 전담합니다.
사업자등록번호 211-90-02201
ISBN 89-497-0149-9 04840
ISBN 89-497-0081-6 (세트)

경관 혐오

차례

드디와 레이에게

이 소설에 나오는 것은 가공의 도시이다.
등장인물도 장소도 모두 허구이다.
다만 경찰 활동은 실제의 수사 방법에 그 바탕을 두고 있다.

등장인물

스티브 캘레라

행크 부슈

마이크 리아던

데이비드 포스터   제87분서(分署)의 형사들

할 윌리스

로저 하빌랜드

피터 번즈   제87분서 수사주임. 경감

버트 클링   제87분서의 새로 온 경관

앨리스 부슈   행크의 아내

프랭크 클라크

데이비드 브롬킨   45구경 권총을 가진 남자

테디 프랭클린   캘레라의 연인

클리프 새비지   신문기자

검은 양복의 사나이   ?

COP HATER
경관 혐오

1

북쪽을 흐르는 강에서는 도시가 하늘로 치솟은 지붕의 윤곽밖에 보이지 않는다. 그것은 무언가 두려움 비슷한 것을 느끼게 하고, 때로는 너무나도 장엄한 광경에 숨을 죽이게 한다. 푸른 하늘과 마치 도전이라도 하듯이 높이 솟아오른 건물의 선명한 윤곽은 평평한 면도 있지만 날카롭게 높이 솟아오른 면도 있어서——여러 가지의 네모꼴과 바늘 끝 같은 지붕, 뾰족탑, 피뢰침——감청색과 흰색이 점점 엷어져 가는 하늘에 여러 가지 형체가 기하학적인 조화를 이루며 늘어서 있다.

더욱이 밤에 강변 고속도로로 나오면 눈부시게 빛나는 전광(電光)의 무리들이 강으로부터 한 줄로 이어진 빛의 행렬이 되어 저 남쪽 끝에서 화려한 선율로 곡예를 펼치면서 시가지로 질주하는 것을 보게 되는데, 그것은 넋을 빼앗길 만했다. 고속도로의 가로등의 빛은 멀리 시가지의 북쪽 끝까지 검은 강물에 그림자를 드리우고 있다. 빌딩의 창문들은 네모난 발광체인 듯 어둠 속에서 유난히 휘황하다. 그 네모난 발광체들은 별과 함께 밤하늘을 수놓으며 빨강, 파랑, 노랑, 오렌지빛 네온에 반사되어 녹아내린다. 오가는 차들의 헤드라이트는 거리를 대낮처럼 밝혀, 눈부신 빛이 홍수를 이루어 넘쳐나고 있었다. 몇 겹으로 겹쳐서 반짝이는 불빛이 쉴새없이 바뀌어 거리는 마치 화려한 보석 상자 같았다.

높이 솟은 빌딩은 무대의 세트,

강 쪽으로 늘어선 빌딩들은 인공의 화려함으로 빛나고, 사람들은 그것을 바라보며 외경감을 느끼고 숨소리마저 죽인다.

그러나 그 밝게 빛나는 빌딩의 뒤에는 거리가 있다.

그 거리에는 쓰레기가 널려 있었다.

자명종 시계는 밤 11시에 정확하게 울렸다.

캄캄한 어둠 속에서 손을 더듬어 시계 뒤의 레버를 찾아 눌렀다. 벨이 멎는다. 침실은 아주 조용했다. 옆에서 잠들어 있는 메이의 평화스러운 숨소리가 들려 왔다. 창문은 활짝 열어 놓았으나 찌는 듯이 더웠다. 그는 문득 초여름부터 사려고 했던 에어컨을 생각했다. 그는 꾸물꾸물 일어나면서 망치같이 커다란 주먹으로 눈을 비볐다.

그는 굉장히 키가 컸다. 머리는 흐트러져 있으나 나무랄 데 없는 금발이었다. 여느 때의 눈은 잿빛인데, 막 잠에서 깨어나 어둠이 짙어 볼 수가 없다. 그는 자리에서 일어나 기지개를 켰다. 잠옷 바지만 입은 채 잤기 때문에 그가 손을 머리 위로 올리자, 별로 군살이 없는 아랫배 밑으로 바지가 스르르 미끄러져 내려갔다. 그는 흥흥 콧소리를 내면서 바지를 치켜올리고 메이 쪽으로 눈길을 돌렸다.

시트가 침대 발치까지 돌돌 말려서 땀에 젖은 채 뭉쳐져 있었다. 메이는 활 모양으로 등을 구부리고 자고 있다. 잠옷이 넓적다리까지 올라가 있었다. 그는 침대 옆으로 다가가서 그 넓적다리에 가만히 손을 댔다. 메이가 웅얼웅얼 잠꼬대를 하며 돌아눕는다. 그는 어둠 속에서 씩 웃고, 면도를 하려고 욕실로 들어갔다.

그는 자질구레한 일까지도 하나하나 시간을 재곤 한다. 면도하는 데 몇 분, 옷을 입는데 얼마, 인스턴트 커피를 한 잔 마시는 데 몇 분 걸리는가까지 정확하게 알고 있었다. 그는 면도를 시작하기 전에 손목시계를 풀어 화장대 위에 놓았다. 다른 일을 하면서도 자주 시계를 볼 수 있기 때문이다. 11시 10분에는 이미 옷을 입고 있었다. 동생이 하와이에서 보내준 알로하 셔츠에 얇은 갈색의 승마복 같은 바지를 입고 포플린 점퍼를 걸쳤다. 손수건을 왼쪽 뒷주머니에 넣고, 옷장 위에 있는 지갑과 잔돈을 긁어모았다.

장롱 맨 윗서랍을 열고 메이의 보석 상자 옆에 있는 38구경 권총을 꺼냈다. 홀스터의 딱딱한 가죽을 엄지손가락으로 훑어내리고 점퍼 아랫자락을 걷어올리고, 오른쪽 뒷주머니에 권총을 홀스터째로 밀어넣었다. 그는 담배에 불을 붙여 물고 부엌으로 가서 커피 포트에 스위치를 누른 뒤 아이들이 자고 있는 방으로 갔다.

미키는 엄지손가락을 입에 문 채 곤히 잠들어 있었다. 그는 미키의 머리를 쓰다듬어 보았다. (이 녀석, 굉장히 땀을 흘리고 있군. 메이와 다시 한 번 에어컨에 대해서 의논해 봐야지. 이렇게 푹푹 찌는 한증막 같은 방구석에 아이들을 둔다는 것은 정말 가엾은 일이야.) 이윽고 그는 캐시의 머리를 쓰다듬어 보았다. 캐시는 오빠 미키만큼은 땀을 흘리지 않았다. 역시 여자아이다(여자는 땀을 별로 흘리지 않으니까). 부엌에서 커피 포트의 물 끓는 소리가 크게 들려 왔다. 손목시계를 들여다보고 그는 빙긋 웃었다.

그는 부엌으로 들어가 커피 잔에 인스턴트 커피를 두 스푼 넣고 뜨거운 물을 부었다. 블랙 커피를 그대로 마신다. 그제야 겨우 졸음이 가시는 듯했다. 그는 이번이 백 번째쯤 될지도 모르는 맹세를 마음

속으로 또 하고 있었다. 밤 근무를 하러 나가기 전에 한잠 잔다는 것은 참으로 바보스러운 일이다. 돌아와서 푹 쉬면 더욱 좋을 텐데. 도대체 이렇게 해서 평균 몇 시간이나 자는 것일까? 두 시간쯤? —— 곧 일어나야만 하는 시간이 되어 버리는데. 이제 그만 해야지. 바보스러운 짓이니까. 메이와 의논해 봐야겠다. 그는 커피를 다 마시고 다시 침실로 들어갔다.

그는 메이의 잠든 모습을 보는 것이 좋았다. 갑자기 메이의 잠자리로 뛰어들고 싶은 충동이 있어 그는 자신이 좀 비열하게 느껴졌다. 잠이란 개인의 비밀과도 같아서 사람이 깊이 잠든 모습을 엿본다는 것은 그다지 좋은 버릇이 아니다. 그러나 잠자는 모습이 아주 아름다우니까 그렇게 나쁘지 않을는지 모른다. 그는 잠시 동안 메이를 바라보고 있었다. 베개 위에 흐트러진 검은 머리, 허리께와 넓적다리의 포동포동한 탄력, 헝클어진 옷자락 속으로 비치는 하얀 가슴에서 풍기는 요염함. 그는 메이에게로 다가가 귀를 덮은 머리를 쓸어올려 주었다. 가만히 입술을 대자, 그녀는 몸을 꿈지럭거리며 "당신이세요!" 하고 중얼거렸다.

"자구료."

"나가세요?" 쉰 목소리로 메이가 말했다.

"으음."

"조심하세요, 마이크."

"응." 그는 빙그레 웃었다. "당신도 얌전히 있어."

"알았어요."

메이는 몸을 뒤척여 베개에 얼굴을 묻어 버렸다. 그는 문 앞에서 다시 한 번 메이를 바라보고 거실을 지나 집 밖으로 나왔다. 시간은 11시 30분. 언제나 같은 시각이었다. 밤이 시원하지 않다면 견딜 수 없으리라.

11시 41분. 마이크 리아던이 근무처에서 서너 마장쯤 앞에까지 왔을 때, 두 발의 총알이 그의 후두부를 때려 얼굴을 반쯤이나 짓이겨 놓고 앞으로 튀어나갔다. 그가 느낀 것은 심한 충격과 참을 수 없는 아픔이었다. 어슴푸레하게 총소리를 들은 것 같이 생각되다가 곧 머릿속이 캄캄해지면서 그대로 길 위에 허물어지듯 쓰러졌다.

땅바닥에 쓰러지기 전에 그는 이미 죽어 있었다.

이 도시의 모범 시민이었던 그가 지금 총에 맞은 머리에서 피를 뿜으며, 거리에 끈적끈적하고 붉은 얼룩을 점점 넓히며 쓰러져 있다.

11시 56분, 이 도시의 시민 하나가 그것을 발견하고 경찰에 신고했다. 공중전화 부스로 달려간 그 시민과 콘크리트 바닥에 쓰러져 죽어 있는 마이크 리아던의 서로 다른 점은 아주 작은 차이밖에는 없다.

오직 하나, 다를 뿐이었다.

마이크 리아던은 경관이었던 것이다.

2

길 위에 쓰러져 있는 시체를 살인과(殺人課)의 두 형사가 내려다보고 있었다. 무더운 밤이었다. 길바닥 위의 질퍽한 피에 어느새 파리가 떼지어 몰려 있었다. 검시관보(檢視官補)가 한쪽 무릎을 꿇고 앉아 시체를 자세히 살펴보고 있었다. 감식계의 사진사가 바쁘게 플래시를 터뜨리고 있다. 길 건너편에 순찰차 23호와 24호가 멈춰서 있고, 순찰 순경들이 우울한 표정으로 구경꾼들을 쫓고 있었다.

최초의 전화는 시경본부에 있는 두 대 중 하나로 걸려왔다. 그곳에서는 졸린 듯한 경관이 여느 때처럼 귀찮은 표정으로 그러한 정보를 받고 있다. 메모는 압축 공기 전송관을 통해 무선실로 보내졌다. 무선실의 순찰차 통제계는 등 뒤 벽에 걸린 커다란 관구(管區) 지도를 보면서 순찰차 23호에게 피투성이가 된 채 길 위에 쓰러져 있다는 사나이를 조사하여 보고하라고 지시했다. 23호로부터 곧 살인 사건이라는 보고가 들어와 다시 24호를 호출하여 현장으로 출동시켰다. 동시에 교환대에 있는 순경은 시경의 북부 본부 살인과와 시체 발견 장소를 관할하는 제87분서에 전화를 걸었다.

시체는 빈집이 되어 판자로 둘러쳐진 극장 앞에 쓰러져 있었다. 이 극장은 처음에는 개봉관으로 출발했으나, 그것은 이 부근이 번창했던 몇 년 전의 이야기이다. 주위의 경기가 없어지면서 이류 극장에서 명화 상영관으로 되었다가, 나중에는 오래된 외국 영화를 상영하는 하류 극장으로 떨어지고 말았다. 극장 왼쪽에 문이 있는데, 한때는 판자를 못질해서 막아 놓았으나 지금은 다 뜯어져 그 안쪽 계단에는 빈 담뱃갑이며 빈 병이며 콘돔 등이 마구 흩어져 있었다. 길가까지 튀어나온 그 극장의 처마는 톱니 모양으로 온통 구멍투성이였다. 돌이며 빈 병이며 쇠붙이 같은 것을 던져서 생긴 자국이다.

극장 맞은편은 빈터이다. 본디 그곳에는 아파트가 한 채 서 있었다. 집세가 비싼 고급 아파트로, 그 무렵엔 대리석을 깐 현관을 밍크코트를 입은 부인들이 예사로이 드나들곤 했었다. 그러나 잡초 뿌리와도 같은 빈민굴의 무리가 차츰 손을 뻗쳐 와, 그 집요하게 굴러가는 수레에 굴복하고 만 것이다. 그리하여 오래된 그 건물은 결국 빈민굴의 일부가 되어, 지금은 기품있던 아파트가 서 있었다고는 상상조차 할 수 없었다. 그러는 동안에 노후 건물로서 철거 명령이 내려져 허물어 버렸다. 지금은 이 빈터 곳곳에 오래도록 쌓여 있는 벽돌더미 말고는 아무것도 없는 허허한 땅뿐이었다. 소문에 의하면 시의 주택 건설 계획에 이 땅도 포함되어 있다고 한다. 그때까지는 개구쟁이들이 이 땅을 여러 가지로 이용하고 있는 것이다. 그리고 이곳은 생리적인 용도로 쓰였으므로 빈터에서는 악취가 풍겼다. 무더운 여름 밤이라 그런지 그 냄새는 더욱 강하게 극장까지 밀려와, 길 위에 쓰러져 있는 시체 냄새와 뒤섞여 심한 비린내를 풍기고 있었다.

살인과 형사 하나가 시체 옆을 떠나 둘레를 살폈다. 또 다른 형사는 주머니에 손을 찌르고 서 있었다. 검시관보는 죽은 것이 뻔한 사나이의 시체 사망 확인 절차를 밟는 중이었다. 둘레를 살펴보던 형사가 돌아왔다.

"이것 보게."

"뭔가!"

"탄피야. 두 개로군."

"그래?"

"레밍턴 탄알이야. 45구경일세."

"봉투에 넣어서 표찰을 달아 주게. 선생님, 이제 다 되었습니까?"

"곧 끝나네."

계속 플래시가 터졌다. 사진사는 크게 히트하는 뮤지컬 사진이라도 찍는 신문기자처럼 몹시 바쁘게 사진을 찍어댔다. 마치 연극배우의 주위를 맴돌면서 여러 각도에서 찍는 것 같았다. 무뚝뚝한 표정으로 일을 하고 있었다. 등에 땀이 흘러서 셔츠가 몸에 착 달라붙어 있다. 검시관보가 손으로 얼굴을 문질렀다.

"대체 제87분서 녀석들은 뭘 하고 있는 거야?"

형사 하나가 말했다.

"아마 포커 판이라도 벌이고 있는 게지. 하긴 그런 녀석들은 오지 않는 게 더 나아."

그는 다시 검시관보에게 물었다. "어떻습니까, 선생님?"

"끝났소." 검시관보는 힘없이 일어났다.

"뭔가 색다른 것이라도 있습니까?"

"보다시피 뒤통수에 두 발 맞았네. 아마도 금방 숨이 끊어졌을 거야."

"시간은요?"

"상처만 보고야 알 수 있나."

"검시 선생님은 기적을 일으킨다고 생각했었는데……"

"그야 할 수 있지. 하지만 여름 밤은 좋지 않아."

"짐작도 안됩니까?"

"짐작이야 자유 아닌가? 아직 사후 경직이 나타나지 않았으니까. 30분 전 쯤이겠지. 하지만 이처럼 무더우니까 몇 시간이라도 살아 있을 때의 체온을 유지할 수가 있다네. 어설픈 이야기로 내 처지를 곤란하게 만들 수야 없지 않겠나? 해부한 뒤에도……"

"좋습니다. 신원을 조사해 보아도 되겠지요?"

"감식계를 생각해서 시체를 너무 건드리지 말도록. 그럼, 나는 가겠네." 검시관보는 시계를 보았다. "시간을 적어 두게. 12시 19분이네."

"오늘은 바쁘겠는걸."

살인과 형사는 현장에 닿았을 때부터 기록한 시간표에 12시 19분이라고 적어넣었다. 또 한 형사가 시체 옆에 무릎을 꿇고 있다가 갑자기 머리를 들었다.

"무기를 갖고 있나 봐."

"뭐라고?"

"38구경 같은데."

형사는 다시 가죽 케이스에 든 권총을 자세히 조사했다.

"그렇군. 형사용 권총이야. 이것을 증거로 잡아 두어야겠지?"

"물론이지."

길 건너편에서 브레이크 밟는 소리가 들려 왔다. 차문이 열리고 두 사나이가 내렸다.

"분서 녀석들이 왔어."

"흥, 제 시간에 맞추어 오는군." 무릎을 꿇고 있던 형사가 차갑게 말했다. "누군가?"

"캘레라와 부슈 같네."

서 있는 형사는 윗옷 호주머니에서 고무줄로 묶은 표찰꾸러미를 꺼냈다. 한 장을 빼고 나머지는 다시 호주머니에 집어넣었다. 오트밀색의 네모난 표찰이다. 한쪽에 작은 구멍이 뚫려 있고, 가는 철사가 달렸다. 철사 끝이 꼬여 있었다. 그 밑에 굵은 글씨로 '증거물'이라고 쓰여 있다. 제87분서에서 나온 캘레라와 부슈가 묵묵히 그들 곁으로 다가왔다. 살인과의 형사는 이해할 수 없다는 듯한 얼굴로 두 사람을 바라보다가 표찰의 '발견 장소'의 항목을 찾아 뭐라고 쓰기 시작했다. 캘레라는 푸른 양복에 하얀 셔츠를 입고 회색 넥타이를 단정히 매고 있었다. 부슈는 오렌지색 스포츠 셔츠에 카키색 바지 차림이었다.

"이것이 살인마의 짓이나 뺑소니 교통 사건이 아니라는 것을 알았더라면 당신들이 좀 빨리 왔을 텐데." 곁눈질을 하고 있던 살인과의 형사가 말했다. "그러다가 폭탄이라도 장치해 놓았다는 협박 전화가 오면 대체 어쩔 셈이오?"

"폭탄이라면 폭발물 단속반에 맡기면 되지." 캘레라가 무뚝뚝하게 대답했다. "당신들이면 어떻게 하겠다는 거요?"

"재미있는 사람이로군." 살인과 형사가 말했다.

"나올 수 없었던 거요."

"알 만하오."

"연락이 왔을 때는 나 말고 아무도 없었소." 캘레라가 말했다. "부슈는 포스터와 술집의 칼싸움판에 갔고, 리아던은 아직 오지 않았었지." 캘레라는 일단 말을 멈추고 "부슈, 그렇잖나?" 하고 물었다.

부슈는 고개를 끄덕였다.

"손을 놓을 수 없었으면 여기는 뭐하러 왔소?"

살인과의 형사가 물었다.

캘레라는 싱긋 웃었다. 그는 거인이긴 했으나 우둔해 보이지는 않았다. 힘이 세어 보이지만 디룩디룩한 근육의 힘은 아닌 듯했다. 단련된 근육과 뼈의 힘이 풍겨나는 듯한 느낌이다. 다갈색 머리는 짧게 깎아 올렸다. 눈도 다갈색으로, 묘하게 눈꼬리가 올라간 눈에서는 수염없는 동양인과 같은 표정이 엿보였다. 어깨는 넓고 허리는 가늘어서 몸맵시가 아주 보기 좋았다. 부둣가 인부의 가죽 점퍼를 입혀 놓아도 잘 어울릴 것 같았다. 손목이 굵고 손도 아주 컸다. 캘레라는 그 큰 손을 벌리고 "살인 사건이 났는데 전화 담당 같은 걸 하고 있겠소?" 하고 구김살없이 웃어 보였다. "그 일은 포스터에게 맡기고 왔지. 그 녀석은 아직 병아리니까."

"요즈음 다른 재미는 어떻소?" 또 다른 살인과 형사가 물었다.

"집어치워." 캘레라는 무뚝뚝하게 대답했다. "맛있는 국물은 누가 모두 마셔 버렸나 보군. 시체에서는 아무것도 나오지 않는데."

"뱃속 같으면 있지." 또 한 사람의 형사가 말했다.

"영어로 말해 줄 수 없겠나?" 부슈가 조용하게 말했다.

그는 말씨가 아주 부드러웠다. 6피트 4인치의 키에다 200파운드가 넘는 몸집에서 이처럼 상냥한 목소리가 울려 나오면 모두들 놀라고 만다. 머리는 아무렇게나 흐트러져 있었다. 마치 전능한 신이 그 이름인 부슈에 걸맞게 그의 머리를 빽빽이 들어찬 숲처럼 만든 것 같다. 그의 붉은 머리는 오렌지색 셔츠와 대조적이다. 셔츠 소매에서 빠져나온 팔뚝은 우람하고 단단해 보였다. 오른쪽 어깨 위에서 아래까지 톱니처럼 생긴 칼자국이 많았다.

사진사는 형사들이 있는 곳으로 다가와 화난 듯이 물었다.

"뭣들 하는 거요?"

"이게 누구인지 조사해야 될 것 아니오." 살인과 형사가 말했다.

"어떻게 되었소?"

"아직 다 찍었다고 말하지는 않았소."

"아직 안 끝났단 말이오?"

"끝나긴 했지만 한 마디쯤 인사하는 게 좋겠지."

"시끄러워. 대체 당신은 누구 때문에 일하는 거요? 검시관이오?"

"정말이지 살인과 형사는 질색이야……"

"돌아가서 현상이나 하시지."

사진사는 시계를 보더니 홍 하고 콧소리를 내면서 짐짓 시계를 감추었다. 형사가 시간표에 촬영을 마친 시간을 적으려면 자기 시계를 보아야 한다. 형사는 4, 5분 전의 시간을 적어넣었다.

캘레라는 피살된 사나이의 뒤통수를 바라보고 있었다. 그의 얼굴은 여전히 무표정했다. 다만 희미하니 가슴 아픈 듯한 표정이 한순간 그의 눈을 흐리게 했으나 곧 사라졌다.

"무엇으로 당했소? 대포요?"

"45구경이오." 살인과 형사가 대답했다. "탄피를 찾았소."

"몇 개?"

"두 개."

"그런데 왜 시체를 일으키지 않지?"

"구급차가 안 오는군." 부슈가 나직이 말했다.

"오늘 밤에는 이것도 저것도 다 늑장들이군."

"모두 땀으로 범벅이 됐어." 부슈가 말했다. "맥주가 생각나는군."

"잠깐 와서 도와 주게."

살인과 형사 하나가 캘레라를 도우려고 달려갔다. 두 사람은 시체를 똑바로 눕혔다. 파리가 윙 하고 날았다가 다시 떼지어 앉았다. 피투성이가 된 얼굴의 살덩어리에도 구멍이 뚫려 있는 것을 보았다. 오른쪽 눈 밑에도 구멍이 나 있었다. 광대뼈가 쪼개져서 뾰족뾰족한 뼈가 살을 뚫고 튀어나와 있다.

"가엾게도."

캘레라가 중얼거렸다. 그는 아무래도 죽음과 맞닥뜨리는 일에 익숙해질 수가 없었다. 경관이 된 지 벌써 12년, 그의 위장도 이런 시체를 볼 때마다 받는 격렬한 충격으로 조금은 둔감해졌겠으나 죽음에 맞닥뜨릴 때만은 조금도 무디어지지 않았다. 죽은 사람의 이력을 수사할 때나, 살아서 맥박치던 사람이 피투성이로 한갓 고깃덩어리가 되어 버린 사실 앞에서 그는 언제나 대범할 수가 없었다.

시체를 보며 부슈가 물었다.

"누구 손전등을 갖고 있소?"

살인과 형사가 왼쪽 호주머니에서 손전등을 꺼냈다. 스위치를 누르자 갑자기 환한 빛이 둥글게 땅을 비추었다.

"얼굴에——" 부슈가 말했다.

밝은 빛이 동그라미를 그리며 얼굴로 옮겨갔다.

시체를 내려다보던 부슈가 숨을 죽이고 말했다.

"리아던이다!" 가라앉은 목소리였다. 이어서 속삭이는 듯한 목소리로 말했다. "제기랄, 마이크 리아던이야."

3

제87분서에는 16명의 형사가 배속되어 있다. 데이비드 포스터도 그 중의 한 사람이었다. 이곳은 형사가 116명이 있어도 손이 모자라 일을 제때 해결할 수 없는 지역이었다. 강변 고속도로와 도어맨이며 엘리베이터 보이들이 자랑으로 여기는 고층 건물로부터 남쪽으로 죽늘어선 식료품점과 영화관이 있는 스템 거리며 카르바 거리며 아일랜드 사람들이 모여 사는 주택가까지, 다시 그 남쪽으로 푸에르토리코 사람들이 살고 있는 구역에서 글로버 공원까지 뻗쳐 있는 것이다. 이 공원은 또한 소매치기며 치한들이 활보하는 무대였다. 제87분서는 동서로 뻗어 나간 35개의 거리를 관할하고 있었다. 남북의 공원에서 강까지 모두 35개의 구역으로 나뉘어져 있는 이곳에는 9만 명의 주민이 살고 있었다.

데이비드 포스터는 그 주민 가운데 한 사람이었다.

그는 흑인이었고, 이 지역에서 태어나 이곳에서 자랐다. 그는 21살로, 몸과 마음이 모두 건강했다. 키는 최저 기준인 5피트 8인치보다 4인치나 더 컸으며, 눈은 안경을 쓰지 않아도 양쪽 모두 2.0의 시력을 가지고 있었다. 전과 기록이 없으므로 공무원 시험에 응시하여 순경으로 임명된 것이다.

첫 임금은 연봉 3725달러. 포스터는 급료에 부끄럽지 않을 만큼 열심히 일했다. 참을성 있고 강해서, 그는 5년 뒤 수사부에 배속되었다. 지금 그는 3급 형사로 불리는 일반 형사이지만, 급료는 연봉 5230달러. 그는 계속 급료에 걸맞는 노력을 하고 있었다.

7월 24일 오전 1시. 마이크 리아던이 길가에 피를 흘리며 쓰러져 있을 때, 데이비드 포스터는 급료를 받기 위해서 열심히 일하고 있었다. 그는 술집의 칼싸움 현장에서 잡아온 사나이를 심문하고 있었다.

심문 장소는 분서 2층이었다. 1층의 접수계 오른편에 그다지 눈에 띄지 않는 흰 간판이 달려 있었다. 거기에는 검은 글씨로 '수사계'라고 씌어 있고, 안내용으로 그린 손가락 그림이 형사실은 2층이라고 가리키고 있었다.

쇠로 된 계단은 언제나 깨끗이 청소되어 있었다. 16개의 계단을 올라가서 오른쪽으로 돌아 다시 16계단을 올라가면 2층이다.

그곳은 좁고 어두컴컴한 복도로, 칸막이도 아무것도 없었다. 계단 오른쪽에 문이 두 개 있고, '로커'라고 쓴 종이가 붙어 있다. 왼쪽으로 돌아 복도를 가면 그 왼쪽에 좁은 판자로 만든 긴의자가 있었다. 긴의자는 엘리베이터의 출입구였던 것 같은 문 앞에서 조금 들어가 놓여 있었다. 오른쪽에는 '화장실'이라고 표시된 문이 있고, 왼편에 있는 문에는 자그만 간판에 '서무계'라고 쓴 글씨가 눈에 띄었다.

복도 맨 끝이 형사실이었다.

먼저 눈에 띄는 것은 판자로 만든 의자였다. 그 건너편에는 책상과 전화, 여러 가지 사진과 첨부물을 붙인 게시판, 그리고 천장에서 늘어진 둥근 갓이 달린 전등, 그 안쪽에 또 다른 책상이 여러 개, 건물 밖을 향해서 열린 쇠창문 등이 보인다. 안쪽 오른편에는 금속제의 커다란 서류 정리대가 둘 있었다. 포스터가 그날 밤 사나이를 심문한 곳은 바로 서류 정리대 옆이었다.

"이름은?"

"에이고시라나이." 사나이는 스페인 어로 대답했다.

"쳇!" 포스터는 혀를 찼다. 포스터는 짙은 초콜렛색 피부에 따뜻한 갈색 눈을 가진 몸집이 커다란 흑인이었다. 하얀 와이셔츠를 입고 넥타이는 매지 않았다. 그는 우람한 팔뚝을 보이면서 소매를 걷어올렸다.

"이름은?" 포스터는 서투른 스페인 어로 물었다.

"토머스 페리로."

"주소는?" 대답이 없자, 그는 잠시 생각하다가 다시 스페인 어로 물었다. "주소는?"

"메이슨 334."

"나이는 몇 살이지?"

페리로는 어깨를 움츠렸다.

"좋아. 칼은 어디 있나? 쳇! 이래서야 오늘 밤에는 아무것도 조사할 수가 없겠군. 어이, 칼은 어디다 두었어? 할 말이 없나?"

"없습니다."

"이 녀석, 어째서 칼을 갖고 있지 않지?"

"처음부터 갖고 있지 않았습니다."

"이것 봐, 칼을 갖고 있었다는 것은 네가 더 잘 알잖나. 네가 칼을 갖고 있었던 것을 본 사람이 10명도 넘어!"

페리로는 대답하지 않았다.

"칼을 쓰지 않았다는 말인가?" 포스터가 물었다.

"네, 쓰지 않았습니다."

"거짓말!" 포스터는 버럭 소리를 질렀다. "틀림없이 칼을 갖고 있었어! 술집에서 그 남자를 찌른 뒤 칼을 어디다 감췄지?"

"화장실은 어디 있습니까?" 페리로가 물었다.

"화장실 같은 건 아무래도 좋아." 포스터는 아랑곳하지 않았다.

"똑바로 서! 여기가 어딘지 아나? 당구장이 아니야. 주머니에서 손을 꺼내."

페리로는 주머니에서 손을 꺼냈다.

"자아, 칼은 어디다 두었지?"

"모릅니다."

"모릅니다, 모릅니다." 포스터는 페리로의 흉내를 냈다. "좋아, 나가서 바깥의 긴의자에 앉아 있어. 곧 스페인 말을 하는 경관을 불러올 테니까. 자아, 저리 가서 앉아 있으란 말야. 나가!"

"네, 화장실은 어딥니까?" 페리로가 물었다.

"복도를 왼쪽으로 따라가 봐. 하룻밤 내내 들어가 있을 생각은 하지 말아."

페리로는 나갔다. 포스터는 짜증스러운 것 같았다. 페리로에게 찔린 사나이는 큰 상처는 아니었다. 그 정도로 상처입은 사람을 일일이 처리하려면 그 일만으로도 형사들은 눈코 뜰 새가 없을 것이다. 그가 근무하는 구역은 칠면조를 자르듯 무자비하게 사람을 찌르는 곳이라고 그는 여기고 있었다. 자기의 이 비유를 생각하고 그는 싱긋 웃었다. 포스터는 타자기를 끌어당겨 요 며칠 동안의 강도 사건 보고서를 만들기 시작했다.

캘레라와 부슈가 돌아왔다. 두 사람 다 허둥거리고 있는 것 같았다. 캘레라는 곧바로 전화 있는 데로 가서 수화기 옆에 놓인 전화 번호부를 보며 다이얼을 돌리기 시작했다.

"어떻게 된 거야?" 포스터가 물었다.

"죽었어." 캘레라가 대답했다.

"그래서?"

"마이크가 당했어."

"무슨 뜻이지? 응?"

"마이크 리아던이 죽었어."

"뭐라고?" 포스터가 물었다.

"뒤통수에 두 방 맞았어. 나는 주임한테 연락하겠네. 빨리 손을 써야 하니까."

"어이, 농담이겠지?" 포스터는 부슈 쪽을 바라보며 물었다. 그러나 그는 부슈의 얼굴 표정을 보고는 곧 농담이 아닌 것을 알았다.

번즈 경감은 제87분서의 수사주임이었다. 작고 단단한 몸집으로 대갈못 같은 머리를 가지고 있었다. 파란 눈은 조그마했으나 무엇이든지 잘 관찰했고 주위의 정세를 너무도 정확하게 파악했다. 경감은 이곳이 가난뱅이 지역이라는 것을 잘 알면서도 그다지 기분 나빠하지만은 않았다. 나쁜 환경일수록 경찰이 필요하다고 그는 늘 입버릇처럼 말했으며, 서로 의지하고 도울 수 있는 형사실을 가지고 있다는 것을 큰 자랑으로 여겼다. 이 형사실에는 16명의 형사가 있었는데, 그것이 지금은 15명이 되고 만 것이다.

남은 15명 중 10명이 지금 형사실에서 그를 둘러싸고 앉아 있었다. 다른 5명은 철수할 수 없는 곳에서 대기하고 있는 것이다. 형사들은 의자나 책상 위에 앉든가 들창가에 서 있기도 하고, 또는 서류 캐비닛을 뒤지든가 하고 있다. 형사실은 낮 근무 당번과 교대하기 위해 밤 근무 당번이 왔을 때와 변함이 없었으나, 모두 오늘은 농담을 하지 않았다. 마이크 리아던이 죽은 것을 알고 있었기 때문이다.

린치 경감이 번즈 경감 옆에 서 있었다. 번즈는 파이프에 담배를 재어넣었다. 번즈의 손가락은 통통했다. 엄지손가락으로 담배를 재며 모인 형사들은 거들떠보지도 않았다.

캘레라는 꼼짝 않고 경감을 바라보고 있었다. 동료 중에는 번즈를 '똥 영감'이라고 부르는 이도 있었으나 캘레라는 경감을 존경했다. 이곳 형사들이 주임의 머리가 움직이는 데 따라 매에 쫓기는 듯이 일하고 있다는 것을 알고 있었던 것이다. 폭군 밑에서 일한다는 것은 결코 즐거운 일이 아니다. 그러나 번즈 경감은 훌륭한 사람이었다. 때문에 캘레라는 그가 아무 말도 하지 않건만, 아까부터 그의 이야기를 열심히 기다리고 있었다.

경감은 성냥을 그어 파이프에 불을 붙였다. 그것은 마치 성찬을 든 뒤 포도주에 손을 내미는 듯이 유연한 태도였으나, 조그마한 그의 두뇌는 격렬하게 회전하고 있었고 몸 안의 근육 하나하나가 능력있는 부하를 잃어 버린 노여움으로 이글이글 타오르고 있었다.

"이러니저러니해 봐야 아무 소용 없겠지." 번즈 경감은 별안간 입을 열었다. "자, 어서 곧 뛰어나가서 범인을 찾아."

그는 구름 같은 연기를 내뿜고는 통통한 손을 들어 연기를 휘휘 저었다.

"모두들 신문을 보고 그 기사를 믿는다면 경관이 경관을 죽인 범인을 얼마나 미워하는가를 알게 될 거야. 그것은 정글의 법칙과 같은 것일세. 약육강식의 법칙 말이다. 이 살인에 복수라는 동기를 덧붙인다면 신문기자들이 귀찮게 굴겠지. 우리가 경관 살해범을 용서할 수 없는 것은, 경관은 법과 질서의 상징이기 때문이야. 이 상징이 없어지면 도시는 야수의 우리가 되고 말지. 거리의 야수는 지금 너무도 많아.

나는 자네들이 어떻게 해서든지 리아던을 살해한 범인을 찾아 주기 바란다. 이것은 리아던이 이곳 분서의 형사이기 때문도 아니고, 리아던이 훌륭한 형사이기 때문도 아닐세. 그 악당을 꼭 붙잡아 주기 바라는 것은 리아던이 사람이기 때문이야……참으로 선량한 사람이었기 때문이네.

찾는 방법은 모두 좋을 대로 해주기 바란다. 수사에 대한 것은 충분히 알고 있다고 믿는다. 기록으로든 탐문 수사로든 무언가 나타나는 대로 보고해 주도록. 모든 것은 범인을 잡는 데 목적이 있어."

경감은 린치와 함께 방에서 나가 버렸다. 형사 몇 사람이 우범자 인명부를 들추어 45구경 권총을 사용했던 살인 전과자의 기록을 찾기 시작했다. 그것은 지역 경찰이 수집해 놓은 범죄자 명부로, 마이크 리아던과 충돌한 일이 있는 사람을 찾으려는 것이다. 어느 형사는 전과 기록부를 들춰 보았다. 이 분서에서 검거한 범인 중 유죄 판결을 받은 사람을 명부에 올려 카드로 만든 것을 조사하며, 마이크 리아던이 다루었던 사건에 주의를 집중하려는 것이다. 포스터는 복도로 나와 심문하던 사나이에게 집으로 돌아가서 얌전히 기다리라고 말했다. 형사들은 모두 거리로 뛰어나갔다. 캘레라와 부슈도 그 중에 끼어 있었다.

"우리를 바보로 여기는 것 같아." 부슈가 경감을 가리켜 말했다.

"나폴레옹이라도 된 듯이 지껄여대지 않나."

"그래도 좋은 사람이야." 캘레라가 말했다.

"그렇지, 자네로서는 그렇게 말할 테지."

"무슨 말을 들어도 배가 아픈 사나이로군. 어디가 돌아 버리기라도 한 것 아닌가?"

"이 말만은 확실하게 할 수 있어." 부슈가 말했다. "나는 이 분서에 싫증이 났어. 지금까지 큰 실수 없이 일해 오긴 했지만, 이 분서에 배속된 뒤로는 갈수록 싫어져. 자네는 그렇지 않나?"

부슈에게 불만의 씨가 될 만한 것은 얼마든지 있었지만, 어느 것이나 이 분서와는 전혀 상관이 없었다. 그러나 캘레라는 왈가왈부하고 싶지 않았으므로 잠자코 있었다.

그저 짜증스러운 얼굴로 끄덕였을 뿐이었다.

부슈가 불쑥 말했다.

"아내에게 전화하고 싶군."

"밤 2시에?" 캘레라가 놀란 얼굴로 물었다.

"그게 어떻다는 건가?"

부슈가 되물었다. 그는 마치 싸움이라도 할 듯했다.

"아무것도 아닐세. 제발 전화하게."

"잠시 목소리를 듣고 싶을 뿐이야." 그리고 부슈는 다시 "목소리를 듣고 싶을 뿐이야" 하고 되풀이 말했다.

"좋겠지."

"쳇! 당분간 이 일이 계속될지도 모르겠는걸."

"글쎄……"

"사건 이야기를 하기 위해서 아내에게 전화하는 것이 뭐 나쁜가?"

캘레라는 웃으면서 말했다.

"아니, 싸우려고 트집을 잡는 건가?"

"그럴 리가 있겠나."

"자, 어서 아내에게 전화하고 오게. 내게 짜증내는 것은 그만두고."

부슈는 고개를 끄덕였다. 과자점 앞에 차를 세우고 부슈는 전화하러 갔다. 캘레라는 가게 앞으로 나와 있는 카운터로 다가갔다.

거리는 몹시 적막했다. 희끄무레하게 펼쳐진 밤하늘에 서민 아파트가 음침하게 우뚝 서 있다. 먹칠한 듯 시커먼 벽에 드문드문 욕실의 불빛이 반짝인다. 젊은 아일랜드 계 아가씨 둘이 하이힐을 울리며 과자점 앞을 지나갔다. 캘레라는 힐끗 그녀들의 다리와 엷은 여름 원피스를 바라보았다. 아가씨 하나가 캘레라에게 아주 자연스럽게 눈웃음을 짓고는 둘이서 마주보고 웃었다. 그는 갑자기 '아일랜드 처녀가 스커트를 올려서 보여 줄까'라는 말이 생각났다. 그것은 어딘가 기억의 밑바닥에 깔려 있다가 어슴푸레 되살아 났다. 어디서 읽은 것 같은 느낌이 들었다. 아이리쉬 처녀——유리시스인가 뭔가 하는 싱거운 책이다. 어여쁜 소녀가 나오는 책. 그런데 부슈도 책을 좀 읽는 것일까? 바빠서 책을 읽을 여유가 없을 것이다. 부슈는 아내 때문에 머리가 고민으로 가득차 있다. 참으로 좋은 녀석인데……그는 잠깐 뒤돌아보았다. 부슈는 아직도 수화기에다 대고 뭐라고 빠른 소리로 지껄이고 있었다. 카운터 안쪽에서 한 사나이가 이쑤시개를 입에 물고 경마의 출마표를 보고 있었다. 젊은이 하나가 카운터 끝에서 우유를 마시고 있다. 캘레라는 진하게 풍겨 오는 가게의 냄새를 맡았다. 전화 부스의 문이 열리고 부슈가 얼굴의 땀을 닦으며 나왔다.

"부스 안은 지옥처럼 무덥군."

"이상없던가?" 캘레라가 물었다.

"물론이지" 하고 부슈는 의심스럽다는 듯이 캘레라의 얼굴을 보았다. "이상이 없으면 안되나?"

"그런 뜻이 아닐세. 자, 어디서부터 손을 댈까. 무슨 좋은 방법이 없겠나?"

"이번 일은 그처럼 간단하게 되지는 않을 것 같은데" 하고 부슈는 말했다. "원한을 품고 있는 사람 가운데 어떤 녀석이 했는지도 모르지 않나."

"그보다도 뭔가 나쁜 일을 하려다가 들킨 것은 아닐까."

"이런 일은 살인과에 맡겨 버리면 돼. 우리들은 귀머거리 역할이지."

"아직 손도 대지 않았는데 귀머거리 역할이라니, 행크, 정말 어떻게 된 것 아닌가?"

"아무것도 아니야." 부슈가 말했다. "나는 다만 유능한 형사는 명탐정이 아니라고 생각할 뿐일세."

"형사로서 할 수 없는 말을 하는군."

"정말이야, 그렇지 않나? 형사실이라고 해야 쓰레기의 모임이 아닌가. 자네도 잘 알고 있잖나. 형사가 되기 위해서는 건장한 두 다리와 끈질긴 고집만 있으면 돼. 그 다리로 시키는 대로 곳곳의 쓰레기통이나 들여다보면서 걸어다니고, 그러면서도 그 짓을 그만두지 못하는 것은 끈질기기 때문이지. 기계처럼 각자 다른 증거를 좇아서, 운이 좋으면 성과가 있지만 운이 없으면 헛일이지. 그뿐이야."

"그러니까 머리를 쓸 필요는 없다는 건가?"

"조금, 형사는 조금만 머리를 쓰면 되네."

"이제 됐네."

"뭐가 됐나?"

"이제 됐어. 더 싸우고 싶지 않네. 만일 리아던이 누군가의 범행 현장을 목격하고 못하게 하려 했다면……"

"그것이 바로 형사인 내가 분하게 생각하는 점일세."

"참으로 심한 경관 혐오증을 가진 사나이로군. 안 그런가?"
캘레라가 물었다.

"이 도시에 경관을 싫어하는 사람은 산처럼 많아. 자네는 경관을 존경하는 머저리 같은 녀석이 있다고 생각하나? 법과 질서의 상징이라고? 웃기지 말게. 경감도 밖에 나와서 세상 구경을 하는 것이 좋을 거야. 주차 위반 딱지만 보아도 누구나 경관 혐오증에 걸린단 말일세."

"아니, 절대적으로 그런 건 아니야."
캘레라도 이젠 화가 난 것 같았다.

부슈는 어깨를 움츠렸다.

"내가 다른 경관들한테 화를 내는 건 녀석들이 정확한 영어를 사용하지 않기 때문이야."

"뭐라고!"

"범행 도중에 말일세!" 부슈는 흉내내면서 말했다. "순경 말투지. 순경이 범인을 잡았다'고 하는 말을 들어 보았나? 없지? '체포하다'라고 하는 거야."

"순경이 '체포하다'라는 말은 들어 본 적이 없어."
캘레라가 반박했다.

"공식적인 발표에 대해 말하는 거야" 부슈가 말했다.

"그런 경우는 다르지 않나. 공식적인 발표가 되면 누구나 묘한 말을 하게 되네."

"순경이 특히 심해."

"그렇다면 왜 휘장(徽章)을 반환하지 않나? 택시 운전 기사든지 뭐든지 하면 될 것 아닌가?"

"나도 그렇게 생각하고 있네." 부슈는 갑자기 경멸하듯이 웃어 댔다. 지금까지 그는 언제나 못마땅한 듯이 말했으나, 지금의 그는 빈정거리는 듯했다. 이제까지 시무룩하던 것이 거짓말 같았다.

"어떻든 나는 술집을 목표로 할 생각이네." 캘레라가 말했다.

"혹시 그게 원한 관계 같은 것이라면 그쪽 사람들의 장난일지도 몰라. 또 술집에서는 무엇인가 얻어들을 수 있을지도 모르지. 그렇게 생각지 않나?"

"그래, 맥주를 한잔해도 좋겠지." 부슈도 동의했다. "오늘 밤엔 처음부터 맥주 생각이 났었어."

술집인 샘로크(shamrock)는 세계에 백만 개는 될, 아일랜드 국화(國花)의 이름을 딴 가게였다. 카르바 거리의 잡화점과 중국인 세탁소에 둘러싸여 있으며, 밤새 영업을 했다. 주로 카르바 거리에 사는 아일랜드 사람들을 상대로 하고 있었다. 때로는 푸에르토리코 사람들도 드나들지만, 이런 손님들은 주먹이 세고 싸움 잘하는 이곳 사람들에게 곧 겁을 먹고 만다. 경관들이 가끔 얼굴을 내밀지만, 그들은 아무 이유없이 오지는 않는다. 근무 중에 술을 마시는 것은 금지되어 있기 때문이다. 싸움패들이 싸움을 하며 설치다가 넘어지지 않도록 그저 지켜볼 뿐이었다.

이 집에서는 요즘음 난투극이 거의 없어져 오히려 이상할 정도였다. 시적인 표현을 빌리자면 푸에르토리코 사람의 파도 같은 위력에 밀려서 이 일대가 굴복한 뒤로 '좋은 시대의 좋은 생각은 멀리 가 버려라'라고 할 정도다. 그때 영어를 잘할 수 없어 간판도 제대로 읽지 못하는 푸에르토리코 사람들이 멍청하게 샘로크에 뛰어들었던 것인데, 미국인을 위해서 미국을 지키려는 완고한 사람들이 푸에르토리코 사람은 미국인이 아니라는 자기들의 주장을 내세우기 위해 몇 날 몇 밤을 폭력으로 지새웠다. 흐르는 피가 바다를 이루는 일이 한두 번이 아니었다. 그러나 아무리 세상이 나빠진 요즈음이라지만 일주일 동안 내내 샘로크에 다니다가 머리가 쪼개진 자가 하나나 둘 발견되면 큰 일이다.

술집의 창문에 '숙녀 환영'이라는 쪽지가 붙어 있었다. 이 초대에 응하는 숙녀는 그다지 없는 것 같았다. 마시고 있는 무리들은 가까운 싸구려 아파트의 살풍경한 방에서 뛰쳐나온 사나이들로, 자기처럼 집 구석에 박혀 있던 다른 사나이들과 한가하게 지루한 심정을 나누려는 것이리라. 이러한 사람들의 아내들은 대개 화요일에 빙고 게임을 하러 가고, 수요일에는 영화를 보고 돌아오다가 사기 그릇을 몇 개씩 사곤 한다. 그리고 목요일에는 건너편 거리의 자선 바자회에서 이러니저러니 하고 수다를 떠는 것이다. 그러므로 이 사나이들이 이웃 술집에서 기세를 올리는 일도 나쁠 것은 없었다.

그러나 술집에 경관이 나타났다고 하면 이야기가 달라진다.

이 근처에서는 경찰이라면 누구나 싫은 얼굴을 하고, 특히 형사에겐 더욱 심하다. 분명 "어서 오십시오, 형사님, 오늘 밤엔……" 하고 환영하는 듯한 말투로 친한 단골이 아닌데도 좋은 자리로 안내하지만, 앉은 경관을 힐끗 돌아다보다가 서로 얼굴이 마주치기라도 하면 기분이 언짢아지는 것이었다. 다음날 아침 눈을 떴을 때는 도깨비 꿈이라도 꾼 듯 꺼림칙한 느낌이 들 것이다. 그러므로 경관은 술집에 서성거려 술 마시는 사람들을 방해해서는 안 된다. 또 마권(馬券) 판매소에서 서성거리며 사람들이 도박을 즐기는 것도 방해해서는 안 된다.

또한 쌍쌍이 들어가는 호텔에 눌러붙어서 이들의 정사를 방해해서도 안 된다. 경관은 어디에서도 서성거려서는 안 된다.

형사는 더욱 그러하다. 형사는 변장한 경관이니까 더욱 안 되는 것이다.

그런데 이 바보 같은 두 사람은 술집의 한쪽 구석에서 뭘 하려는 것일까?

"맥주를 주게, 해리." 부슈가 말했다.

"네, 금방 됩니다." 주방장 해리가 대답했다.

그는 맥주가 나오자 캘레라와 부슈에게로 날라갔다.

"이런 밤에는 무엇보다도 맥주가 좋지요." 해리가 말했다.

"더운 밤에 팁도 주지 않고 맥주를 시켰는데도 재빨리 날라다 준 주방장의 친절한 말씀이로구먼." 부슈가 조용히 말을 받았다.

해리는 소리내어 웃었다. 그는 손님이 경관이라도 상관없다고 생각했다. 둥근 탁자를 끼고 앉은 두 사람이 아일랜드 자유국에 대해서 이야기하고 있었다. 텔레비전에서는 심야 방송으로 제정 러시아의 영화를 상영하고 있었다.

"선생님들은 공무입니까?" 해리가 물었다.

"왜?" 부슈가 물었다. "뭐, 우리에게 할 이야기라도 있나?"

"아니, 조금 마음에 걸리는 것이 있어서요……저희 가게에는 별로 경찰……경찰관 선생님들이 모습을 보이지 않았었는데……" 해리가 머뭇거리며 대답했다.

"가게에 뭔가 구린 데가 없기 때문이겠지." 부슈가 말했다.

"하긴 카르바 거리에서 여기보다 깨끗한 가게는 없지요."

"전화통을 걷어치운 뒤로 말인가?" 부슈가 말했다.

"네, 그건……그 무렵에는 우리 가게에 자주 전화가 걸려 왔었지요."

"너무 돈을 벌려고 욕심을 부렸었지. 그렇지 않나?"

부슈는 침착하게 말했다. 그는 맥주잔을 들고 흰 거품 속에 윗입술을 대어 단숨에 마셔 버렸다.

"농담이 아닙니다."

해리가 말했다. 그는 아직도 계류(繫留) 중인 가게의 전화 부스 건이나 주(州) 사문위원회의 일은 생각하기조차 싫었다.

"선생님들은 누군가를 찾고 있는 게 아닙니까?"

"오늘 밤은 조용한가 보군." 캘레라가 말했다.

해리는 웃었다. 금니가 보인다.

"우리 집이야 언제나 조용하지요."

"그렇군." 캘레라는 짧게 고개를 끄덕였다. "절름발이 대니가 왔었나?"

"아니오. 오늘 밤엔 나타나지 않았습니다. 왜 그러시지요? 무슨 일이 있었습니까?"

"이 맥주는 아주 시원하군." 부슈가 말했다.

"더 드시겠습니까?"

"아니, 이제 됐네."

"정말 아무 일도 없습니까?" 해리가 궁금한 듯이 물었다.

"무슨 일이 있었나, 해리? 누가 여기서 나쁜 일이라도 했는가?" 캘레라가 물었다.

"원, 별말씀을. 절대로 그렇지는 않습니다. 다만 나리들이 나타나서 좀 이상할 뿐이지요. 우리 집에는 시끄러운 일이라곤 조금도 없습니다."

"호오, 그거 다행이로군." 캘레라가 말했다. "최근 누군가 권총을 가지고 있는 자를 본 일이 없나?"

"권총이라구요?"

"그래!"

"어떤 것인데요?"

"어떤 것이든 본 일이 있나?"

"아무것도 보지 못했는데요."

해리는 땀을 흘리고 있었다. 그는 자기 잔에도 맥주를 따라 엉겁결에 마셨다.

"사제 권총 같은 것을 가지고 있는 악당들은 없나?"

부슈가 조용히 물었다.

"네, 사제 권총 말입니까?" 해리는 입술에 묻은 거품을 닦으면서 말했다. "그런 거라면 늘 우글우글하지요."

"그럼, 구경은?"

"얼마만합니까? 32구경, 38구경 정도입니까?"

"45구경 정도지." 캘레라가 말했다.

해리가 생각을 더듬으며 말했다.

"여기에서 45구경을 본 것은 아주 오랜 일이라서……" 그는 머리를 저었다. "아니, 그건, 아니겠는데요. 대체 어떻게 된 영문입니까? 누가 맞았습니까?"

"얼마나 지난 일인가?" 부슈가 물고 늘어졌다.

"1950년인가 51년인 것 같군요. 육군에서 돌아온 젊은 친구였습니다. 45구경을 갖고 있었지요. 드울리는 알고 계시겠지요? 다른 데로 전속되어 갔습니다만, 그전에는 이곳을 책임지고 순찰했었습니다. 좋은 사람이었지요. 언제나 우리 집에 들러서……"

"그 사나이는 지금도 이 근처에 살고 있나?" 부슈가 물었다.

"네? 누구 말입니까?"

"여기서 45구경을 휘두르던 녀석 말이야."

"아아, 그 녀석 말입니까?" 해리의 눈썹이 눈을 덮을 듯이 아래로 내려왔다. "왜 그러십니까?"

"내가 묻는 말에 대답이나 해. 살고 있나, 없나?" 부슈가 말했다.

"예에, 살고 있겠지요. 왜 그러십니까?"

"어디서 사나?"

"하지만 나는 누구에게도 괴로움을 주고 싶지 않습니다."

"누구도 괴롭히지는 않아. 그 녀석은 지금도 45구경을 갖고 있나?" 부슈가 말했다.

"모르겠습니다."

"그날 밤은 어땠는가? 드울리가 뛰어들던 때를 말해 봐."

"아무 일도 없었습니다. 녀석은 취해 있었으니까요. 군에서 막 제대한 뒤였으니만큼 짐작이 가시겠지요?"

"어떻게 했나?"

"권총을 이렇게 내둘렀지요. 실탄이 장전되어 있었는지 어떤지는 모르겠습니다. 총구를 납으로 막았는지 어떤지도 모릅니다."

"확실한가?"

"글쎄, 확실하다고 할 수는 없군요."

"드울리가 권총을 낚아챘나?"

"그것이……" 해리는 말을 멈추고 얼굴의 땀을 닦았다.

"글쎄, 그때 드울리가 권총을 보았나, 보지 못했나?"

"그게……" 해리가 말했다. "손님 한 사람이 거리에서 걸어오는 드울리를 보았지요. 그래서 모두들 그를 조용히 내쫓았습니다."

"드울리가 오기 전인가?"

"네, 아마 그랬을 겁니다."

"그래서 그때 그 녀석은 권총을 가지고 갔나?"

"네." 해리는 묻는 대로 대답했다. "나 역시 여기에서 시끄러운 일이 일어나는 걸 바라지 않았으니까요."

"그렇겠지. 녀석의 주소는?" 부슈가 물었다.

해리는 눈을 끔벅거리며 카운터 위를 한참 쳐다보았다.

"어디야?" 부슈가 다시 물었다.

"카르바 거리인데……"

"카르바 거리 어디인가?"

"메이슨 거리와의 모퉁이 집입니다. 그런데 나리……"

"녀석은 경찰이 밉다든가 하는 말을 하지 않던가?"

캘레라가 물었다.

"아닙니다. 그 친구는 좋은 녀석입니다. 다만 녀석은 그날 밤 조금 흥분되어 있었지요, 그뿐이었습니다." 해리가 말했다.

"마이크 리아던을 알고 있나?"

"그야 물론 알고 있지요."

"그 녀석도 그를 알고 있나?"

"글쎄요, 녀석은 그날 밤 술에 취했을 뿐입니다. 그밖에는 아무 일도 없었지요."

"그의 이름은?"

"아니, 나리, 그저 취했을 뿐이었다니까요, 곤란하군요……1950년의 일이라 옛날 이야기가 되어서요."

"그 녀석의 이름은?"

"프랭크였던가? 프랭크 클라크, 클라크의 끝에 E가 붙은 클라크로……"

"스티브, 어떻게 생각하나?"

부슈가 캘레라를 돌아다보며 물었다.

캘레라는 어깨를 으쓱했다.

"너무 싱겁군. 싱거울 때는 좋은 결과가 없는 법이지."

"아무튼 부딪쳐 보세."

부슈는 벌떡 일어났다.

4

싸구려 아파트 안에서는 갖가지 냄새가 풍겨 나오고 있었다. 그것은 양배추 냄새만은 아니었다. 양배추 냄새를 좋아하는 사람도 많이 있겠지만, 양배추와 빈곤을 직접 연결시켜 이야기하는 사람도 많다. 이른바 싸구려 아파트의 냄새는 인생의 냄새인 것이다.

인간 생활에 작용하는 모든 냄새——땀을 흘리고, 요리를 하고, 배설하고, 아이를 기르는 냄새이다. 이런 냄새가 모두 한데 뒤섞여 1층 현관에 들어서면 코를 찌른다. 건물 안에 몇십 년이나 젖어든 냄새이기 때문이다. 냄새는 마루를 통하여 벽에도 배어 있었다. 계단 손잡이나 계단에 깔린 리놀륨에도 그 냄새가 스며들어 있다. 구석구석까지 괴어서 층계 맨 위에 걸린 전구 둘레에도 냄새는 서려 있었다. 이 냄새는 밤이나 낮이나 늘 그곳에 있었다. 이 진한 삶의 악취는 햇빛을 볼 수도 없고 밤하늘에 무수히 깜박거리는 별빛도 모른다.

7월 24일 오전 3시에도 그 냄새는 그곳에 가득차 있었다. 전날의 무더위로 그 냄새는 벽에 더욱 달라붙어서 깊은 밤중인데도 한 발자국도 물러서려 하지 않았다. 냄새는 부슈와 함께 현관으로 들어선 캘레라의 코에도 어김없이 찾아들었다. 그는 코를 쿵쿵거리면서 성냥을 켜들고 우편함을 비춰 보았다.

"아아, 여기 있네." 부슈가 말했다. "클라크, 3의 B로군."

캘레라는 성냥불을 껐다. 두 사람은 층계를 올라갔다. 밤이라 쓰레기통들이 안으로 들여놓여져, 계단 뒤의 지하로 들어가는 층계참에 쌓여 있었다. 쓰레기통에서 나는 냄새가 다른 냄새와 함께 악취를 풍기고 있었다. 아파트는 완전히 잠들어서 아주 조용했으나 냄새만은 눈을 뜨고 있었던 것이다.

2층에서 남자인지 여자인지 커다랗게 코고는 소리가 들려 왔다. 어느 문이나 우유를 넣는 작은 구멍이 뚫려 있었다. 둥근 뚜껑이 우유

배달부를 기다리듯 흔들거리며 매달려 있다. 어느 집 문에는 액자가 걸렸는데, 거기에는 '우리는 신을 믿는다'라고 씌어 있었다. 어느 집이나 그 문 뒤에는 돼지우리의 빗장처럼 튼튼한 철봉이 바닥 위에 구멍을 뚫고 문에 빗장을 지르고 있는 것 같았다.

캘레라와 부슈는 끙끙거리며 3층으로 올라갔다. 3층 층계참의 전등은 꺼져 있었다. 부슈가 성냥을 켰다.

"저쪽 복도로군."

"본격적으로 할 건가?" 캘레라가 물었다.

"녀석은 45구경을 가지고 있어. 안 그런가?"

"하지만……"

"아니, 어떻게 된 건가? 우리 집사람은 아직 내 보험금을 탐내고 있지는 않네." 부슈가 말했다.

두 사람은 목표한 문에 이르자 좌우로 찰싹 달라붙었다. 그리고 조심스럽게 형사용 권총을 빼들었다. 캘레라는 권총이 필요하다고는 조금도 생각하지 않았다. 주의하면 다치지는 않을 것이라고 믿었다. 왼쪽 손을 뻗어서 손등으로 문을 두드렸다.

"자고 있겠지." 부슈가 말했다.

"속이는 게 없다는 표시일세." 캘레라는 계속 문을 두드렸다.

"누구야?" 안에서 소리가 났다.

"경찰이다. 문 열어!"

"아니, 대체 무슨 일이지." 안에서 사나이가 투덜거렸다. "곧 열겠소."

"이건 필요없겠군."

부슈가 권총을 집어넣자 캘레라도 따랐다. 방 안에서 침대가 삐걱거리고 여자의 목소리가 들렸다.

"어떻게 된 거에요?"

문 앞에서 발소리가 들리고 빗장을 까닥까닥하자 철봉이 땅에 떨어지는 소리가 나면서 문이 조금 열렸다.

"무슨 일이오?"

"경찰이오, 좀 하고 싶은 말이 있소."

"한밤중 이런 시간에? 농담이 아니오? 내일 아침에 다시 오시오."

"그렇게 할 수는 없소."

"아니, 무슨 일이 있소? 아파트에 도둑이라도 들었단 말이오?"

"아니, 당신에게 잠깐 묻고 싶은 이야기가 있소. 프랭크 클라크라고 하오?"

"휘장을 보여 주시오."

캘레라는 주머니에 손을 넣어 방패 모양의 휘장을 핀으로 꽂은 가죽 케이스를 꺼냈다. 문 틈으로 그것을 들이밀었다.

"아무것도 보이지 않는군. 잠깐만 기다려 주시오."

클라크가 말했다.

"누구예요?" 여자가 물었다.

"경찰이래." 클라크가 투덜거리면서 문에서 떨어지더니 곧 환히 불이 켜졌다. 그는 다시 문 쪽으로 돌아왔다. 캘레라는 휘장을 들어 보였다.

"아아, 알겠소." 클라크는 한숨을 쉬었다. "무슨 일이오?"

"클라크, 45구경 권총을 갖고 있소?"

"뭐라구요?"

"45구경 권총 말이오, 갖고 있소?"

"어렵쇼, 그런 말을 물으러 왔단 말이오? 그런 일로 한밤중에 문을 두드린 거요? 생각 좀 해보십시오. 아침이면 나는 일하러 나가야 하는 몸이오."

"45구경 권총을 갖고 있소, 안 갖고 있소?"

"누구한테서 무슨 말을 들었소?"

"그런 건 아무래도 상관없소, 가졌소?"

"그걸 왜 묻는 거요? 나는 오늘 밤 줄곧 집에 있었소."

"누가 그런 걸 물었소?"

클라크의 목소리가 낮아졌다.

"여보시오, 오늘 밤 내게는 손님이 있소, 알겠소? 조금 삼가야 하지 않겠소?"

"권총은 어떻게 된 거요?"

"그래요, 갖고 있소."

"45구경이오?"

"그렇소, 45구경이오."

"좀 보여 주겠소?"

"무엇 때문에? 나는 허가증을 갖고 있소."

"어떻든 보여 주시오."

"아니, 대체 어떻게 되었다는 거요? 권총 허가증을 갖고 있다고 했잖소, 내가 뭐 나쁜 일이라도 했소? 어떻게 하라는 거요?"

"그 권총을 보여 달라는 거요." 부슈가 말했다. "가져오시오!"

"수색 영장이 있소?" 클라크가 물었다.

"쓸데없는 소리 집어치우고 가져와" 부슈가 소리쳤다.

"수색 영장이 없으면 이 방에 들어올 수 없다는 걸 잘 알 텐데? 억지로 권총을 빼앗을 수도 없고, 나는 권총을 보여 주고 싶지 않으니까 얼마든지 떠들어 보라구."

"거기 있는 여자는 몇 살이야?" 부슈가 말했다.

"뭐라고?"

"억지부리지 마, 클라크!"

"21살이오." 클라크가 말했다. "결혼하기로 약속한 사이란 말이오."

"어이, 조용히 해! 개새끼들, 떠들고 싶거든 당구장에라도 가서 지껄여" 하고 복도 끝에서 누군가가 소리쳤다.

"클라크, 들어가게 해줄 수 없소? 이웃에 방해가 되니까." 캘레라가 부드럽게 말했다.

"나는 당신들을 들어오게 할 의무가 없소. 수색 영장을 갖고 오시오!"

"클라크, 당신의 기분은 알겠소. 그러나 경관이 한 사람 피살되었소. 더욱이 45구경으로 당했단 말이오. 나라면 그렇게 고집만 부리지는 않을 거요. 자, 문을 열고 자기 증명을 하는 것이 어떻겠소, 클라크?"

"경관이 피살되었다구? 경찰이! 그거 큰일이로군. 왜 빨리 이야기하지 않았소? 잠깐……잠깐만 기다리시오. 곧 문을 열 테니까."

그는 문에서 멀어져 갔다. 여자에게 뭐라고 하자, 여자의 대답 소리가 그들에게도 들렸다. 클라크는 곧 문 앞으로 돌아와 빗장을 풀었다.

"자, 들어오시오"

부엌에 접시가 쌓여 있었다. 부엌 바로 옆이 침실인 것 같았다. 여자는 침실 앞에 서 있었다. 자그만 몸매에 금발로, 꽤 세련된 느낌이 들었다. 남자용 목욕옷을 입고 졸린 듯한 부은 눈을 하고 있었다. 화장 자국이 없는 순수한 얼굴이었다. 캘레라와 부슈가 부엌으로 들어가자, 여자는 눈을 떴다감았다하면서 두 사람을 바라보았다.

클라크는 굵고 보기 흉한 검은 눈썹에 다갈색 눈으로 허리가 짧았다. 긴 코가 가운데서 찌그러졌다. 두꺼운 입술, 볼품없이 수염이 길게 자랐다. 잠옷 바지만 입고 있었다. 부엌 쪽의 불빛을 받으면서 가슴을 드러내 놓고 맨발로 서 있다. 음식 찌꺼기가 묻어 있는 접시에 수도꼭지에서 물이 똑똑 소리를 내며 떨어졌다.

"권총을 보여 주시오." 부슈가 말했다.

"권총 허가증을 갖고 있습니다. 담배 피워도 괜찮을는지 ?"

"당신 방이지 않소."

"글래디스." 클라크가 여자를 불렀다. "장롱 위에 담배가 있어. 성냥과 같이 가져와요."

여자가 어두운 침실 안으로 모습을 감추자, 클라크가 소리를 낮추어 말했다.

"정말이지, 남의 집에 밀어닥치는 데 묘한 시간을 택했군요."

클라크는 웃어 보이려 했으나 캘레라와 부슈가 재미없는 듯한 얼굴이었으므로 곧 거두어들였다. 여자가 담배를 가지고 나왔다. 한 개비를 빼어 자기 입에 물고 클라크에게 넘겨 주었다. 그는 먼저 불을 붙이고 여자에게 성냥을 건네 주었다.

"어떤 허가증이오? 휴대 허가증이오 ?" 캘레라가 물었다.

"네, 휴대 허가증입니다." 클라크가 말했다.

"어떻게 허가증을 얻었지 ?"

"전에는 다만 소유 허가만 얻었었는데, 군에서 돌아와 곧 등록했소. 그 권총은 선물 받은 것입니다. 중대장으로부터 받은 것이오."

"그래서 ?"

"제대할 때는 소유 허가만 얻었습니다. 법률대로 말이오."

"말을 계속하시오." 부슈가 재촉했다.

"그래야 된다고 생각했었소. 그렇지 않으면 총구에 납을 채워넣어야 될 테니까. 어떻든 허가증을 얻어냈습니다."

"그럼, 총구에 납을 채우지 않았나 ?"

"물론이지요, 사용할 수 없는 권총이라면 무엇 때문에 허가증을 내 겠소? 어떻든 소유 허가증을 냈습니다. 그런데 보석상에서 근무하 게 되어 금붙이들을 갖고 다녀야 했소. 그래서 권총 휴대 허가증으 로 바꾸었습니다."

"그건 언제의 일이오?"

"두 달 전입니다."

"어느 보석상이오?"

"그 일은 이제 그만두었습니다."

"좋소. 권총과 허가증을 함께 갖고 오시오."

"알았습니다."

클라크는 부엌 수채에다 피우다 만 꽁초를 버리고 여자 곁을 지나 침실로 들어갔다. 여자가 뾰로통해서 말했다.

"한밤중 이런 시간에 심문을 하다니……"

"안됐습니다, 아가씨." 캘레라가 말했다.

"정말이에요."

"아가씨의 달콤한 꿈을 방해하려고 이러는 것은 아니오."

부슈가 퉁명스럽게 말했다. 여자가 한쪽 눈썹을 샐쭉하며 치켜세웠 다.

"그럼, 왜 이러시지요?"

여자는 후유 하고 구름처럼 담배 연기를 뱉어 냈다. 영화에서 배운 것이리라.

클라크가 45구경 권총을 들고 돌아왔다. 부슈의 손이 저도 모르게 권총이 들어 있는 오른쪽 주머니로 갔다.

"탁자 위에 놓으시오." 캘레라가 말했다.

클라크는 탁자 위에 권총을 놓았다.

"실탄은 들어 있소?" 캘레라가 물었다.

"들어 있겠지요."

"모르오?"

"그 일을 그만둔 뒤 한 번도 꺼내지 않았으니까요."

캘레라는 손수건으로 권총을 덮어 집어들었다. 탄창을 빼 보았다.

"탄알이 들어 있군."

그는 재빠르게 총구에다 코를 대고 냄새를 맡아 보았다.

"냄새맡을 필요는 없소." 클라크가 말했다. "제대한 뒤 한 번도 쏜 일이 없으니까요."

"쏘려고 한 일이 있었잖소?"

"네?"

"그날 밤, 샘로크에서."

"아, 그 일 말이오? 그래서 나한테 왔군. 쳇! 그날 밤 나는 몹시 취해 있었지요. 다른 뜻이 있었던 것은 아니었습니다."

캘레라는 탄창을 끼웠다.

"허가증은?"

"아, 있소. 지금은 찾아도 보이지 않는군."

"틀림없이 있겠지?"

"틀림없소. 다만 보이지 않을 뿐이오."

"다시 한 번 찾아보는 게 좋겠소. 이번엔 자세히 찾아보시오."

"잘 찾아봤지만 안 보인단 말이오. 허가증을 냈다고 했지 않소. 당신들이 조사해 보면 알 게 아니오. 난 거짓말을 하지 않소. 피살된 경찰관은 누구요?"

"허가증을 다시 한 번 찾아볼 수 없겠소?"

"보이지 않는다고 하잖소. 허가증은 틀림없이 냈소."

"허가증을 냈는지도 모르지만, 이젠 취소하겠소."

캘레라가 말했다.

"뭐라구요? 왜요?"

"경찰에 허가증을 보이든가, 그렇지 않으면 취소하겠소."

"이거 야단났군. 어딘가 넣어 두었는데. 당신들이 조사할 수도 있지 않소. 결국……그런데 대체 무슨 까닭이오? 나는 아무 짓도 하지 않았단 말이오. 오늘 밤은 줄곧 집에 있었소. 글래디스에게 물어 보면 알 것 아니오. 그렇지, 글래디스?"

"줄곧 저하고 같이 있었어요." 글래디스가 말했다.

"권총은 우리가 맡아 두겠소." 캘레라가 말했다. "행크, 보관증을 써 주게."

"그건 몇 년 동안 쓴 일이 없소."

클라크가 말했다. "어떻든 알게 되겠지. 그러면 허가증도 그곳에서 조사해 주시오. 확실하니까 조사해 보면 알 거요."

"연락해 주겠소." 캘레라가 말했다. "여기서 떠날 예정이라도 있소?"

"뭐라구요?"

"이 도시에서 떠날 예정이 있느냔 말이오?"

"무슨 말씀을. 갈 데가 없습니다."

"어디 가는 것보다 침대에서 자는 것이 더 좋아요."

금발의 여자가 말했다.

5

7월 24일 4시 스티브 캘레라가 형사실에 닿았을 때, 책상 위에 권총 휴대 허가증이 놓여 있었다.

그는 아침 8시까지 일하고 6시간 동안 잠을 자기 위해 집에 갔다가 지금 근무처로 나온 것이다. 눈이 조금 꺼칠했으나 다른 데는 아무렇지도 않았다.

오늘도 하루 종일 지독한 더위는 두터운 누런 모포처럼 도시를 덮고 있었다. 캘레라는 더위를 싫어했다. 그는 어렸을 때부터 여름이 질색이었다. 그러나 이제 한 사람의 성인으로 경찰관이 된 그에게 여름이라는 관념은 시체가 빨리 썩는다는 정도였다.

형사실에 들어가자 그는 셔츠의 깃을 늦추었다. 그는 소매를 걷어 올리면서 권총 휴대 허가증을 집어들었다.

그는 인쇄된 서식의 허가 신청서를 재빨리 훑어보았다. 쓰여 있는 것은 많았으나 캘레라의 흥미를 끄는 것은 아무것도 없었다. 클라크는 확실히 권총 휴대 허가증을 가지고 있었던 것이다. 그러나 그것이 마이크 리아던을 쏘지 않았다는 보증은 되지 않는다.

허가번호	날짜	경찰본부	휴대(○)
			소지( )
권총 소지 허가 신청서			
신청서는 2통 작성할 것			
본인은 아래 주소에서 권총 소지 허가증 교부를			
신청합니다			
카르바 거리 37─12			
소지 이유 : 보석상 근무			
(성명)	(주소)		
프랭크 클라크 D. 37─12 카르바 거리			

캘레라는 허가증을 책상 위에 밀어 놓으면서 기계적으로 시계를 보았다. 그리고 수화기를 들었다. 부슈의 집 번호를 돌리고 기다렸다.

수화기를 쥔 손이 땀에 축축히 젖었다. 여섯 번이나 벨이 울린 다음에야 여자의 목소리가 들려 왔다.

"여보세요 ? "

"부인이십니까 ? "

"누구시지요 ? "

"스티브 캘레라입니다. "

"안녕하세요, 스티브. "

"자고 계십니까 ? "

"네. "

"행크가 아직 안 와서요. 별일없지요 ? "

"방금 나갔어요. "

앨리스의 목소리는 이제 졸음이 가신 듯했다. 앨리스 부슈는 형사의 아내이다. 언제나 남편이 비번일 때 자기도 같이 자도록 시간을 조정하고 있었던 것이다. 캘레라는 아침이나 저녁 무렵 그녀에게 전화하는 일이 가끔 있는데, 언제나 한두 마디 이야기하면 곧 정신이 말짱하게 되는 데 놀라곤 했다. 오늘도 그녀는 처음 수화기를 들었을 때엔 다 죽어 가는 사람의 목소리 같았으나, 대화가 길어짐에 따라 조금 겁을 먹은 듯하면서도 달콤한 콧소리를 내더니 차츰 여느 때와 같은 말소리가 되었다. 캘레라는 행크의 아내를 한 번 만난 일이 있다. 행크가 그녀를 불러 내어 함께 저녁 식사를 하러 갔었던 것이다. 캘레라는 그녀가 굉장한 육체파로, 갈색 눈과 금발머리를 하고 있다는 것을 만나기 전부터 알고 있었다. 부슈가 집안일을 무엇이나 잘 지껄여, 앨리스가 반짝거리는 검은 잠옷을 입고 자는 것까지도 알고 있을 정도였다. 그런 이야기를 들어서인지, 캘레라는 전화로 그녀의 목소리를 들을 때마다 한 번 만난 적이 있는 풍만한 여자가, 행크가 말한 대로 정말 옷을 입고 있지 않을까 하고 생각하는 나쁜 버릇이 있었다.

캘레라는 이런 자기의 마음을 들켜 버릴 것 같아서 앨리스에게 전화할 때는 언제나 간단히 끊어 버렸다.

그러나 오늘 아침 앨리스는 이야기를 많이 하고 싶은 것 같았다.

"동료 중의 어느 분이 피살되었다면서요?" 하고 그녀는 물었다.

음침한 이야기였지만, 캘레라는 자기도 모르게 히죽 웃었다. 앨리스는 때때로 정통 영어 속에 경찰이나 깡패들의 은어를 섞어 쓰곤 했던 것이다.

"네."

"정말 안됐어요."

그 동안에 그녀의 기분과 말투가 또 달라져 갔다.

"조심하세요, 우리 집 양반이나 당신이나. 악당들이 시내에서 쏘아대기라도 하면……"

"조심하겠습니다. 그럼, 일이 있어서……"

"당신처럼 믿음직한 사람과 함께라면 행크도 걱정없어요."

앨리스는 잘 있으라는 인사도 하지 않고 전화를 끊었다.

캘레라는 히죽 웃고 어깨를 으쓱하면서 수화기를 놓았다. 데이비드 포스터가 단정한 얼굴로 그의 책상 곁으로 다가왔다.

"잘 쉬었나, 스티브."

"오오, 데이비드, 어쩐 일인가?"

"어젯밤의 그 45구경 권총의 발사 조사 결과가 나왔네."

"좋은 소식인가?"

"이 친구가 불을 토해 낸 것은 옛날도 아주 오랜 옛날이라는군."

"으음, 어쨌든 그것으로 수사 범위는 좁혀진 셈이야." 캘레라가 말했다. "이것으로 상대는 이 번영된 대도시 인구 중의 나머지 999만 9천 명이 된 셈이니까."

"경찰이 피살된 것은 정말 싫은 일이야." 포스터가 말했다. 무섭게 눈살을 찌푸린 것이 붉은 케이프를 향해서 달려드는 투우장의 황소 얼굴 같았다. "마이크는 친구일 뿐만 아니라 좋은 녀석이었지."

"알고 있어."

"어느 놈의 짓인가 생각해 보지만……" 하고 포스터는 우울하게 말했다. "여기의 내 전용 기록을 하나하나 조사해 보고 있네." 포스터는 머리를 툭툭 치면서 말을 계속했다.

"순서대로 한 사람씩 조사해 보고 있지만 아직 모르겠어. 그러나 그 중에……누군가 마이크를 해치운 녀석이 틀림없이 있을 거야. 그를 찾을 수 있다면 알래스카까지 날아가서라도 본때를 보여 주고 싶어."

"사실은 나 역시 지금 알래스카라도 가고 싶은 심정일세."

캘레라가 말했다.

"더워서?"

포스터는 마치 기온과 습도를 알고 있는 듯이 말했다.

"어이!" 하면서 부슈가 복도 모퉁이를 돌아오는 모습이 보였다. 칸막이를 지나오고 있었다. 그는 캘레라의 책상 옆으로 오자, 회전의자를 끌어당겨서 앉았다. 어쩐지 우울한 표정이 얼굴에 어려 있다.

"지독한 밤이지?"

포스터가 장난기 어린 얼굴로 부슈에게 물었다.

"이처럼 지독한 더위는 처음이야." 부슈가 나직이 대답했다.

"클라크는 허탕일세." 캘레라가 말했다.

"그러리라고 생각했어. 자, 이제 어떻게 하지?"

"참, 좋은 질문일세."

"검시 보고서는 왔나?"

"아니."

"아래에 깡패 녀석들을 몇 명 심문하려고 끌고 왔지." 포스터가 말을 이었다. "다시 한 번 조사해 보는 것이 좋을 듯싶어서."

"어디 있는가? 아래층인가?" 캘레라가 물었다.

"워털루 호텔에 모셔 놓았네."

포스터는 분서 1층에 있는 유치장을 이렇게 표현했다.

"그럼, 불러오는 게 좋겠네."

"알겠어."

"대장(수사주임)은?"

"북부 본부의 살인과에 갔어. 이번 사건은 신중히 다루어 달라고 한 대 먹이러 간 모양이야."

"아침 신문 봤나?" 부슈가 물었다.

"아직 못 봤네." 캘레라가 말했다.

"마이크가 제1면에 나와 있어. 보게."

그는 신문을 캘레라의 책상 위에 놓았다. 캘레라는 전화를 걸고 있는 포스터에게 보이도록 신문을 활짝 펼쳤다.

"뒤에서 쏘았다는 거야. 쓰레기 같은 녀석이." 포스터가 중얼거렸다.

그는 전화에다 용건을 말하고 수화기를 놓았다. 세 사람은 담뱃불을 붙이고 부슈가 전화로 커피를 주문했다. 담배를 다 피울 때쯤 커피보다 앞서 불량배들이 끌려 올라왔다.

두 사람이었는데, 둘 다 수염을 길게 기르고 키가 컸다. 그리고 반소매 스포츠 셔츠를 똑같이 입고 있었다. 두 사람의 공통점은 그것뿐이었다. 한 사람은 미끈하게 생긴 멋쟁이로 균형잡힌 얼굴 생김새에 이가 하얗고 가지런했고, 또 한 사람은 마치 콘크리트 믹서와 싸워서 진 것 같은 얼굴이었다. 캘레라는 곧 이 두 사람을 생각해 냈다. 그는 머릿속으로 그 두 사람의 기록을 되새겨 보았다.

캘레라는 두 사람을 형사실로 끌고 온 경관에게 물었다.

"같이 잡았나?"

"네."

"13번 거리와 시피 거리 모퉁이입니다. 차를 세우고 그 안에 앉아 있었습니다."

"그게 어째서 법률에 저촉됩니까?" 멋쟁이 사나이가 말했다.

"새벽 3시였습니다." 순경이 덧붙였다.

"알았네, 수고했어."

"이름은?" 부슈가 멋쟁이에게 물었다.

"내 이름은 알고 있을 텐데요."

"다시 한 번 이야기해 봐. 이 귀로 듣고 싶으니까."

"난 지금 피곤해요."

"그렇게 하면 더욱 지칠 거야. 자, 쓸데없는 말은 집어치우고 묻는 말에 대답해. 이름은?"

"테리."

"테리, 그리고?"

"테리 매커시. 왜 그러시지요? 농담하시는 겁니까? 내 이름은 알고 있지 않소?"

"이 자는?"

"이 사람도 알고 있을 텐데요. 클라렌스 케리."

"차 안에서 뭘 하고 있었지?" 캘레라가 물었다.

"에로 사진을 보고 있었습니다." 매커시가 말했다.

"외설, 춘화 등 소지." 캘레라는 태연스럽게 말했다.

"행크, 그렇게 써 주게."

"아니, 잠깐만 기다려요." 매커시가 말했다.

"잠시 쾌락을 즐긴 것뿐이요."

"너희들의 농담을 듣고 있을 겨를이 없어!"

캘레라가 쏘아붙였다.

"알았소, 알았다니까요. 그렇게 화내지 마십시오."

"차 안에서 뭘 했지?"

"그냥 앉아 있었습니다."

"너희들은 새벽 3시에 차를 세워 놓고 그냥 그렇게 앉아 있는 일이 자주 있나?" 포스터가 물었다.

"가끔씩." 매커시가 대답했다.

"앉아서 뭘 하지?"

"이야기하지요."

"무슨 이야기?"

"여러 가지요."

"심오한 철학인가?" 부슈가 말했다.

"그래요." 매커시가 대답했다.

"그래서 어떻게 됐나?"

"새벽 3시에 차를 세우고 앉아 있는 것이 좋지 않은 일인가 보지요? 수첩에 뭔가 쓰고 싶어서 어물거리는 경관은 어디든지 있으니까요."

캘레라가 연필로 책상 위를 톡톡 쳐 보였다.

"매커시, 내가 울화통 터뜨리지 않도록 해줘. 나는 6시간 자고 지금 막 왔네. 너희들의 한가한 이야기 같은 걸 듣고 싶은 기분이 아니야. 마이크 리아던을 알고 있나?"

"누구지요?"

"마이크 리아던. 이 분서의 형사 말이야."

매커시는 어깨를 으쓱해 보이면서 케리 쪽을 돌아다보았다.

"클라렌스, 알고 있나?"

"아아." 클라렌스 케리가 대답했다. "리아던이라면 들은 것 같은 데요."

"어느 정도 아나?" 포스터가 물었다.

"조금이지요." 케리는 웃어댔다. 그러나 형사들이 노려보고 있으므로 웃음 소리는 곧 사라졌다.

"어젯밤에도 만났나?"

"아니오."

"어떻게 알지?"

"어젯밤엔 형사는 아무도 만나지 않았어요." 케리가 말했다.

"여느 때는 자주 만나나?"

"그렇지요, 때때로."

"걸렸을 때는 흉기를 갖고 있었겠지?"

"뭐라구요?"

"빨리 대답해." 포스터가 말했다.

"갖고 있지 않았습니다."

"조사해 보겠어."

"마음대로 하십시오." 매커시가 말했다. "우린 물총도 갖고 있지 않았으니까요."

"차 안에서 무얼 하고 있었나?"

"방금 이야기했잖아요."

"그것만으로는 안돼. 다시 한 번 말해 봐." 캘레라가 말했다.

케리는 한숨을 쉬었다. 매커시가 그의 얼굴을 들여다보았다.

"어떤가?" 캘레라가 물었다.

"내 여자를 망보았지요." 케리가 대답했다.

"그래서?" 부슈가 재촉했다.

"정말입니다. 거짓말이라면 이 자리에서 벼락을 맞아도 좋습니다."

"왜 여자를 망보았지 ? " 부슈가 물었다.

"알고 있잖아요. "

"나는 모르겠는데. 어서 말해 봐. "

"살짝 놀아나지 않나 해서지요. "

"놀아난다고 ? 누구와 ? " 부슈가 물고 늘어지듯이 또 물었다.

"글쎄, 그걸 알고 싶었던 겁니다. "

"그럼, 매커시, 너는 같이 무엇을 하고 있었지 ? "

"도와 주었지요. " 매커시가 웃으면서 말했다.

"여자는 나갔었나 ? " 부슈가 싱거운 표정으로 물었다.

"아니오, 나간 것 같지는 않았습니다. "

"두 번 다시 그런 일은 하지 마. 다음에는 너희들의 비밀을 송두리째 들춰낼 테니까. " 부슈가 말했다.

"비밀이라니요 ? " 매커시가 퉁명스럽게 되물었다.

"농담이겠지요, 부슈 형사님 ? " 케리가 말했다. "우리들의 일을 잘 알고 계시면서. "

"나가 버려 ! " 부슈가 크게 소리를 질렀다.

"돌아가도 좋습니까 ? "

"지옥에라도 꺼져 버려 ! "

"커피가 왔군. " 포스터가 말했다.

풀려난 두 사람은 도망치듯이 형사실을 나갔다. 세 형사는 커피 값을 치르고 한곳으로 의자를 모았다.

"어제 재미있는 이야기를 들었네. " 포스터가 말했다.

"말해 보게. " 캘레라가 고개를 끄덕이며 말했다.

"건축회사 인부의 이야기일세. 괜찮겠나 ? "

"으음 ! "

"지상 60층의 발판 위에서 일을 하네. "

"그래서?"

"점심 시간 종이 울리네. 그러면 그는 일을 멈추고 발판 끝으로 가서 앉아, 무릎 위에 도시락을 올려놓는 거야. 그리고 도시락 뚜껑을 열고 샌드위치를 하나 들어 기름 종이를 벗겨 내지. 한 입 먹어 보고 '쳇, 땅콩 버터로군' 하고 말하며 60층 아래로 던져 버렸다는 거야."

"모르겠는걸." 부슈가 커피를 마시면서 말했다.

"아직 끝나지 않았어." 포스터는 뱃속 가득히 꽉 들어찬 웃음을 참을 수 없다는 듯이 킬킬거리며 말했다.

"어서 계속해 봐." 캘레라가 이야기를 재촉했다.

"그는 다른 샌드위치를 꺼내네. 기름 종이를 점잖게 벗기고 한 입 베어먹었어. 그리고 '쳇, 이것도 땅콩 버터로군' 하고 두 번째의 샌드위치도 60층 밑으로 내던졌지."

"알겠군." 캘레라가 웃었다.

"그는 세 번째의 샌드위치를 먹었네. 이번에는 햄 샌드위치였어. 이것은 그가 좋아하는 것이라서 깨끗이 먹어 버렸지."

"이 이야기는 한밤 내내 계속되겠지?" 부슈가 말했다. "데이비드, 오늘 밤 잠은 못 자게 되겠군."

"아니, 이제 곧 끝나네." 포스터는 다시 계속했다. "네 번째의 샌드위치를 꺼내어 한 입 먹어 보고는 '쳇, 땅콩 버터로군' 하고 60층 밑으로 던져 버렸네. 그런데 한 층 위의 발판에 앉아 있던 인부가 그것을 보고 소리를 질렀지.

'어이, 친구. 자네가 샌드위치 먹는 것을 보았네.'

'그게 어떻단 말인가?'

'자네 마누라 있나?'

'있지.'

소리를 지른 인부는 고개를 흔들며 말했지.

'마누라 얻은 지 몇 년이나 됐나?'

'10년이지.'

'그런데 자네 마누라는 남편이 어떤 샌드위치를 좋아하는지도 모른 다는 말이지?'

밑에 앉았던 인부는 위층의 인부에게 손가락질을 하면서 화를 냈 지.

'제기랄, 내 마누라에게는 아무 죄도 없어. 이 샌드위치는 내가 만 든 것이니까.'"

캘레라는 숨이 막힐 듯 웃어댔다.

부슈는 영문을 모르겠다는 표정으로 포스터의 얼굴을 지켜보았다.

"아직 모르겠는걸." 부슈가 말했다. "10년이 지나도록 남편이 좋 아하는 샌드위치를 모르는 여자와 결혼한 것이 뭐 그리 우스운가? 웃을 일이 아니라 비극이잖나?"

포스터가 말했다.

"샌드위치는 자기가 만든 것이었다니까."

"그건 바보 이야기가 아닌가. 나는 그런 이야기는 재미없어. 자네 들은 바보 이야기를 좋아하나 보군."

"좋아하지." 캘레라가 선뜻 대답했다.

"그래? 그렇다면 알겠네."

"행크는 잠이 모자라는 것 같아." 캘레라가 포스터에게 말하자, 포 스터가 한쪽 눈을 찡긋했다.

"잠은 실컷 자고 왔네."

"그래? 그럼, 알 만하이."

"그건 무슨 뜻이지?" 부슈가 멍청하게 말했다.

"아무것도 아니야. 커피를 치워 버려."

"성생활을 무리하게 끌어들이지 않고는 농담도 하나 하지 못하나? 그럼, 이번엔 내가 묻겠는데, 자네들은 잠을 얼마나 자고 왔지? 못 잤을 테지?"

"못 잤어" 하고 캘레라가 말했다.

"좋아, 그렇다면 좋아."

경관 하나가 형사실로 들어왔다.

"당직 경위가 이것을 전해 주라고 했습니다. 방금 아래층에 도착했습니다."

"검시 보고서겠지." 캘레라가 마닐라 봉투를 받았다. "수고했네."

순경이 경례를 하고 나갔다. 캘레라가 봉투를 뜯었다.

"그런가?" 포스터가 물었다.

"아, 다른 것도 들어 있군." 그는 봉투 속에서 카드를 한 장 끄집어 냈다. "으음, 극장의 칸막이 판자에서 뽑아 낸 총알의 감정서로군."

"보여 주게."

캘레라는 부슈에게 카드를 넘겨 주었다.

탄환			
구경	무게	선회	旋溝數
.45	230그램	좌16도	6개
旋溝間의 간격		旋溝幅	
.071		.158	

금속부재질	準금속부	연질탄두
놋쇠		없음

피해자	날짜
마이크 리아던	7월 24일

비고 :

마이크 리아던의 시체 등 뒤에 있는 극장의 칸막이 판자에서 빼낸 레밍턴 총알

"쳇, 이것으로 뭘 하겠다는 거야 ? " 부슈가 못마땅한 듯이 중얼거렸다. "총을 찾을 때까지는 아무 소용도 없잖나 ? "

"검시 보고서는 ? " 포스터가 물었다.

캘레라는 봉투에서 검시 보고서를 꺼냈다.

〈검시 해부 보고서〉

마이크 리아던

남자, 겉보기 나이 42살, 실제 나이 38살, 추정 몸무게 210파운드, 키 182. 9cm.

〈총괄 감찰 소견〉

머릿부분——후두골 볼록하게 나온 부위에서 왼쪽으로 3. 1cm 부분에 1. 0×1. 25cm의 구멍이 보임 (총알이 뚫은 구멍). 상처 구멍이 안쪽으로 조금 굽어 있음. 두개골 및 제2막층에 상당량의 탄소 입자가 묻어 있는 것을 확인함. 22호 탐자를 삽입한 결과, 상처는 후두부를 뚫고 머리 옆 안을 지나 오른쪽 눈구멍을 꿰뚫었음. 사출

점은 지름 3. 7cm의 불규칙한 구멍이 되어 있음.

제2의 관통 구멍은 오른쪽 섭유골(顧顳骨)의 유양돌기에서 왼쪽으로 6. 2cm의 후두부에 뚫려 있고, 크기는 1. 0×1. 33cm. 22호의 탐자를 넣어 본 결과 두개골 측면 내부를 앞으로 뚫고, 오른쪽 광대뼈에 지름 3. 5cm의 구멍을 뚫고 사출. 광대뼈 잔부의 언저리는 쪼개져 있음.

몸부분──시체의 몸을 총괄 감찰한 결과 증명할 만한 병증 없음.

비고──두개골 내부 조사 결과 탄도를 따라 내출혈의 징후가 있고, 두개골의 작은 조각이 뇌에 박혀 있음.

현미경 검사──뇌 정밀 검사 결과 미세한 내출혈과 뼛조각이 뇌에서 발견됨. 뇌 현미경 검사에 의하면 뇌에는 병증 없음.

"개새끼, 솜씨좋게 죽였군." 포스터가 말했다.

"아아!" 부슈가 대답했다.

"오늘 밤은 모두 바쁘겠군" 시계를 보더니 한숨을 쉬면서 캘레라는 말했다.

6

마이크가 총에 맞은 뒤로 캘레나는 테디 프랭클린과 얼마 동안 만나지 못했다.

여느 때 같으면 어떤 사건을 쫓고 있는 중이라도 테디를 잠깐 만나 보고 나왔다. 더욱이 시간이 있을 때는 물론 그녀와 함께 지냈던 것이다. 그는 그녀를 사랑하고 있었다.

캘레나는 테디와 알게 된 지 아직 반년도 안되었다. 그 무렵 테디는 이 분서 구역 끄트머리에 있는 어느 작은 회사에서 봉투의 겉봉 쓰는 일을 하고 있었다. 그 회사에 도둑이 들었다는 신고를 받고 캘레라가 그 사건을 담당했던 것이다. 테디의 깨끗하고 아름다운 모습을 보고 한눈에 반한 그는 곧 그녀를 불러내어 사귀게 되었던 것이다. 그는 또한 열심히 수사의 손길을 뻗쳐 도둑도 잡았지만, 그 무렵의 두 사람에게 그런 일은 아무래도 상관없었다. 그에게 가장 중요한 것은 테디였다. 그 회사는 중소기업의 흔한 예에서 벗어나지 못했다. 그런데 공동 출자자가 손을 떼는 바람에 문을 닫게 되어 그녀는 회사를 그만두게 되었다. 그러나 그녀에게는 생활에 구애를 받지 않을 만큼 저축해 놓은 돈이 있었다. 그러나 그는 사실 그녀가 가진 돈이 어서 바닥나기를 기다리고 있었다. 그것이 빠르면 빠를수록 좋다고 생각했던 것이다. 그것은 빨리 그녀와 결혼하고 싶었기 때문이었다. 그는 어떻게 해서든지 테디를 자기 것으로 하려고 마음먹었다.

그녀의 생각으로 가득차서 1초라도 빨리 달려가고 싶은 그를 가로막는 교통 신호의 벨 소리를 원망하고, 탄환 감정서와 검시 보고서를 미워하고, 경관의 머리를 뒤에서 쏜 자를 저주하고, 테디에게 아무런 도움도 줄 수 없는 전화 같은 문명의 이기를 원망했다.

그는 흘끗 시계를 보았다. 곧 12시가 될 것이다. 테디는 지금 그가 가는 것을 모르고 있지만, 어떻든 가기로 했다. 그는 테디가 몹시 보고 싶었다.

리버헤드의 아파트에 이르자 차를 세우고 자물쇠를 채웠다. 거리는 아주 조용했다. 아파트는 고풍스러운 건물로, 벽에는 담쟁이덩굴이 무성하게 덮여 있었다. 찌는 듯이 더운 밤이라 열어젖힌 창문이 이따금 눈에 띄었으나, 거의 다 잠이 들었든지 또는 잠을 청하고 있는 것 같았다. 그는 테디의 방에 불이 켜져 있는 것을 보고 몹시 기뻤다. 빠른 걸음으로 계단을 올라가 그녀의 방문 앞에 우뚝

섰다.

문을 두드리지는 않았다.

문을 두드려 봐야 테디에게는 들리지 않는 것이다.

손잡이를 잡고 양옆으로 돌렸다. 그러자 그녀의 발소리가 들리고, 문이 조금 열리더니 곧 활짝 열렸다.

그녀는 마치 죄수복 같은 잠옷을 입고 있었다. 잠옷은 검은 색과 흰 색이 섞인 무명이었다. 그는 방 안으로 들어서면서 문을 잠갔다. 테디는 기다렸다는 듯이 그의 품 안으로 뛰어들었다. 잠시 뒤 그로부터 몸을 뗐을 때, 캘레라는 그녀의 웅변적인 눈과 입을 보고 크게 놀랐다. 그녀의 눈에는 기쁨이 넘쳐흘렀다. 방싯 열려 있는 입술 사이로 하얀 이가 불빛에 더욱 아름답게 보였다. 테디는 머리를 들고 그의 키스를 받아들였다. 무명 잠옷 사이로 그녀의 따뜻한 체온이 짜릿하게 느껴져 왔다.

"오오——" 하고 그가 뭐라고 말하려고 하자 그녀의 입술이 그의 말을 막아버렸다. 그녀는 환하게 불을 밝힌 거실로 그를 끌고 갔다.

그녀는 오른쪽 둘째손가락으로 얼굴을 어루만지며 그의 주의를 끌려고 했다.

"무슨 일이지?"

그가 묻자, 테디는 생각을 고친 듯 금방 고개를 크게 저었다. 테디는 그를 위해서 쿠션을 고쳐 놓았다. 그는 안락의자에 몸을 묻었다. 테디는 그 의자의 팔걸이에 걸터앉아 고개를 갸우뚱거리며 아까와 같은 행동을 되풀이했다.

"말해 봐. 듣고 있으니까." 그는 말했다.

그녀는 캘레라의 입술을 열심히 보고 있다가 방긋 웃었다. 손가락을 볼에서 뗐다. 죄수복 같은 잠옷의 윗옷 왼쪽에 하얀 천이 붙어 있었다. 그녀의 가슴 바로 위였다. 그녀는 손으로 그 천 조각을 만져 보였다. 그는 찬찬히 그것을 바라보았다.

"너의 여자다운 세심한 마음을 보려는 것이 아니야."

캘레라는 웃는 얼굴로 말했다.

테디는 그 말을 알아들은 듯했으나, 머리를 저었다. 마치 죄수복과 같이 그녀의 천 조각에는 잉크로 번호가 씌어 있었다. 그는 몇 번이고 그 번호를 읽었다.

"내 경찰 휘장의 번호로군."

그녀의 입가에 웃음이 떠올랐다.

"이럴 때는 키스해도 괜찮겠지?"

캘레라가 다가가자 테디는 또 고개를 양옆으로 흔들었다.

"키스하면 안돼?"

그녀는 계속 머리를 흔들었다.

"왜?"

그녀는 쥐고 있는 오른손을 활짝 펴 보였다.

"할 이야기가 있어?"

테디는 고개를 끄덕였다.

"무슨 이야기지?"

그녀는 갑자기 의자에서 일어났다. 테디가 방 안을 걷고 있는 것을 그는 한참 동안 바라보았다. 그의 눈은 터질 듯이 팽팽한 그녀의 엉덩이 부분을 쫓고 있었다. 그녀는 구석의 탁자로 가더니 신문을 집어들었다. 그리고 신문 제1면에 실린 마이크 리아던의 사진을 가리켰다. 뇌장을 쏟아 낸 채 거리에 쓰러져 있는 사진이었다.

"아아!" 그는 맥빠진 듯한 신음 소리를 냈다.

테디의 얼굴에 슬픔이 떠올랐다. 테디는 말로 표현할 수가 없어 슬픈 표정을 과장해 보이고 있다. 그녀의 얼굴은 입을 대신해서 많은 이야기를 한다. 그녀는 사람들의 이야기를 귀로 들을 수가 없었다. 캘레라는 그녀의 눈과 입의 표정에서 아무리 작은 감정의 표현까지도 잡을 수가 있었다. 그러나 지금 그녀의 과장된 표정에는 조금도 거짓이 없었다. 그녀가 느낀 슬픔은 정직한 인간의 진실된 것이었다. 마이크 리아던을 만난 적은 없지만 캘레라의 이야기에서 자주 들었으므로 그녀는 잘 아는 사람 같은 느낌이 들었던 것이다.

그녀는 두 손을 벌리고 눈썹을 쫑긋해 보이면서 "누가 그랬지요?" 하고 캘레라에게 물었다.

"아직 몰라. 그래서 못 왔던 거야. 이 수사 때문에." 그녀가 이상스럽다는 표정을 지었으므로 "너무 빨리 말했나?' 하고 그는 천천히 물었다.

테디는 머리를 저었다.

"그럼, 뭐야?"

그녀는 캘레라의 가슴으로 몸을 던지며 갑자기 울기 시작했다.

"왜 이러는 거지? 어떻게 된 거야?" 캘레라는 그녀가 이렇게 하면 그의 입 모습을 볼 수가 없었으므로 재빨리 테디의 턱을 들어올렸다.

"셔츠가 젖어."

테디는 눈물을 삼키면서 머리를 들었다.

"왜 그러지?"

그녀는 천천히 손을 올려 그의 볼을 어루만지더니 다시 손가락으로 입술을 만지작거렸다.

"나를 걱정하고 있는 건가?"

테디가 고개를 끄덕였다.

"걱정할 것 없어."

그러자 그녀는 다시 신문의 1면을 보이면서 자기 머리를 가리켰다.

"그것은 어떤 미친 놈의 짓이야."

테디는 얼굴을 들고 눈물이 괸 다갈색 눈으로 그를 똑바로 올려다보았다.

"조심할께. 나를 사랑하고 있는 거지?"

테디는 고개를 끄덕거리다가 얼굴을 감쌌다.

"왜 이러지?"

그녀는 얼굴을 들고 웃어 보였다. 사랑으로 가득찬 눈이 부끄러워하며 웃고 있다.

"나를 만나지 않으면 쓸쓸하지?"

그녀는 그렇다는 몸짓을 해보였다.

"나도 그래."

그녀는 똑바로 얼굴을 들었다. 그의 눈에는 지금까지 보지 못했던 생기가 넘쳐흘렀다.

"내 눈에 담긴 이야기를 정확히 읽어 주세요." 그녀는 진정으로 캘레라 없이는 살 수 없을 것 같은데, 그가 아직도 알아 주지 않는 것이 안타깝기만 했다.

그는 테디의 눈에서 그녀의 이러한 뜻을 알아 내고 '오오──' 하고 감탄했다.

캘레라가 알아차린 것을 안 테디는 마음이 상기되어 한쪽 눈썹을 치켜올리고 천천히 머리를 끄덕였다. 그녀는 입을 둥글게 오므려 '오오──' 하고 캘레라의 흉내를 냈다.

"당신은 참으로 훌륭해."

테디는 고개를 끄덕였다.

"내가 순수하고 늠름한 젊은이기 때문에 나를 좋아하는 거지?"

테디는 또 끄덕였다.

"나와 결혼하지?"

그녀는 역시 고개를 끄덕였다.

"아직 이 질문은 열 두 번밖에 하지 않았단 말이야."

그녀는 어깨를 으쓱하면서 몹시 즐거워했다.

"언제 결혼할까?"

테디는 그를 가리켰다.

"좋아, 날짜는 내가 정할게. 8월에 휴가를 얻을 계획이야. 그때 결혼하자. 좋지?"

그녀는 꼼짝 않고 그를 쳐다보았다.

"정말이야."

그녀는 금방이라도 울음을 터뜨릴 것 같은 표정이었다. 캘레라는 그녀를 품 안에 끌어 안았다.

"테디, 나는 진실이야. 거짓이 아니야. 내 마음은 진실이니까, 제발 바보 같은 짓은 하지 말아. 당신을 사랑하고 있고, 당신을 아내로 맞아들이고 싶어. 오래 전부터 당신과 결혼하고 싶었어. 더 이상 기다리다가는 미칠 것 같아. 테디, 나는 지금 그대로의 당신이 좋아. 당신의 어디도 변하는 것이 싫어. 그러니까 바보 같은 말은 하지 말아. 부탁이야. 절대로 하지 말아. 당신이 말 못하는 것……나는 아무렇지도 않아. 테디, 사랑스러운 테디, 나는 지금 이대로 행복해. 알겠지? 당신은 다른 어떤 여자보다 훌륭해. 나와 결혼해 줘."

테디는 얼굴을 들고 그를 보았다. 그녀는 자신의 눈을 믿을 수가 없었다. 말을 할 수 있다면 얼마나 좋을까. 스티브 캘레라처럼 좋은 남자가, 이처럼 훌륭한 사람이, 용기있고 늠름한 사람이 왜 나 같은 여자하고 결혼하려고 할까? "사랑하고 있어요. 당신이 좋아요"라고 말할 줄도 모르는 여자하고 어째서 결혼하려고 하는가?

그녀는 이해할 수가 없었다.

그러나 그는 다시 되풀이하여 구혼했다. 지금 그녀는 그의 팔에 안긴 채, 그녀 자신이 캘레라가 말한 대로 다른 여자들보다 '훌륭한 여자'일까, 말을 할 수 없는 것이 문제가 되지 않을까 깊이 생각하고 있었다.

"좋지?" 캘레라가 말했다. "아내가 되어 주는 거지?"

테디는 고개를 끄덕였다. 그녀는 턱을 올려 대답 대신 그에게로 입술을 가져갔다. 그녀를 안고 있는 캘레라의 팔이 무서운 힘으로 그녀의 사랑을 확인해 주었다. 그녀는 그의 팔에서 떨어져 나왔다.

"왜 그래?"

그러나 테디는 그의 팔에서 벗어나 부엌으로 들어갔다.

그녀가 샴페인을 가지고 돌아오자 캘레라는 "한 대 맞았군" 하고 웃었다.

테디는 한숨을 짓고 다만 고개를 끄덕였다. 캘레라는 그녀의 등을 가볍게 두드리며 위로해 주었다.

그녀가 캘레라에게 샴페인을 넘겨 주고는 크게 머리를 숙여 보였다. 죄수복 같은 잠옷을 입고 있어서 묘하게 보였다. 캘레라가 병을 따는 동안에 그녀는 마루에 책상다리를 하고 앉아 그를 지켜보았다.

샴페인 마개가 퐁 소리를 내며 빠졌다. 테디에게는 그 소리가 들리지 않았지만, 병의 코르크가 천장으로 튀어오르고 하얀 거품이 넘쳐 캘레라의 손을 적시는 것을 보았다.

그녀는 손뼉을 치고 웃으면서 잔을 가져왔다. 캘레라가 먼저 자기 잔에 조금 따랐다.

"이렇게 하는 거야. 위에는 불순물이 있을 때도 있으니까."

그는 먼저 테디의 잔에 철철 넘치게 따른 다음 자기 잔에도 가득

채웠다.

"우리 두 사람을 위해서!" 캘레라가 소리치며 축복했다.

테디는 팔을 천천히 벌리다가 활짝 폈다.

"언제까지나 언제까지나 서로 사랑하고 행복스럽게……"

캘레라는 그녀가 벌린 팔의 의미를 풀이하여 이렇게 말했다.

그녀는 즐거워서 어쩔 줄을 몰라했다.

"그리고 8월에 올릴 결혼식을 위해서!"

두 사람은 잔을 마주치고 샴페인을 마셨다. 테디는 마냥 즐거운 듯 눈을 동그랗게 뜨고 끝없이 감사하는 얼굴로 고개를 갸우뚱거렸다.

"행복해?" 캘레라가 물었다.

"네, 행복해요." 그녀의 눈이 대답했다.

"아까 한 말은 진실이겠지?"

테디는 무슨 말인지 모르겠다는 듯이 한쪽 눈썹을 움직였다.

"나를 만나지 않으면 쓸쓸하다고 말한 것……?"

"네, 그래요, 그랬어요, 그렇다니까요……" 그녀의 눈이 말했다.

"당신은 참 예뻐."

그녀는 정중한 인사로 대답을 대신했다.

"당신이 가진 것은 모두 훌륭해. 테디, 당신을 사랑하고 있어. 정말 사랑하고 있어."

테디는 술잔을 놓고 그의 손에 입술을 댔다. 그녀는 그를 침실로 데리고 갔다. 그의 셔츠 단추를 풀고 바지를 벗겼다. 그녀의 손은 부드럽게 움직였다. 캘레라가 침대 속으로 들어가자 그녀는 불을 껐다. 그리고 부끄러워하지도 않고 그의 옆에 나란히 누웠다.

두 사람이 이렇게 커다란 아파트의 한 작은 방에서 사랑을 나누고 있을 때, 데이비드 포스터 형사는 어머니와 함께 살고 있는 아파트로 돌아가는 도중이었다.

그리고 두 사람이 사랑을 불태우고 다시 조용한 애무로 들어갔을 때, 데이비드 포스터는 동료인 죽은 마이크 리아던을 생각하고 있었다. 생각에 열중한 나머지 그는 등 뒤의 발자국 소리를 듣지 못했다. 그가 그 소리를 깨달았을 때는 이미 때가 늦었다.

그가 뒤돌아보려 했을 때 밤하늘에서 정체 모를 45구경 권총이 오렌지색 불을 뿜어 냈다. 한 발, 두 발……몇 발인가. 데이비드 포스터는 가슴을 움켜잡았다. 그의 갈색 손가락 사이로 붉은 피가 흘러내리고, 그는 콘크리트 바닥에 쓰러졌다. 그는 죽었다.

7

아들을 잃은 어머니는 아무 말도 할 수가 없다. 인사조차도 할 수 없었다.

캘레라는 레이스로 장식된 안락의자에 포스터의 어머니와 마주 앉았다. 좁기는 하나 잘 정돈된 거실의 커튼 사이로 오후의 눈부신 햇빛이 흘러들어왔다. 서늘한 방 안에 면도날 같은 햇빛이 가는 선을 그리고 있었다. 밖의 더위는 아직 가시지 않아 방 안의 서늘함이 고맙게 느껴졌으나, 죽은 아들에 대한 이야기를 해야 하는 캘레라는 더위 쪽이 오히려 더 나을 것 같은 생각이 들었다.

포스터의 어머니는 몸이 작고 마른 노파였다. 아들 데이비드와 마찬가지로 다갈색 얼굴에 주근깨가 많았다. 등이 파묻히도록 의자에 웅크리고 앉아 있는 노파, 얼굴이며 손이 모두 시들어 있는 몸집이 작은 이 노파. '바람에도 견디기 어려운 가엾은 노파'——캘레라는 이런 글귀를 문득 생각해 냈다. 노파의 무표정한 얼굴 뒤에서 조용히 파도치는 슬픔을 캘레라는 지켜보고 있었다.

"데이비드는 좋은 아이였습니다."

가늘고 슬픔에 찬 목소리로 노파는 말했다.

지금 아들의 죽음을 이야기하러 온 캘레라는 오히려 그 어머니에게서 죽음의 냄새를 맡고 있는 것이었다. 나지막한 노파의 목소리에서 죽음의 소리를 듣는 듯했다. 몇 시간 전까지도 젊고 피둥피둥했던 아들이 지금은 이 세상에 없고, 아들의 평화스러운 죽음을 수없이 빌었을 이 노파가 이처럼 슬픔에 잠겨서 캘레라와 이야기하게 되다니, 캘레라는 이상한 생각이 들었다.

"어렸을 때부터 아주 착한 아이였습니다. 이런 인심 사나운 곳에서 아이를 키우니까, 아이가 어떻게 될까 늘 걱정했었지요." 노파는 이야기를 계속했다. "우리 집 주인은 아주 부지런했는데 일찍 죽었지요. 데이비드가 자유롭지 못해 하는 것을 볼 때면 가슴이 메이는 것 같았습니다. 그래도 그애는 어렸을 때부터 착한 아이였어요. 집에 돌아오면 다른 아이들의 이야기를 내게 들려 주곤 했답니다. 그러나 그애만은 비뚤어진 일을 하지 않는다는 것을 나는 잘 알고 있었지요."

"그렇습니다."

"그애는 언제나 주위 사람들에게 귀여움을 받았습니다." 노파는 머리를 흔들면서 이야기를 계속했다. "아이들에게도, 나이 많은 사람들에게도 그랬어요. 캘레라 씨, 이곳 사람들은 경찰을 좋게 보고 있지 않아요. 그런데도 데이비드만은 모든 사람들에게 사랑을 받고 있었지요. 이곳 사람들과 같이 자랐고, 같은 친구고, 그래서 모든 사람들이 내가 그애를 자랑스럽게 여기는 것처럼 그애를 친구로 가진 것을 자랑스러워했을 것이라고 생각합니다.'

"네, 우리도 그 친구를 자랑스럽게 여기고 있었습니다.'

"그애는 훌륭한 경관이었지요?"

"아주 훌륭한 경관이었습니다."

"그런데 누가 그애를 죽이리라고 생각했겠습니까? 그애가 하는 일이 위험하다는 것은 잘 알고 있었습니다. 그러나 이번 일은 너무해요. 근무 중도 아닌데, 비번으로 집에 돌아오는 길이었지요. 캘레라 씨, 그애를 쏘리라고 그 누가 생각이나 했겠습니까? 하필이면 그애를 쏘다니……"

"실은 그 일로 말씀드릴 것이 있어서 왔습니다. 몇 가지 말씀드려도 되겠습니까?"

"데이비드를 죽인 범인을 찾는 데 도움이 된다면 하루 종일이라도 좋습니다."

"그는 집에서 일에 대한 것을 이야기하지 않았습니까?"

"곧잘 이야기해 주었지요. 관내에서 일어난 일, 당신들이 손대고 있는 일들을 말입니다. 그애하고 같은 팀이었던 사람이 죽은 것도 이야기해 주었습니다. 머릿속에서 한 사람 한 사람의 사진을 뒤지고 있으니까, 범인을 잡는 것은 시간 문제라고 했지요."

"머릿속의 사진에 대해서 이야기한 일이 있습니까? 누구인지 짐작이 간다든가 하는 이야기 말입니다."

"아니오."

"데이비드의 친구는 어떤 사람들입니까?"

"그애는 누구하고나 친했지요.'

"주소록이나, 또 다른 데에 친구들의 이름을 써 놓지 않았습니까?"

"주소록은 없는 것 같지만, 전화기 옆에 그애가 언제나 사용하는 메모장이 있어요."

"그것을 좀 보아도 되겠지요?"

"네."

"혹시 애인은?"

"없었습니다. 그러나 누구라고 정해 놓은 사람은 없었지만, 여러 명의 여자들과 가끔 함께 다녔지요."

"일기를 쓰던가요?"

"아니오."

"사진첩 같은 것은 없습니까?"

"그애는 음악을 좋아했어요. 틈만 있으면 레코드를 들었습니다."

"아니, 레코드가 아니고 사진첩 말입니다."

"네, 없었어요. 지갑에 사진이 두서너 장 들어 있을 뿐이지요."

"비번 날 외출할 때 가는 곳을 말하던가요?"

"여기저기 여러 곳을 다닌 것 같았어요. 극장을 좋아해서, 곧잘 연극 구경을 갔지요."

"어릴 때의 친구들을 자주 만나지는 않았는지요?"

"아니오. 그런 것 같지는 않았어요."

"술은?"

"술은 많이 마시지 않았습니다."

"그럼, 이 근처에 단골 술집은 없습니까? 물론 친구들과 어울렸 겠지만."

"모르겠군요."

"협박장 같은 거 받은 일은?"

"그런 일은 없었어요."

"전화를 받고 얼굴 표정이 변한 것 같은 일은?"

"표정이 변하다니요? 무슨 뜻이지요?"

"그러니까 어떤 사실을 어머니에게 숨기려고 했든가, 무슨 근심 을 하든가 하지는 않았는지요? 협박 전화라도 걸려 왔나 해서 그러는 겁니다."

"아니오. 그런 기억은 없습니다."

"그러십니까. 그럼……" 캘레라는 메모장에 대해서 상의했다. "이 정도로 좋습니다. 일이 많아서 이만 실례하겠습니다. 괜찮으시다면 전화기 옆의 메모장을……"

"네, 좋습니다."

노파는 일어나 침실로 들어갔다.

캘레라는 그녀의 뒷모습을 의미깊게 지켜보았다. 그녀는 메모장을 들고 돌아와서 캘레라에게 건네 주었다.

"가지고 가셔도 좋아요. 부디 천천히 보세요."

"죄송합니다. 우리들도 모두 아드님이 죽은 것을 슬퍼하고 있습니다."

캘레라는 진심으로 애도의 뜻을 표했다.

"아들의 원수를 갚아 주세요."

노파는 말을 마치고 마른 손을 내밀어 캘레라의 손을 꼭 쥐었다. 그 손의 힘과 그녀의 눈과 얼굴에 보이는 어떤 힘에 캘레라는 놀랐다. 그가 복도로 나오자 그녀는 곧 문을 잠그고 들어갔다. 방에서 노파의 흐느낌 소리가 나직이 들려 왔다. 그는 아래층으로 내려와 차에 올랐다. 윗옷을 벗어 얼굴의 땀을 닦고 핸들 앞에 앉아 메모를 들여다보았다.

목격자의 증언——없음

동기——복수? 강도? 미친 사람의 짓? 마이크의 경우와의 관련은? 탄환 검사 결과를 조사할 것.

범인의 인원수——두 사람인가? 한 사람이 마이크, 한 사람이 데이비드, 또는 동일 인물의 짓인가? 이것도 탄환 검사 결과에 따른다.

흉기——45구경 자동권총.

범인의 발자취──?

일기류, 편지, 주소록, 전화번호부, 사진──데이비드의 어머니
에게 묻다.

교우, 친척, 연인, 적 등──위와 같음.

평소의 출입지──위와 같음

평소의 습관──위와 같음

현장에서 발견된 발자국 단서──개똥을 밟은 뒤꿈치 자국. 지
금 감식 중임. 탄피 4개, 실탄 2발. 위와 같음.

지문──없음.

캘레라는 머리를 긁적이고, 더위 때문에 한숨을 내쉬었다. 그는
새 사건의 탄환 검사 보고가 와 있는지 어떤지를 알아보기 위해 분
서로 차를 몰았다.

마이크 리아던의 미망인은 30대를 절반쯤 지난 가슴이 풍만한
여자였다. 검은 머리에 녹색 눈, 아일랜드 계통의 사람답게 코에
주근깨가 있다. 회전목마나 롤러 코스터에는 관심이 없는 듯한 얼
굴이었다. 바닷가에서 물장구를 치며 깔깔 웃어 대는 소녀같은 얼
굴이다. 마티니를 마시기 전에 베르뭇의 코르크 냄새만 맡고도 취
해 버릴 듯한 얼굴이다. 일요일마다 교회에 나가는 여자, 젊었을
때는 신인 클럽에 가입했던 것 같은 여자, 마이크의 아내가 되어서
도 이틀 동안이나 처녀로 남아 있었던 그런 여자였다. 날씬한 다
리, 눈부시게 하얀 피부, 균형잡힌 몸매의 여자로 이름은 메이라고
했다.

7월 25일의 무더운 오후, 그녀는 검은 옷을 입고 있었다. 두 발
을 마루 위에 모으고 무릎에 두 손을 모은 채, 롤러 코스터에 타고

있을 때와 같이 미소지은 얼굴은 볼 수가 없었다.

"아이들에게는 아직 이야기하지 않았어요." 그녀는 부슈에게 말했다. "아이들은 아무것도 모르고 있어요. 어떻게 이야기해야 할지 모르겠어요. 뭐라고 말해야 될까요?"

"어려운 일이로군요." 부슈가 조용한 목소리로 말했다.

머리가 온통 땀으로 젖어 있었다. 이발소에 가야 할 때다. 꺼칠꺼칠한 그의 붉은 털이 더위 때문에 비명을 울리고 있다.

"그래요." 메이가 말했다. "맥주라도 드릴까요? 몹시 더운데. 마이크는 돌아오면 언제나 맥주를 한 잔 했어요. 참으로 꼼꼼한 분이었지요. 무엇이나 세밀하게 계획을 세워서 했어요. 돌아와서 맥주를 마시지 않으면 그날 밤은 잠을 잘 수 없다고 했지요."

"이 근처의 술집에 간 일은 없습니까?"

"네, 언제나 집에서 마셨어요. 위스키는 입에 대지도 않고 맥주를 한두 잔 마실 뿐이었지요."

마이크 리아던. 부슈는 생각해 본다. 같은 경찰 동료였던 마이크. 지금 그는 피해자로서 시체가 되었고, 부슈는 지금 그 미망인으로부터 그의 생전의 이야기를 듣고 있다.

"에어컨을 사기로 했었죠." 메이가 말했다. "우린 그것을 서로 의논했었어요. 이 아파트는 살인적으로 더우니까요. 이웃에 높은 빌딩이 숨막히도록 들어찼기 때문에 더욱 더워요."

"그렇군요. 그런데 부인, 마이크를 증오하는 자가 있었는지 혹시 모르십니까? 공무 외의 사람들 중에서 말입니다."

"없다고 생각해요. 마이크는 아주 착실했으니까요. 당신들도 같이 일해 보셨으니 잘 아실 것 아니에요?"

"피살된 날 밤의 일을 이야기해 주시겠습니까? 집을 나가기 전의 일을."

"나갈 때 저는 자고 있었어요. 12시부터 8시까지의 근무 때는 언제나 다투었어요. 나가기 전에 잘 것인가, 어쩔까 하는 문제로 말이에요."

"다투었다고요?"

"그건 작은 의견 차이 때문이었어요. 마이크는 일어나 있으려 했지만 어린아이가 둘이나 있으니까요. 10시가 되면 나는 참을 수 없게 돼요. 그래서 그이도 최근에는 일찍 자리에 들어갔답니다. 9시부터였지요."

"나갈 때는 자고 있었겠군요?"

"네, 그이도 나가기 조금 전에 눈을 떴었지요."

"그는 무슨 말을 했습니까? 그가 기습을 당할 두려움이 있는 것 같은 협박이나 그 비슷한 일은 없었는지요?"

"아무 말도 하지 않았어요." 메이 리아던은 시계를 보았다.

"저는 곧 나가 봐야 해요. 장의사에 가기로 되어 있어요. 그 일로……더 조사할 것이 있으시면……그이의 유품이나 무엇이나……
……저같은 처지가 되어 보면……친척들도 모두 옛날 사람들이라
……장례식 준비를 하겠다는 거에요. 언제쯤이면 검시가 끝나지요?"

"곧 끝납니다, 부인. 혹시 뭔가 빠뜨린 것이 없나 해서 주의하고 있지요. 세밀하게 해부하면 무언가 단서가 잡히겠지요."

"네, 그것은 잘 알고 있어요. 나는 그런 말씀을 드리고 싶지 않았지만, 아이들이 여러 가지로 귀찮게 물으니까. 아이들은 아무 것도 모르고 있어요. 그이가 나간 다음 아침이 되어도 돌아오지 않는 것이……아버지가 집에 없다는 것이……"

그녀는 입술을 깨물며 얼굴을 돌렸다.

"미안해요. 마이크는……마이크는 내가 이런 말을 하면……화를

내겠지요. 내가 미치기라도 한다면 마이크는……" 그녀는 고개를 옆으로 저으며 울먹였다.

부슈는 갑자기 경찰관의 아내였던 이 여자에게 동정을 느꼈다. 이윽고 그의 생각은 아내 앨리스에게로 옮겨갔다. 자기가 총에 맞으면 앨리스는 어떻게 생각할까? 그는 정신없이 생각에 몰두했으나 곧 머릿속에서 털어 버렸다. 그런 것은 생각해 봐야 아무 도움도 되지 않는다.

더욱이 지금 같은 때에——

계속해서 동료가 둘이나 죽었다고 하여 그런 생각을 해서는 안된다. 제기랄, 미친놈이 설치다니, 생각이나 할 수 있는 일인가? 감히 어떤 자가 고르고 골라서 이 분서 형사들의 씨를 말리려고 노리고 있다고 생각할 수 있겠는가.

그렇다, 그것은 분명히 있을 수 있는 일이다. 확실히 있을 수 있는 일이긴 하지만, 그렇다고 해서 자기가 당했을 때 앨리스의 반응을 상상한다는 것은 아무 의미도 없는 일이다. 그런 생각들로 머리가 가득차게 되면 지금까지는 없었던 일, 일어날지도 모르는 위험을 당했을 때 재빠른 반사 운동을 하기 위해 냉정한 두뇌가 급히 필요할 경우 어떻게 하겠다는 것인가? 그것은 노도 없이 운하를 건너려는 것과 같은 일이다.

마이크 리아던은 총을 맞았을 때 어떤 생각을 하고 있었을까? 네 발의 총알이 몸을 찢을 때 데이비드 포스터의 마음에는 무엇이 떠올랐을까?

물론 두 사람의 죽음이 아무 관계가 없다고 생각할 수도 있다. 그러나 틀림없이 그렇게 생각할 수는 있지만, 흔히 있는 일은 아닌 것이다. 수법이 너무도 비슷하다. 탄환 검사 보고서가 와야만 경찰이 쫓고 있는 범인이 동일인인지 아닌지 확실해질 것이다.

부슈는 단독 범행이라는 견해로 기울고 있었다.

"달리 묻고 싶은 이야기가 있으시면——"

메이는 이제 자기 감정을 억제하고 부슈와 똑바로 마주보고 앉았다. 창백한 얼굴에 눈만이 휑하니 크게 뜨여져 있다.

"그의 주소록이나 사진, 전화번호부, 그밖에 오려 놓은 신문이라든가 친구 관계, 친척 등 단서가 될 만한 것이면 모두 준비해 주시기 바랍니다."

"네, 그렇게 하지요." 메이가 말했다.

"사건에 관계된 것 같은, 특별히 달라진 점이라든가 그밖에 뭐 짐작가는 데가 없습니까?"

"아무것도 없어요. 부슈 씨, 아이들에게는 어떻게 이야기해야 좋지요? 오늘 둘 다 영화관에 보냈어요. 아빠는 일하러 갔다고 했어요. 그러나 언제까지나 그애들에게 숨겨 둘 수는 없겠지요? 아빠를 잃은 아이들에게 뭐라고 말해야 되지요? 아아, 저는 어떻게 해야 좋을지 모르겠어요."

부슈는 말문이 막혀 버렸다.

7월 25일 오후 3시 42분. 탄환 검사 보고서가 캘레라의 책상 위에 놓여졌다. 마이크 리아던 살해 현장의 탄피와 탄환과 데이비드 포스터를 죽인 그것이 비교 검사된 것이다.

탄환 검사 보고서는 두 개의 살인 흉기가 같은 것이라고 단정짓고 있었다.

8

데이비드 포스터가 피살된 날 밤, 개 한 마리가 쓰레기통을 샅샅이 뒤지고 돌아다니는 바람에 길거리는 순식간에 더러워졌다. 감식계원들이 그 발꿈치의 자국을 찾아내는 데 더욱 힘이 든 것도 그 때문이었다. 감식계 직원들은 지친 표정으로 일을 시작했다.

발자국은 곧 사진으로 찍혀졌다. 석고형을 만들 때 예기하지 못한 실패가 곧잘 일어나기 때문이다. 발자국은 인치 눈금이 있는, 검게 얼룩진 두터운 종이의 자반(尺盤) 위에 놓였다. 카메라는 자동 삼각대를 장치하여 발자국 위에 설치되고 비뚤어지지 않게 렌즈는 발자국과 평행을 이루었다. 찰칵, 하는 셔터 소리. 뒤꿈치 자국은 뒷날의 증거로 남게 된다, 최소한 사진만은. 감식계원들은 어렵고 까다로운 석고형을 뜨는 일에 착수했다.

한 사람이 고무 컵에 물을 반쯤 담아 가지고 왔다. 그 물에다 소석고(燒石膏)를 휘젓지 않고 살살 넣어서 석고가 저절로 물에 가라앉도록 했다. 수면까지 소석고를 부어 컵 속에 10온스쯤 채웠다. 그 컵은 혼합한 석고를 넣기 위해 기다리고 있는 다른 직원의 손으로 건네어졌다.

부드러운 물질에 붙어 있는 발자국이라 먼저 셀락(니스의 원료)을 뿌려 놓은 다음 그 위에다 얇은 기름 막을 걸쳐 놓았다. 소석고가 녹은 것을 휘저어 준비된 발자국에 조심스럽게 부어넣었다. 스푼으로 조금씩 부어 갔다. 발자국이 3분의 1인치쯤의 두께로 덮여지자 모두들 그 위에다 삼베와 가는 막대기를 펴서 석고를 놓고 채워넣었다. 이물질이 발자국 밑에 닿든가 세세한 부분을 손상시키지 않도록 주의를 쏟았다. 그것이 끝나자 그들은 다시 발자국 위에 또 하나의 석고층을 만들어 굳혔다. 가끔 손을 대어 굳어 가는 정도를 살폈다. 그들은 이렇게 눌러 보는 것으로 석고가 굳어 가는 정도를 알 수 있었다.

발자국은 오직 하나였으며, 그것도 만족할 만큼 뚜렷하지 않았다. 발자국 하나로는 걷는 버릇을 추정하기도 어렵고, 걸음폭과 걸을 때의 좌우 간격, 양쪽 발의 길이, 발바닥 너비, 뒤꿈치나 발 끝의 걷는 버릇 등을 한눈에 알아낼 수 있는 예의 서식을 메울 수가 없는 것이다.

키 좌보장/우보장 보폭 좌족방향 좌족결손 좌족경도·우족장 우족장/우보장/우족방향 우족결손 우족경도·좌족폭 좌족폭 기타

발자국을 하나밖에 발견하지 못했으므로 감식계원들은 그것에 온 힘을 쏟았다.

이처럼 세밀하게 조사해 본 결과 뒤꿈치의 바깥쪽이 심하게 닳아 있는 것을 알아냈다. 이것으로 범인은 엉덩이를 조금 내밀고 오리걸음으로 걷는다는 것을 알게 되었다. 또 구두 뒤축이 처음부터 구두에 붙어 있었던 것이 아니라 수리할 때 새로 단 고무 뒤창인 것도 알아냈다. 뒤축 왼쪽의 안에서 세 번째 못이 박을 때 굽어진 것도 알아냈다.

더욱이 그 발자국이 범인의 것이 분명하다고 한다면, 그 뒤창에는 오설리번 제조회사의 이름이 분명히 새겨져 있었다. 오설리번이 '미국 제일의 구두 뒤축' 제조회사라는 것은 누구나 다 알고 있다.

농담이라 할지라도 이것은 진부한 것이어서 감식계원들은 아무도 웃지 않았다.

신문도 이번 사건을 신중하게 다루었다. 타블로이드판 아침 신문은 두 사건을 모두 큼직한 제목으로 보도했다. 데이비드 포스터의 죽음을 '경관 두 명째 살해되다' 또는 '두 명째의 경관 살해'라는 식으로 정확히 보도했던 것이다.

타블로이드판 저녁 신문도 아침 신문의 보도를 옮긴 듯이 한 신문은 '거리를 휩쓰는 흉악범'이라고 보도했다. 더욱이 이 신문은 경

쟁지의 독자를 빼앗기 위해 열심이었고, 그때그때 세상에서 일어나는 일을 낱낱이 폭로하는 것을 특색으로 삼았기 때문에——다니엘 분에서 겨울 속옷에 이르기까지 독자를 끌 수 있는 것은 무엇이든지 다루었다——신문의 제1면은 빨간 전단(全段)의 커다란 제목으로 '경찰의 무법 지대——우리 경찰은 어찌 되는가'라고 특필하고, 붉은 바탕에 흰 글씨로 조그맣게 '4면 말레이 쉬나이더의 사설을 보라'고 씌어 있었다.

앞의 3페이지에서는 가슴이 두근두근하게 하는 폭탄적인 기사를 읽을 수 있었고, 담력을 가진 사람은 제4면에서 말레이 쉬나이더가 마이크 리아던과 데이비드 포스터의 죽음을 '부패한 경찰의 오래 곪은 오직(汚職)이 터진 것이다'라고 단정지은 기사를 볼 수 있었다.

한편, 그처럼 부패했다는 제87분서의 지저분한 형사실에서는 캘레라와 부슈가 책상을 앞에 놓고 동료 경관이 전과 기록에서 찾아온 몇 장의 카드를 살피고 있었다.

"잠깐, 이들을 눈여겨보게." 부슈가 캘레라를 불렀다.

"어디 보세."

"마이크와 데이비드에게 걸렸던 자들이네. 알겠나?"

"응."

"판사는 이들을 유죄 선고하고 주(州) 별장에 5년에서 10년간 공짜 하숙을 시켰지."

"좋군."

"그런데 그들이 이윽고 석방되었네. 곰곰이 생각할 여유가 많았지. 처음에는 조그마한 노여움이었으나, 시간이 갈수록 지독한 증오로 변했어. 그가 생각하고 있는 것은 마이크와 데이비드에 대한 일뿐이야. 그들은 두 사람에게 빚을 갚기로 했지. 먼저 마이크를 해치우고, 그 증오심이 식기 전에 데이비드에게 달려든 거야. 그리고 탕 하고 데이비드도 해치워 버린 것이지."

"그럴 듯하군."

"이 플래너건이란 자는 너무 앞뒤가 잘 맞는 것 같아. 마음에 걸리는군."

"어째서?"

"이 카드를 보게. 절도, 밤일에 필요한 도구 소지, 1947년으로 거슬러 올라가면 부녀자 폭행이네. 마이크와 데이비드에게 붙잡힌 것은 마지막 강도 때였지. 그것이 처음으로 유죄가 되어 10년 동안 징역 살았어. 5년 복역한 뒤 지난날 가출옥했지."

"그래서?"

"으음, 증오에 휩싸인 녀석이 10년형을 5년에 때울 만큼 얌전했다는 것이 이상해. 플래너건은 지금까지 사건에 권총을 사용한 일이 없어. 신사 강도지."

"권총 같은 거야 쉽게 손에 넣을 수 있어."

"그건 그래. 그러나 꼭 이 녀석이라고 생각되지는 않아."

"아무튼 그 친구도 조사해 보세." 캘레라가 말했다.

"좋아, 하지만 나는 그전에 이자를 먼저 조사하고 싶네. 오디츠라는 자야. 루이스 오디츠, '비틀이'라는 괴상한 별명이 있군. 이 카드를 보게."

캘레라는 전과 기록 카드를 끌어당겼다. 4×6인치의 흰색 카드로, 여러 가지 크기의 공란이 인쇄되어 있다(92페이지 참조).

"마약 중독자로군." 캘레라가 말했다.

"그래, 마약 중독자의 원한이 4년이나 쌓여 있는 경우를 생각해 보게."

"아직도 들어 있나?"

"이달 초에 나왔어. 수감 중에는 얌전하게 지냈지. 그렇다고 해서 고생하게 만든 경관에게 형제애를 품을 리는 없을걸."

"그렇겠지."

"이것도 생각해 보게. 잠깐 그 기록을 보게나. 그는 1951년에도 걸린 일이 있어, 유죄는 되지 않았지만 45구경 권총을 갖고 있었지. 본인의 진술로 아직 마약 중독이 되기 전인 것 같은데, 그때의 권총은 공이치기가 부서져 있었던 모양이지만 45구경임에는 틀림없어. 그전인 1949년에도 역시 술집에서 걸렸었지. 이때도 유죄가 되지는 않았지만 45구경 권총을 갖고 있었어. 그때는 공이치기가 완전했지. 운좋게도 집행유예를 받았네."

"45구경 권총을 좋아하는 친구로군."

"마이크나 데이비드를 해치운 자처럼 말이지. 어떻게 생각하나?"

"만나 보세. 어디 있나?"

부슈는 눈썹을 찌푸리며 말했다.

"짐작이 안 가는 것은 나도 마찬가지일세."

절름발이 대니는 어렸을 때 소아마비를 앓았던 사나이다. 운이 좋았는지 완전한 절름발이는 안되었다. 조금 절 뿐이었으나 절름발이라는 별명이 그를 따라다니게 되었다. 본명은 넬슨이지만 본명을 알고 있는 사람은 거의 없었고, 주위에서는 절름발이 대니로 통했다. 편지의 이름도 그렇게 통했다.

대니는 54살이었으나 몸이나 얼굴로 그의 나이를 판단하기는 어려웠다. 뼈대나 몸집이 작고 눈도 키도 작았다. 어린아이같이 안짱다리 걸음으로 걷고 목소리는 가늘고 높았다. 얼굴에는 주름살이 하나도 없었고, 나이 들었다고 할 만한 것이라고는 아무것도 없었다.

전과 기록 카드			
분서 이름 제87분서	성명 루이스 오디츠 · 통칭 〈비틀이〉		
검거 날짜 1952년 5월 2일 오후 7시	주소 남6번 거리 635번지		
성별 남	인종 백인	출생연월일 1921년 8월 12일 파앙에서 출생 푸에르토리코 이민임	
가족 없음	읽고쓰기 못함	직업 접시닦이	경력 없음
검거이유 형법1751조 제1항 위반	구체적인 검거 내용 판매할 의도를 가지고 마약을 불법 소지	날짜 1952년 5월 2일 오후 7시	
분서 고발 번호 33A—411 형사부 고발 번호 DD 179—52	사건 장소 남6번 거리 635번지	관할 분서 제87분서	
고소인	성명	주소	
검거한 경관 성명 계급 소속	마이크 리아던 2급 형사 형사부	데이비드 포스터 3급 형사	
현행범(○) 고소에 의해( ) 체포장에 의해( ) 인도받음( )			
공판 결과 뉴욕주 오시닝의 주형무소에서 4년 징역형			
공판 날짜 1952년 7월 6일	담당 판사 필즈	법정	

절름발이 대니는 경찰의 앞잡이다.

이 점에서 그는 참으로 귀중한 존재였다. 제87분서에서는 곧잘 그를 이용했다. 대니 역시 할 수 있는 일이면 어떤 일이든지 협력을 아끼지 않았다. 형사들이 찾고 있는 정보 중 대니에게 벅찬 일은 거의 없었다. 물론 그가 할 수 없는 일은 다른 앞잡이를 시켰다. 어디에서 누가 필요로 하는 정보인가를 그는 잘 알고 있었다. 문제는 무엇보다도 적절한 앞잡이에게 묻는 일이었다.

대니는 언제나 앤디가 경영하는 술집 안의 세 번째 자리에 가면 만날 수 있었다. 그는 알코올 중독자도 아니고, 술집에 있다고 해서 늘 술만 마시는 것도 아니었다. 그는 다만 그 술집을 일종의 사무실로 쓰고 있을 뿐이었다. 사무실을 빌려 집세를 내는 것보다 싸고 늘 사용할 수 있는 공중전화가 가까이 있는 것도 매력적이었다. 더욱이 사람들의 소문을 듣는 것도 술집이 훨씬 좋았다. 대니의 일은 대부분 정보를 수집하여 파는 일이었다.

그는 캘레라와 부슈의 이야기를 처음에는 잠자코 듣고만 있었다.

이윽고 대니가 입을 열었다.

"비틀이 오디츠 말이지요? 알고 있습니다."

"어디 있는지 아나?"

"그 친구가 무슨 짓을 했습니까?"

"아직 모르네."

"얼마 전에 들은 바로는 주 형무소에 있다는 것 같던데요."

"이달 초에 나왔어."

"임시 석방인가요?"

"아니."

"오디츠, 오디츠……그렇지, 마약 중독자였지요?"

"그렇네."

"그렇다면 짐작하기 어렵지 않지요. 녀석이 무슨 짓을 했습니까?"

"아무 짓도 안했을는지도 몰라. 또 엄청난 일을 해치웠는지도 모르고." 부슈가 말했다.

"아, 당신들은 그 경찰관 살인 사건을 말하는 거로군요."

부슈는 어깨를 으쓱해 보였다.

"오디츠가 아닐 겁니다. 그 친구는 아니에요."

"어떻게 그렇게 말할 수 있지?"

대니는 맥주를 한 모금 마시고 선풍기를 쳐다보았다.

"이 더러운 술집에 선풍기가 돌아가는 것을 느끼지 못하겠지요? 지독한 더위는 당분간 계속될 것 같군요. 나는 캐나다에 갈 계획입니다. 그곳에 친구가 있으니까요. 당신들은 퀘벡에 간 일이 있습니까?"

"없어." 부슈가 대답했다.

"좋은 곳이지요. 서늘하고."

"오디츠의 이야기는 어떻게 된 건가?"

"같이 데리고 가려고요. 그 친구가 가고 싶어하거든요."

대니는 소리내어 웃었다.

"오늘은 꽤나 재치있는 이야기를 하는군." 캘레라가 말했다.

"나야 언제나 그렇지요." 대니가 곧 대답했다. "이래봬도 방 앞에 당신들의 주판으로는 도저히 계산할 수도 없을 만큼 많은 여자들이 줄지어서 나를 기다리고 있습니다. 나는 세상물정에 밝은 사람이니까요."

"자네가 그 정도의 멋쟁이인지는 미처 몰랐군."

"그런 뜻은 아니지만 곧 정에 끌리지요."

"오디츠에게도 정이 끌리나?"

"그런 구덩이에 빠지면 상대가 되지 않아요. 나도 상대하고 싶지 않고, 마약 중독자라면 아주 싫은걸요."

"알았네. 그런데 어디 있나?"

"아직 모릅니다. 잠시 여유를 주면 좋겠는데요."

"얼마나?"

"한 시간이나 두 시간. 마약 중독자의 행방을 찾는 것은 그다지 어렵지 않으니까요. 마약 파는 자를 두엇 만나 보면 금방 알게 됩니다. 이달 초에 나왔다고 했지요? 그렇다면 지금쯤은 꽤 쏘 다니겠군요. 이런 일은 간단합니다."

"마약을 끊었는지도 몰라." 캘레라가 말했다.

"그렇게 간단히 될 수는 없을 텐데요. 녀석들은 절대로 끊지 못 해요. 그런 이야기에 속지 마십시오. 아마 별장에 들어앉아 있으 면서도 어떤 방법으로든 구했을 테니까요. 녀석은 곧 발견될 겁 니다. 하지만 당신들 친구를 쏜 자로 그에게 눈독을 들여 봐야 헛수고일 겁니다."

"어째서?"

"마약 환자는 이 근처에서도 얼마든지 보아 왔습니다. 그런 사람 들은 아무것도 못합니다. 요즘 말로 하면 거지지요. 원자 폭탄이 터진다 해도 도망갈 자들이 아닙니다. 사는 길은 단 하나 마약뿐 이지요. 오디츠도 그런 종류의 인간입니다. 흰 가루의 신(神)을 모시듯하지요. 머릿속에 있는 것이라고는 마약뿐입니다."

"리아던과 포스터가 그를 잡아서 형무소에 보냈다네."

캘레라가 말했다.

"그것이 어떻다는 겁니까? 마약 환자가 원한을 뼛속까지 갖고 있다고 봅니까? 그들의 모든 것은 마약입니다. 원한이나 증오 같은 것에 머리를 쓸 겨를이 없지요. 생각하는 것이라고는 판매

자를 만나서 어떻게든 마약을 손에 넣는 일뿐입니다. 특히 비틀이 오디츠는 마약 덕분에 반쯤 장님이 됐습니다. 총을 쏘다니, 어림도 없지요. 자기 눈 앞의 구두 끝도 제대로 볼 수 없는 정도니까요. 그런 친구가 경관을 두 사람이나 죽였다니, 말도 안됩니다."

"어쨌든 만나고 싶네." 부슈가 말했다.

"좋습니다. 내가 경찰을 움직이고 있는 것도 아니고, 또 경찰국장도 아니니까요. 그러나 미리 말씀드리지만, 그는 쓸모가 없을 것입니다. 45구경 권총과 콘크리트 믹서의 구별도 할 수 없을 테니까요."

"그는 전에 두어 차례 45구경을 가진 일이 있었네."
캘레라가 말했다.

"장난감이겠지요. 그뿐일 겁니다. 그는 그런 것이 100야드 앞에서 터지는 소리만 들어도 1주일 동안은 설사를 할 겁니다. 틀림없어요. 그는 마약 외에는 아무것도 생각하지 않고 있을 겁니다. 그를 비틀이라고 부르는 데에는 그럴 만한 까닭이 있지요. 진짜로 눈이 어두워서 비틀거리기 때문입니다. 그의 머릿속에는 나비가 살고 있어서 언제나 마약이 그것을 내쫓지요."

"하지만 나는 아편쟁이를 믿을 수가 없어." 부슈가 말했다.

"그거야, 나 역시 그렇습니다. 하지만 그는 살인은 못합니다. 그는 자기 자신을 죽일 수 있는 수단도 모르고 있으니까요." 대니가 대답했다.

"부탁하네." 캘레라가 말했다.

"알았습니다."

"꼭 찾아 주게. 우리 전화번호는 알고 있지?'

"네, 한 시간쯤 뒤에 그곳으로 전화를 걸지요. 아편 중독자는 별로 문제도 되지 않으니까요."

9

7월 26일 정오에는 기온이 화씨 95. 6도까지 올라갔다. 창 밖의 쇠창살을 통해서 들어오는 습기찬 공기를 두 대의 선풍기가 쉴새없이 휘젓고 있었다. 끝도 없이 악의에 가득찬 듯한 더위의 위력에 형사실은 온통 축 늘어진 것 같았다. 부동자세로 서 있는 것은 서류 캐비닛과 책상뿐이었다. 보고서도 봉투도 기록 카드도 카본지도 메모지도 모두 손 끝에 달라붙고, 어디다 두어도 축 늘어져 버렸다.

형사실의 형사들은 모두 윗옷을 벗은 채 일하고 있었다. 셔츠에 땀이 배어나 얼룩이 져서 마치 검은 아메바 같은 모양으로 겨드랑이 밑에서 등까지 젖어 있었다. 선풍기는 무더위에 그다지 신통치 못했다. 그저 이 도시의 질식할 것 같은 공기를 휘젓고 있을 뿐이었다. 형사들은 그 공기를 마시면서 3중으로 복사한 보고서를 타이프로 치기도 하고, 메모를 읽으면서 흰 눈 쌓인 산에서 보내는 여름이나 대서양의 해안에서 대양의 파도에 얼굴을 철썩거리는 여름의 꿈을 꾸는 것이었다. 그들은 온갖 사건을 호소하는 사람들에게 전화로 대답했다. 용의자를 부르기 위한 검은 전화기에도 땀이 배어 마치 더위가 살아서 날카로운 단검으로 그들의 몸을 난도질하는 듯한 느낌이었다.

번즈 경감 역시 형사실의 사람들처럼 무더위에 시달렸다. 그의 방은 좁은 판자로 막혀 있었다. 한쪽에 커다란 창문이 활짝 열려 있었으나 바람 한 점 들어오지 않았다. 경감과 마주앉은 신문기자는 서늘한 얼굴을 하고 있었다. 그의 이름은 새비지, 감청색 양복에 같은 빛깔의 파나마 모자를 썼다. 그는 무료한 듯이 천장에다 담배 연기를 내뿜고 있었다. 천장 한귀퉁이에서는 더위가 푸른 쥐색의 침침한 덩어리가 되어 떠 있는 것 같았다.

"더 이상 할 이야기가 없소." 번즈 경감이 말했다.

경감은 이 신문기자가 몹시 비위에 거슬렸다. 그는 새비지('야만'이라는 뜻)라는 이름의 사람이 이 세상에 있으리라고는 생각지 않았다. 이 새비지처럼 서늘한 얼굴을 한 사나이가 자기 앞에 있다는 것이 믿어지지 않았다.

"이것뿐입니까?" 새비지가 되물었다. 공손한 말투였다.

그는 금발을 짧게 깎은 호남자로 여자같이 곧게 뻗은 보기 좋은 코를 가지고 있었다. 눈은 회색으로 시원해 보였다. 이 무더위를 잊은 듯.

"달리 아무것도 없소. 당신은 뭐가 있다고 생각하는 거요? 범인을 알고 있다면 곧 이곳으로 끌어오지요. 안 그렇소?"

"그렇군요. 용의자는?"

"그거야 짐작하고 있습니다."

"그 용의자는?"

"조금 있지요. 하지만 그것은 이곳에서만의 일이오. 신문에 기사화된다면 그는 바람처럼 유럽으로 날아가 버릴 거요."

"똘마니의 소행으로 보지는 않습니까?"

"똘마니? 무슨 뜻이오?"

"10대들 말입니다."

"누가 범인인지는 아직 모르오. 당신이 했는지도 모르지요."

새비지는 흰 이를 드러내 보이며 웃었다.

"이 관할 구역에는 10대 불량배들이 많겠지요?"

"불량배들은 꼼짝 못하게 눌러 놓고 있고, 우리 관할 구역이 이 도시의 정원 지대라고는 말할 수 없으나, 할 수 있는 일은 다 할 계획이오, 지금 당신의 신문이 그곳을 들추려 하는 것을 알았는데, 지금까지는 우리는 성심성의껏 일해 왔소."

"경감님, 그 말은 비꼬는 것 같은데요?"

"비꼰다는 것은 지적(知的)인 무기요, 경찰관이 무기력해서 좋지 못한 말처럼 느릿느릿하다는 것은 누구나 다 알고 있소, 특히 당신들은 더욱 잘 알고 있잖소."

"경감님, 우리 신문은 그런 것을 쓴 일이 없습니다."

"그래요?" 경감은 어깨를 으쓱했다. "그럼, 내일 아침 신문에 내면 되겠군."

"우리는 협력하려는 겁니다. 더 이상 경찰관이 살해된다면 곤란하다고 생각하니까요, 그런데 불량배의 짓이라는 생각은 어떻습니까?"

"그런 것은 생각해 보지도 않았고, 이번 사건은 똘마니의 소행이 아니오, 어째서 당신들은 그 일을 10대 아이들에게 덮어씌우려는 거요? 내 아들도 10대지만, 경찰관을 살해하는 일은 하지 않소."

"아주 마음 든든한데요."

"그들을 이해하기란 힘들지요." 경감은 말했다. "깨끗하게 뿌리 뽑았다고 할 수는 없지만, 아무튼 꽉 눌러 놓고 있는 것은 사실이오, 시내에서 난투극이나 칼부림이나 총질 따위를 못하도록 한 이상, 불량배들은 단순한 친목 단체와 다르지 않소, 그렇게 해서 얌전히 있기만 하면 나로서는 만족하게 생각하오."

"그것은 안이한 생각입니다." 새비지는 서글서글하게 말했다. "우리 신문은 시내에서 싸움질이 근절되었다고는 생각지 않습니다. 우리 신문에서는 두 경관의 살해는 그 친목 단체와 곧바로 연결되어 있다고 봅니다."

"그래요?"

"네."

"그러니 나더러 어떻게 하라는 것입니까. 시내의 아이들을 모조리 잡아들이라는 말이오? 그렇게 하면 당신네 신문이 백만 부쯤 팔린다는 거요?"

"그렇지는 않습니다. 우리는 독자적인 수사를 하겠습니다. 그래서 사건이 해결되면 제87분서의 체면은 형편없이 될 것입니다."

"북부 본부 살인과의 면목도 찌그러지겠구료. 경찰국장의 얼굴도 말씀이 아니고. 그렇게 되면 경찰국 안의 모두가 다 당신네 명탐정과 비교되어 서투른 사람들로 보이겠군."

"그렇습니다. 그렇게 될지도 모르지요." 새비지가 말했다.

"한 마디 충고해 두겠소."

"뭡니까?"

"이 근처의 젊은 아이들은 심문당하는 것을 싫어합니다. 상대가 맥주 잔에 팔리는 시골 꼬마들과는 틀리다는 것을 알아야 하오. 우리와는 전혀 다른 규칙을 가지고 있단 말이오. 그들을 상대하려면 우선 목숨을 잃지 않도록 주의해 주시오."

"그런 일이야 당하겠습니까." 새비지는 꾸밈없이 웃어 보였다.

"그리고 또 하나."

"우리 관할 구역을 혼란시키지 말아 주시오. 골치 아픈 일은 그밖에도 얼마든지 있으니까. 덜렁거리는 기자들 때문에 더 이상 시달리고 싶지는 않소."

"경감님, 당신에게는 어느 쪽이 중요합니까? 관할 구역에 혼란이 일어나는 겁니까? 제가 살해되는 겁니까?"

번즈 경감은 웃으며 파이프에 담배를 재기 시작했다.

"어느 편이라도 같은 결과요."

50분 뒤, 절름발이 대니로부터 전화가 왔다. 당직 경관이 전화를 받아 캘레라에게 이어 주었다.

"네, 제87분서 수사과 캘레라 형사입니다."

"대니입니다."

"아, 대니, 알아 냈나?"

"오디츠를 찾았습니다.'

"어디지?"

"이것은 서비스입니까, 장사입니까?"

"일일세." 캘레라가 간단히 말했다. "어디서 만나지?"

"제니의 가게를 알고 있습니까?'

"이봐, 농담하지 마."

"진짜입니다."

"오디츠, 그 아편쟁이가 뒷골목에서 무얼 하고 있지?"

"여자하고 짝짜꿍하고 있지요. 운이 좋으면 좀 얻어들을 수 있을 것 같습니다."

"어떤 여자지?"

"그것은 만나서 이야기하겠습니다. 스티브, 어떻습니까?"

"스티브라구, 맞대놓고 그렇게 버릇없이 말하면 이를 부러뜨려 놓을 테다."

"네에, 네, 캘레라 나리. 이 정보를 사고 싶으면 나는 5분 안에 제니의 가게에 가 있겠습니다, 현금을 좀 가지고 나오시지요."

"오디츠는 흉기를 가지고 있나?"

"그럴지도 모르지요."

포주집이 즐비한 거리는 남북 3번 거리에 있었다. 추측건대 아마도 인디언 때부터 이미 시작되었던 것 같았다. 비버 가죽이나 물감

들인 땅콩 등을 사고팔던 화려한 시대에 이곳에 천막을 치고서 그 즈음부터 번창했던 듯하다. 인디언이 내륙 깊숙이 수렵지로 물러간 뒤 먼지나는 황토길이 포장도로가 되면서 천막집이 아파트로 변하고 인간 세계에서 가장 오래 된 이 직업 종사자들이 비로드를 깐 동굴 속에서 이름을 떨쳤다. 한때는 이탈리아 이민들로부터 비아 시시아 프타나(娼婦街)라 불렸고, 또 아일랜드 이민들에게는 해시시 홀(淫女 소굴)이라 불렸던 시대도 있었다. 푸에르토리코 사람들이 밀어닥치면서부터 시가의 이름은 다시 푸에르토리코 말로 변했으나 거리의 전통은 변하지 않았다. 푸에르토리코 사람은 라 비아 드 푸터스(賣淫街)라고 불렀다. 경찰에서는 다만 적선(赤線)이라고 했다. 어떤말로 부르든 돈을 내는 사나이가 마음에 드는·것을 골라 잡으면 그것으로 좋은 것이다.

이들 포주들은 대개 어디어디네 마마라고 불렸다. 테레사네 마마 집은 이 근처에서 가장 이름난 집이었다. 칼멘네 마마 집은 제일 더럽고, 루츠네 마마 집은 16번이나 경찰에 걸렸으나, 그것은 그들에게 아무 일도 아니었다. 경찰관들은 이곳을 방문하는 것을 부끄러워하지 않았다. 공무로 방문하는 길에 어떤 단서가 잡히는 경우도 있었다. 가끔 재미있는 일도 있었으나 대개는 시경 본부의 풍기계(風紀係)가 맡아하는 일이었다. 풍기계 바보들은 제87분서원들이 이곳 마마들과 지키고 있는 묵계를 조금도 모르고 있었다. 아무것도 모르는 경관이 대단한 단서를 발견해 낼 도리는 없었다.

캘레라 역시 그 바보 같은 경관 가운데 하나인지도 모른다. 차라리 정직한 경관이라고 해야 좋겠지만 그것은 보는 사람에 따라서 다른 것이다. 그는 적선의 한구석에 있는 제니의 가게에서 절름발이 대니를 만났다. 쓴 쑥물을 맛볼 수 있는 오래 된 압상트 리큐르를 내놓는 카페였다. 압상트를 마시기 위해 오는 사람은 없었으나

이 카페는 그래도 건실한 무산 계급의 일상 생활과 괴상망측한 매음굴과의 경계인 이른바 무인 지대의 역할을 하고 있었다. 제니의 가게에 훌쩍 들어가 모자를 벗어 걸고 손님이 될 수도 있고, 그 이름난 술도 마실 수 있었다. 그곳의 우애 정신에 젖은 듯 행동할 수도 있고 석잔 술을 마시고 난 뒤 자기 행동을 정당화하는 이유를 댈 수도 있었다. 제니의 가게는 이곳에서 빼놓을 수 없는 역할을 다하고 있었다. 극단적으로 말하면 신혼여행의 호텔 샤워실과 같은 존재였다.

7월 26일, 더위는 제니네 가게의 정면 창, 검은 페인트를 칠해 놓은 아랫부분을 태울 듯했다. 가게가 생긴 뒤 몇십 차례나 깨뜨려지곤한 창문이었다. 캘레라나 대니도 제니의 가게가 세상의 법칙 밖에 놓여진 곳이라는 것을 느끼지 못하고 있었다. 두 사람의 관심사는 비틀이 오디츠라는 사나이고, 그가 무슨 일을 하고 있는지는 모르지만 두 경관에게 6발의 탄알을 쏘아 댄 인물일지도 모른다. 부슈는 플래너건이라는 강도를 조사하러 나가 있었다. 캘레라는 클링이라는 젊은 신참형사가 운전하는 순찰차를 타고 왔다. 차를 가게문 앞에 세우고, 감색 하복을 입은 클링은 처마 끝에 서서 땀을 흘리며 힐끗힐끗 둘러보고 있었다. 모자 밑으로 금발이 꾸역꾸역 나와 있다. 그도 더웠다. 초열지옥(焦熱地獄) 같은 더위인 것이다.

가게 안에 있는 캘레라도 더웠다.

"어디 있지?" 그는 곧 대니에게 물었다.

대니는 손가락으로 동그라미를 만들어 보였다.

"오즈음은 맛있는 밥도 먹지 못하는 신세니까."

캘레라는 지갑에서 10달러짜리 지폐를 꺼내어 대니에게 넘겨 주었다.

"루츠네 마마 집이오," 대니가 말했다. "라 플래멘카라는 여자하고 같이 있지요. 그 여자에게 그다지 반한 것 같지는 않습니다. "

"그는 거기서 뭘하고 있지 ? "

"녀석은 두 시간 전에 약을 샀지요. 헤로인을 세 봉지 말입니다. 루츠네 마마 집으로 굴러간 것은 색기(色氣) 때문이겠지만, 그러나 아편을 하고는 못 당할 겁니다. 루츠네 마마의 이야기로는 녀석이 한 시간 전부터 잠에 곯아떨어진 것 같습니다. "

"그리고 라 플래멘카는 ? "

"녀석과 같이 있습니다. 지금쯤은 그 녀석의 지갑을 빈털터리로 만들었겠지요. 앞니에 금니를 두 개 한 붉은 머리의 뚱뚱보입니다. 이만 봐도 눈이 멀어 버리지요. 야비하고 엉덩이만 큰 여자에요. 거칠게 다루면 안됩니다. 잘못하면 집어삼켜 버릴걸요. "

"그는 흉기를 가지고 있나 ? " 캘레라가 물었다.

"루츠네 마마는 모르는 듯싶습니다. 그런 것 같지 않다고 하더군요. "

"그 붉은 머리도 모른다고 하던가 ? "

"그 여자에게는 물어 보지 않았어요. 나는 그런 아랫것들하고는 일체 상대하지 않으니까요. "

"그런데 어떻게 그 여자의 엉덩이에 대해서까지 알고 있지 ? "

"지금 받은 10달러 때문에, 내 성생활까지 말하지는 않겠소. " 대니가 웃으며 말했다.

"알았어. 수고했네. "

캘레라는 대니를 탁자에 남겨 두고 처마 끝에 서 있는 클링에게로 돌아왔다.

"굉장히 덥군요. " 클링이 말했다.

"맥주를 마시고 싶으면 한 잔해도 좋아. "

"아니, 집에 가고 싶을 뿐입니다. "

"누구나 마찬가지. 집이라면 권총을 풀어 놓을 수 있으니까."

"나는 수사과 사람들을 알 수가 없습니다." 클링이 말했다.

"태워다 줘, 잠깐 들를 데가 있네."

"어디지요?"

"바로 앞이야. 루츠네 마마 집이지. 이대로 곧장 가면 알 수 있어."

클링은 모자를 벗고 한 손으로 금발을 만졌다. 그리고 휙 하고 휘파람을 불고 모자를 쓰며 차에 올랐다.

"누구를 찾습니까?'

"비틀이 오디츠라는 사나이야."

"들은 적도 없는데요."

"그도 역시 자네를 모를걸."

"그렇겠지요." 클링은 서슴없이 대답했다. "그럼, 소개해 주시겠습니까?"

"소개해 주지." 캘레라는 시동을 거는 클링을 보고 웃었다.

차를 세우자, 루츠네 마마는 앞에 서 있었다. 길가의 젊은 여자들은 손님이 왔다고 히죽히죽 웃고 있다. 루츠네 마마가 웃으면서 말했다.

"어머나, 캘레라 나리. 덥지요?"

"덥소." 캘레라는 맞장구를 쳤지만, 대체 어떻게 되어 모두들 엉큼한 이야기만 하는지 이상한 생각이 들었다. 오늘의 이 더위, 숨이 막힐 듯한 더위, 아마 마닐라보다도 더 덥겠지. 캘커타가 덥다고 하지만 이 더위는 그보다 훨씬 더하다는 것을 바보가 아닌 이상 누구나 다 알 터인데.

루츠네 마마는 비단옷을 입고 있었다. 키가 큰 뚱뚱보로 숱이 많은 머리를 뒤로 말아 올렸다. 루츠네 마마도 지난날에는 이름난 창

녀로, 시내에서 으뜸가는 여자였었다. 그러나 지금은 마마로 물러나 앉아 단골 손님만을 받고 있었다. 깨끗하고 언제나 백합향기를 풍겼다. 피부는 햇빛을 쐬지 않아 눈부시게 희다. 얼굴은 귀족적이고 웃는 모습은 천사와도 같았다. 이 거리의 지독한 마마라는 것을 모른다면, 누구나 여느 평범한 부인으로 볼 것이다.

그러나 그런 숫내기가 아니었다.

"의례적인 방문이세요?" 마담은 눈웃음을 지으면서 물었다.

"마담, 당신 집이 아니고 어디 가는 길이겠소?"

캘레라가 말했다.

클링은 눈을 꿈벅이며 모자 차양의 끈을 풀었다.

"형사 나리, 당신 일이라면 이 루츠네 마마는 무엇이라도 하겠어요." 그녀는 또 한 번 눈웃음을 지으며 말했다. "당신에게 걸리면 이 마담도 젊은 처녀로 되돌아간답니다."

"마담은 언제나 젊소." 캘레라는 그녀의 엉덩이를 때리면서 "오디츠는 어디 있지?" 하고 물었다.

"계집애하고 같이 있어요." 마담이 대답했다. "지금쯤은 그 사람 눈까지 빼놓았을 거예요. 요즈음 계집애들은 돈밖에 생각하지 않으니까요. 우리가 젊었을 때는……" 그녀는 의미있게 고개를 숙였다. "형사 나리, 옛날에는 정이라는 것이 있었지요. 요즈음엔 사랑이라는 게 어떻게 되었는지 모르겠군요?"

"모두들 그 살찐 심장 속에 집어넣어 버렸나 보지요." 캘레라가 말했다. "오디츠는 권총을 가지고 있소?"

"내가 손님의 신체 검사라도 하는 줄 생각하세요?" 루츠네 마마가 말했다. "하지만 권총을 가지고 있는 것 같지는 않았어요. 아무튼 총질 같은 건 하지 않겠지요? 오늘은 조용했으니까요."

"아아, 총질까지 하진 않겠지요. 어디 있는지 가르쳐 주시오."

루츠네 마마는 고개를 끄덕였다. 클링이 그녀의 곁을 지나 안으로 들어갔다. 그녀가 그의 바지 앞쪽을 바라보자 그는 얼굴이 빨개졌다. 마담은 깔깔 웃어댔다. 그녀는 두 사람 뒤를 따라오다가 앞질러 가면서 말했다.

"2층이에요."

계단은 그녀의 무게로 흔들거렸다. 그녀는 뒤돌아보며 캘레라에게 눈웃음을 지었다.

"스티브, 당신이라면 뒤에서 따라와도 믿을 수 있어요."

"고맙소."

"내 옷 속을 들여다보지 마세요."

"확실히 흥분되는데." 캘레라가 말했다. 그뒤에서 클링이 웃는 것인지 우는 것인지 모를 숨막힌 듯한 묘한 소리를 냈다.

그녀는 층계참에서 발을 멈추었다.

"복도의 막다른 곳에 있는 문이에요. 제발 피 흘리는 일은 하지 마세요, 스티브. 부탁이에요. 그 사람에게는 힘을 쓸 필요가 없어요. 벌써 관 속에 한 발 집어넣고 있는 사람이나 같으니까요."

"알았소. 아래층에 가 있어요, 마담."

"그럼, 이따가 일이 끝나면……" 그녀는 의미있게 말하고 살찐 엉덩이를 캘레라에게 비볐다. 캘레라는 비틀거렸다. 그녀는 킬킬 웃으면서 클링의 곁을 지나 아래층으로 내려갔다. 한참 동안 웃는 소리가 들려 왔다.

캘레라는 한숨을 쉬면서 클링을 바라보았다.

"이봐, 젊은 친구, 나는 그녀한테 반해 버렸네."

"수사관들이 하는 일은 도무지 종잡을 수가 없습니다."

클링이 말했다.

두 사람은 복도를 걸어갔다. 캘레라가 권총을 손에 든 것을 보고 클링도 권총을 뽑아 들었다.

"총질은 하지 말아 달라고 했습니다." 클링이 캘레라에게 말했다.

"그야 그렇지. 그녀는 매음굴의 마담이니까. 하지만 경찰의 상관은 아니야."

"확실히 그렇군요." 클링이 말했다.

캘레라가 권총 손잡이로 문을 두드렸다.

"누구세요?" 여자 목소리가 들렸다.

"경찰이오. 문 열어."

"기다리세요" 하고 여자의 목소리가 말했다.

"옷을 입고 있군요." 클링이 캘레라에게 말했다.

곧 문이 열렸다. 문 앞에 서 있는 여자는 키가 크고 빨간 머리칼을 가지고 있었다. 캘레라는 그녀가 웃는 얼굴을 보이지 않으므로 그녀의 금니를 볼 기회가 없었다.

"무슨 일이지요?" 여자가 물었다.

"나와. 그곳에 있는 남자와 할 이야기가 있어."

"좋아요." 그녀는 마치 처녀성을 다치기라도 한 듯한 눈초리로 캘레라를 쳐다보더니 그의 곁을 돌아 잰걸음으로 복도로 나갔다. 클링이 여자에게서 눈을 떼고 뒤돌아보았을 때 캘레라는 이미 방 안에 들어가 있었다.

방에는 침대가 하나 있고 탁자가 하나, 함석으로 만든 세면기가 있었다. 커튼은 닫혀 있었고, 지독한 냄새가 났다. 침대에는 한 사나이가 바지를 입은 채 누워 있었다. 양말은 신지 않았다. 가슴은 드러낸 채로이다. 눈을 감고 입을 벌리고 있었다. 파리 한 마리가 코 언저리에서 윙윙거리고 있었다.

"창문을 열게." 캘레라가 클링에게 말했다. "맙소사, 정말 지독한 냄새로군."

침대의 사나이가 눈을 떴다. 그는 머리를 들고 캘레라를 바라보았다.

"누구시오?"

"자네가 오디츠인가?" 캘레라가 물었다.

"아, 경찰이오?"

"그렇다."

"내가 무슨 나쁜 짓이라도 했소?"

클링이 창문을 열었다. 창 밑의 거리에서 아이들이 떠드는 소리가 들려 왔다.

"일요일 밤에 어디 있었지?"

"몇 시쯤?"

"한밤중쯤."

"기억이 안 나오."

"생각해 내는 것이 몸을 위해 좋을 거야. 그것도 빠른 게 좋을걸. 지금 맞았나?"

"무슨 말인지 모르겠군요."

"오디츠, 자네가 아편을 맞는다는 것은 다 알고 있어. 조금 전에 세 봉지 산 것도 알고 있지. 지금도 약 기운이 좀 있나? 내 말을 이해하겠나?"

"듣고 있소."

오디츠는 손으로 두 눈을 눌렀다. 말라서 뾰죽한 코에 두툼한 고무 같은 입술을 하고 있다. 수염이 꽤 자라 있다.

"어서 말해."

"금요일 밤이라고 했소?"

"일요일이야."

"일요일? 아, 그렇군. 나는 포커를 하고 있었소."

"어디서?"

"남4번 거리요. 아니, 내 말을 믿을 수 없다는 거요?"

"증인이 있나?"

"다섯 명이 있었지요. 아무에게나 물어 보시오."

"그들의 이름을 말해."

"좋소. 루이 데스카라와 동생인 존 데스카라, 피트 디어스라는 녀석하고 또 한 녀석은 피프라고 하더군. 성은 모르오."

"그럼, 네 사람이 아닌가?"

"나까지 다섯 사람이오."

"그들의 주소는?"

오디츠는 그들의 주소를 댔다.

"좋아, 월요일 밤에는?"

"집에 있었소."

"누구와 같이 있었지?"

"하숙집 아주머니와 같이 있었소."

"뭐라고?"

"왜 하숙집 아주머니와 같이 있었다는 말이 이상하게 들리오?"

"시끄러워, 그 여자의 이름은 뭐지?"

"올가 퍼시오."

"장소는?"

오디츠는 주소를 댔다.

"내가 무얼 했다는 거요?"

"아무것도 아니야. 권총을 가지고 있나?"

"없소. 이것 봐요, 나는 사바에 나온 뒤로는 깨끗하오."

"마약 세 봉지는 어떻게 되었지?"

"그런 쓸데없는 소리를 어디서 들었는지는 모르지만, 누구에겐지

속았을 거요."

"맞아. 자, 옷 입어."

"뭐라고? 나는 여자를 샀소."

"알고 있어. 하지만 이제 일을 다 치렀잖아. 옷 입어!"

"이것 보시오, 대체 무슨 일이오. 사바에 나온 뒤로 아무 일도 하지 않았다고 했잖소. 그런데 어떻게 된 거요?"

"아까 알려 준 사람들을 만나 볼 때까지 분서로 가 주어야겠어. 싫은가?"

"모두 나와 같이 있었다고 할 거요. 염려없소. 그리고 마약을 세 봉지 구했다는 이야기는 집어치우시오. 어디서 들었는지 모르지만, 나는 요 몇 년 동안 마약과는 인연을 끊었소."

"그거야 보면 알 수 있지." 캘레라가 말했다. "그 팔뚝의 자국은 주사 바늘 자국이 아닌 모양이지?"

"네?" 오디츠가 되물었다.

"아무튼 옷을 입어."

캘레라는 오디츠가 알려 준 명단을 조사했다. 모두들 입을 모아 7월 23일 밤 10시 반부터 24일 아침 4시까지 포커를 했다고 증언했다.

오디츠의 하숙집 여자도 24일 밤과 25일 아침 내내 오디츠의 방에서 둘이 같이 지냈다고 말했다. 오디츠는 리아던과 포스터가 죽은 시간에는 확실한 알리바이를 가지고 있었다.

부슈가 플래너건의 결과를 가져오자 사건은 다시 원점으로 되돌아가고 말았다.

"그는 튼튼한 알리바이를 가지고 있어." 부슈가 말했다.

캘레라는 한숨을 쉬었다. 이윽고 그는 클링을 데리고, 테디를 만나러 가기 전에 맥주를 한 잔 마시러 나갔다.

부슈는 더위에 욕을 퍼부으며 아내가 기다리는 집으로 돌아갔다.

10

술집 안의 끝자리에 앉은 새비지의 눈에 소년이 입은 화려한 윗옷에 새겨진 글자가 뚜렷하게 보였다. 소년은 새비지가 술집에 들어섰을 때부터 눈에 띄었다. 그는 검은 머리의 여자아이와 함께 맥주를 마시고 있었다. 소년의 금빛 나는 붉은 윗옷을 보며 새비지는 카운터에 앉아 진 토닉을 주문했다. 그는 가끔 젊은 한 쌍에게로 눈길을 보냈다. 소년은 깡마른 몸으로 검은 머리가 흐트러진 채 윗옷 깃을 세우고 있었다. 처음에 그는 깊숙한 의자 속에 파묻혀 앉아 있었으므로 새비지는 그의 등 뒤에 씌여 있는 글자를 볼 수가 없었다.

여자아이는 맥주를 마시고 돌아갔으나 소년은 자리에서 움직이지 않았다. 그가 옆으로 몸을 돌리자 등 뒤의 글자가 보였다.

그러자 이때 그가 마음 속으로 생각하고 있던 것이 확실하게 형체를 나타내기 시작했다.

옷에 쓰여 있는 글자는 '글로버스'였다. 이것은 제87분서 관할 지역 끄트머리에 있는 공원 이름을 딴 것으로, 새비지의 머리에 짜릿하게 느껴져 오는 것이 있었다. 이 직감이 차례로 그의 머릿속에서 다음 반향을 불러일으키는 데 그다지 오래 시간이 걸리지는 않았다. 이 근처 거리에서 일어난 싸움은 글로버스라는 똘마니 불량배가 화근이 된 예가 적지 않았다. 싸움질이라고는 하지만, 공원 전체에 미치는 큰 싸움이 있는가 하면 칼이나 깨진 병이나 권총이나 짧게 자른 쇠붙이 등을 휘두르는 싸움도 있다. 소문뿐인 것 같았으나, 리아던과 포스터의 피살이 이들 불량배들의 소행이 아닐까 하는 생각은 새비지의 마음 속에 집념처럼 눌러붙어서 좀처럼 떠나지를 않았다.

그런데 지금 이 자리에 그들 중의 하나가 앉아 있는 것이다.

새비지는 진 토닉을 들이켜고 카운터를 떠나 젊은이 쪽으로 걸어갔다.

"이봐." 새비지가 말을 걸었다.

상대는 얼굴은 들지 않고 눈만 올린 채 아무 말도 하지 않았다.

"앉아도 괜찮겠나?" 새비지가 물었다.

"그만둬요, 아저씨."

새비지는 윗옷 주머니에 손을 넣었다. 상대는 잠자코 보고 있었다. 담배를 꺼내 권했으나 묵살당하자 자기만 입에 물었다.

"나는 새비지야." 그는 이름을 댔다.

"그런 이름은 들은 적이 없는 것 같은데요."

"할 이야기가 있네."

"무슨 이야기입니까?"

"글로버스 패의 이야기일세."

"아저씨는 이 주변 사람이 아니군요? 그렇지요?"

"그렇네."

"그럼, 아저씨, 그만 돌아가는 것이 좋을 거요!"

"할 이야기가 있다고 했잖나."

"우리는 이야기할 게 없어요. 나는 친구들이 오는 것을 기다리고 있어요. 발 밑이 밝을 때 돌아가요."

"이봐, 젊은이, 나는 자네에게 겁을 먹지는 않아. 그러니까 큰소리 치지 말아."

소년은 새비지를 차갑게 노려보았다.

"자네 이름은?" 새비지가 물었다.

"글쎄요, 맞춰 보시지, 금발 아저씨."

"맥주 한잔 안하겠나?"

"내겠소?"

"물론이지."

"그럼, 램 코크로 하겠어요."

새비지는 카운터 쪽을 보고 "램 코크와 진 토닉!" 하고 소리쳤다.

"아저씨는 진을 마십니까?"

"으음, 자네의 이름은 뭐라고 하지?"

"라파엘이오." 그는 힐끔힐끔 새비지를 쳐다보면서 말했다. "모두들 나를 면도날이라고 부르고 있지요."

"면도날이라……좋은 이름이군."

"그래요, 마음에 안 드시오?"

"좋은 이름이군. 마음에 들었어."

"아저씨는 짜브(형사라는 말의 속어)요?"

"뭐라구?"

"경찰관이냐고요?"

"틀려."

"그럼, 뭐요?"

"신문기자."

"진짜요?"

"그렇고말고."

"기자가 내게 무슨 일이오?"

"이야기를 하고 싶을 뿐이야."

"무슨 이야기?"

"자네들 불량배에 대해서——"

"불량배? 나는 불량배 같은 데는 들어 있지 않소."

급사가 술을 가져왔다. 면도날은 맛을 보고 말했다.

"저 급사는 나쁜 사람이오. 주스를 탔군. 이건 크림소다 같은 맛이 나는데요."

"행운을 빌면서." 새비지가 글라스를 들었다.

"아저씨는 운이 필요하게 될 거요." 면도날이 말했다.

"글로버스의 일인데……"

"글로버스는 단순한 클럽이오."

"악당들의 모임이 아닌가?"

"불량배들의 흉내를 낼 필요가 어디 있소? 단순한 클럽이오, 그것뿐이오."

"대장은 누구지?" 새비지가 물었다.

"알고 있어도 말할 수 없소, 당신이 알아보시오."

"왜 그러지? 클럽 이야기를 하는 것이 부끄러운가?"

"농담은 그만두시오."

"클럽에 대한 것을 신문에 내고 싶지 않나? 신문에 화려하게 난 클럽이 근처에는 없으니까."

"어떤 식으로든 신문에 나고 싶지는 않소, 지금으로서도 이름은 충분히 알려져 있으니까. 이곳에서 글로버스라는 이름을 들어 보지 못한 사람이 있을 것 같소? 아저씨는 지금 누구를 공격하려는 거요?"

"아무도 아니야. 자네들도 뭔가 선전이 되면 좋아하리라고 생각했을 뿐이야."

"대체 어떤 선전이오?"

"호의적인 기사지."

"그렇다면……" 면도날은 얼굴에 주름을 잡으며 생각에 잠겼다. "어떤 기사지요?"

"자네들 클럽의 일을 쓴 기사지."

"신문 같은 데 나고 싶지는 않소, 아저씨, 그만뒀으면 좋겠어요."

"이봐, 면도날 친구, 나는 사이좋게 지내려는 거야."

"친구라면 클럽에도 얼마든지 있소."

"얼마쯤?"

"그것이, 적어도……" 면도날은 당황한 듯이 입을 다물었다. "빈틈없군요."

"밝히고 싶지 않은 것을 말해 달라는 것은 아니야. 왜 면도날이라고 불리지?"

"모두들 별명이 있소. 그건 내 별명이오."

"왜 하필이면 그런 별명을?"

"칼을 잘 쓰기 때문이지요."

"써 본 일이 있나?"

"뭐라고요? 농담 마시오. 이 근처에서는 칼이나 빠찡꼬를 갖고 다니지 않으면 손발을 내놓을 수가 없소. 아저씨, 꼼짝도 못해요."

"빠찡꼬가 뭐지?"

"권총이지요." 면도날은 눈을 크게 떴다. "아저씨는 빠찡꼬를 모릅니까? 그런 바보같은……"

"글로버스 패에는 빠찡꼬가 많이 있나?'

"충분히 있지요."

"어떤 종류?"

"무엇이든지 있지요. 바라기만 한다면 어떤 것이라도 손에 넣을 수 있소."

"45구경은?"

"그건 왜 묻소?"

"45구경은 좋은 권총이기 때문이지."

"아, 크기 때문에."

"빠찡꼬를 써 본 일이 있나?"

"쓰지 않으면 안될 때도 있지요. 아저씨는 생명의 쟁탈전을 멋이나 취한 기분으로 한다고 생각하시오? 닥치는 대로 뭐든지 사용하지 않으면 안됩니다. 우물우물하고 있다가는 이편의 발목에 꼬리표가 붙어서 냉장고에 들어가게 되는 거요."

면도날은 램을 한 모금 마셨다.

"이 근처는 고급 주택지하고는 다르지요. 한시도 마음놓을 수가 없소. 때문에 글로버스 패에 들어가면 도움을 받습니다. 이 윗옷이 지나가는 것을 보면 사람들은 모두 그냥 넘겨 주거든요. 나에게 간섭하는 것은 글로버스 전체를 상대하겠다는 뜻이 되기 때문입니다."

"경찰도 그렇게 생각한다는 것인가?"

"여보시오, 어느 누가 경찰과 맞서려 하겠소. 우리는 경찰과 부딪치지 않도록 애쓰고 있소. 저쪽에서 우리 일에 간섭하지 않는 한 말입니다."

"최근 귀찮게 하는 경찰은 없었는가?"

"우리는 경찰과 이야기가 되어 있지요. 그쪽에서도 우리들을 괴롭히지 않고 우리도 경찰관들을 괴롭히지 않소. 여보시오, 아저씨, 요 몇 달 동안 조그마한 다툼 하나 없었지요. 아무 일도 없었소."

"지금 같은 상태가 좋다고 생각하나?"

"물론이지요. 그렇지 않소? 머리통이 깨지고 싶은 자가 어디 있겠소? 글로버스 패도 평화를 바라고 있지요. 일단 걸어온 싸움은 어쩔 수 없으나, 일부러 그런 것을 일으키고 싶어하지는 않는단 말이오. 다른 상대방이 싸움을 걸어 오든가, 동료의 누군가가 다른 클럽에서 당한 경우는 가만히 있지 않지만, 우리가 먼저 그런 바보 같은 짓을 저지르지는 않지요."

"그렇다면 최근에는 경찰과 다툰 일이 없다는 뜻인가?"

"조그마한 말썽은 있었지요. 하지만 문제삼을 만한 것은 못됩니다."

"무슨 일인데?"

"우리 아이 하나가 마리화나를 피웠지요. 잠시 들떠 가지고 가게의 유리창을 깨뜨려 버렸어요. 그러자 경관 하나가 그애를 잡아 갔지요. 집행 유예가 되었지만요."

"그 친구를 잡아 간 경관은 누구였지?"

"어째서 그런 것을 묻소?"

"호기심에서."

"형사였지만, 누군지는 기억이 없소."

"형사라고?"

"그렇다고 했지 않소."

"글로버스의 다른 친구들은 그 사건을 어떻게 생각하고 있나?"

"그건 무슨 뜻이지요?"

"친구를 체포한 형사를 어떻게 생각하고 있느냔 말이야."

"아, 잡힌 것은 갓나온 불량배 출신이지요. 잘잘못을 구별할 여지가 없었습니다. 그런 꼬마 녀석에게 대마초를 준 게 잘못이었소. 대마초 같은 건 사용하는 데 주의하지 않으면……어떻든 그 녀석은 아직 어린애였으니까요."

"그래서 친구들은 그 아이를 잡은 형사에게 원한을 갖지 않았나?"

"뭐라구요?"

"그 녀석을 붙잡은 형사에게 적의를 품지 않았느냐구."

"아저씨, 이름이 뭐라고 했소?"

면도날은 눈이 갑자기 조심스러워졌다.

"새비지."

"어째서 우리가 경찰을 어떻게 생각하느냐고 묻는 거지요?"

"이유는 없어."

"그럼, 왜 묻소?"

"단순한 호기심에서."

"그래요?" 면도날은 망설임없이 말했다. "그럼, 나는 가 봐야겠소, 친구들은 안 오려나 봅니다."

"이봐, 잠깐 더 있다가 가지. 할 이야기가 아직 남아 있으니까." 새비지가 말했다.

"그래요?"

"그래, 이야기가 있어."

"글쎄요, 나는 더 이상 할 말이 없는데요." 면도날은 자리에서 일어났다. "잘 먹었소. 그럼, 또 만납시다."

"또 보세."

새비지는 소년이 발을 끌 듯이 술집에서 나가는 것을 바라보았다. 술집 문이 닫히고 소년은 사라졌다.

새비지는 손에 든 술을 보았다. 글로버스의 불량배와 경찰관——더욱이 형사와의 사이에 마찰이 있었다. 그리고 보면 그의 생각도 저 명경감이 말한 것에서 그다지 어긋나지는 않는 것 같았다.

새비지는 술을 조금씩 마시면서 생각에 잠겼다. 다 마시고 나서 한 잔 더 주문했다. 그가 술집을 나온 것은 10분 뒤였다. 도중에 정장을 한 두 사람과 지나쳤다.

두 사나이는 스티브 캘레라와 사복으로 갈아입은 버트 클링이라는 경관이었다.

11

부슈는 아파트로 돌아오자 축 늘어지고 말았다.

그는 궂은 사건은 질색이었는데, 그것은 다만 자신이 그런 사건을 처리하는 데 이상하게도 부적당하다는 기분이 들기 때문이었다. 형사가 특히 머리좋은 사람이라고는 생각지 않는다고 캘레라에게 말한 것은 농담이 아니었다. 그는 진심으로 그렇게 믿고 있었고, 어려운 사건이 일어날 때마다 그의 이런 생각은 신앙과도 같이 강하게 떠오르는 것이었다.

끈질기게 돌아다니다가 지친 다리로 돌아오는 그것뿐이다.

이번 사건 역시 지금까지 지치도록 돌아다녔지만 출발점에서 범인에게 한 발자국도 다가서지 못하고 있었다. 끈질김은? 그러나 이것은 별개 문제이다. 물론 그들은 마지막까지 온 힘을 다할 것이다. 사건이 해결될 때까지. 언제 해결될까? 오늘일까, 내일일까? 아니, 어쩌면 그 날은 영원히 오지 않을는지도 모른다.

이런 사건은 정말 질색이라고 부슈는 생각했다. 그는 지금 집에 돌아온 것이다. 사람은 집에 있는 동안은 직장의 딱딱한 일을 잊어 버릴 수 있는 사치가 허락되어야 한다. 아내와 몇 시간 동안 평화스럽게 지낼 권리가 있는 것이다.

열쇠를 끼우고 돌리자 문이 열렸다.

"행크?" 앨리스가 소리쳤다. "아아!"

아내의 목소리는 서늘한 것 같았다. 앨리스는 언제나 서늘한 소리를 냈다. 그녀는 아름다운 여자였다.

"한잔하시겠어요?"

"응, 어디 있지?"

"침실이에요, 들어오세요, 바람이 서늘하게 불고 있어요."

"바람이라고? 농담이겠지."

"아니, 정말이에요."

부슈는 윗옷을 벗어 의자에 던졌다. 침실로 들어가면서 그는 셔츠를 벗었다. 부슈는 속옷을 입는 일이 없었다. 그는 속옷이 땀을 빨아들인다는 말을 믿지 않았다. 그의 말에 따르면 속옷은 불필요한 것이었다. 이런 무더위엔 하나라도 더 벗어서, 될 수 있는 대로 발가숭이에 가까운 것이 좋은 법이라고 여기고 있었다. 그는 아무렇게나 셔츠를 벗어 던졌다. 넓은 가슴에는 굽실굽실한 붉은 머리와 조화를 이룬 듯 붉은 털이 가득했다. 오른팔에 긴 칼자국이 깊이 나 있었다.

앨리스는 열어젖힌 창문 옆의 소파에 누워 있었다. 맨발로 창문 턱에 다리를 걸치고 있었는데, 흰 블라우스와 검은 스커트가 잘 어울렸다. 창문으로 흘러들어오는 바람에 검은 스커트가 이따금 펄럭였다. 금발을 뒤로 벗어넘겨 포니 테일(망아지 꼬리처럼 머리를 뒤로 묶어 올린 모양)로 빗어올렸다. 부슈가 다가가자 그녀는 남편의 키스를 받으려는 듯 얼굴을 들었다. 아내의 윗입술에 엷게 땀이 배어 있는 것을 부슈는 보았다.

"술은 어디 있지?" 부슈가 물었다.

"곧 가져오겠어요" 라고 말하고 앨리스는 창턱에 걸쳤던 다리를 내렸다. 스커트가 약간 말려올라가서 넓적다리가 눈에 들어왔다. 부슈는 조용히 아내를 보면서 이 여자는 왜 이렇게 사람의 기분을 흔들어 놓는 것일까 하고 생각했다. 결혼한 지 10년이나 된 세상의 모든 남편들이 모두들 아내에게 이런 기분을 갖고 있을까?

"이상한 눈으로 보지 마세요."

앨리스가 남편의 눈빛을 보면서 말했다.

"왜?"

"그렇지 않아도 더운걸요."

"이런 말을 한 친구가 있었지. 더위를 잊는 가장 좋은 방법은……"

"그 이야기라면 나도 알고 있어요."

"1년 중 가장 더운 날에 방문을 닫고, 창문도 닫고, 모포를 넉 장이나 덮고……라는 말도 있지."

"진 토닉이 좋으세요?"

"으음."

"워카 토닉 쪽이 좋을 것 같지만요."

"그럼, 워카를 사 오기로 할게."

"바빴어요?"

"응, 당신은 어땠어?"

"하루 종일 뒹굴뒹굴하면서 당신 일을 걱정했어요."

"그렇겠지. 그래서 흰 머리가 더 나는군."

"남의 속도 모르고." 앨리스는 천장을 보면서 말했다. "살인범은 잡았나요?"

"아직."

"라임을 넣을까요?"

"넣어도 좋아."

"부엌에 가는 것도 싫군요. 착한 아이, 여기서 얌전히 마시세요."

"알았어."

그녀는 남편에게 잔을 넘겨 주었다. 부슈는 침대 끝에 앉았다. 술을 찔끔찔끔 마시면서 앞으로 몸을 굽혔다.

"피곤해요?"

"으음, 몹시 피곤하군."

"그렇게 피곤한 것 같지도 않은데요?"

"피곤한 정도가 아니야. 몸이 후들후들 떨리는군."

"당신은 언제나 그러지요. 그 입버릇 좀 고치면 좋겠어요. 다른 말버릇도 있어요."

"무슨 말이지?"

"그래요, 이를테면 지금과 같은 경우 말이에요."

"다른 예를 들어 봐."

"자동차를 타고 가다가 교통신호 때문에 자동차를 멈추어야 할 때가 있지요. 빨간 신호에 걸리면 당신은 틀림없이 '어럽쇼, 도깨비 굴 속에라도 들어갔나' 라고 하시잖아요 ? "

"그 말의 어디가 좋지 않지 ? "

"안 좋을 것도 없지요, 처음 백 번쯤까지는요. "

"그만둬. "

"하지만 정말이에요. "

"알았어, 알았다니까. 하지만 나는 끄떡도 하지 않아. "

"난 더워요. "

"더운 건 마찬가지야. "

앨리스는 블라우스의 단추를 끄르기 시작했다. 부슈가 얼굴도 들기 전에 그녀는 "다른 생각 마세요" 하고 선수를 쳤다. 블라우스를 벗자 소파에 등을 대고 앉았다. 풍만한 가슴으로 흰 브래지어가 터질 것 같았다. 그녀의 가슴은 엷은 나일론 천으로 덮여 있었지만 그의 눈에 는 젖꼭지의 불그스름한 햇무리까지도 탐스럽게 보이는 듯했다. 그것 을 보고 그는 치과에 치료하러 다닐 때 병원 대기실에 있었던 〈지리 풍속 대계(地理風俗大系)〉에서 보았던 그림을 생각했다. 발리섬의 여자 그림이었다. 발리의 여자 같은 가슴을 한 여자는 없겠지만, 앨 리스는 예외일지도 모른다.

부슈가 물었다.

"하루 종일 무엇을 했지 ? "

"대단한 일은 하지 않았어요. "

"줄곧 집에 있었나 ? "

"거의. "

"그리고 ? "

"그냥 뒹굴었어요. "

"음……" 부슈는 그녀의 브래지어에서 눈을 떼지 않았다. "쓸쓸했지？"

"당신이 없으면 언제나 쓸쓸해요." 애교없는 말투였다.

"나도 그래."

"마시세요."

"아니, 지금은 마시고 싶지 않아."

"그럼, 좋아요." 그녀는 일부러 웃어 보였다.

부슈는 아내의 얼굴을 유심히 바라보았다. 아차 하는 순간에 지워져 버린 웃음. 그는 이상하게도 그녀가 의무감에서 웃는 것이라는 생각이 들었다.

"조금 자는 것이 어떠세요？"

"아직 괜찮아."

그는 아내를 보면서 말했다.

"행크, 혹시 당신이……"

"무슨 말이지？"

"아무것도 아니에요."

"또 나가지 않으면 안돼."

"이번 사건에는 모두들 온 힘을 기울이겠지요？"

"굉장한 관심이 있지. 서장이 다음은 자기 차례라고 무서워하고 있는 모양이야."

"아마 이것으로 끝날 거에요. 더 이상 살인이 일어나리라고는 생각되지 않아요."

"그렇다고만은 할 수 없지."

"주무시기 전에 뭐 좀 드시겠어요？"

"아직 자지 않을 거야."

앨리스는 한숨을 쉬었다.

"이 더위는 어떻게 할 수도 없어요. 뭘 해도 더우니 말이에요."

그녀의 손이 스커트 옆의 단추로 갔다. 단추를 끄르고 지퍼를 내렸다. 스커트가 스르르 발 밑으로 미끄러져 내리자 그녀는 스커트 밖으로 걸어나왔다. 그녀는 엷은 레이스가 달린 나일론 팬티를 입고 있었다. 그녀는 창가로 걸어갔다. 부슈는 그 모습을 쳐다보았다. 길고 아름다운 다리였다.

"이리 와." 부슈가 불렀다.

"안돼요, 싫어요."

"괜찮아."

"오늘 밤은 서늘해질지도 몰라요."

"글쎄?"

그는 아내를 뚫어지게 보았다. 아내가 옷을 벗은 것은 자기에게 보이기 위해서라고 본능적으로 느꼈는데, 아내는 저런 식으로 말을 한다……그는 코를 쥐고 고개를 저었다.

앨리스는 창가에서 뒤돌아보았다. 흰 옷을 입은 피부가 눈부시다. 꽉 끼는 브래지어 끝으로 유방이 튀어나와 있다.

"당신, 이발소에 가셔야겠어요."

"내일 가지. 오늘은 그럴 틈이 없었어."

"아, 어쩌면 이렇게 더울까."

앨리스는 손을 등 뒤로 돌려 브래지어를 끌렀다. 부슈는 사유스럽게 넘쳐나온 유방을 보면서 브래지어를 방구석으로 내던지는 아내를 쳐다보았다. 자기가 마실 술을 만들기 위해 걸어가는 아내에게서 그는 눈을 뗄 수가 없었다. 무엇을 할 생각인가? 나를 어떻게 하겠다는 것일까?

그는 벌떡 일어나서 아내 곁으로 갔다. 부둥켜안고 두 손으로 유방을 잡았다.

"봐요."

"이봐······"

"놓으세요." 그녀의 목소리는 엄하고 차가운 가시가 있었다.

"왜 안되나?"

"내가 싫다고 하지 않아요?"

"그럼, 어째서 그처럼 자랑하는 거야?······"

"행크, 손을 놓고 떨어지세요."

"아니, 왜 그래······"

그녀는 남편의 손을 뿌리쳤다.

"주무세요. 당신은 지쳐 있으니까요."

그녀의 눈에 이상한 빛이 감돌았다. 증오에 가까운 빛이었다.

"잘 수야 없지······"

"안돼요."

"부탁이야, 앨리스······"

"안돼요."

"그럼, 괜찮아."

그녀는 싱긋 웃어 보이면서 "그럼, 괜찮아" 하고 흉내냈다.

"흐흥······하는 수 없군. 자는 편이 낫겠어."

"그래요. 그게 좋아요."

"아무래도 모르겠군, 당신은 어째서······"

"이런 더위에는 시트도 필요없어요."

앨리스는 덮어씌우듯이 말했다.

"아, 그렇겠군."

그는 침대로 가서 신과 양말을 벗었다. 아내를 기쁘게 하고 싶지 않았다. 그녀는 지금 남편의 기분을 들뜨게 해 놓고 그것을 알면서도 남편의 요구를 거절했기 때문이다. 그는 바지를 벗고 곧 침대로 들어가서 시트를 목까지 끌어올렸다.

앨리스는 웃음을 띠고 있었다.

"나는 《안나푸르나 등정기》를 읽었어요."

"그래서?"

"지금 그 생각을 했어요."

부슈는 옆으로 돌아누워 버렸다.

"그래도 역시 더워요. 샤워를 하겠어요. 그리고는 냉방 장치가 된 영화관에라도 가야겠어요. 괜찮지요?"

"으음." 부슈는 중얼거렸다.

그녀는 침대 옆으로 와서 잠든 남편을 내려다보았다.

"그렇지, 샤워를 해야지."

그녀는 허리에 손을 가져갔다. 그리고 천천히 팬티를 벗었다. 늘어지지 않은 배에서 뭉글하게 부풀어오른 아랫배의 끝, 흰 허벅지. 팬티가 방바닥에 떨어지자 그녀는 침대 곁으로 다가가서 웃음지은 얼굴로 부슈를 내려다보았다.

부슈는 꼼짝하지 않았다. 눈길을 아래로 떨구고 있었지만, 그녀의 발과 다리가 보였다. 그러나 그는 움직이지 않았다

"잘 주무세요."

앨리스는 나직한 목소리로 속삭이고 목욕탕으로 들어갔다.

목욕실에서 물소리가 들려 왔다. 부슈는 끈적끈적한 시트 위에서 옆으로 누운 채 쉴새없이 떨어지는, 기관총을 쏘아 대는 것 같은 물소리를 듣고 있었다. 바로 그때 샤워의 소리를 없애 버리려는 듯 전화 벨 소리가 방의 정적을 깨뜨렸다.

부슈는 일어나서 수화기를 들었다.

"여보세요."

"부슈인가?"

"으음, 나야."

"하빌랜드일세. 곧 나와 주게."

"무슨 일인가?"

"클링이라는 젊은 신참 경관을 알고 있나?"

"응, 알지."

"그 친구가 방금 카르바 거리의 술집에서 총에 맞았네."

12

부슈가 도착했을 때 제87분서의 형사실은 마치 소년 클럽의 사무실 같았다. 정리대와 책상 맞은편에 스물 너덧 명의 소년들이 웅성거리고 있었다. 게다가 여러 명의 형사들이 열을 올리며 심문을 하고 있었다. 심문에 대답하는 것은 두 나라 말이었다. 그 소란스러움이란 마치 수소폭탄이 터지는 소리 같았다.

소년들은 짙은 빨간 색과 거기에 대조되는 화려한 황금빛 윗옷을 입고 있었다. 그들의 등에는 〈글로버스〉라는 글자가 새겨져 있었다. 부슈는 캘레라가 보이자 뚜벅뚜벅 그의 곁으로 걸어갔다. 상냥한 얼굴을 한 완고한 형사 하빌랜드가 한 소년을 야단치고 있었다.

"이 나쁜 녀석아, 괜히 허풍떨지 마! 그렇지 않으면 네놈의 그 가는 팔목을 부러뜨려 버릴 테다!"

"부러뜨려 보시지." 소년이 대답했다.

그는 소년의 입을 꼬집었다. 소년이 뒤로 비틀거리다가 지나가는 부슈와 부딪쳤다. 부슈가 어깨로 슬쩍 밀자 소년은 코뿔소에게 차인 듯 하빌랜드의 팔 안으로 통겨져 들어갔다.

부슈가 가까이 갔을 때 캘레라는 두 소년과 이야기하고 있었다.

"권총을 쏜 것은 누구지?" 캘레라가 물었다.

두 소년은 어깨를 으쓱해 보였다.

"너희들도 모두 공범으로 몰아넣겠어!"

"대체 어떻게 된 건가 ?" 부슈가 물었다.

"나와 클링이 맥주를 한 잔했지. 비번이라서 한가하니 좋은 기분으로 말이야. 그리고 내가 먼저 나오고 한 10분쯤 뒤 그가 나오는데 이 녀석들이 달려들지 않았겠나. 그 중 한 녀석이 클링에게 총알을 먹였어."

"그래, 그 친구는 어떻게 됐지 ?"

"병원으로 실려갔어. 탄환은 22구경으로, 오른쪽 어깨를 뚫었더군. 손으로 직접 만든 권총 같다는 말인데……"

"다른 살인 사건과 관계가 있다고 보나, 자넨 ?"

"글쎄, 방법은 다르지만……"

"그럼, 왜 그랬을까 ?"

캘레라는 소년들 쪽으로 돌아앉았다.

"경찰관이 습격당했을 때 너희들도 모두 같이 있었지 ?"

둘다 대답할 것 같지 않았다.

"좋아, 이 녀석들 !" 캘레라가 말했다. "너희들 멋대로 그런 나쁜 태도를 취해 봐. 그 사이에 어떤 일을 당하게 될지 아나 ? 글로버스 클럽 같은 것이 이런 일을 저질러 놓고 얼마나 살아남을는지 두고 봐."

"형사 같은 분은 쏜 일이 없어요." 한 소년이 말했다.

"쏘지 않았다고 ? 그럼, 어떻게 했나 ? 그가 자신을 쏘았단 말인가 ?"

"우리도 미친놈이 아닙니다." 또 한 소년이 말했다.

"형사를 쏠 까닭이 없잖아요."

"형사가 아니라, 일반 순경이야."

"그 사람은 양복을 입고 있었어요." 처음 소년이 말했다.

"경관은 비번 때면 사복을 입지." 부슈가 말했다. "자, 어떻게 된 거야?"

"아무도 순경을 쏘지 않았어요"

"쏘지 않았다고? 하지만 누군가가 쏘았잖아?"

번즈 경감이 자기 방에서 나오며 크게 소리쳤다.

"좋아, 모두들 그만 중지해!"

방 안이 곧 조용해졌다.

"너희들 대표자가 누구야?" 경감이 물었다.

"접니다." 키가 큰 소년이 대답했다.

"이름이 뭐지?"

"두두입니다."

"본명은?"

"살바돌 이에즈스 산테스"

"좋아, 이리 와, 살바돌."

"모두들 두두라고 부릅니다."

"알았어, 이리 와."

산테스는 경감이 서 있는 곳으로 엉덩이를 흔들면서 발을 질질 끌 듯이 걸어왔다.

방 안의 어린 소년들은 비로소 마음을 놓은 듯했다. 산테스는 그들의 대표자이며, 그러면 맡겨 놓아도 좋을 것이다. 산테스는 말을 조리있게 할 수 있을 것이다.

"어떻게 된 거야?" 경감이 물었다.

"조금 실랑이를 했습니다. 그뿐입니다." 산테스가 대답했다.

"왜 그랬지?"

"우리는 연락이 와서 모두 모였지요."

"어떤 연락?"

"알고 계실 텐데요. 누군가 우리를 탐지하러 온 자가 있다는 거였지요."

"아니, 못 들었는데, 대체 그게 무슨 말이지?"

"대장님……" 산테스가 말했다.

"가볍게 입 놀리지 마!" 경감이 따끔하게 침을 놓았다. "대장이 뭐야. 다시 한 번 그따위 소리 하면 그냥 두지 않을 테다."

"네네, 나리……" 산테스는 입을 삐죽했다. "그런데 무엇을 듣고 싶으십니까?"

"왜 너희들이 경관에게 달려들었는지, 그 이유를 듣고 싶다."

"경관이라고요? 그게 무슨 말입니까?"

"이봐, 산테스, 그렇게 시치미떼지 마. 너희들은 술집에서 나오는 경관에게 달려들었어. 그래서 그를 구타하고 그 중 하나가 경관의 어깨에 총을 쏘았어. 자, 왜 그런 짓을 했나?"

산테스는 경감의 질문을 신중하게 생각하는 듯했다.

"왜 그랬지?"

"경관이었습니까?"

"그럼, 누구라고 생각했나?"

"그 사람은 옅은 남색 여름 양복을 입고 있었는데요."

산테스는 눈을 둥그렇게 뜨고 말했다.

"그것이 어쨌다는 거야? 왜 그에게 달려들었지? 어째서 쏘았지?"

산테스의 뒤에서 수군거리는 소리가 들려 왔다. 경감은 그 소리를 향해 꾸짖었다.

"시끄러워! 너희들의 대표자가 나와 있으니, 이놈한테 말하게 해! 자, 어떻게 되었나, 산테스?"

"우린 잘못 알았어요." 산테스가 대답했다.

"확실히 그런 것 같군."

"정말 경관인 줄은 몰랐습니다."

"그럼, 왜 덤벼들었지?"

"사람을 잘못 본 것입니다. 정말이에요."

"처음부터 이야기 해봐."

"알았습니다. 우리는 요즈음 오랫동안 경찰에 괴로움을 끼치지 않았습니다."

"그렇지."

"네, 저희들은 분별이 있으니까요. 그렇지 않습니까? 글로버스 클럽의 소문이라면 우리가 수세에 몰려 있다는 것밖에는 듣지 못했을 것입니다. 그렇지요? 얼마 전의 싸움도 실버 칼버즈 클럽의 감시원한테 우리 아이가 잡혔기 때문에 일어났습니다. 그렇지 않습니까?"

"알았으니까 이야기를 계속해."

"네, 녀석들이 오늘 한 사람을 탐문하기 위해서 보내왔습니다. 술집에서 우리 클럽 간부 하나를 붙들고 이야기를 캐내려 했던 녀석이지요."

"그 간부의 이름은?"

"잊어 버렸습니다."

"상대방 사나이는 누구라고 했나?"

"신문사에 있다고 했습니다."

"뭐라고?"

"새비지라던데요. 아십니까?"

"알고 있지." 경감이 무뚝뚝하게 대답했다.

"아무튼 그가 우리에게 권총이 얼마쯤 있느냐, 45구경이 있느냐, 그리고 경찰을 어떻게 생각하는가 하는 것들을 물었답니다. 그 간부는 아주 예리한 사람이라, 곧 그가 이 근처에서 일어난 형사 살인 사건과 글로버스 클럽을 연결지으려는 것 같다고 모두에게 연락한 것입니다. 만일 그가 정말 신문사에 있다면 우리들의 평판을 유지하지 않으면 안됩니다. 또한 경찰들과 시끄럽게 부딪치고 싶지도 않으니까요. 그 친구가 신문사에 돌아가서 우리가 그 사건과 관련이 있는 것 같이 써 댄다면 우리들의 명예가 더럽혀집니다."

"그래서 어떻게 했나?" 경감은 새비지를 생각하면서 귀찮은 듯 물었다. 어떻게 해야 그 기자의 목을 졸라 준담!

"그래서 그 간부는 기자가 마음대로 기사를 쓰기 전에 협박하기로 우리와 생각을 모았지요. 술집에 돌아가 그를 기다렸습니다. 그러다가 그가 나왔기 때문에 달려든 겁니다. 다만 상대방이 권총을 뺐기 때문에 우리도 몸을 지키기 위해 한 방 먹인 거지요."

"누가 쏘았나?"

"그건 모릅니다. 누군가가 쏘았겠지요."

"상대방을 새비지로 생각했다는 말이지?"

"그렇습니다. 우리는 그가 경관인 줄은 꿈에도 생각지 못했습니다. 옅은 남색 양복에 금발, 그 기자와 똑같았거든요. 그래서 쏜 겁니다. 우리는 사람을 잘못 본 거에요."

"산테스, 자넨 그 이야기만 자꾸 되풀이하는데, 그 착오가 얼마나 중대한 일인지 모르나? 총을 쏜 건 누구지?"

산테스는 어깨를 으쓱해 보였다.

"그 이야기를 한 간부는 누구지?"

산테스는 다시 어깨를 으쓱했다.

"이들 가운데 있나?"

산테스는 아무 말도 하지 않았다. 아무래도 이들 속에 있는 것 같았다.

"너희들 불량배들의 명단이 여기 준비되어 있다는 건 알고 있겠지?"

"네."

"좋아, 하빌랜드, 명단을 가져와서 대조해 봐. 그래서 여기에 없는 녀석은 모조리 잡아 오는 거야."

"잠깐 기다려 주십시오. 우리는 사람을 잘못 보았다고 말하지 않았습니까. 우리가 경관인 줄 모르고 총을 쏘았다고 해서 죄없는 사람까지 괴롭힐 작정입니까?"

"잘 들어 둬, 산테스. 너희들 불량배들은 요즈음 아무 문제도 일으키지 않았어. 이 점은 우리도 고맙게 생각하고 있지. 휴전이라고 하든 뭐라고 하든 상관없어. 그러나 나는 우리 관할 구역에서 상대가 누구이든 너희가 사람을 쏜 것을 눈감아 줄 생각은 조금도 없어. 너희들은 내 눈에는 단순한 불량배에 지나지 않아. 똑같은 옷을 입은 불량배. 17살 난 불량배가 50살 난 불량배보다 덜 위험하다는 법은 없지. 너희들을 이만큼 잘 봐 준 것도 너희가 지금까지 얌전히 있었기 때문일 뿐이야. 그러나 너희들은 내 관할 구역에서 사람을 쏘았어. 따라서 이제 더 이상 너희들은 그대로 둘 수가 없게 됐지. 너희는 지금 굉장한 궁지에 몰려 있는 거야."

산테스는 눈을 깜박했다.

"이 녀석들을 아래로 데리고 가서 명단과 대조하여 확인해 주게. 여기에 없는 녀석은 모조리 잡아들여."

"자, 가자."

하빌랜드가 소년들을 몰고 방을 나갔다.

서무 경관인 미스콜로가 그들 사이를 헤치고 경감에게 다가왔다.

"경감님을 뵙고 싶어하는 사람이 와 있는데요."

"누군가?"

"새비지라는 신문기자라고 합니다. 오늘 오후의 싸움에 대해 무언가 들려 달라고……"

"계단에서 차 던져 버려!" 번즈 경감은 내뱉듯이 말하고 방으로 들어가 버렸다.

13

살인사건이란 자기와 직접 관계가 없으면 재미있는 법이다.

분서의 일반 사건 가운데 살인 사건은 거의 없었기 때문에 본격적으로 살인 사건을 수사할 수 있었다. 살인이란 참으로 묘한 범죄이다. 인간의 생명이라는 어디나 흔히 있는 것을 훔치는 행위이기 때문이다.

불행히도 분서에는 실로 재미없는 사건들이 퍽 많다. 제87분서에서도 이러한 사건들 때문에 많은 시간을 축내고 있었다. 강간이며 소매치기들의 싸움이며 칼부림 등의 여러 가지 폭력, 빈집 터는 강도며 자동차 도둑, 거리의 주먹질에서부터 하수도에 빠진 고양이까지, 이런 일들이 꼬리를 물고 일어났다. 이 가운데에서 두드러진 사건은 시 경찰국의 해당 전문계로 넘겨지지만, 어쨌든 맨 처음 신고는 관할 분서로 들어오기 마련이다. 그러므로 분서는 이러한 신고만으로도 여기저기 뛰어다녀야 한다.

기온이 높은 날에 정신없이 뛰어다닌다는 것은 즐거운 일이 아니다.

경찰관도 인간인 이상 맨 처음 소식을 들을 때는 놀란다. 경찰관도 다른 사람들과 마찬가지로 땀을 흘리고 더울 때는 일하고 싶지 않을 것이다. 그들 중에는 시원한 날에도 일하기 싫어하는 자가 있다. 한 조가 되어 끌려나가는 것을 기뻐할 자는 하나도 없다. 더울 때는 더욱 질색이다.

스티브 캘레라와 행크 부슈는 7월 27일 목요일의 라인업(line up)

으로 호출되어 있었다. 두 사람이 특히 투덜거린 이유는, 라인업이 월요일부터 목요일까지밖에 실시되지 않으므로, 이번 주 목요일에 걸리지 않으면 다음 주일까지 그냥 지낼 수 있기 때문이었다. 어쩌면 그때까지는 더위가 식을는지도 모른다.

그날 아침도 그 주일의 다른 날과 마찬가지로 화창했다.

오전 동안에는 시원할 것 같았다. 텔레비전의 일기 예보는 더워진다고 했지만, 어쩐지 더위가 덜할 것 같은 날이었다. 그러나 그 막연한 기대는 금방 사라지고 말았다. 눈을 뜨고 30분쯤 지나자 오늘도 지독하게 덥겠구나 하는 것을 곧 알게 된다. 누구를 만나든 "덥지요?" 또는 "이건 더운 게 아닙니다. 습기 때문이지요" 라고 말하는 하루가 시작되는 것이다.

아무튼 더운 것은 틀림없다.

캘레라가 살고 있는 리버헤드 변두리도 더웠고, 시의 중심부, 라인업이 기다리고 있는 시경본부가 자리한 하이 스트리트도 더웠다.

부슈는 리버헤드의 서쪽보다 약간 남쪽인 캐임즈 포인트에서 살고 있는데, 두 사람은 8시 45분에 시경본부 앞에서 만나기로 약속했다. 라인업이 시작되기 15분 전이다. 캘레라는 약속한 시간에 맞추어 갔다.

8시 50분에 부슈가 어슬렁어슬렁 나타났다. 그는 길거리에서 담배를 피우고 있는 캘레라의 곁에 털썩 주저앉았다.

"유황불이 타는 지옥이 어떤 것인지 알 것 같네." 부슈가 말했다.

"아니, 해가 떠서 정말 빛날 때까지는 아무도 모르지."

"자네 같은 명랑한 사람들은 언제나 아침부터 웃는군. 담배 한 대 주게."

"올라갈 시간이야." 캘레라는 시계를 보았다.

"잠깐, 아직 2, 3분 있네."

부슈는 캘레라가 내민 담배에 불을 붙여 연기를 내뿜었다.

"오늘은 새로운 시체는 뒹굴지 않았는가?'

"아직……"

"그거 섭섭하군. 아침 커피하고 새로운 시체를 보지 않으면 쓸쓸한 기분이 들거든."

"바로 이 거리야." 캘레라가 말했다.

"무엇이?"

"잘 보게. 무슨 괴물인가?"

"털투성이의 괴물이군." 부슈가 맞장구를 쳤다.

"그래도 나는 이 거리가 좋아."

"나도 그렇다네." 부슈도 동조했다.

"오늘은 일하기가 너무 덥군. 바닷가에라도 나가면 좋겠는데."

"바다도 붐비고 있네. 좋은 라인업에 호출되어 고맙게 생각하게."

"물론 그렇게 생각하고 있지. 파도가 치는 시원한 바닷가에 가고 싶다는 말은 아무도 하지 않았잖아……"

"자넨 중국 사람인가?"

"왜?"

"사람을 괴롭히는 방법을 꽤 많이 알고 있으니 말이야."

"이제 올라가 보세."

두 사람은 담배를 버리고 시경본부로 들어갔다. 지난날 이 건물은 아담한 붉은 벽돌이 고상한 건축미를 자랑했으나, 지금은 벽돌들이 50년 동안이나 연기에 그을려 본디 모습은 볼 수 없었다.

아래층의 대리석을 깐 현관으로 들어가 형사실과 감식계 앞을 거쳐 기록실을 지나갔다. 안쪽 깊숙한 곳에 흐린 유리로 된 문이 있고, '경찰국장실'이라고 씌어 있었다.

"틀림없이 바닷가에 가 있을 거야." 캘레라가 말했다.

"그렇지 않으면 이 방 안의 책상 구석에 숨어 있겠지." 부슈가 말했다. "제87분서 관할 구역의 예의 미친놈이 다음에는 자기를 노릴 거라고 생각하며……"

"어쩌면 바닷가에 가지 않았을지도 모르겠군." 캘레라는 자기가 한 말을 고쳤다. "이 건물의 지하실에 수영장이 있는 모양이지?"

"두 개나 있어."

부슈가 말하면서 엘리베이터의 단추를 눌렀다. 잠시 뒤 그들 앞에 엘리베이터의 문이 열렸다. 그 안에서 한 경관이 땀을 뻘뻘 흘리고 있었다.

"쇠로 만든 관입니다. 어서 타십시오." 그 경관이 말했다.

캘레라는 빙긋 웃었다. 부슈는 불쾌한 표정이었다. 두 사람은 안으로 들어섰다.

"라인업입니까?" 경관이 물었다.

"아니, 풀이오." 부슈가 농담을 건넸다.

"이런 더위에는 농담도 통하지 않습니다."

"너무 진짜 이야기만 하시는군요." 부슈가 말했다.

"애보트와 코스텔로의 콤비 같군요."

경관은 그렇게 말한 뒤 잠잠해져 버렸다. 엘리베이터는 기어가듯이 건물의 뱃속을 올라갔다. 사방의 벽에는 타고 있는 사람들이 토해 낸 숨이 엉켜서 물방울이 맺혀 있었다.

"9층입니다." 경관이 말했다.

스르르 문이 열렸다. 캘레라와 부슈는 아침해가 비쳐들어오는 복도로 나왔다. 두 사람은 똑같이 방패 모양의 경찰관 휘장을 핀으로 꽂은 가죽 지갑을 꺼냈다. 그것을 앞가슴에 달고, 경관 한 사람이 버티고 앉아 있는 책상 쪽으로 다가갔다.

경관은 휘장을 보자 고개를 끄덕였다. 두 사람은 책상 앞을 지나 큰 방으로 들어갔다. 시경본부에서 여러 가지 일로 사용되고 있는 방이었다. 마치 체육관같이 만들어졌으며, 양쪽 구석에는 농구대까지 있었다. 창문은 높이 나 있는 데다 컸으며, 철망이 쳐져 있었다. 이 방은 시경본부 내의 경기나 강의 또는 새로운 경관의 선서식 등에 사용되었고, 때로는 경찰 자선협회나 퇴직 경관 모임인 경우회 등이 열릴 때도 있었다. 물론 라인업에도 사용된다.

월요일부터 목요일까지 날마다 우범자들을 줄세워 놓기 때문에 방 깊숙한 곳에 무대 같은 것이 만들어져 있었다. 마치 실내 발코니 같은 것으로 농구대 맞은편에 있었다. 그 뒤는 흰 벽인데, 거기에는 키를 표시하는 선과 숫자가 씌어 있었다.

무대 앞에서 뒤쪽 입구까지 접는 의자가 열 줄쯤 늘어놓여져 있었다. 부슈가 캘레라와 들어갔을 때는 온 시내 분서에서 뽑혀서 온 형사들로 가득 메워져 있었다. 창의 커튼은 이미 내려져 있고, 의자 등 뒤의 한 층 높은 연단에 시경본부의 수사주임이 벌써 자리잡고 앉아 있었다. 곧 이어서 품평회가 열린다는 것을 알 수 있었다. 무대의 왼쪽에는 붙들려 온 무리들이 한덩어리가 되어 웅크리고 있었다. 그들을 붙잡아 온 형사와 경관 몇 명이 그들을 감시하고 있었다. 전날 시내에서 붙들린 우범자는 모두 다음날 아침 이곳 무대에서 사열을 받는 것이다.

라인업이라고 하면 일반적으로 용의자를 피해자가 직접 검사하는 것으로 생각하고 있으나, 그런 것은 이론적으로는 통할지 모르나 실제로는 그다지 효과가 없다. 라인업의 진짜 목적은, 될 수 있는 한 많은 형사들에게 이 도시에서 나쁜 일을 하는 인간을 되도록 많이 보여 주기 위한 것이다. 가장 좋기로는 각 분서의 모든 형사들을 이런 라인업에 나오도록 하는 것이겠으나, 그밖에도 할 일이 많기 때문에 그렇게는 할 수가 없다. 때문에 각 분서에서는 날마다 두 사람의 형사를 뽑아 보내는데, 형사 전원이 모두 범죄자의 얼굴을 알 수는 없 겠지만, 적어도 요즈음 범죄를 일으킨 자를 몇 명 알고 있으면 필요 한 때 이용할 수 있으리라는 이론이었다.

"자, 시작하지." 수사주임이 마이크를 쥐고 말했다.

캘레라와 부슈는 다섯 번째 줄에 앉았다. 맨 먼저 범죄자 두 사람 이 무대 위로 올라왔다. 범죄자는 잡혔을 때 그대로 보여 주기 때문 에, 2인조나 3인조나 4인조 등 어떤 경우에나 똑같았다. 그렇게 보여 줌으로써 뭔가 실마리 하나라도 알 수 있기 때문이었다. 만일 어떤 자가 처음에는 2인조로 범죄를 저지르면, 대체로 다음에도 2인조로 일하게 된다.

경찰 속기사가 메모지 위에 펜을 준비했다. 수사주임은 위엄있게 말했다.

"다이아몬드 공원 관할 1호!" 검거한 지구의 이름과 그날 그 지 구에서 발생한 사건의 번호이다. "다이아몬드 공원 1호. 조제프 안셀 모, 17살. 프레데릭 디 팔르모, 16살. 케임브리지 거리와 글리블 거 리 모퉁이에 있는 아파트를 파괴했음. 구원을 호소하는 주민의 비명 을 듣고 순찰 경관이 현장에 도착. 자백 없음. 조제프, 어떻게 된 건 가?"

조제프 안셀모는 검은 머리에 짙은 갈색 눈을 한 키가 크고 마른 소년이었다. 얼굴이 창백해서 눈이 실제보다 검게 보였다. 얼굴이 창 백한 것은 감정 때문인 것 같았다. 그는 떨고 있었다.

"어떻게 된 거야?" 주임이 다시 물었다. "그곳 아파트의 창문을 깼지?"

"네."

"어째서?"

"모르겠습니다."

"문을 부수고 들어갈 때는 무언가 그만한 까닭이 있었을 것 아닌가? 아파트에 누가 있다는 것을 알고 있었나?"

"몰랐습니다."

"혼자 했나?"

안셀모는 대답하지 않았다.

"그리고 프레데릭, 자물쇠를 부수었을 때는 너도 같이 있었지?"

프레데릭 디 팔르모는 금발에 푸른 눈이었다. 안셀모보다 키가 작고 깨끗했다. 그들에게는 두 가지 공통점이 있었다. 하나는 우범자로 끌려왔다는 것과, 또 하나는 둘 다 떨고 있다는 것이었다.

"함께 있었습니다." 팔르모가 대답했다.

"어떻게 문을 부수었지?"

"자물쇠를 부수었습니다."

"무엇으로?"

"망치로요."

"큰 소리가 날 거라고 생각지는 않았나?"

"크게 한 번 쳤을 뿐입니다." 팔르모가 대답했다.

"누가 집에 있다고는 생각해 보지 않았나? 그 아파트에 무엇이 있다고 생각했나?"

"모릅니다." 팔르모가 대답했다.

"이봐." 주임은 참을성있게 말했다. "너희들 둘이서 아파트에 기어들어갔다는 것은 우리도 알고 있고, 너희들도 지금 시인했어. 그곳에 들어간 데에는 그럴 만한 까닭이 있었을 거야. 어떤가?"

"여자들이 그렇게 하라고 했어요." 안셀모가 말했다.

"어떤 여자?"

"그냥 여자지요." 팔르모가 대답했다.

"그 여자들이 뭐라고 했지?"

"문을 부수라고 했어요."

"왜?"

"흔히 있는 일이지요." 안셀모가 대답했다.

"흔히 있는 일이라니, 어떤 일인데?"

"스릴이 있어서 재미있어요."

"스릴뿐인가?"

"왜 문을 부수었는지는 나도 모릅니다."

안셀모가 말하며 팔르모의 얼굴을 보았다.

"무언가 아파트 안의 물건을 훔치려 하지는 않았나?"

주임이 다그쳐 물었다.

"아마도……" 팔르모가 어깨를 으쓱해 보였다.

"아마도……?"

"돈이 있었으면 조금! 아시잖아요?"

"조금 훔치려고 했다, 이 말이겠지."

"네, 그럴지도 모르지요."

"아파트에 사람이 있는 줄 알고 난 뒤엔 어떻게 했지?"

"여자가 비명을 질렀기 때문에……" 안셀모가 말하자 팔르모가 뒷말을 받았다. "거기서 도망쳤습니다."

"다음!" 주임이 소리쳤다.

두 소년은 그들을 검거해 온 경관이 있는 곳으로 느릿느릿 내려갔다. 두 소년은 필요없는 것까지 지껄였다. 라인업에서는 아무 할 말이 없다고 완강히 부인하면 그만인데, 붙잡혔을 때 아무 진술도 하지 않았기 때문에 자기들의 처지가 어렵고 불리하게 되어 있는 것도 모르고 수사주임의 능숙한 질문에 모조리 대답하고 만 것이다. 수완 좋은 변호사를 쓰면 단순 불법 침입으로 도둑질할 의도가 없었다고 가볍게 처벌받고 풀려날 수 있을 것이다.

그런데 주임이 훔칠 의사가 있었느냐고 묻자 두 사람은 그것을 시인하고 말았다. 형법 402조에 보면 야간 도둑은 다음과 같은 제1급의 중죄로 취급하고 있다.

야간에 사람이 있는 주거에 어떤 범죄를 저지를 의사를 가지고 잠입, 또는 침입한 자로서
1 위험한 흉기를 휴대하였는가
2 그 건물에 있는 물건을 흉기로 삼아 무장하였는가
3 공범자와 같이 행동하면……

이젠 어쩔 수 없다. 이 두 소년은 아직 철이 없고 어린데 그 목에 스스로 중죄라는 굴레를 쓰고 말았다. 아마도 그들은 제1급 야간 도둑이 형무소에서 10년 이상 30년 이하의 부정기형에 해당하는 죄라는 사실을 몰랐을 것이다.

틀림없이 그 여자들이 이 소년들로 하여금 잘못을 저지르도록 꾄 모양이다.

"다이아몬드 공원 2호." 주임이 불렀다. "버지니아 프리체트, 34살. 어제 오전 3시 내연의 남편 머리와 목을 손도끼로 구타, 자백 없음."

주임이 이야기하고 있는 동안 버지니아 프리체트는 무대에 올라와 있었다. 5피트 1인치의 작은 키였다. 깡마른 여자로 붉은 머리를 단정하게 묶어 올렸다. 루즈도 바르지 않고 웃음도 띠지 않아 마치 죽은 사람 같은 얼굴이었다.

"버지니아인가?" 수사주임이 물었다.

여자는 얼굴을 들었다. 손을 허리께까지 올리고 한쪽 손으로 다른 한 손을 잡고 있었다. 눈에는 생기가 없었다. 회색 눈의 그녀는 강한

전등빛을 받고 있는데도 전혀 움직이지 않았다.

"버지니아지?"

"네."

너무도 나직하여 들릴 것 같지도 않은 목소리였다. 캘레라는 그녀의 말을 듣기 위해 몸을 앞으로 내밀었다.

"버지니아, 지금까지 사건을 일으킨 일은 없는가?"

주임이 물었다.

"없습니다."

"어제 오전 3시에 어떤 일이 있었나?"

여자는 어깨를 움츠렸다. 마치 자기는 어떤 일이 일어났는지 전혀 모른다는 표정 같았다. 가까스로 어깨를 움직였을 뿐, 손으로 눈을 비비는 것 같은 움직임이었다.

"어떤 일이 있었나, 버지니아?"

여자는 있는 힘을 다하여 몸을 곧바로 세웠다. 몇 인치 앞 철제 파이프에 고정시켜 놓은 마이크에 입을 가까이 대기 위해서였다. 그녀는 많은 사람의 눈이 보고 있다는 것을, 또 자신이 지나치게 몸을 웅크리고 있다는 것을 그제야 알아차린 듯했다. 방 안은 물을 끼얹은 듯 조용했다.

밖에는 바람 한 점 없다. 눈이 돌아갈 것 같은 불빛 저쪽에는 형사들이 앉아 있었다.

"싸움을 했습니다." 여자는 한숨을 쉬었다.

"그 이야기를 하고 싶지 않은가?"

"아침부터 싸웠습니다. 그이가 일어나자마자부터였지요. 더워서……아파트 안은 몹시 덥습니다. 아침부터 아주 더워요. 누구나 다……누구나 다 그런 더위 속에서는 금방 화를 내게 됩니다."

"그래서?"

"오렌지 주스를 가지고 그이는 투덜거리기 시작했어요. 주스가 차갑지 않다고요. 나는 밤새도록 냉장고 안에 넣어 두었으니까 차갑지 않더라도 내 잘못이 아니라고 말해 주었지요. 그곳은 부자들이 사는 곳이 아닙니다. 그러니까 전기 냉장고 같은 건 없습니다. 이런 더위에서는 얼음이 금방 녹아 버리지요. 아무튼 그이는 오렌지 주스로 트집을 잡기 시작했습니다."

"그 남자와는 정식으로 결혼했나?"

"아닙니다."

"같이 산 지가 몇 년이나 되었지?"

"7년입니다."

"이야기를 계속해 봐."

"그이는 아침 식사를 밖에서 하겠다고 말했습니다. 쓸데없이 돈을 쓰는 것은 바보짓이니까 그만두라고 했지요. 아무튼 그이는 나가지는 않았어요. 아침 식사가 끝날 때까지 오렌지 주스로 트집을 잡는 것이었어요. 하루 온종일 그런 상태였습니다."

"오렌지 주스 때문에?"

"아닙니다. 그밖에 여러 가지가 있었어요. 무엇이었는지 기억이 나지는 않지만……그이는 맥주를 마시며 텔레비전의 야구 중계를 보고 있었는데, 하루 종일 쓸데없는 소리만 하는 것이었어요. 너무 더웠기 때문에 그이는 팬티만 입고 있었습니다. 나도 거의 벗다시피하고 있었지요."

"그래서?"

"저녁 식사는 늦게 끝났습니다. 간단히 먹었지요. 그 동안에도 그이는 계속 불평이었어요. 그이는 침실에서 자기 싫다, 부엌 바닥에서 자겠다고 말했습니다. 아무리 침실이 덥더라도 그런 바보짓을 하느냐고 말해 주었지요. 그러자 그이는 나를 때렸어요."

"어디를 때렸지?"

"얼굴을 때렸습니다. 그리고는 나를 보고 한쪽 눈을 감아 보이는 것이었어요. 나는 두번 다시 내 몸에 손대지 말라고 했습니다. 또 다시 그런 짓을 하면 창 밖으로 밀어 버리겠다고 했지요. 그이는 부엌 창가의 바닥에 모포를 깔고 라디오를 틀었어요. 나는 침실로 자러 갔습니다."

"그래서?"

"그 더위 속에서 나는 잠을 잘 수가 없었는데, 그이는 라디오를 크게 틀어 놓았습니다. 나는 부엌으로 가서 부탁이니까 소리를 좀 낮추어 달라고 했어요. 그이는 침실로 들어가 자라고 하더군요. 나는 욕실로 돌아와서 세수를 했습니다. 손도끼를 발견한 것은 그때였습니다."

"어디에 있었나?"

"그이는 연장을 욕실 선반 위에 놓아 두었습니다. 손도끼는 스패너, 해머 등과 같이 있었습니다. 어쨌든 라디오 소리가 귀에 거슬려 조금도 잘 수가 없어서 나는 다시 한 번 가서 라디오를 작게 틀어 줄 것을 부탁하려고 했습니다. 또 얻어맞을까 겁이 나서 그이가 난폭해지면 몸을 지키기 위해 손도끼를 손에 들고 갔습니다."

"그 다음에 어떻게 되었나?"

"손도끼를 들고 부엌으로 갔습니다. 그이는 일어나 창가의 의자에 앉아서 라디오를 듣고 있었지요. 내게 등을 돌리고 있었습니다."

"그래서?"

"나는 옆으로 다가갔습니다. 그이는 뒤돌아보지도 않았습니다. 나도 소리를 내지 않았습니다."

"그리고?"

"손도끼로 그이를 쳤습니다."

"어디를?"

"머리와 목을."

"몇 번이나?"

"분명히 기억하지는 못합니다. 여러 번 때려 주었습니다."

"그리고?"

"그이가 의자에서 쓰러지자 나도 모르게 도끼를 던져 버렸습니다. 옆집인 알래노스 씨네로 가서 도끼로 남편을 때렸다고 말했습니다. 정말로 들어 주지 않더군요. 집에 와 보니 그이가 경찰에 전화해서 벌써 경관이 와 있었습니다."

"남편이 병원에 가 있다는 것을 알고 있겠지?"

"네."

"상태가 어떤지도 알고 있나?"

여자의 목소리는 아주 낮았다.

"죽은 것 같습니다."

그렇게 말하자 그녀는 얼굴을 감싸쥐고 두 번 다시 얼굴을 들지 못했다. 그녀의 눈은 죽은 사람 같았다.

"다음." 수사주임이 말했다.

"남편을 타살했군."

부슈가 속삭였다. 이상하게 공포에 잠긴 말투였다.

캘레라도 고개를 끄덕여 보였다.

"마제스터 1호." 주임이 호명했다. "데이비드 브롬킨 27살. 어젯밤 10시 24분 위버 거리와 북69번 거리 모퉁이의 가로등이 파괴되었다고 전기회사에 신고되었다. 그 사이에 두 마장쯤 남쪽의 등이 깨어지고 총소리가 들렸다는 신고가 들어왔다. 순찰 경관이 디센 거리와 북69번 거리의 모퉁이에서 브롬킨을 체포. 브롬킨은 술이 취해서 가로등을 쏘며 거리를 걸어다녔다. 데이브, 왜 그런 짓을 했지?"

"나를 데이브라고 절친하게 부르는 것은 친구들뿐이오."

브롬킨이 말했다.

"어떻게 된 일이야?"

"무엇을 듣고 싶은 거요? 나는 취해 있었어요. 가로등을 두어 개 쏘았을 뿐이오. 가로등의 수리비 정도는 치르겠소."

"권총으로 무엇을 했지?"

"무엇을 했는지 나도 모르겠소. 나는 다만 가로등을 쏘았을 뿐이오."

"처음부터 그렇게 가로등을 쏠 계획이었나?"

"그렇소. 나는 여기에서 더 이상 말하지 않겠소. 변호사를 부르겠소."

"변호사를 부를 기회는 얼마든지 있어."

"아무튼 변호사를 부를 때까지는 아무것도 대답하지 않겠소."

"누가 그런 것을 묻나? 왜 가로등을 쏘는 바보짓을 생각해 냈는가, 그것을 묻고 싶은 거야."

"취했으니까. 당신은 취한 일이 없소?"

"취했어도 가로등을 쏘지는 않지."

"그런가요? 하긴 사람들마다 다르니까요. 그러니까 경마 같은 것도 성립이 되지요."

"권총은 어디서 났지?"

"아, 언젠가는 그 말이 나오리라고 생각했소."

"당신 것인가?"

"물론 내 것이오."

"어디서 구했나?"

"형이 보내 주었소."

"형은 어디 있나?"

"태국에."

"권총 휴대 허가증은 냈나?"

"얻은 물건이에요."

"설사 자기가 직접 만든 것이라도 마찬가지야. 허가증은 냈나?"

"아니오."

"그럼, 왜 그런 것을 갖고 다니지?"

"권총을 가지고 다니는 사람은 얼마든지 있소. 그런데 왜 나만 그런 꼬투리를 붙여 붙잡는 거요? 내가 쏜 것은 가로등뿐이오. 왜 사람을 쏜 악당들은 잡지 못하지요?"

"브롬킨, 당신이 그런 악당이 아니라고 어떻게 알 수 있겠는가?"

"하긴 나도 살인광인지도 모르지요. 살인마 재크가 나인지도 모르지요."

"그렇지는 않겠지만, 당신은 45구경 권총을 갖고 다니며 가로등을 쏘기보다 뭔가 다른 일을 저지르려고 했는지도 모르잖아?"

"그렇지, 나는 시장님을 쏘려고 했소."

"45구경일세." 캘레라가 부슈에게 말했다.

"아아……"

부슈는 이미 의자에서 일어나 있었다. 그는 주임쪽으로 걸어나갔다.

"좋아, 끈질기게 우기는 친구로군." 주임이 말했다. "너는 총기 불법 소지법을 위반한 거야. 무슨 말인지 알겠어?"

"아니, 무섭게 우기는 아저씨, 그게 무슨 뜻이오?"

"곧 알게 돼, 다음!"

주임의 뒤에서 부슈가 말했다.

"주임님, 지금 그 녀석에게 좀 더 묻고 싶은 게 있는데요."

"필요없어. 다음은 힐 사이드 1호, 피터 마시슨, 45살……"

14

데이비드 브롬킨은 심문을 받기 위해 형사 법정 빌딩으로 연행되어 가는 도중 캘레라와 부슈에게 붙잡힌 것이 마음에 들지 않았다.

6피트 3인치나 되는 이 거인은 싸움꾼처럼 큰 소리로 떠들어댔다.

그는 처음부터 캘레라의 첫 번째 요구를 불만스럽게 여기고 있었다.

"발을 올려 봐." 캘레라가 말했다.

"뭐라고?"

그들은 시경본부 형사실에 모여 있었다. 제87분서와 같은 이름의 방이었다. 서류 캐비닛 위에서 작은 선풍기가 돌고 있었으나 방 안의 공기를 휘젓는 게 고작이었다. 그러나 그 바람은 방 안을 서늘하게 하는 역할을 다하고 있었다.

"발을 들어올려." 캘레라가 다시 말했다.

"무엇 때문에?"

"시키는 대로 하기나 해." 캘레라가 날카로운 목소리로 말했다.

브롬킨은 잠깐 그의 얼굴을 쳐다보더니 천천히 말했다.

"그 휘장을 달고 있지 않았으면 그냥 두지 않았을 거요."

"나는 아직 휘장을 떼지 않았어. 자, 어서 발을 들어올려."

브롬킨은 뭐라고 중얼거리며 발을 들어올렸다. 캘레라가 그의 발목을 잡고 부슈가 뒤꿈치를 들여다보았다.

"물결 모양이군." 부슈가 말했다.

"다른 구두도 있나?" 캘레라가 물었다.

"물론 또 있지."

"집에 있나?"

"그런데, 왜?"

"45구경은 언제 손에 넣었지?"

"두 달쯤 전에."

"지난 일요일 밤에는 어디 있었나?"

"나는 변호사를 부르고 싶소."

"변호사 같은 건 아무래도 좋아. 묻는 말에나 대답해."

부슈가 말했다.

"그래, 묻는 게 뭐요?"

"일요일 밤에 어디에 있었지?"

"몇 시쯤 말이오?"

"11시 40분쯤에."

"극장에 있었소."

"어느 극장?"

"스틀랜드 극장이오. 거기서 영화를 보고 있었소."

"45구경을 가지고 갔었나?"

"기억이 없소."

"가지고 갔는가 안 가지고 갔는가 대답해!"

"기억이 없소. 둘 중 어느 쪽이냐고 묻는다면 안 갖고 갔다고 대답하지. 나도 바보가 아니니까."

"무슨 영화를 보았나?"

"〈검은 습지(濕地)의 괴물〉."

"어떤 영화였지?"

"물 속에서 괴물이 나오는 영화였소."

"두 편 중 다른 하나는?"

"기억이 없소."

"생각해 봐."

"존 가필드의 무엇인가였소."

"뭐라고?"

"권투 선수 영화였소."

"제목은?"

"잊어 버렸소. 처음에는 부랑자였으나, 챔피언이 되어서 나중에는 멋지게 산다는 이야기였소."

"〈육체와 혼〉인가?"

"맞아, 그거요."

"행크, 스틀랜드에 전화해 보게." 캘레라가 말했다.

"아니, 왜 그러지요?" 브롬킨이 말했다.

"일요일 밤 그런 영화를 상영했는지 어쩐지 확인해 보려는 거야."

"상영했소. 틀림없이 상영했소."

"브롬킨, 45구경의 탄환을 검사해야겠어."

"무엇 때문에?"

"여기에 있는 탄환과 맞나 안 맞나 알아보기 위해서야. 깨끗이 다 털어놓으면 훨씬 도움이 될 텐데……"

"어떻게?"

"월요일 밤에는 무엇을 했지?"

"월요일, 월요일이라……? 쳇, 기억날 리가 없지."

부슈가 전화번호부를 찾아보고 다이얼을 돌렸다.

"이봐, 전화해 볼 필요 없소!" 브롬킨이 소리쳤다. "분명히 그 영화를 했으니까."

"월요일 밤에는 무엇을 했지?"

"나는……나는 극장에 갔소."

"또 영화를 보았나? 이틀 밤이나 계속해서?"

"그렇소. 극장은 냉방 장치가 잘 되어 있으니까. 찌는 듯한 더위 속을 어슬렁거리는 것보다 훨씬 낫지요. 안 그렇소?"

"무슨 영화를 보았나?"

"아주 옛날 영화였소."

"옛날 영화를 좋아하나?"

"영화 같은 것은 아무래도 상관없소. 더위를 피하기 위한 것이니까. 옛날 영화를 상영하는 극장이 싸기 때문에."

"무슨 영화였지?"

"〈7인의 신부(新婦)〉, 또 하나는 〈폭력의 토요일〉이었소."

"이번에는 똑똑히 기억하는군."

"그렇지, 이건 하루 뒤니까."

"월요일 밤에는 무엇을 했는지 기억나지 않는다고 했는데, 왜 그런 말을 했지?"

"내가 그런 말을 했소?"

"그럼."

"그건 생각해야 했기 때문이오."

"어느 극장에서 보았나?"

"월요일 밤에 말이오?"

"그래."

"RKO계의 작은 집이오. 북80번지 거리에 있지요."

부슈가 수화기를 놓고 말했다.

"스티브, 〈검은 습지의 괴물〉과 〈육체와 혼〉이 상영되었다는군. 그가 말한 대로야."

부슈는 극장 상영 시간표도 물어서 몇 시에 시작되어 몇 시에 끝났는지 알고 있었으나 그 말은 일부러 빼 버렸다. 힐긋 캘레라를 보고, 갈겨 쓴 메모지를 그에게 넘겨 주었다.

"몇 시에 들어갔나?"

"일요일이오, 월요일이오?"

"일요일."

"8시 반쯤이오."

"정확하게 8시 반인가?"

"그렇게 정확하게 알고 있는 녀석이 어디 있소? 더워서 스틀랜드 극장에 들어간 것뿐이오."

"어떻게 8시 반이라는 걸 알았지?"

"몰라요. 그때쯤이었으니까."

"극장을 나온 것은?"

"글쎄, 12시 15분 전쯤이었을까?"

"그 다음은 어디로 갔나?"

"커피와 무엇을 좀 먹으러 갔소."

"어디로?"

"하얀 탑이라는 집이오."

"그곳에 얼마쯤 있었나?"

"30분쯤."

"무엇을 먹었나?"

"아까 말했잖소. 커피와 또 다른 것이라고."

"다른 것이란?"

"제기랄, 젤리 도넛이오."

"그런데 30분이나 걸렸나?"

"담배를 한 대 피웠소."

"가게에서 아는 사람을 만나지 않았나?"

"만나지 않았소."

"영화관에서는?"

"만나지 않았소."

"그때는 분명 권총을 갖고 있지 않았겠지?"

"갖고 있지 않았다고 생각되오."

“그럼, 권총은 언제나 갖고 다니나 ? ”

“때에 따라서. ”

“경찰 신세를 진 일이 있나 ? ”

“아아 ! ”

“어서 말해 봐. ”

“신신 형무소에 2년 있었소. ”

“무슨 죄목으로 ? ”

“흉기 폭행이오. ”

“그때의 흉기는 ? ”

브롬킨은 입을 다물었다.

“똑똑히 말해. ” 캘레라가 소리를 질렀다.

“45구경이었소. ”

“이번과 같은 것이었나 ? ”

“아니오. ”

“그럼, 어떤 것이었지 ? ”

“또 한 자루 있었소. ”

“지금도 갖고 있나 ? ”

브롬킨은 또 망설였다.

“지금도 갖고 있나 ? ” 캘레라가 다시 물었다.

“그렇소. ”

“어떻게 가지고 있을 수 있었지 ? 경찰에서 압수하지 않았나 ? ”

“그전에 버렸소. 들키지 않았소. 친구 녀석이 주워 두었더군. ”

“그것을 써서 장사하려고 했겠군 ? ”

“아니, 개머리판을 썼을 뿐이오. ”

“누구를 ? ”

“지금 와서 그게 무슨 소용이오 ? ”

"아니, 알고 싶어. 그게 누구지?"

"저어……여자요……"

"여자?"

"으음……"

"몇 살 정도의 여자였나?"

"40살이나 50살쯤."

"어느 쪽인가?"

"50 정도."

"대단한 녀석이로군."

"그야 그렇지." 브롬킨이 말했다.

"그때 너를 잡은 것은 누구였나? 어느 분서였지?"

"제92분서였소."

"틀림없겠지?"

"물론."

"잡은 경관은 누군가?"

"모르겠소."

"누구에게 걸렸느냐고 묻고 있어."

"모르겠소."

"형사가 잡았나?"

"아니오."

"언제쯤 잡혔지?"

"1952년."

"또 하나의 45구경은 지금 어디 있나?"

"내 방에 숨겨 놓았소."

"주소는?"

"헤이븐 831번지."

캘레라는 주소를 적어넣었다.

"방에는 그밖에 뭐가 있지?"

"못 본 체해 주시겠소?"

"뭘 그래 주기 바라나?"

"사실은 권총을 몇 자루 더 가지고 있거든."

"몇 자루나 가지고 있어?"

"여섯 자루."

"뭐라고?"

"헤에——"

"무슨 권총인지 말해 봐."

"45구경 두 자루. 그리고 루거와 모젤, 트카레프를 각기 한 자루씩
가지고 있소."

"그밖에는?"

"아아, 그리고 22구경이 한 자루 있소."

"모두 방에 있겠지?"

"물론, 수집하는 것이 취미이기 때문이오."

"구두도 그곳에 있겠군?"

"구두가 뭐 잘못 되었소?"

"그 권총은 하나도 허가를 내지 않은 거겠지?"

"아, 깜박 잊어서……"

"좋아. 행크, 제92분서에 전화해서 1952년에 브롬킨을 잡은 게 누
구였는지 알아보게. 포스터는 분명히 우리 분서에서 처음으로 근무
했지만, 리아던은 다른 곳에서 전속했는지도 모르니까."

"아아!" 브롬킨이 갑자기 큰 소리를 질렀다.

"뭐야?"

"그래서 날 붙잡고 물어 보는군. 그 두 사람의 형사 사건 때문에

말이야."

"그래, 맞아."

"그렇다면 잘못 짚었소." 브롬킨이 말했다.

"글쎄, 그럴지도 모르지. RKO극장을 나온 게 몇 시였지?"

"11시 반에서 12시쯤이었소."

"행크, 이것도 알아보게. 알겠지?"

"알았네."

"북80번 거리의 RKO극장에 전화해서 물어 보게. 브롬킨, 자네는 이제 가도 좋아. 모두들 복도에서 기다리고 있으니까."

"여보슈!" 브롬킨이 불렀다. "좀 어떻게 봐줄 수 없겠소? 나는 다 협력했소. 어떻게 생각해줄 수 없겠소?"

캘레라는 흥! 하고 코방귀를 뀌었다.

브롬킨의 아파트에 있는 구두 가운데 감식계에서 보관하고 있는 것과 비슷한 것은 하나도 없었다. 탄환 검사의 보고도 형사를 쏜 탄환과 브롬킨이 가지고 있는 총의 탄환이 다르다는 것이었다.

제92분서에서도 마이크 리아던이나 데이비드 포스터가 그곳에서 근무한 일이 없다고 알려 왔다.

아무 성과도 없었다. 형사들에게 돌아온 선물은 단 한 가지——더위밖에 없었다.

15

그 주의 목요일 저녁 7시 26분, 시내 전체가 하늘을 우러러보고 있었다.

우르릉 하는 소리가 났다. 그 소리를 확인하려는 듯 모든 사람들이 입을 다물고 하늘을 쳐다보았다. 먼 곳에서 천둥이 친 것이다.

마치 약속이라도 한 듯이 별안간 북쪽 하늘에서 시커먼 구름이 몰려오더니 열기로 말미암아 내려앉은 듯한 시가지 위를 뒤덮으며 흘러갔다. 기분나쁜 하늘의 울림이 가까워지고 번갯불이 나타나 공간을 칼로 베듯이 번쩍 하고 지나갔다.

시내의 모든 사람들이 하늘을 쳐다보며 기다리고 있었다.

비가 올 것 같지는 않았다. 번갯불만이 미친 듯이 날뛰며 높은 빌딩을 후려치면서 지평선에 활을 그리고 있었다. 번갯불이 노여움을 뱉을 때마다 천둥이 그 이름이 부끄럽지 않을 만큼 크게 따라 울렸다.

갑자기 하늘이 갈라진 듯 비가 퍼붓기 시작했다. 큰 빗방울이 보도와 도랑과 도시의 모든 것을 두들기듯 퍼부었다. 첫 번 빗방울을 맞는 아스팔트며 콘크리트가 치익 소리를 내며 반가워했다. 온 도시 사람들이 비를 보고 안도의 얼굴을 지었다. 이 비를 뭐라고 표현해야 할까! 모두들 웃음 띤 얼굴로 서로의 어깨를 툭툭 쳤다. 마치 즐거운 날을 만난 듯한 소동이었다. 그러나 그것도 비가 그치자 곧 사라졌다.

비는 쏟아질 때와 마찬가지로 갑자기 그쳤다. 하늘의 댐이 갈라진 듯이 세차게 쏟아지더니 누군가가 하늘의 댐의 입구를 급히 틀어막은 것처럼 금방 그치고 말았다.

번갯불은 아직도 하늘에서 번쩍이고, 천둥도 땅을 흔들 듯했으나 비는 오지 않았다.

비가 그치고 10분도 지나지 않아 거리는 다시 타는 듯 무더웠고 사람들은 투덜거리며 흐르는 땀을 닦아냈다.

농담도 지나치면 화가 나는 법이다. 비록 그것이 하느님의 장난일지라도.

비가 그쳤을 때 그녀는 창가에 서 있었다.

그녀도 하늘을 올려다보며 마음 속으로 욕을 했다. 그것은 스티브에게도 알리고 싶었다. 오늘 밤은 스티브가 오기로 약속이 되어 있었다. 그녀는 지금 그 약속으로 가슴이 부풀어, 오늘 밤엔 어떤 옷을 입고 그를 맞이할까 생각하고 있었다.

(발가벗는 것이 가장 좋을지 몰라.) 그녀는 이런 생각을 하며 혼자 입가에 웃음을 띠었다. 그에게 말해 주기 위해 그녀는 이 생각을 가슴 속 깊이 담아 두었다.

거리는 갑자기 조용해졌다. 비와 함께 사람들의 얼굴에 밝은 미소가 찾아왔으나, 비가 그치자 거리에는 언제나처럼 회색뿐이었다. 죽음과 같은 엄숙함이었다.

죽음……

회색의 이 거리에서 두 사람이 죽은 것이다. 그이와 함께 일을 했던, 따라서 그녀도 잘 알고 있던 두 사람이 죽은 것이다. 왜 그이는 도로 청소부나 샌드위치맨 같은 일을 구하지 않고 경찰관이 되었을까? 더욱이 형사 같은 직업을 택했을까?

몇 시쯤 되었나 하고 그녀는 시계를 보았다. 그이가 올 때까지 앞으로 몇 시간이나 더 기다려야 할까? 얼마쯤 기다려야 문의 손잡이가 천천히 양옆으로 움직이는 것을 볼 수 있을까? 그이를 맞이하기 위해 문으로 달려갈 때까지 앞으로 몇 시간을…… 시계를 보아도 위안이 되지 않았다. 그이가 오면……그래, 꼭 와 주실 거야. 무언가 사건이 일어나서 분서를 나올 수 없지 않는 한 그이는 꼭 올 거야. 만일 또 살인으로 경찰관이 희생되는 일이 있다면……

안돼, 그런 것을 생각해서는 안돼.

그런 것을 생각하면 스티브에게 좋지 않아. 그이의 신상에 위험이 미치다니——그이에게 어떤 일이 일어나서는 안돼. 절대로 그래서는 안돼. 스티브는 강하고 뛰어난 경찰관이기 때문에 그는 자기 몸 정도는 지킬 수 있을 것이다. 그러나 리아던도 훌륭한 형사였고, 포스터 또한…… 그런데도 두 사람은 당했다. 뒤에서 45구경 권총으로 쏜다면 아무리 뛰어난 형사라도 어떻게 막을 수 있겠는가? 숨어서 기다리는 살인마에게 걸린다면 어떤 형사라도 당해 낼 수 없지 않겠는가?

안돼, 그런 것을 생각해서는 안돼.

살인은 이제 끝났어. 이제 더 이상 그런 일은 일어나지 않겠지. 포스터가 마지막이야. 그것으로서 끝난 거야. 정말 끝난 거야.

스티브, 빨리 와 주어요!

그녀는 앞으로 몇 시간이나 더 기다려야 한다는 것을 알고 있었으나, 문 쪽이 보이도록 앉아서 손잡이가 움직여지기를 기다리고 있었다. 문의 손잡이가 그이가 돌아온 것을 알려 주기를 기다리고 있었다.

사나이는 일어났다.

팬티 하나만 걸친 모습이었다. 화려한 무늬가 있는 팬티로, 몸에 꼭 맞았다. 그는 이상하리만큼 발을 안쪽으로 굽히고 걷는 오리처럼 뒤뚱뒤뚱 침대에서 장롱 쪽으로 걸어갔다. 키가 크고 훌륭한 체격이었다. 장롱의 거울에 자기의 얼굴을 비춰 보고 흘긋 시계를 본 뒤 가볍게 한숨을 쉬고 다시 침대로 돌아갔다.

아직 시간이 있었다.

침대에 벌렁 누워 천장을 쳐다보았다. 갑자기 담배를 피우고 싶었다. 그는 다시 일어나 장롱 쪽으로 갔다. 이러한 체격의 사나이에게선 상상도 할 수 없을 만큼 특이한 걸음걸이였다. 담배에 불을 붙이고 침대로 돌아와 누워서 생각에 잠겼다.

그는 그날 밤 자기가 죽이고자 하는 경찰관에 대한 생각을 하고 있는 것이었다.

그날 밤 번즈 경감은 집으로 돌아가서 전에 이 분서 서장 프리크 총경에게 가서 몇 가지 보고를 했다.

"어떤가?" 서장이 물었다.

번즈는 어깨를 으쓱해 보였다.

"이 도시에서 서늘한 짐을 지고 있는 것은 우리들뿐인 것 같습니다."

"뭐라고?"

"이 사건 말입니다."

"으음, 그렇군."

프리크 서장은 지쳐 있었다. 옛날과 달리 이제 나이가 들어서 그런지 이런 시끄러운 사건이 생기면 금방 지쳐 버리는 것이었다. 경찰관이 피살되다니, 그 녀석도 운이다. 생자 필멸 회자 정리(生者必滅會者定離)——즉 누구든 언젠가는 죽는다. 저 세상까지 살아서 갈 수는 없는 것이다. 물론 범인은 잡아야겠지만 그리 쉽게 잡히지가 않는다. 이러한 더위 속에서 버티어내기가 어렵다. 나이가 나이니만큼 그는 이내 피곤해지는 것이다.

사실 프리크는 20대부터 지친 것 같은 사나이였다. 번즈 경감은 그것을 잘 알고 있었다. 서장에게 특별히 경의를 표하고 있지는 않지만 경감은 예의바른 경관이다. 예의바른 수사주임은 서장을 멍청이라고 생각하고 있으면서도 가끔 서장실에 얼굴을 나타내었던 것이다.

"참으로 자네는 부하들을 잘 다루고 있네그려." 서장이 말했다.

"네." 이 정도는 돌대가리도 알고 있구나 생각하면서 번즈 경감이 대답했다.

"나는 이번 범인을 미친놈이라고 생각하네." 서장이 말했다. "심심해서 어슬렁거리고 있는 사이에 밖으로 나가 누군가를 쏘려고 생각했겠지."

"그런데 왜 경관을?" 번즈는 물었다.

"이상할 건 없네. 미친놈이 하는 짓이니까. 그러니 짐작할 수가 없네. 아마 리아던을 쏜 놈은 경관인지 모르고 우연히 쏜 걸 거야. 그런데 신문이 커다랗게 떠들어 대니 이거 괜찮군, 하고 생각했겠지. 그리고 이번에는 일부러 경관을 골라서 쏜 거야."

"포스터가 경관인 것을 어떻게 알았을까요? 포스터도 리아던과 마찬가지로 사복을 입고 있었습니다."

"그전에 경찰에 걸린 일이 있는 미친놈인지도 모르지. 알겠나? 단한 가지만은 확실해. 범인이 미친놈이라는 것 말이야."

"그보다는 무섭도록 지혜가 뛰어난 녀석이든가." 번즈 경감이 말했다.

"왜 그렇게 생각하나, 번즈? 방아쇠를 당기는 데 그런 지혜가 필요한가?"

"물론 거기에는 지혜가 필요없겠지요. 그러나 잡히지 않기 위해선 지혜가 필요합니다."

"상대는 그런 자가 아닌 것 같아." 프리크 서장은 말을 끝내고 한숨을 쉬었다. 서장은 피곤했다. 그는 늙은 것이다. 머리도 백발이다. 이 더위에 노인이 수수께끼를 풀 수가 없는 것이다.

"덥군." 프리크 서장이 말했다.

"네, 덥습니다."

"이제 돌아가 보겠나?"

"네."

"조심하게. 나도 조금 있다가 돌아가겠네. 자살 미수가 생겼다고 해서 몇 명 나가 있지. 어떻게 되었는지 결과를 알아봐야겠어. 어느 집 여자가 지붕에 올라가 금방이라도 뛰어내릴 것 같다고 했는데……"

서장은 고개를 흔들었다. "그 여자도 정신이 돈 게 아닐까?"

"글쎄요……" 경감이 말했다.

"난 아내와 아이들을 산으로 보냈다네." 서장이 말했다. "참 잘했지. 이런 더위는 사람으로서는 참기 힘들거든. 짐승 같은 자가 아닌 이상 말일세."

"정말 그렇습니다."

서장의 책상 위에서 전화벨이 울렸다. 프리크 서장이 수화기를 들었다.

"네, 프리크입니다. 뭐라고? 좋아, 그래, 그런가? 좋아, 그걸로 좋네." 서장은 수화기를 놓았다. "자살을 하려는 게 아니라 여자가 그냥 머리를 말리고 있었다는군. 아마도 지붕 끝에 매달리듯 서 있었던 모양이야. 참 미친 짓이지."

"그렇군요. 그럼, 저는 가 보겠습니다."

"권총을 가까이 놓아 두는 게 좋을 걸세. 그 친구의 다음 목표가 바로 자네일지도 모르니까."

"누구 말입니까?" 경감은 출입문 쪽으로 걸어가면서 물었다.

"그 녀석 말이야."

"어떤 녀석?"

"그 미친놈 말이야."

로저 하빌랜드는 형사이다.

동료들은 그를 황소 형사라고 불렀다. 그는 진짜 황소였다. 형사들은 '짜브' 또는 '황소'라고 부르는 것과는 별도로 그는 '짜브 황소'라

불리고 있었다. 몸도 건장할 뿐만 아니라 식성도 그렇고, 힘도 그러했고, 코로 숨쉬는 것까지 거칠었다. 그가 사나운 황소라는 데는 두 말할 필요도 없었다. 성질도 그다지 좋지 않았다. 그러나 그는 정직하고 성실한 황소 형사였다.

그가 좋은 형사였던 적도 있었으나, 지금은 아무도 그때의 일을 기억하고 있지 않았다. 사실 그 자신마저도 잊고 있으니까. 언젠가 그는 잡아 온 사나이에게 전혀 손을 대지 않고 입으로만 몇 시간이나 심문한 적도 있었다. 말할 때마다 소리를 지르고 악담을 늘어놓지 않은 시절도 있었던 것이다. 그도 지난날에는 점잖은 경찰관일 때가 있었던 것이다.

그러나 그는 한 번 세상에서 불운한 일을 만난 적이 있었다. 어느 날 밤 분서에서 집으로 돌아가던 도중에 싸움을 말리려고 했었다. 그 무렵의 그는 자기의 직무를 하루 24시간 내내 지켜야 한다고 생각하는 양심적인 경관이었다. 싸움은 흔히 있는 것이었다. 사실 친구끼리의 단순한 말다툼 정도에 지나지 않는 것이어서 권총 같은 게 얼굴을 내밀 만한 싸움은 아니었다.

그는 그 사이에 끼어들어 조용히 말리려고 했다. 그가 권총을 빼들고 싸우고 있는 무리들의 머리 위로 두세 발 공포를 쏘아올리자 무엇을 어떻게 착각했는지 싸움을 하고 있던 한 사람이 그의 오른쪽 손목을 파이프 토막으로 내리쳤다. 그의 손에서 권총이 떨어지면서 그에게 불행한 사건이 시작되었던 것이다.

싸우고 있던 무리는, 그때까지 상대방의 머리를 때리는 데 열중하고 있다가, 갑자기 경관의 머리를 때리는 것이 재미있다고 생각한 모양이었다. 모두들 권총을 잃어 버린 그에게 달려들어 길바닥에 쓰러뜨리고는 잠깐 사이에 마구 짓이겨 놓고 말았다.

파이프를 들고 있던 자는 그의 팔을 네 군데나 꺾어 놓았다.

복합 골절이라는 것은 통증이 심하다. 상처가 쉽게 맞붙지 않아, 할 수 없이 의사는 뼈를 헤치고 처음부터 맞추어 나가야 했다. 이로 인한 고통은 말할 수 없었다.

그러는 동안 하빌랜드는 자기가 경관으로서의 임무를 계속해 나갈 수 있을지 어떨지 위태롭다고 생각했다. 수사과의 일반형사가 된 바로 뒤여서 앞일이 그다지 희망적이라고 볼 수도 없었다. 그동안 팔의 상처는 다 나았다. 대개 팔은 잘 낫는 편이다. 몸은 옛날과 같이 회복되었으나, 그의 사고방식은 완전히 달라져 있었다.

옛말에 '심술쟁이 하나가 세상을 어지럽힌다'라는 말이 있다.

그 파이프를 들고 있던 녀석은 시 전체는 아니더라도 어느 정도까지 이 사회를 흔들어 놓았다. 하빌랜드는 그 뒤로부터 황소같이 완고한 진짜 황소 형사가 되었다. 그 일이 그에게는 좋은 교훈을 주었던 것이다. 그는 두 번 다시 실수를 하지 않았다.

그 뒤 하빌랜드가 용의자를 잡는 데는 한 손으로도 충분했다. 겸손하게 나가지 않고 상대방을 납작하게 할 방법만 생각하면 곧 고압적으로 나오게 마련이다.

하빌랜드에게 붙잡힌 자로서, 그에게 호의를 갖고 있는 사람은 아무도 없었다.

동료 경관까지도 그에게 호의를 갖지 않았다.

그는 자기 자신에게조차도 호의를 갖고 있는지 의심스러울 정도였다.

그가 캘레라에게 말했다.

"이렇게 무더우니 아무것도 머리에 들어오지 않네."

"나는 지금 머릿속에서도 땀을 흘리고 있다네. 다른 과도 마찬가지겠지." 캘레라가 대답했다.

하빌랜드가 물었다.

"지금 북극해의 빙산을 타고 있다면 조금쯤 서늘해지겠지?"

"조금도 시원해지지 않을걸."

"그건 자네 신경이 둔하기 때문이지."

하빌랜드가 큰 소리로 말했다. 그는 언제나 소리치듯이 말하는 것이었다. 소리를 죽여서 말할 때도 그는 외치는 것 같았다.

"그건 자신이 시원하게 되고 싶지 않기 때문이지. 덥다고 생각하고 싶을 뿐이야. 더우면 그만큼 일하는 것 같은 기분이 나거든."

"나는 열심히 일하고 있네."

"그럼, 나는 그만 돌아가 볼까."

하빌랜드가 역시 소리치듯 말했다.

캘레라는 시계를 보았다.

10시 17분이었다.

"무슨 일이 있나?" 하빌랜드가 다시 소리쳤다.

"별로……"

"벌써 10시 15분이 지났어. 자네, 그래서 그런 언짢은 얼굴을 하고 있는 거지?" 황소 하빌랜드가 말했다.

"나는 언짢은 얼굴은 하지 않는다네."

"괜찮아, 자네가 어떤 얼굴을 하든 나와는 상관이 없으니까. 가겠네."

"잘 가게. 나는 교대가 올 때까지 기다릴 테니까."

"자네 말투가 마음에 안 드는데."

"어째서?"

"내가 교대가 올 때까지 기다리지 않는 것을 비꼬는 거 아닌가?"

"자기 양심에 따르면 돼."

캘레라는 어깨를 으쓱하며 밝게 말했다.

"내가 이번 사건 때문에 얼마나 일했는지 알고 있나?"

"얼마나 했는데?"

"36시간이야. 시궁창에라도 쓰러져서 크리스마스 휴가까지 푹 잤으면 좋겠네."

"그런 짓을 하면 우리 상수도가 더러워지겠지."

"마음대로 떠들게!" 하빌랜드는 출근부에 서명하였다. 캘레라가 "기다려!"라고 소리쳤을 때 그는 벌써 방에서 나가고 있었다.

"뭐야?"

"이 근처에서 죽지 않도록 하게."

"집어치워." 그는 소리치고 돌아가 버렸다.

사나이는 조용히 그러나 빠르게 옷을 입었다. 검은 바지에 깨끗한 흰 셔츠를 입고 검은 바탕에 금빛 무늬가 있는 넥타이를 맸다. 짙은 감색 양말을 신고 구두에 손을 뻗었다. 그 구두에는 오설리번의 뒤축이 붙어 있었다.

검은 양복을 입고 장롱 쪽으로 가서 맨 위쪽 서랍을 열었다. 차곡차곡 손수건을 개어 둔 곳 위에 45구경 권총이 놓여져 있다. 그는 탄환이 가득 재어진 새 탄창을 권총에 끼우고 윗옷 호주머니에 권총을 넣었다.

오리같이 뒤뚱거리는 걸음으로 문까지 가서 문을 열고는 돌아 서서 다시 한 번 방 안을 둘러본 다음 불을 끄고 밤거리로 나왔다.

스티브 캘레라는 그와 교대할 형사 할 윌리스가 온 11시 33분에야 풀려났다. 긴급 용무만을 윌리스에게 넘기고 그에게 뒤를 부탁한 다음 아래층으로 내려왔다.

"스티브, 그녀를 만나러 가나?" 당직인 경위가 말했다.

"네" 하고 스티브는 대답했다.

"나도 자네만큼 젊다면……"

"무슨 말씀입니까, 아직 70도 넘지 않으셨는데……"

캘레라도 지지 않고 말을 받았다.

경위는 웃으면서 말했다.

"그렇지. 아직 70도 되지 않았지."

"그럼, 수고하십시오." 캘레라가 인사했다.

"잘 가게."

캘레라는 분서를 나와 자동차 쪽으로 향했다. 자동차는 주차 금지 지역에 세워져 있었다.

행크 부슈는 교대 형사가 나타난 11시 52분에 분서에서 해방될 수 있었다.

부슈가 말했다.

"오지 않나 했지."

"응, 그렇게 되었네."

"무슨 일이 있었나?"

"근무하기에 너무 더워서."

부슈는 얼굴에 쓴 미소를 띠며 수화기를 들고 자기 집 번호를 돌렸다. 전화의 호출 신호가 계속 울리고 있었다.

"여보세요."

"앨리스?"

"네."

"지금 가겠어. 아이스커피를 만들어 놓구료."

"네, 만들어 놓겠어요."

"집도 덥지?"

"네, 오시는 길에 아이스크림이라도 사 가지고 오시는 게 좋겠어요."

"그러지."

"아이, 좋아. 하지만 그만두시고 곧장 오세요. 아이스커피로 참을 께요."

"응, 곧 갈게."

"네, 여보."

부슈는 수화기를 놓았다. 그는 교대 형사 쪽을 바라보았다.

"여보게, 자네야말로 9시까지 근무하니 시원하겠네."

"더워서 나도 머리가 띵하다네."

상대방 형사는 허공을 보며 말했다.

부슈는 콧소리를 내며 출근부에 서명하고 분서를 나왔다.

45구경 권총을 가진 사나이는 어두운 곳에서 기다리고 있었다. 윗 옷 주머니에 들어 있는 권총 손잡이를 잡고 있는 손에 땀이 배었다. 검은 옷을 입고 골목 후미진 곳에 숨어 있으므로 자기의 모습이 눈에 띄지 않는다는 것을 알고 있었으나, 그의 신경은 곤두서서 조금 떨고 있었다. 어떻게 해서든지 일을 해치워야 한다. 그는 가까이 다가오는 발소리를 듣고 있었다. 성큼성큼 단단한 발소리였다. 서둘러 걷고 있 는 남자의 발소리였다. 그는 거리를 뚫어지게 바라보았다. 역시 그였다.

목표의 사나이다.

45구경 권총을 잡은 손에 힘이 주어졌다. 겨냥하고 있는 경관이 점 점 가까이 오고 있다. 검은 옷의 사나이는 불쑥 골목에서 튀어나왔 다. 경관은 그 자리에서 발을 멈추었다. 두 사람의 키가 비슷한 것 같았다. 모퉁이의 가로등이 두 사람의 그림자를 길 위에 그려 놓았 다.

"성냥 갖고 있소?"

경관은 검은 옷의 사나이를 유심히 살펴보았다.

이윽고 경관은 뒷주머니로 손을 가져갔다. 검은 옷의 사나이는 얼른 알아차리고 재빨리 주머니에서 45구경 권총을 꺼냈다. 두 사람은 거의 동시에 쏘았다.

사나이는 경관의 총알이 어깨에 와 맞은 것을 느꼈다. 그리고 45구경 권총을 쏜 반동이 오른쪽 손에 느껴졌다. 가슴을 움켜쥐고 길 위에 쓰러져 있는 경관을 바라보았다. 형사의 권총은 그로부터 몇 미터쯤 떨어진 곳에 굴러 있었다.

사나이는 뒷걸음질치면서 경관으로부터 달아나려고 했다.

"이 새끼!" 쓰러진 경관이 소리쳤다.

뒤돌아보자 경관이 일어나서 그에게 덤벼들었다. 그는 다시 45구경을 쏘려고 했으나 이미 때가 늦었다. 사나이는 경관의 손에 붙들려, 쇠망치 같은 주먹이 그의 머리에 떨어졌다. 그는 도망치려고 몸부림쳤다. 경관의 손이 그의 머리카락을 휘어잡아 한웅큼 쥐어 뜯었다. 이번에는 그 손이 사나이의 얼굴을 할퀴었다.

검은 옷의 사나이는 다시 권총을 쏘았다. 그러자 경관은 몸을 굽히며 보도 위에 쓰러져 딱딱한 콘크리트 바닥에 얼굴을 묻었다.

사나이의 어깨에서 피가 마구 쏟아져나왔다. 그는 경관을 쏘아보며 버티고 서 있었다. 그의 어깨에서 흐르는 생생한 피가 팔을 지나 땅에 떨어졌다. 그는 있는 힘을 다해 다시 한 번 45구경을 당겼다. 경관의 머리가 힘없이 푹 꺼져 내렸다.

사나이는 한적한 거리를 달려 멀리 사라져 버렸다.

쓰러진 경관은 행크 부슈였다.

16

샘 글로스먼의 계급은 경감이었고, 동시에 감식 기사였다.

키가 크고 몸집이 좋은 그는 시경본부 아래층 감식과의 무미건조한 사무실보다는 뉴잉글랜드의 바위투성이 농장에 서 있는 것이 더 어울릴 듯싶었다.

글로스먼은 안경을 썼다. 그 안경 너머로 건강하게 푸른 눈이 빛나고 있었다. 고상한 몸가짐으로 냉정하고 과학적인 사실을 취급하는 딱딱한 말투 속에서도 옛날 좋은 시절의 조용하고 부드러우며 인간미 넘치는 기품이 풍겨 오는 것 같았다.

그는 캘레라에게 말했다.

"행크라는 친구는 머리가 좋은 형사였네."

캘레라도 역시 그렇게 생각하고 있었다. 형사에게는 생각하는 능력이 그다지 필요치 않다고 말한 것은 행크였다.

"내가 보기에 행크는 이제 자신의 차례라고 생각했던 것 같아." 글로스먼은 이야기를 계속했다. "해부 결과 총알을 네 발이나 맞았네. 세 발은 가슴에, 한 발은 뒷머리에 맞았지. 머리의 상처는 확실히 해 두기 위해 맨 마지막으로 쏜 게 틀림없네."

"그리고요?" 캘레라가 물었다.

"이미 두세 발을 맞고 그는 살 수 없으리라는 것을 깨달았던 모양일세. 우리가 총을 쏜 자에 대한 단서를 귀중하게 취급한다는 것을 그는 너무도 잘 알고 있었네."

"머리카락 말입니까?"

"그렇지. 길 위에서 우리는 머리카락을 발견했지. 머리카락에는 살아 있는 모근(毛根)이 붙어 있기 때문에 행크의 손바닥이나 손가락에 묻어 있지 않았다 해도 그가 머리카락을 쥐어뜯었다는 건 뚜렷한 일이지. 행크는 또 한 가지 생각하고 있었던 게 틀림없네. 그는 숨어 있던 범인의 얼굴에서 꽤 많은 살점을 후벼 내었던 걸세. 이것도 우리들에게 얼마쯤의 자료를 제공해 주고 있지."

"그밖에 다른 건 없습니까?"

"피가 있지. 행크는 범인을 쏘았네. 그것은 자네도 알고 있겠지?"

"네, 그런데 모든 것을 종합해 본 결과는 어떻습니까?"

"상당히 많은 것을 알게 되었네." 글로스먼은 책상 위에서 보고서를 집어들었다. "행크가 남겨 놓은 단서를 종합 분석해 본 결과 다음 사항이 확실해졌네."

글로스먼은 헛기침을 하고 나서 그것을 읽기 시작했다.

"범인은 남자, 아직 50이 넘지 않은 백인. 직업은 기계공으로, 아마 높은 임금을 받는 숙련공 모양일세. 조금 검은 지방질의 피부를 가졌으며, 수염 빛깔이 짙은 것을 파우더로 감추려 하고 있네. 지난 이틀 사이에 이발을 했고, 동작이 민첩한 것으로 보아 그다지 뚱뚱한 것 같지는 않네. 머리카락으로 판단하건대 몸무게는 180파운드 쯤. 부상을 입었으며, 상처 부위는 허리 위 상반신으로, 단순한 찰과상이 아니네."

"좀 더 구체적으로 설명해 주십시오."

캘레라는 좀 놀라웠다. 그는 늘 감식과 기사들이 헝겊이나 뼛조각, 머리카락 하나로 이러한 판단을 내리는 것에 놀라고 있었다.

"좋네." 글로스먼이 말했다. "남자라고 단정하기엔 좀 곤란한 점도 있네. 특히 머리카락만으로 감정할 때는 더욱 그렇지. 그런데 이번 경우, 행크가 그 점을 해결해 주었네. 머리카락은 남자든 여자든 평균 0.08mm보다는 굵거든. 따라서 만일 머리카락 하나만으로 성별을 가려내려면 다른 분석 방법을 사용해야 되지. 옛날에는 머리카락의 길이가 하나의 기준이 되었었다네. 8cm 이상이면 여자라고 추정할 수가 있었지. 그러나 요즈음은 여자들도 남자같이 머리를 짧게 자르기 때문에 행크가 범인의 얼굴 살점을 할퀴지 않았더라면, 머리카락만으로는 남녀를 식별하지 못할 뻔했네."

"얼굴을 할퀸 것이 어떻게 참고가 됩니까?"

"덕분에 범인의 피부 본보기가 손에 들어오게 되었고, 그로 인해 조금 검은 지방질 피부의 백인이라는 것을 알게 되었지. 게다가 수염까지 손에 들어왔고."

"수염이라는 것을 어떻게 압니까?"

"그건 간단해. 현미경으로 보면 깎인 자국이 움푹 들어간 삼각형으로 되어 있는데, 그런 모양을 하고 있는 것은 수염뿐이라네. 지름도 0.1mm 이상이므로 간단하게 수염이라는 것을 알아냈고, 남자임을 알 수 있었네."

"기계공인 것은 어떻게 아셨습니까?"

"머리카락에 금속의 미세한 가루가 묻어 있었거든."

"높은 임금의 숙련공이라는 것은?"

"머리카락에 머릿기름이 묻어 있어. 그것을 분리하여 우리가 가지고 있는 본보기와 비교해 보았지. 그랬더니 그것이 아주 고급품이었네. 소매 가격으로 한 병에 5달러나 하는 것이었지. 면도한 뒤 사용하는 파우더와 한 묶음으로 10달러에 팔고 있는 것이라네. 범인은 두 가지를 다 쓰고 있었네. 그런 사치품을 쓸 수 있는 직공이라면 보수를 많이 받는 자가 아니겠나? 또한 보수를 많이 받는다면 숙련공일 가능성이 높지."

"50이 넘지 않은 것은 어떻게 아십니까?"

"그것도 머리카락의 굵기와 색소로써 알아낼 수 있다네. 자, 이 표를 보게."

그는 캘레라에게 한 장의 종이를 내밀었다.

나이	머리카락 굵기 (지름)
생후 12일	0.024mm

6개월	0.037mm
1년 6개월	0.038mm
15살	0.053mm
성인	0.07mm

"범인의 머리카락은 지름 0.071mm였네." 글로스먼이 말했다.

"그것으로는 단순히 성인이라는 것밖에 모르지 않습니까?"

"물론. 그러나 그 가운데에는 살아 있는 모근이 붙어 있는 머리카락이 있었네. 거기에 피부의 색소류가 정상적으로 묻어 있지 않았다면 어느 정도 확신을 갖고 노인의 머리털이라고 말할 수 없네. 이 증거만으로 나이를 판단하는 경우는 거의 없지만, 노인의 머리카락은 점점 가늘어지지. 그런데 범인의 머리털은 아직도 뻣뻣하고 굵네."

캘레라는 한숨을 쉬었다.

"너무 빨리 이야기해서 이해가 안 가는가 보지?"

"아닙니다. 이발과 아이론은?"

"아이론은 간단해. 머리가 말려서 약간 곱슬거리고, 빛깔도 쥐색에 가깝거든. 물론 자연스러운 백발과는 다르지. 그것은 알겠나?"

"그럼, 이발은요?"

"그가 습격 직전에 이발소에 갔다면 머리카락 끝에 깨끗한 가위 자국이 나 있을 걸세. 18시간이 지나면 가위 자국은 점점 둥글어지지. 이것으로 그가 언제 이발소에 갔느냐 하는 것을 알 수 있네."

"키가 6피트라고 했었지요?"

"아아, 그것은 탄환 검사 직원의 덕택으로 알게 되었네."

"설명해 주십시오."

"그것을 알 수 있는 자료로는 혈액이 있네. 범인의 혈액이 O형이라는 것은 말했었지?"

"네, 말씀하셨습니다……"

"여보게, 스티브, 그런 것은 간단한 일이라네."

"네?"

"그렇지. 인간의 혈청에는 응혈력이라는 것이 있어서……" 그는 여기서 한숨 돌린 다음 계속했다. "결국은 다른 사람의 적혈구와 혼합시키면 용해되든가, 굳어지든가 둘 중의 하나일세. 혈액형에는 4가지가 있는데 O형, A형, B형, AB형이지. 이건 자네도 알겠지?"

"네."

"우리는 혈액이 손에 들어오면 4가지 피에 조금씩 섞어 본다네. 이것도 다음 표를 보면 쉽게 알 수 있을 걸세."

그는 캘레라에게 표를 건네 주었다.

1   O형 어느 혈액과도 응고하지 않음.

2   A형 B형과 합하면 응고.

3   B형 A형과 합하면 응고.

4   AB형 A·B 어느 형과 합해도 응고.

"범인의 피는 뛰어 달아난 발자국에도 남겨져 있었고, 행크의 셔츠에도 떨어져 있었네. 그의 피는 어떤 혈액과 합해도 용해되었지. 따라서 O형이라는 결론이 나오네. 이것에서도 그가 백인이라는 추리가 성립되네. 백인은 A형과 O형이 가장 많거든. 백인의 반 정도가 O형일세."

"키가 6피트라는 것은? 아직 그것은 설명해 주지 않으셨습니다."

"그래, 그렇군. 그것은 탄환 검사반에서 온 보고로 알았는데, 물론 내가 조사한 것과 종합하여 추정할 수 있었지. 행크의 셔츠 등 뒤에 묻은 핏자국은 무명에 흡수되어 그의 키를 추정하는 데 그다지 신통한 증거가 될 수 없었네. 그러나 인도 위에 떨어진 피에서 여러 가지를 알 수가 있었지."

"무엇을 아셨지요?"

"우선 그가 민첩하다는 것일세. 발자국을 빨리 옮기면 그만큼 핏자국도 길고 가느다랗고 가장자리도 매끄럽지 않게 떨어진다네. 스티브, 생각해 보면 알겠지? 뭐라고 할까, 작은 톱니바퀴 같은 모양이 되지."

"알겠습니다."

"이와 같이 가늘고 긴 핏자국이 주위에 점점이 떨어져 있는 것을 보면, 그가 빨리 뛰었다는 것과 피가 떨어진 곳은 지상으로부터 2야드 위라는 사실을 알아 낼 수 있지."

"그래서요?"

"이렇게 빨리 뛴 것을 보면 그는 다리나 배에 총을 맞지 않았다는 결론이 나오네. 피가 떨어진 곳이 지상 2야드의 높이라면 그가 총을 맞은 곳은 어깨 부근이라는 것을 알 수 있지. 탄환 검사반 직원들이 행크가 쏜 탄알을 건물의 벽돌에서 파냈는데, 쏜 각도로 보아 만일 행크가 총을 뽑아든 순간 쏘았다면 범인은 어깨 부근을 맞을 수밖에 없었다는 이론일세. 이로써 키가 큰 사나이라는 것이 확실해졌지. 이것은 핏자국과 탄환을 종합해서 얻어진 결론일세."

"단순한 찰과상이 아니라는 것은 어떻게 아셨습니까?"

"피를 보면 알 수 있지. 꽤 멀리까지 피를 흘리며 걸어갔으니까."

"몸무게가 180파운드쯤이라고 하셨는데……"

"머리카락은 아주 건강했네. 발걸음도 아주 빨랐고, 그 빠른 걸음으로 보아 뚱뚱한 것 같지는 않아. 6피트 되는 건강한 남자의 체중은 180파운드쯤 되지. 아닌가?"

"많은 참고가 되겠습니다. 감사합니다."

캘레라는 인사를 했다.

"인사를 받을 이유가 없는데. 의사의 총상 신고나 모습을 감춘 범인을 찾는 몸이 아닌 것을 다행으로 생각하고 있네. 머릿기름과 파우더는 더욱 그렇지. 그건 그렇고, 그 상표는 '종달새 표'일세."

"아무튼 고맙습니다."

"내게 인사할 필요는 없네."

"왜요?"

"인사를 하려거든 행크에게 하게나."

17

텔레타이프의 수배서가 14주(州)에 배부되었다. 그 내용은 다음과 같았다.

살인 용의자 수배서

이름 모름. 50살 미만의 성인 백인 남자.

추정 신장 6피트, 또는 그 이상.

추정 몸무게 180파운드.

피부색이 좀 검고, 검은 머리, 짙은 수염.

'종달새 표' 머릿기름과 파우더를 늘 사용함.

구두에는 오셜리번 제 뒤축을 달고 있음.

숙련 기계공으로 추측되며, 그와 같은 직업을 구할 가능성이 있음.

상반신, 아마도 어깨 높이에 총상을 입었음.

의사를 방문할 가능성이 있음.

콜트 45구경 권총을 휴대한 위험 인물.

"'대개'와 '아마도'가 많은 수배서로군" 하고 하빌랜드가 말했다.

"정말이야, 너무 심한데." 캘레라도 거기에 동조했다. "이제부터 일에 들어가야겠군."

손을 댄다 해도 쉬운 일이 아니었다.

물론 법이 규정한 총상 환자 신고 의무를 게을리하는 의사가 있을지도 모르기 때문에 온 시내의 의사를 이잡듯 찾아다닐 수도 있다. 그러나 이 도시의 의사가 그렇게 적은 숫자는 아니다.

다음 표를 보면 이해가 될 것이다.

캐임즈 포인트 4283명.

리버헤드 1975명.

아이솔라(다이아몬드 공원과 힐 사이드 포함) 8728명.

마제스터 2614명.

베스타운 264명.

총 17864명.

이것은 굉장한 숫자이다. 한 사람씩 전화로 묻는다 해도, 통화당 5분씩 걸린다 치더라도 약 89320분이 걸린다. 시경에는 2만 2천 명의 경찰관이 있다. 만일 한 사람이 4명씩 책임지고 의사를 방문한다면 20분 안으로 끝날 수 있다. 그러나 유감스럽게도 그들은 각자 여러 가지 사건들을 맡고 있다.

형사들은 신고가 오기를 기다리기로 했다. 의사들이 총상 환자가 왔을 때 신고해 주기만을 기다릴 수밖에 없다. 탄환은 범인의 몸을 관통했기 때문에 곪지는 않을 것이다. 어쩌면 범인은 의사의 손을 빌리지 않을는지도 모른다. 그렇다면 이렇게 기다리는 것도 헛된 시간 낭비가 되지 않을까.

이 도시에 의사만도 17864명이나 되니, 그밖에 이런 일에 종사하는 사람들은 상상도 할 수 없이 많을 것이다. 따라서 이 방면의 수사도 그만두기로 했다. 죄없는 '종달새 표' 머릿기름과 파우더도 이야기되었다.

잠깐 조사한 것으로 이 남성용 화장품은 온 시내의 약방에서 팔고 있다는 것을 알았다. 값이 비싸다는 것뿐, 아스피린 같은 알약처럼 어디에나 있었다.

그것으로 잘 안되면 이건 어떨는지요……

여기에서 경찰은 자료실에 보관중인 FBI의 거대한 서류 뭉치들을 살펴보기로 했다.

수사 대상은 50살 미만의 백인 남자로 검은 머리, 조금 검은 피부, 키 6피트, 몸무게 180파운드, 콜트 45구경 자동권총을 가지고 있는 사나이.

떨어뜨린 바늘은 이 도시 안에 있는지도 모른다.

그러나 미합중국이라는 거대한 건초더미 속에서 한 개의 바늘을 찾아 낼 수 있을 것인가……

"스티브, 어떤 부인이 만나고 싶다는데." 미스콜로가 소리쳤다.

"뭐라고?"

"경관 살해 사건을 수사하고 있는 사람에게 이야기할 게 있다는 군."

미스콜로가 얼굴의 땀을 닦으며 말했다. 서무부 사무실에는 대형 선풍기가 돌아가고 있으므로 그는 방을 나오는 것이 싫었다. 수사계 직원들과 이야기하는 것이 싫을 까닭은 없다. 미스콜로는 다만 제복 셔츠를 땀으로 범벅을 만들고 싶지 않을 뿐이었다.

"좋아, 이곳으로 보내 주게." 캘레라가 말했다.

미스콜로는 밖으로 나가더니 이윽고 작은 새를 연상시키는 여자를 데리고 들어왔다. 여자는 활처럼 허리를 굽혀 인사했다. 그녀는 방 안에 들어찬 의자를 본 다음 서류상자, 책상, 쇠그물을 친 유리창, 방 안 여기저기서 수화기에 매달려 있는 형사들을 하나하나 살펴보았다. 모두들 정도의 차이는 있지만, 몸가짐이 좋아 뵈지 않는 모양이다.

　"이분은 캘레라 형사입니다." 미스콜로가 소개했다. "경관 살해 사건을 수사하고 있는 형사 가운데 한 사람이지요."

　미스콜로는 크게 숨을 쉰 뒤, 잰걸음으로 자기 사무실로 돌아갔다.

　"어서 오십시오, 아주머니."

　"미스입니다." 여자가 바로잡았다. 캘레라는 윗옷을 벗고 있었다. 여자는 언짢은 표정이더니, 다시 날카로운 눈으로 방 안을 둘러보았다.

　"개인 방은 없나요?"

　"네, 유감입니다만."

　"다른 사람이 듣는 데서 이야기하고 싶지 않아요."

　"누구요?"

　"저분들 말이에요. 어디 구석에라도 가시지요."

　"좋습니다." 캘레라가 말했다. "이름이 어떻게 되시지요, 미스……?"

　"올리서 베일리에요." 그녀가 말했다.

　아무리 젊게 본다 해도 쉰 안팎이라고 캘레라는 생각했다. 몸집과 같이 마법사를 닮은 날카로운 얼굴이었다. 그는 의자들로 가득찬 칸막이 속으로 그녀를 데리고 들어가 방 오른쪽 구석의 빈 책상에 자리를 잡았다. 그곳은 바람 한 점 들어오지 않았다.

　자리에 앉자 캘레라가 물었다.

"미스 베일리, 무슨 용건이십니까?"

"이 귀퉁이에 벌레는 놓아 두지 않았겠지요?"

"네?……벌레라니요?"

"호오, 녹음기 말이에요."

"없습니다."

"당신 이름이 뭐라고 하셨지요?"

"캘레라 형사입니다."

"영어를 할 줄 아시는군요?"

캘레라는 웃음을 참았다.

"네, 자기가 사는 나라의 말은 이야기할 수 있지요."

"미국인 경찰 쪽이 좋을 거라고 생각했어요." 미스 베일리는 진지하게 말했다. "그렇지만 나도 미국인으로 통할 수 있답니다."

캘레라는 재미있다는 듯 대답했다.

"그거 아주 편리하군요."

오랜 침묵이 흘렀다.

미스 베일리는 이야기를 꺼낼 눈치도 보이지 않았다.

"저어, 미스……"

그녀가 날카롭게 말했다.

"쉿──"

캘레라는 아무 말 없이 기다렸다. 몇 분인가 지난 뒤 여자가 말을 꺼냈다.

"나는 경찰관을 누가 죽였는지 알고 있습니다."

캘레라는 눈을 빛내며 그녀에게 다가앉았다. 때로는 생각지 않은 곳에서 중요한 단서가 굴러들어오는 수도 있는 것이다.

"누굽니까?" 캘레라가 물었다.

"당신들로서는 생각지도 못할 사람이지요." 여자가 대답했다.

캘레라는 잠자코 기다렸다.

"그 사람은 더 많은 경관을 죽이려 하고 있습니다."

미스 베일리가 말했다. "그것이 그들의 계획입니다."

"누구의 계획입니까?"

"법의 수호자만 없애 버리면 그 뒤는 아주 간단하니까요. 저쪽의 계획은 이런 것입니다. 첫째는 경찰, 그 다음은 국경 경비대, 그 다음은 이 나라의 군대."

캘레라는 의심스러운 얼굴로 미스 베일리를 쳐다보았다.

"그들은 나에게 연락을 보내옵니다. 왜 그런지는 몰라도 그들은 아마 나를 자기들과 같은 패거리로 생각하는가 봐요. 벽에서 튀어나와 나에게 알려 주는 거에요."

"누가 벽에서 튀어나옵니까?"

"진딧물 사람입니다. 그래서 아까 내가 이 구석에 벌레가 없느냐고 물었던 거에요."

"진딧물 사람이라고요?"

"네."

"알겠습니다."

"나도 진딧물을 닮았나요?" 여자가 물었다.

"아니, 천만에요."

"그럼, 왜 나를 자기들의 친구라고 생각할까요? 그들은 진딧물과 아주 비슷해요."

"글쎄요……"

"그 무리들은 핵열(核熱) 무선으로 말합니다. 나는 그들이 틀림없이 다른 별에서 왔다고 생각해요. 당신은 그런 생각이 들지 않나요?"

"그럴지도 모르겠군요." 캘레라가 대답했다.

"내가 그들을 안다는 것이 이상할 정도예요. 그들이 내 마음을 송두리째 점령해 버린 거예요. 생각할 수 없는 일이겠지요?"

"어떤 일이라도 생각할 수 없는 것은 없습니다." 캘레라가 동의하듯 말했다.

"그들은 리아던이 죽기 바로 전날 밤 그 일을 나에게 알려 주었어요. 리아던은 제3전선의 위원이니까 맨 먼저 제물이 될 거라고 말했습니다. 그에게는 살인 열선을 사용한다고 했었는데, 아시겠지요?" 미스 베일리는 한숨을 쉬고 고개를 끄덕였다. "45구경 말이에요."

"네, 알고 있습니다." 캘레라가 말했다.

"포스터는 아가든의 검은 왕자였습니다. 그 무리들은 어떻게 하든 그를 없애 버려야 한다고 했어요. 그들의 신호는 지금까지 들은 적이 없는 외국어였지만, 그런데도 나는 확실히 알아들을 수가 있었어요. 캘레라 씨, 당신이 미국인이었다면 더욱 좋았을 터인데…… 요즈음은 이곳도 외국인이 많아서 누구를 믿어야 좋을지 모르겠어요."

"그렇습니다." 캘레라가 말했다. 땀이 등 뒤 셔츠를 흠뻑 적셨다.

"부슈는 수풀이 아니라 서 있는 나무가 변장한 것이기 때문에 죽인다고 했어요. 그들은 식물을 증오하고 있거든요."

"그럴 듯하군요."

"그 중에서도 특히 나무를 미워합니다. 나무는 탄산가스를 흡수하지요? 식물도 탄산가스를 흡수합니다. 그러나 나무는 더 많은 탄산가스를 흡수하니까요."

"그렇습니까?"

"이제 이쯤 아셨으니 그들의 계획을 중지시킬 수 있겠습니까?"

"할 수 있는 일은 모두 해보겠습니다."

"그 무리들을 제압하기 위해서는……" 미스 베일리는 한숨을 쉬며 핸드백을 여윈 가슴에 안고 일어섰다. "조금이라도 당신들에게 도움이 될까 해서……"

"협력해 주셔서 고맙습니다."

캘레라는 인사말을 하고 난 뒤 자기 자리로 돌아갔다. 미스 베일리가 선 채로 말했다.

"그 진딧물 인간을 제압하는 가장 좋은 방법을 듣고 싶지 않으세요? 그들에게는 총도 쓸모가 없어요, 핵 열선이 있으니까요."

캘레라가 말했다.

"그걸 미처 몰랐군요."

두 사람은 칸막이 바로 앞에 섰다. 캘레라가 문을 열자 여자가 나갔다.

"그들이 계획을 그만두도록 하는 방법은 한 가지밖에 없습니다."

"어떤 방법이지요?"

미스 베일리는 입을 다물었다가 "짓밟아 버리는 거지요!" 라고 말하더니 빙그르르 돌아서 계단을 내려갔다.

버트 클링은 그날 밤 기분이 좋았다. 캘레라와 하빌랜드가 병실에 들어갔을 때 그는 침대 위에 일어나 있었다. 오른쪽 어깨 위에 두꺼운 붕대만 없다면 어디가 아픈지도 모를 것 같았다. 그는 얼굴 가득 미소를 띠고 위문하러 온 두 사람과 이야기하기 위해 고쳐 앉았다.

클링은 두 사람이 가지고 온 캔디를 우드득 소리를 내면서 먹었다. 병원 생활은 아주 바쁘다면서, 온통 흰색으로 감싼 백의의 천사들을 한 번 보여 주고 싶다고 말했다.

그는 자기를 쏜 소년에 대해서는 아무런 감정도 품고 있지 않은 듯했다. 그는 이 부상을 마치 게임 중에 입은 상처쯤으로 여기는 모양이었다. 그는 위문온 두 손님이 돌아갈 때까지 캔디를 먹으며 기분좋게 지껄였다.

형사들이 돌아가기 바로 직전에도 그는 고환이 세 개 있는 사나이의 이야기를 끝낸 참이었다.

버트 클링은 그날 밤 기분이 매우 좋은 듯했다.

18

세 번의 장례식이 잇달아 거행되었다. 더위는 이들의 죽음을 슬퍼하는 장례식에서조차 조금도 양보하지 않았다. 관의 뒤를 따르는 참석자들은 한결같이 땀을 흘리고 있었다. 기분 나쁘게 웃으며 모든 것을 태워 버릴 듯이 열을 뿜어 내는 태양——막 파헤친 흙은 다른 때 같으면 축축하고 차가울 터인데 메마르고 무정한 상태로 관을 받아 놓는다.

그 주의 바닷가 해수욕장은 초만원이었다. 모츠 섬의 캐임즈 포인트 바닷가에 몰려든 인파는 247만 명이라는 기록을 세웠다. 덕분에 경관들에게는 많은 사건과 문제들이 생겼다. 자동차를 가지고 있는 사람들은 길가에 아무렇게나 세워 두어 경찰은 교통 정리에 진땀을 뺐다. 소화전(消火栓) 문제도 있었다. 시내 곳곳에서 아이들이 소화전을 열고 수도꼭지에 찌그러진 빈 커피 통을 거기에 끼워 간이 샤워로 만들어서는 그 밑에서 미친 듯이 날뛰는 것이었다. 또 밤도둑의 문제도 있었다. 시민들은 모두 창문을 열어 놓고 자고, 자동차도 문을 채우지 않은 채 세워 두기 때문이다. 점원들도 더위를 피해 콜라라도 마시려고 잠시 가게를 비워 둔 채 길 건너로 뛰어간다. 또 경찰에는 익사 사건도 있었다. 타는 듯한 더위에 지친 시민들이 빙글빙글 소용돌이치는 강물에 덮어놓고 뛰어들어 구원을 청하다가 익사하는 사람이 있는가 하면, 시체로 떠올라 눈알이 튀어나온 익사체도 발견되었다.

딕크스 강의 워커 섬에서도 경찰은 죄수들 문제로 골치를 앓았다. 수감된 죄수들이 이런 더위는 참을 수 없다고 외치면서 컵으로 감방의 쇠 창살을 두들겨 댔던 것이다. 경찰은 그런 소란이 있을 때마다 엽총을 들고 뛰어나가야만 했다.

모든 경관들은 이러한 문제들을 안고 있었다.

캘레라는 앨리스 부슈가 검은 옷을 입고 있지 않았으면 하고 생각했다.

물론 그 자신도 이런 생각을 하는 것이 바보스러운 일이라는 것을 알고 있었다. 남편이 죽은 여자는 검은 옷을 입게 되어 있는 것이다.

밤 순찰을 하는 조용한 시간에 행크와 농담을 주고받곤 했었는데, 그때 그는 앨리스가 침대에 들 때에는 검은 잠옷을 입는다는 말을 몇 번이나 들었었다. 아무리 생각해도 그는 검은 옷이 가지는 두 가지 뜻을 분간할 수가 없었다. 엷게 비치는 매혹적인 검은 잠옷과 음울한 검은 상복에 대해서.

앨리스 부슈는 캐임즈 포인트의 아파트 거실에서 캘레라와 마주앉아 있었다. 활짝 열어젖혀진 창문으로 캐임즈 포인트 대학 구내에 높다랗게 서 있는 고딕 양식의 건물이 보였다. 그는 부슈와 몇 년 동안 같이 일했으나 아파트에 와 본 것은 이번이 처음이었다. 검은 옷을 입은 앨리스 부슈와 만나는 것은 어쩐지 꺼림칙한 느낌이 들었다.

그 아파트는 행크 부슈 같은 사나이에게는 어울리지가 않았다. 행크는 덜렁대고 거친 거인이었다. 그런데 그의 아파트는 장식을 많이 한 여자의 집 같은 느낌이 들었다. 행크가 이 방에서 살았고 기분좋게 느긋하니 앉아 있었다는 것이 믿어지지 않았다. 그는 방 안의 가구를 둘러보고, 한쪽으로 겨우 들여놓은 의자를 바라보았다.

이 방에서 행크가 마음놓고 다리를 뻗었다고는 생각할 수가 없었다. 창문의 커튼은 주름잡힌 사라사였다. 거실의 벽은 기분나쁜 인상의 레몬색이었다.

벽 옆에 놓인 책상은 무늬도 상감(象嵌)도 보기 싫었다. 방 구석구석에 장식용 선반이 있었고, 그 위에는 개며 고양이며 난쟁이 등의 유리 세공품이 얹혀 있었다. 유리로 만든 가느다란 양치기 지팡이를 든 귀여운 잠자는 인형도 진열되어 있었다.

이 방도 이 아파트 전체도 캘레라의 눈에는 복잡한 취미와 희극적인 무대 장치로밖에 보이지 않았다. 행크는 아마 이 방에서 언제나 문학 동아리의 다과회에 뛰어든 파이프 공처럼 잘못 들어온 듯한 존재였을 것이다.

그러나 앨리스 부슈에게는 그렇지 않았다.

앨리스 부슈는 녹색 의자에 앉아, 살결이 곱고 미끈한 다리를 의자 위에 올려놓고 있었을 것이다. 이 방은 앨리스 부슈를 위해, 여자를 위해 만들어진 것으로, 남자 따위는 고려에 넣지도 않은 듯했다.

그녀는 검은 비단 옷을 입고 있었다. 아주 풍만한 가슴, 믿을 수 없을 만큼 가는 허리, 엉덩이는 터질 듯 팽팽했고, 살도 알맞게 쪄서 어린아이를 낳는 데 알맞을 것 같은 몸매였지만——왜 그런지 그런 타입의 여자로는 보이지 않았다. 캘레라는 그녀의 아랫도리에서 생명이 빠져나오는 것을 그릴 수가 없었다. 그의 마음 속에 떠오르는 것은 행크가 이야기해 준 모습, 그 매혹적인 여자의 모습이었다. 검은 비단 옷이 그러한 느낌을 한층 더해 주었다. 이 방은 앨리스 부슈가 연기하는 무대였다.

그녀가 입고 있는 옷은 가슴둘레가 깊이 파여진 것이 아니었다. 그럴 필요가 없었다.

그리고 그 옷은 몸에 꼭 맞는 것도 아니었고, 그럴 필요도 없었다.

화려하지는 않으나 그녀에게 잘 어울렸다. 이 여자는 무엇을 입든 잘 어울릴 것이라고 캘레라는 생각했다. 앨리스 부슈의 몸에 걸치면 감자 자루라도 훌륭한 옷으로 보일 것이다.

"이제부터 나는 어떻게 하면 좋지요?" 앨리스가 말했다. "분서 직원들의 잔심부름이라도 해야 할까요? 경관 미망인은 모두 그런 일을 하면서 살아 가겠지요?"

"행크는 보험에 들어 있었습니까?" 캘레라는 물었다.

"별로 들지 않았어요, 경관 봉급으로 보험금을 내는 게 쉬운 일이 아니잖아요? 게다가 그분은 젊었으니까요, 이런 일을 당하리라고는 아무도 생각할 수 없을 거에요, 누가 이런 일이 일어날 거라고 생각이나 했겠어요?"

그녀는 눈을 크게 뜨고 캘레라를 보았다. 짙은 갈색의 눈, 순수한 금발, 부드러운 살결에는 티 하나 없었다.

(미인이군——) 캘레라는 이렇게 생각했으나 그다지 기분이 좋지는 않았다. 그녀가 남자들이 거들떠보지도 않는 곰보였으면 좋겠다고 생각했다. 그녀가 젊고 싱싱한 미인이라는 것이 캘레라로서는 마음에 들지 않았다. 도대체 이 방에서 남자가 숨이 막힐 것 같이 느껴지는 이유는 무엇일까? 캘레라는 자기가 마치 식인종이 우글거리는 남국의 어느 섬에서 가슴이 터질 듯 부풀어오른 미녀에게 둘러싸인 최후의 남자가 된 듯한 느낌이었다. 도망칠 힘도 없었다. 그는 아마존이라던가 하는 여인 천국의 섬에 최후로 남은 단 하나의 남자였던 것이다.

이 방과 앨리스 부슈 때문이다.

여자의 냄새가 끊임없이 그를 감싸고 있었다.

"스티브, 우리 그런 것은 잊어 버려요," 앨리스가 말했다. "한 잔하시겠어요?"

"네, 주시겠습니까?"

그녀는 일어섰다. 일어날 때 흰 다리를 슬쩍 보이면서 연꽃 잎같이 몸매를 흔들었다. 이 여자는 줄곧 이런 태도로 살아 왔겠지 하고 캘레라는 생각했다. 그녀는 자기의 매력을 새삼스럽게 생각하지도 않을 것이다. 자기는 매력이 있다고 생각하고 그것에 익숙해 있으므로 매력을 감탄하는 것은 다른 사람에게 맡기면 되는 것이다. 아무튼 다리는 다리가 아닌가? 앨리스 부슈의 다리이기 때문에 무슨 특별한 의미가 있단 말인가?

"스카치로 하시겠어요?"

"좋습니다."

"이런 일을 하실 때면 어떤 느낌이 들지요? 예를 들면……" 반대쪽 홈 바 곁에 서서 그녀가 물었다. 패션 모델같이 허리를 비스듬히 옆으로 내민 자세였다. 패션 모델에는 가슴이 풍만하고 버들가지처럼 허리가 가는 여자가 많은데, 아무리 보아도 그녀는 그런 몸매였다.

"예를 들면이라니요?"

"아주 친했던 친구의 죽음을 조사할 때의 기분 말이에요."

"몹시 언짢습니다."

"그러시겠지요."

"그래도 부인은 참 대단하십니다."

"어쩔 수 없으니까요."

앨리스는 툭 터놓은 듯한 태도로 대답했다.

"왜요?"

"지금 정신을 차리지 않으면 나는 쓰러져 버릴 거에요. 그이는 이제 무덤 속에 있어요. 내가 울부짖는다고 해서 뭐가 어떻게 되는 건 아니잖아요?"

"그야 그렇지요."

"뒤에 남은 사람은 살아야 하니까요. 솔직히 말씀드려, 사랑하는 사람이 죽었다고 나도 살지 않겠다고 단념할 수는 없어요, 그렇지 않아요?"

"옳은 말씀입니다." 캘레라는 앨리스의 말에 동의를 표했다.

그녀는 캘레라의 곁으로 다가와서 잔을 건네 주었다. 순간 두 사람의 손가락이 닿았다. 캘레라는 얼굴을 들었다. 여자는 아무렇지도 않은 태도였다. 손가락이 마주친 것은 다른 의미가 없었다고 캘레라는 확실히 느꼈다.

그녀는 창가로 가서 대학 쪽을 바라보았다.

"그이가 없으니까 여기도 쓸쓸해요."

"분서에서도 그 사람이 없어서 쓸쓸합니다" 하고 말하면서 캘레라는 깜짝 놀랐다. 지금까지 그는 스스로 행크에게 얼마만큼의 우정을 느끼고 있었는지 몰랐다.

"난 여행을 떠날까 생각하고 있어요, 그이를 생각하게 하는 여러 가지 것에서 도망치고 싶어요."

"예를 들면, 어떤 것에서?"

"글쎄요, 잘 모르겠지만, 예를 들면……그래요, 어젯밤 장롱 위에 놓여져 있는 솔에 그이의 붉은 머리카락이 엉켜 있지 않겠어요? 그것을 보자 그이 생각이 나서……더욱 그이의……스티브, 행크는 아주 거친 사람이었어요." 그녀는 한숨을 쉰 다음 덧붙였다. "참으로 거친 사람이었지요."

이 말에서도 어딘가 여자 냄새가 풍겼다. 캘레라는 다시 행크가 이야기해 준 그녀의 몸매와 지금 창가에 서 있는 현실적인 모습, 그리고 방 안 여기저기서 풍겨 오는 여자의 냄새를 생각해 보고 있었다. 이것은 그녀가 나쁘다는 것이 아니라는 걸 그도 알고 있었다. 그녀는 다만 있는 그대로의 모습으로, 앨리스 부슈로서, 한 여자로서 행동하고 있을 뿐이었다. 그녀도 역시 운명에 희롱당하는 하나의 장기(將

棋) 말에 지나지 않는 것이다. 우연히 여자의 몸으로 태어난 하나의 장기 말. 그 이상 무엇을 생각할 수 있을까?

"조사는 어느 정도 진행되었나요?" 그녀가 물었다. 빙그르르 창가에서 돌아서더니 조그마한 소파에 쓰러지듯 앉았다.

몸가짐이 우아하지는 않았으나 여자답기는 했다. 그녀는 조그마한 소파에 표범같이 웅크리고 발을 의자 위에 올려놓고 앉았다. 그녀가 고양이처럼 목을 그르렁거리더라도 캘레라는 그다지 놀라지 않았을 것이다.

그는 살인 용의자에 대해 알고 있는 사실을 그녀에게 들려 주었다. 앨리스는 고개를 끄덕이며 듣고 있었다.

"조금만 더 애쓰면 되겠군요." 그녀가 말했다.

"그렇다고 할 수만은 없습니다."

"그래도 혹시 그 남자가 의사에게 치료받으러 간다면?"

"아직 가지 않았습니다. 아마 가지 않을 겁니다. 스스로 붕대라도 감고 있겠지요."

"상처가 깊은지 모르겠군요."

"그런 것 같기도 한데, 총알이 박혀 있지는 않습니다."

"행크가 쏘아 죽였으면 좋았을 걸." 그녀가 말했다.

놀라는 것 같았으나 그녀의 표정에는 증오의 빛이 전혀 없었다. 말에는 마치 몸을 칭칭 사리고 있는 방울뱀같이 무서운 독이 서려 있었으나 해칠 마음은 조금도 없는 듯한 말투였다.

"정말 죽였더라면 좋았을 텐데."

"그런데 죽이지 못했군요?"

"네."

"지금부터 어떻게 하시겠어요?"

"글쎄, 모르겠습니다. 북부 본부에서도 이번의 연속 살인 사건에 대해서는 진전이 없는 것 같고, 우리도 손을 들었습니다. 한두 가지 짚이는 점이 있기는 하지만……"

"어떤 실마리인가요?"

"아니, 단순한 생각뿐입니다."

"어떤 것인데요?"

"이런 이야기는 들어도 싱거울 겁니다."

"피살된 사람은 저의 남편이에요." 앨리스가 냉담하게 말했다.

"남편을 죽인 범인을 잡을 실마리를 듣는 데 싱거워할 리가 있겠어요?"

캘레라는 잔을 입으로 가져갔다. 지독하게 독한 술이었다.

"이건 아주 독한데요, 알코올을 많이 넣으셨군요?"

"행크는 독한 것을 좋아했어요, 그이는 무엇이나 강렬한 것을 즐겼으니까요."

마치 사람들의 피부 조직에 짜여진 날실같이, 어떻게 보아도 도발적인 육체에서 얻은 성격 탓이었을까. 앨리스 부슈는 또 다른 불길을 일으켰다. 캘레라는 그녀가 달리(스페인 태생의 초현실주의 화가)의 그림과 같이 괴상한 풍경 위에 가슴과 엉덩이와 다리로 수천 개의 조각을 날리며 갑자기 폭발해 버릴 것 같았다.

"이제 가 보는 것이 좋겠습니다. 낮부터 술에 취하면 월급을 받을 수 없으니까요."

"좀 더 있어 주세요." 그녀가 말했다. "나도 두서너 가지 생각한 게 있어요."

캘레라는 얼굴을 들었다. 그녀의 말투에 무언가 숨은 뜻이 있는 듯한 느낌이 들었다. 그러나 그것은 캘레라가 잘못 생각한 것이었다. 그녀는 등을 돌리고 다시 창 밖을 내다보았다. 얼굴도 몸도 캘레라 쪽에서는 확실히 보이지 않았다.

"그럼, 들어 보겠습니다." 캘레라가 말했다.

"경관에게 원한을 갖고 있는 사람이 아닐까요?"

"그럴지도 모릅니다."

"그것밖에는 달리 생각할 수 없어요. 세 사람이나 죽이다니……그런 미친 짓을 하다니……달리 어떤 생각이 들겠어요? 경찰에 원한을 품고 있는 미친 사람의 짓이 틀림없어요! 본부의 살인과에서는 그렇게 생각지 않나요?"

"요 며칠 동안 그쪽 사람들과 만나지 못했습니다. 틀림없이 그들도 처음에는 그렇게 생각했습니다만……"

"그럼, 지금은?"

"뭐라고 할까요……"

"당신은 지금 어떻게 생각하세요?"

"경관을 미워하는 미친 놈인지도 모릅니다. 리아던과 포스터의 경우에는 분명히 그렇게 생각할 수가 있습니다. 그러나 행크는……모르겠습니다."

"말씀하시는 뜻을 잘 모르겠어요."

"리아던과 포스터는 한 조로 일해 왔으니까 누군가 두 사람에게 원한을 갖고 있었다고 생각할 수도 있습니다. 두 사람은 줄곧 같이 일했으니까 실수로 누군가에게 나쁘게 했는지도 모르지요."

"그래서요?"

"그러나 행크는 그 두 사람과 같이 일한 적이 한 번도 없었습니다. 잠복 근무나 다른 일로 한두 번 같이 일했는지는 모르겠습니다만, 큰 사건으로 그들과 함께 일한 적은 한 번도 없었습니다. 기록을 보면 알 수 있지요."

"그러나 꼭 개인적인 원한이라고 단정지을 수는 없을 것 같아요. 단순히 미친 녀석의 짓인지도 모르잖아요?"

그녀는 무엇인가에 화가 난 듯했다. 지금까지의 그녀의 태도가 부드러웠기 때문에 캘레라는 그녀가 왜 화를 내는지 짐작할 수가 없었다. 숨소리가 거칠어지면 가슴이 크게 흔들리고 있었다.

"어떤 정신 이상자가 제87분서의 경관을 모조리 죽이려 하는 거에요, 너무 지나친 짐작일까요?"

"아니, 그렇지는 않습니다. 실은 이 근처 정신병원을 통해 최근에 퇴원한 환자 가운데 과거에 그러한 경력이 있는 자를 찾아보았습니다만……" 캘레라는 고개를 저었다. "일단 편협한 고집쟁이의 짓이라고 생각해 보았었지요, 제복만 보면 욱하고 화가 치미는 그런 사람 말입니다. 그러나 피살된 경관은 제복을 입지 않았습니다."

"그랬지요, 그런데요?"

"한 가지는 생각해 볼 수 있습니다. 경관을 미워할 만한 경력은 갖고 있지 않지만 군대에서 자주 장교와 의견 다툼을 한 젊은이지요, 얼마 전 블람록 병원에서 치료를 받고 퇴원했는데, 이것도 아무 관계 없는 일이었습니다. 병원의 의사에게 물어 본 결과, 그 사나이의 병세로는 폭행까지는 못하고, 잠시 미쳐 날뛸 정도라고 했습니다."

"그것으로 끝났나요?"

"아니오, 그를 만나러 가 보았습니다만 알리바이가 확실했습니다."

"그리고 다른 사람들도 조사해 보셨나요?"

"불량배들 속에 스파이를 넣어 보았지요, 불량배들의 짓이 아닌가 하고요, 경찰이 하는 일에 원한을 품고 있는 어떤 자가 경찰의 힘도 그렇게 절대적인 게 아니라는 것을 보여 주기 위해 한 짓인지도 모르니까요, 그리고 살인 청부업자를 사서 조직적으로 우리를 골탕 먹이려고 할 수도 있거든요, 그러나 그동안 그럴 만한 일도 없었고, 불량배의 복수라면 이렇게 비밀로 할 수가 없습니다."

"다른 것은?"

"오늘 아침에 FBI가 보관하고 있는 사진을 모조리 뒤져서 조사해 보았지요. 그랬더니 이번 사건의 범인 같은 인상을 가진 자가 얼마나 많은지 짐작도 할 수 없었습니다."

캘레라는 스카치를 한 모금 마셨다. 앨리스에게 조금 마음놓고 이야기할 수 있는 기분이 되었다. 그것은 그녀가 의식적으로 여자라는 것을 나타내지 않았기 때문이었다. 그보다는 시간이 지남에 따라 여자임을 강조하는 그녀의 의식적인 행동에 차츰 익숙해져서, 엉뚱한 망상을 하지 않게 되었기 때문인지도 모른다. 어느 쪽이든간에 캘레라에게는 이 방도 이제 아까만큼 기분나쁘게 생각되지 않았다.

"그 사진들 속에서 무엇을 알아냈나요?"

"아직 모릅니다. 그들 중 절반은 이미 형무소에 들어가 있고 나머지는 전국에 흩어져 있습니다. 참으로 귀찮은 일이지요. 그런데……"

"그런데요?"

"범인은 그 세 사람이 경관인 것을 어떻게 알았을까요? 모두 사복을 입고 있었거든요. 그전에 어떤 관계가 없었다면 어떻게 경관인지 알았겠습니까?"

"그렇군요. 무슨 말씀인지 알겠어요."

"분서 건너편에 자동차를 세워 놓고 출입하는 사람을 살펴보았는지도 모르지요. 잠깐 동안만 그렇게 해보면 거기에 근무하는 사람을 쉽게 알 수 있으니까요."

"그렇게 했는지도 모르겠군요." 앨리스가 말했다. "정말 그랬을 거에요."

그녀는 자기도 모르는 사이에 다리를 포개고 앉았다. 캘레라는 못 본 체했다.

"그러나 그 생각에도 몇 가지 이해하기 어려운 점이 있습니다." 캘레라가 말을 계속했다. "이 사건이 쓴맛 단맛 다 겪은 뻔뻔스러운 여자처럼 억센 것도 바로 그 점입니다."

무심코 지껄이던 캘레라는 얼른 그녀의 얼굴을 쳐다보았다. 앨리스 부슈는 이런 지독한 표현도 귀에 거슬리지 않는 모양이었다. 아마 이런 천박스러운 말도 행크에게서 자주 들어왔을 것이다. 그녀는 아직도 다리를 포개고 앉아 있었다. 미끈한 다리였다. 스커트가 이상한 각도로 늘어져 있다. 캘레라는 다시 눈길을 돌렸다.

"누군가가 분서를 망보고 있었다면 우리 쪽에서도 눈치챘을 겁니다. 다시 말해서 경찰과 일반 사람을 구분할 만큼 오랫동안 망을 보려면……시간이 많이 걸리니까요. 그렇게 되면 우리 쪽에서도 당연히 눈치채게 되지요."

"그러나 저쪽에서 숨어 있었다면요?"

"분서 건너편은 아무 건물도 없는 공원뿐입니다."

"공원의 어딘가에 숨어서……쌍안경으로 보고 있었는지도 모르지요."

"그렇게 생각할 수도 있습니다. 그러나 그렇다면 순경과 형사를 어떻게 구분하지요?"

"뭐라고요?"

"범인이 살해한 세 사람은 모두 형사였습니다. 우연이었는지는 모릅니다만. 그러나 그렇게는 생각되지 않습니다. 어떻게 순경과 형사를 구분해 낼 수 있었을까요?"

"그건 간단해요. 만일 그 사나이가 망을 보고 있었다면 출근할 때 지켜보고 점호한 뒤 나오는 것을 지켜보았을 거에요. 그때는 제복을 입고 있겠지요. 이것은 순찰 순경을 말하는 거에요."

"네, 그렇군요"

그는 술을 조금 마셨다. 앨리스는 소파에서 자세를 고쳤다.

"덥군요."

캘레라는 그녀 쪽으로 눈길을 주지 않았다. 그쪽으로 눈을 주면 어쩔 수 없이 자신의 눈이 아래로 빨려들어갈 것을 알고 있었고, 앨리스가 자신도 모르게 무심히 드러내는 곳을 보아야 했기 때문이다.

"이렇게 더우니 수사도 어렵겠지요?"

"이 더위 속에서는 무엇을 해도 어렵습니다."

"당신이 돌아가시면 나는 짧은 팬티와 브래지어만 입고 있을 거에요."

"그래요? 그럼, 가 봐야겠습니다……"

"아니에요, 그런 뜻이 아니었어요. 좀 더 계셔 주신다면 지금 곧 갈아입겠어요. 곧 가 달라는 뜻으로 말씀드린 건 아닌데……"

그녀는 막연하게 손을 흔들어 보였다.

"그럼, 이만 가 보겠습니다. 살펴봐야 할 사진이 산더미처럼 쌓여 있으니까요."

캘레라는 일어섰다.

"술, 고마웠습니다."

그는 입구로 걸어갔다. 그녀가 일어나는 것을 보려고도 하지 않았다. 두 번 다시 그 다리를 보고 싶지 않았다.

입구에서 그녀는 캘레라의 손을 잡았다. 포동포동하고 따뜻한 손이었다.

"잘해 주세요. 만일 내가 도와 드릴 수 있는 일이 있다면……"

"그때는 연락을 드리겠습니다. 그럼, 안녕히……"

캘레라는 아파트를 나와 거리로 나섰다. 밖은 여전히 더웠다.

이상하게도 그는 지금 누구건 여자를 안고 싶다고 생각했다.

아무라도 좋았다.

19

"그렇지, 내가 말하는 진짜 멋쟁이는 이런 남자를 가리키는 거야. "

할 윌리스의 말이었다. 그는 캘레라가 알고 있는 형사 가운데 가장 몸집이 작은 사나이였다. 물론 경관 표준 키의 최저 기준인 5피트 8인치는 넘겠지만, 그것도 가까스로 넘을 것이다. 더욱이 분서 안의 당당한 몸집을 한 다른 형사들과 비교해 볼 때, 늠름한 형사라기보다는 발레 댄서 같아 보였다. 그러나 그는 빈틈없는 형사였다. 화사한 얼굴과 가냘픈 뼈대는 파리 한 마리도 죽일 수 없을 것 같았으나 그와 부딪쳐 본 사람은 다시는 혼이 난 경험을 되풀이하지 않으려고 한다. 그는 뛰어난 유도 솜씨를 가지고 있었다.

그는 악수를 하면서 그 동작 하나로 상대방의 등뼈를 부러뜨릴 수도 있었다. 무심코 방심하고 있다가는 어느 사이에 엄지손가락이 꺾이는 듯한 심한 고통을 당하게 된다. 그리고 섣불리 큰소리치다가는 눈 깜짝할 사이에 럭비 공이나 동양의 무슨 무술인가처럼 공중으로 날아갈지도 모르는 일이었다. 메어치기, 엎어치기, 돌려치기, 이런 것들이 반짝반짝 빛나는 다갈색 눈과 함께 그의 몸의 일부가 되어 있었다.

그 갈색 눈이 지금 캘레라의 책상 위에 놓인 FBI의 사진 한 장을 흥미있게 보고 있다.

사진은 참으로 '진짜 멋쟁이' 같은 얼굴이었다. 코는 네 군데나 찌부러지고 왼쪽 볼에는 세로로 칼자국이 길게 나 있다. 눈 위도 상처투성이다. 귀는 양배추처럼 일그러진데다 이는 거의 없었다. 그의 이름은 '멋쟁이 클라크'.

"귀엽군, 왜 이런 사진을 보내왔지 ? " 캘레라가 말했다.

"검은 머리, 6피트 2인치, 185파운드로군. 호젓하고 어두운 밤길에서 이런 자를 만난다면 기분이 어떨까 ? "

"징그럽군. 이 도시에 있는 녀석인가?"

"로스앤젤리스에 있다는군."

"그럼, 이것은 저쪽의 무서운 얼굴의 할아버지에게 맡겨 두세." 캘레라가 농담을 했다.

"담배나 한 대 피우고 생각하세." 윌리스도 맞장구를 쳤다. "이 체스터필드라는 담배는 6만 개의 체로 걸러 내서 남은 입자로 만든 거라지? 참 복도 많지."

캘레라가 소리내어 웃었다. 전화벨이 울렸다. 윌리스가 수화기를 들었다.

"제87분서 윌리스 형사요."

캘레라가 얼굴을 들었다.

"뭐라고요? 주소를 알려 주시오." 윌리스는 급히 메모지에 써 나갔다. "잡아 두시오, 곧 가겠소."

수화기를 놓자, 그는 책상 서랍을 열고 권총을 꺼냈다.

"뭔가?" 캘레라가 물었다.

"북35번 거리의 의사가 연락해 왔는데, 왼쪽 어깨에 총상을 입은 사나이가 와 있는 모양이네."

캘레라와 윌리스가 북35번 거리에 도착했을 때 붉은 색 건물 앞에 이미 한 대의 순찰차가 서 있었다.

"풋내기 순경에게 선수를 뺏겼나?" 윌리스가 말했다.

"잡아 놓았으면 좋겠는데."

캘레라의 이 말은 마치 기도와도 같았다.

현관에는 표찰이 붙어 있었다. '진찰 중, 벨을 누르고 대기실에서 기다려 주십시오'라고 씌어 있었다.

"벨이 어디 있나?" 윌리스가 말했다. "계단 위인가?"

두 사람은 벨을 눌러 문을 열고 안으로 들어갔다. 그곳에는 거리와 같은 높이의 다갈색 돌로 치장된 작은 꽃밭이 있었다. 순찰 순경 하나가 가죽을 씌운 소파에 앉아서 〈에스콰이어〉 잡지를 읽고 있었다. 그들이 들어가자 그는 잡지를 덮고 일어났다.

"커티스 순경입니다."

"의사는 어디 있나?" 캘레라가 물었다.

"안에 있습니다. 컨트리가 이야기를 듣고 있습니다."

"컨트리?"

"동료 순경입니다."

"가세."

윌리스는 이렇게 말하고 캘레라와 진찰실로 들어갔다. 두 사람이 들어가자 검은 곱슬머리의 키가 큰 컨트리 순경이 부동자세를 취했다.

"됐네, 컨트리." 윌리스가 말했다.

순경은 조용히 출입문 쪽으로 걸어가서 진찰실을 나갔다.

"러셀 선생이십니까?" 윌리스가 물었다.

"그렇소."

의사가 대답했다. 50살쯤 된 사나이였으나 은발 때문인지 그렇게 보이지는 않았다. 진찰용 흰 가운을 입은 그는 넓은 어깨를 떡 벌리고 전신주같이 똑바로 서 있었다. 보기 드문 미남으로, 솜씨가 좋은 것 같은 인상을 주었다. 돌팔이 의사인지도 모르지만, 캘레라는 이 사나이라면 심장 수술까지도 마음놓고 맡길 수 있으리라는 생각이 들었다.

"그 사나이는 어디 있습니까?"

"가 버렸습니다." 러셀이 대답했다.

"어째서……?"

"상처를 보고 곧 전화를 했지요. 구실을 만들어 가지고 사무실로 나와 전화했던 겁니다. 그리고 나서 와 보니 그는 이미 돌아가고 없었습니다."

"제기랄!" 윌리스가 투덜거렸다. "처음부터 이야기해 주시겠습니까?"

"좋습니다. 그 사나이가 들어와서 아직 20분도 지나지 않았습니다. 이 시간쯤 되면 언제나 한가롭지요. 뭐, 웬만한 병은 바닷가에 나가면 이내 나으니까요." 의사는 싱긋 웃어 보였다. "그 사나이는 엽총을 닦다가 실수로 다쳤다고 말했습니다. 진찰실에서……바로 이 방입니다. 셔츠를 벗으라고 했지요. 그 사나이는 셔츠를 벗었습니다."

"그래서요?"

"상처를 보았지요. 사고가 일어난 것이 언제였느냐고 물었더니, 오늘 아침이었다고 말했습니다. 나는 곧 거짓말이라는 것을 알았습니다. 상처가 새로 난 것이 아니어서 이미 꽤나 곪았더군요. 그리고 신문에 난 것을 생각해 냈지요."

"경관 살해 사건 말씀인가요?"

"네, 상반신에 권총 상처가 있는 사나이라는 것을 어디선지 읽었습니다. 그래서 구실을 붙여 전화했던 거지요."

"총상이 틀림없었겠지요?"

"의심할 여지가 없습니다. 붕대를 감고 있었는데, 아주 심했습니다. 자세히는 보지 못했으나 아무튼 빨리 전화부터 해야겠다고 생각했지요. 그런데 소독용 요드팅크를 사용한 것 같았습니다."

"요드팅크?"

"네."

"그래도 곪았던가요?"

"네, 확실히 곪았습니다. 그 사나이는 언제든지 한 번은 의사에게 보여야 할 겁니다."

"어떻게 생겼던가요?"

"어디서부터 이야기할까요?"

"나이는"

"35살쯤 되어 보였습니다."

"키는?"

"6피트 정도."

"몸무게는?"

"190파운드쯤."

"머리는 검은 색이었습니까?" 윌리스가 물었다.

"그렇습니다."

"눈빛은?"

"갈색이었지요."

"상처 같은 건 없었습니까? 뭔가 그런 특징은?"

"얼굴이 몹시 긁혀 있었습니다."

"진찰실에서 혹시 그가 만진 것은 없습니까?"

"아니오, 아, 잠깐 만졌습니다."

"어딥니까?"

"이 진료대에 앉혔지요. 상처를 만지자 그 사나이는 얼굴을 찌푸리며 진료대의 팔받침대를 잡았습니다."

"할, 이것이 단서가 될지도 모르겠군." 캘레라가 말했다.

"그렇겠군. 러셀 선생, 그는 무엇을 입고 있었지요?"

"검은 색 양복입니다."

"검은 양복?"

"네."

"셔츠 색깔은 ? "

"흰 것이었는데, 상처난 곳이 더럽혀져 있었습니다. 넥타이는 실크였어요, 금빛과 흑색 무늬의. "

"넥타이 핀은 ? "

"하고 있었습니다. "

"어떤 모양이었습니까 ? "

"악기였던가 ? 무언가……그런 것 비슷했습니다. "

"트럼펫, 피리, 그밖의 어느 것이었습니까 ? "

"모르겠습니다. 나는 그런 것은 잘 구별할 줄 모르니까요, 좀 색다른 넥타이 핀이라서 눈에 띄었을 뿐입니다. 옷을 벗을 때 보았습니다. "

"구두의 색은 ? "

"검정이었습니다. "

"수염은 깎았던가요 ? "

"네, 수염이 자란 것 같지는 않았습니다. "

"그렇겠지요, "

"그러나 수염은 깎고 있었지만 솜털은 그대로 있었습니다. "

"그래요 ! 반지는 ? "

"모르겠습니다. "

"속옷은 ? "

"안 입었습니다. "

"이 더위에는 무리도 아니지요, 선생님, 전화 좀 빌리겠습니다. "

"네, 좋도록. 역시 그 사나이입니까 ? "

"그랬으면 좋겠는데……" 월리스가 말했다. "정말 그랬으면 좋겠습니다. "

인간이란 겁을 먹으면 땀을 흘린다. 가령 기온이 화씨 90도까지 올라가지 않는다 할지라도 그렇다.

손 끝에는 땀샘이라는 것이 있어서, 그것이 98.5%의 물과 0.5 내지 1.5%의 다른 물질이 포함된 땀을 분비한다. 이 물질을 다시 나누어 보면 3분의 1의 무기물——주로 염분——과 3분의 2의 유기물로 되어 있다. 이 유기물은 요소(尿素)라든가 알부민, 의산(蟻酸), 낙산, 초산 등이다. 흙이나 먼지, 지방 등도 사람의 손끝에서 나는 이 분비물과 섞여 있다. 따라서 이 땀이라는 것은 무엇과 함께 섞여 있든지 사람이 만진 곳이면 어디에나 엷은 자국을 남겨 놓게 된다.

살인 용의자는 우연히 팔받침대에 손을 댔던 것이다.

감식과 직원은 보이지 않는 지문 위에 어디서나 구할 수 있는 검은 가루를 뿌린다. 그리고 그 가루를 종이 위에도 떨어뜨린다. 그 위를 타조의 날개로 가볍게 다듬거린다. 그 다음 사진을 찍는 것이다.

용의자가 양쪽 손으로 하나씩 잡았다고 생각되는 손잡이 위에 두 개의 엄지손가락 지문이 뚜렷이 나타났다. 용의자가 잡았던 손잡이의 밑부분에서도 다른 손가락의 둘째 마디 지문이 뚜렷하게 나타났다.

지문은 곧 자료실로 보내졌다. 기록을 뒤져 철저하게 조회하는 것이다. 조회 결과 그 지문과 일치되는 것은 없다고 밝혀졌다.

지문을 FBI로 보내고, 형사들은 그곳에서 소식이 올 때까지 기다리는 수밖에 없었다.

한편 경찰 화가가 러셀 의사에게 가 있었다. 의사가 말하는 용의자의 인상을 듣고 그것과 비슷하게 얼굴을 그린다. 러셀 의사의 조언에 따라 그는 얼굴을 수정해 갔다. "아니, 코가 좀 더 길었소, 그렇소, 그편이 좋소, 입술을 좀 더 굽혀 보시오, 네, 네, 그렇습니다." 이렇게 하여 러셀 의사를 찾아온 사나이와 비슷한 얼굴이 그려졌다. 그림은 곧 각 신문사며 TV 방송국에 보내지고, 동시에 공문으로도 수배되었다.

그동안 형사들은 FBI에서 소식이 오기를 기다리고 있었다. 다음날도 그들은 목을 늘이고 기다렸다. 윌리스는 아침 신문의 일면에 실린 용의자의 몽타주를 보고 있었다.

제목은 '이 사나이를 보셨습니까?'였다.

"그다지 못생기지는 않은 녀석이로군……" 윌리스가 말했다.

"미남인 클라크의 입 말인가?" 캘레라가 말했다.

"아니, 정말일세."

"어떤 사나이인지는 몰라도 대단한 녀석이야. 팔이 썩어서 떨어져 나갔으면 시원하겠는데."

"크게 봐 주는군."

"FBI에서는 어떻게 된 거야?" 캘레라가 가시 돋친 말을 했다. 그는 오전 내내 전화만 받고 있었다. 살인범을 보았다는 시민들의 전화였다. 어떤 신고이든 일단은 조사해 보아야 한다. 때로는 같은 시간에 온 시내 곳곳에서 보았다는 전화가 걸려 오기도 했다.

"FBI 친구들은 좀 더 솜씨있게 해주리라고 생각하는데."

"그렇지." 윌리스가 말했다.

"대장에게 물어 볼까?"

"그렇게 하게." 윌리스가 말했다.

캘레라는 경감의 사무실문 쪽으로 갔다. 문을 두세 번 두드리자, 번즈 경감의 목소리가 들려 왔다.

"들어오게"

캘레라는 방으로 들어갔다. 경감은 전화로 이야기하고 있었다. 그는 캘레라에게 기다리라고 손짓했다. 그리고는 고개를 끄덕여 보이면서 말을 계속했다.

"그러나 여보, 별로 나쁘게는 생각지 않아."

경감은 참을성 있게 상대방의 말을 듣고 있었다.

"그렇지, 그러나……"

캘레라는 창가로 가서 공원을 내다보았다.

"아니, 나로서도 특별히 반대할 이유가 없지."

결혼 생활이라……캘레라는 생각했다. 그러자 테디가 생각났다. 우리는 이렇게 할 수는 없을 것이다.

"헐리에트, 보내 주도록 해요." 경감이 말했다. "그애는 얌전하고 그런 일에 휩쓸리지 않을 거야. 내가 책임지지. 아니, 거긴 단순한 유원지 아니야?"

경감은 화를 참으려 한숨을 쉬었다.

"그럼 됐어." 잠깐 상대방의 이야기를 듣는다. "그래, 아직 몰라. FBI로부터 회답을 기다리고 있는 중이야. 돌아갈 때 다시 전화하지. 아니, 다른 건 필요없어. 이처럼 더워서야 뭐, 먹을 수 있겠소. 응, 그렇지."

경감은 수화기를 놓았다. 캘레라는 창가로부터 돌아왔다.

"여자란 정말……" 경감은 그다지 불쾌하지도 않은 듯한 어조로 말했다. "아들 녀석이 오늘 밤 졸리랜드에 가고 싶다고 하는데, 아내는 보내지 않는 게 좋겠다고 하지 않겠나. 주말도 아닌데 왜 그런 곳에 가려고 하느냐는 거지. 그곳에서 아이들이 다른 애들과 자주 싸운다는 신문 기사를 읽었다나? 내 참, 단순한 유원지가 아닌가. 아이라고 해도 그앤 벌써 17살이나 되었거든."

캘레라는 고개를 끄덕여 보였다.

"그처럼 일년 내내 아이들을 붙들어 놓으면 그애들은 마치 죄수나 다름없지. 만일 그곳에서 싸움이 났다 하더라도 그것이 어떻단 말인가. 랠리도 자기 몸을 지키는 일쯤은 알고 있거든. 그애는 얌전하고 좋은 아이라네. 스티브, 자넨 우리 아들을 만난 일이 있나?"

"네, 분별력이 있는 젊은이 같았습니다."

"그렇지. 그래서 나도 아내에게 그렇게 말했지만, 영 이해를 해야지. 아내는 아마 언제까지나 탯줄을 끊지 않을 거야. 우리도 여자에게 양육되어 겨우 한 사람 몫을 하게 되면 또 이번에는 다음 여자에게 붙들리게 되네그려."

캘레라는 싱긋이 웃었다.

"그것은 아주머니에 대한 반발이군요?"

"때로는 나도 이런 생각이 들지." 경감이 말했다. "그러나 여자 없이는 아무것도 안된단 말이야."

경감은 쓸쓸하게 고개를 저었다. 사회라는 올가미에 떨어진 하나의 남성.

"FBI에서는 아직 소식이 없습니까?"

"으음, 아직 없네. 제발 실마리가 풀려 주십사 빌고 싶은 심정이네."

"저도 그렇습니다."

"이제는 어떻게 되어도 좋을 만한데. 그렇지 않나?" 하고 경감이 말했다. "이 사건에 대해 우리는 있는 힘껏 열심히 일했네. 이제 그 보상이 나타날 때가 될 만도 해."

문을 두세 번 두드리는 소리가 났다. "들어오시오." 경감이 말했다.

윌리스가 봉투를 가지고 들어왔다.

"FBI에서?"

"네."

경감은 봉투를 받아들자 서둘러 편지를 꺼냈다.

"쳇! 제기랄! 이게 뭐야!" 경감이 소리쳤다.

"못 쓰겠습니까?"

"거기에도 아무 기록이 없나 봐. 에이, 나쁜 녀석!"

"군(軍)의 지문 대장에도 없답니까?"

"없다네. 그런 녀석은 틀림없이 병종(丙種)이었을 거야."

"그에 대해서 아는 건 많은데……" 윌리스가 방 안을 돌아다니면서 뱉듯이 말했다. "인상은 물론 키, 몸무게, 혈액형까지 알고 있고, 언제 이발소에 갔으며 머리카락의 굵기가 얼마인지까지도 알고 있는데!" 그는 주먹으로 손바닥을 쳤다. "우리가 모르는 것은 그자가 무엇을 하는 녀석인지 그것뿐이야. 제기랄, 어디서 무얼 하는 녀석이야!"

캘레라와 번즈는 아무 대답도 없었다.

그날 밤 미겔 알레타라는 소년이 소년원으로 옮겨졌다. 글로버스 클럽을 다 대조해 본 결과 그 자리에 없어서 경찰에 끌려온 소년이었다. 버트 클링을 사제 권총으로 쏜 범인이 이 미겔 알레타라는 것을 경찰은 곧 알아냈다.

클링이 얻어맞은 날 밤, 미겔은 그 권총을 갖고 다녔었다. 클럽의 간부인 면도날 라파엘 데생거가 나쁜 녀석이 정탐하러 왔다는 것을 모두에게 알렸을 때, 미겔은 그 녀석을 혼내 주기 위해 그들과 함께 갔던 것이다.

가 보니 그 나쁜 녀석이라고 생각했던 사나이가 술집 앞에서 권총을 꺼냈다. 미겔은 호주머니에서 사제 권총을 꺼내어 그 사나이에게 한 방 선물했다는 것이었다.

물론 버트 클링이 '나쁜 녀석'일 리가 없다. 그는 경관이었던 것이다. 미겔은 소년원으로 끌려가고, 그들 무리들은 왜 그가 그런 짓을 했는지 밝혀내기 위해 소년 심판원의 법정에 서야 일이 공정하게 될 듯싶었다.

미겔 알레타는 15살이었다. 그로서는 그렇게 할 수밖에 다른 방법이 없었을 것이다.

　그런데 진짜 나쁜 녀석——클리프 새비지라는 신문기자는 37살. 그는 어떤 일이 있었는지 알아도 좋을 것이다.

　그러나 그는 그것을 모르고 있었다.

20

　다음날 오후 4시. 캘레라가 분서를 나오자 새비지가 기다리고 있었다.

　갈색 실크 양복에 금빛 넥타이, 노란 리본이 달린 밀짚모자를 쓰고 있었다. 그는 분서 건물 옆에서 나오며 "어어！" 하고 소리쳤다.

　"무슨 일입니까？"

　"당신은 형사지요？"

　"소송할 일이 있으면 당직 경관에게 가서 말씀하십시오. 나는 집에 돌아가는 길이니까요."

　"아아, 나는 새비지라고 합니다."

　캘레라는 짜증스러운 얼굴로 그를 보았다.

　"당신도 동맹에 가입하셨습니까？" 새비지가 물었다.

　"무슨 동맹이오？"

　"반(反) 새비지 동맹이지요. 클리프 타도 동맹 말입니다."

　"나는 이래봬도 훌륭한 우등생이니까."

　"정말입니까？"

　"물론."

　캘레라는 자동차 있는 곳으로 걸어갔다. 새비지도 따라왔다.

　"당신이 지금 내게 화를 내고 있는지 어떤지, 난 그것을 묻고 있습니다." 새비지는 물고늘어졌다.

　"쓸데없는 일에 얼굴을 내밀지 마시오. 당신 덕분에 경관 한 사람이 입원해 있고 소년 하나가 소년원으로 끌려갔소. 지금 소년 재판소의 재판을 기다리고 있는 중이지. 더 이상 나에게서 무얼 캐내려는 거요? 훈장이라도 타고 싶소?"

"아이들이라도 총을 쏘면 그렇게 되는 것이 당연하지요."

"당신이 끼어들지만 않았으면 이런 일은 없었을 거요."

"나는 신문기자입니다. 사건을 모아다가 알리는 것이 직업이지요."

"주임이 말했듯이, 이번 살인 사건에 불량배들이 끼어들지 않았나 하는 이야기는 이제 끝났지 않소. 그런 일은 있을 수 없다고 분명히 말했다고 합니다. 괜히 멋모르고 넘겨 짚었던 거요. 클링이 죽을 뻔했었다는 말도 듣지 못했소?"

"현실적으로 죽지는 않았지요. 내가 죽었을지도 모른다는 것을 당신은 모르고 계십니까?" 새비지가 말했다.

캘레라는 입을 다물어 버렸다.

"당신들이 좀 더 신문에 협조해 주었더라면……"

캘레라는 발을 멈추었다.

"이봐요, 대체 여기서 무얼 하겠다는 거요. 또 소란을 피우고 싶소? 당신이 글로버스 클럽의 눈에 띄면 귀찮게 되는 것은 우리들이오. 신문사에 돌아가서 쓰레기 같은 글이라도 쓰고 앉아 있는 게 좋을 거요."

"별로 듣기 유쾌한 농담은 아닌데요……"

"나는 멋을 부리거나, 그렇다고 주정꾼처럼 말하지도 않소. 더욱이 지금 나는 당신 같은 사람과 이야기할 기분이 아니오. 이제 근무도 끝났으니, 돌아가서 샤워나 하고 애인과 데이트라도 해야겠소. 사실은 24시간 근무지만, 고맙게도 시내를 뛰어 다니는 서투른 신문기자를 상대해 줄 의무는 없으니까요."

"뛰어 다니는 서투른 신문기자?" 새비지도 정말 골이 난 듯했다.

"좋소……"

"대체 당신은 무엇을 듣고 싶소?" 캘레라가 말했다.

"살해 사건에 대한 이야기를 듣고 싶소."

"그럼, 사양하겠소."

"왜지요?"

"정말 치근치근하구먼."

"나는 신문기자입니다. 그것도 노련한 기자지요. 왜 이 살해 사건에 대해서는 말하지 않으려는 거지요?"

"좀 더 말귀를 알아들을 수 있는 사람과 이야기하고 싶소."

"나도 잘 알아듣는 사람입니다."

"그럴테지요. 면도날 데생거로부터 꽤 많은 정보를 얻어냈을 테니까요."

"알겠소. 확실히 그것은 내가 잘못 생각한 것이었소. 그 점은 솔직히 인정하지요. 나는 불량배의 짓이라고만 생각했었는데 그렇지 않았거든요. 지금은 어른의 짓이라고 믿고 있습니다. 그러나 그것 말고 범인에 대해서는 무엇을 알고 있지요? 왜 그런 짓을 했는지 그 동기를 알고 있습니까?"

"집에까지 따라올 작정이오?"

새비지가 손을 내밀었다.

"친구들은 모두 나를 클리프라고 부르는데, 당신 이름은?"

"스티브 캘레라."

두 사람은 악수를 나누었다.

"잘 부탁하오. 그럼, 한 잔 합시다."

술집은 냉방 시설이 잘 되어 있어서 거리의 숨막힐 듯한 더위에 비해 마음놓이는 피난처 같았다. 그들은 마실 것을 주문하고 왼쪽 벽가에 마주앉았다.

"내가 알고 싶은 것은 당신이 생각하고 있는 것으로 충분합니다."

"나 개인으로서요, 아니면 수사 요원으로서요?"

"분명히 당신 개인으로서의 의견입니다. 당신이 경찰의 의견을 대변한다고는 생각지 않으니까요."

"신문에 낼 건가요?" 캘레라가 물었다.

"천만에요, 이 사건에 대한 내 생각을 확실히 해 두고 싶을 뿐이오, 사건이 해결되면 아마 기사를 많이 쓰게 될 겁니다. 그때를 위해 수사의 여러 가지 사항을 잘 알아 두고 싶을 뿐이지요."

"외부 사람으로서 경찰 수사의 모든 점을 이해하기는 좀 어려울 텐데요."

"물론이지요, 그러나 당신이 생각하고 있는 정도는 나도 이해할 수 있습니다."

"좋소, 단 발표하지 않는다는 조건아래 이야기하겠소."

"보이 스카우트는 아니지만, 이 세 손가락으로 명예를 걸고 맹세하지요." 새비지가 말했다.

"분서에서는 경관의 탈선을 싫어하니까……"

"절대로 신문에는 내지 않을 테니 믿어 주십시오."

"무엇을 알고 싶소?"

"살해 방법이나 상황은 알고 있지만, 동기가 무엇입니까?"

"모든 시내 경관들이 그 대답을 듣고 싶어하지요."

"미친 녀석의 짓일까요?"

"그럴지도 모르지요."

"당신은 그렇게 생각하지 않습니까?"

"그렇게 생각하는 친구들도 있지만, 난 아무래도 그렇지 않다고 생각하고 있소."

"왜지요?"

"다만 그렇게 생각될 뿐이오."

"그래도 이유가 있겠지요."

"그냥 단순한 육감이지요. 어떤 사건에 손을 대다 보면 육감이라는 게 생깁니다. 미친 녀석의 짓이라고는 도저히 볼 수 없소, 그뿐이오."

"그럼, 어떻게 보는 게 좋을까요?"

"두서너 가지 생각하는 게 있지만……"

"어떤 것이지요?"

"그것은 아직 말하고 싶지 않소."

"말이 나온 김에 해주시오."

"알겠소. 경찰이 하는 일도 다른 일과 같습니다. 단지 취급하는 것이 범죄일 뿐이지요. 말하자면 무역상도 어떤 일은 예감에 따르지만, 또 어떤 것은 그대로 밀고 나가 해 버리는 경우가 있지 않소. 우리들의 일도 그와 같지요. 가령 육감이 범인을 알려 주는 일이 있다 하더라도, 확실히 조사할 때까지는 백만 달러의 거래와 같은 짓은 결코 하지 않지요."

"그렇다면 당신은 이미 범인에 대한 조사를 해보았겠군요?"

"아직……거기까지는 가지 못했고 조금 생각했을 뿐이오."

"그것이 어떤 생각이지요?"

"동기에 대해서인데……"

"그래, 그 동기가 무엇인가요?"

캘레라는 웃어 보였다.

"참으로 끈질긴 사람이군."

"아까도 말했지만, 나는 노련한 기자라니까요."

"이렇게 생각해 보시오. 피살된 세 사람은 경관이오. 그런데 잇달아서 세 사람이 살해되었소. 여기에서 자연적으로 나오는 결론이 무엇이겠소 ? ”

“누군가 경찰에 원한을 갖고 있는 자가 있다는 거지요. ”

“그렇소. 누군가가 경찰에 원한을 가진 거요. ”

“그래서 ? ”

“세 사람은 모두 제복을 입지 않았소. 그것은 어떻게 생각할 수 있겠소 ? ”

“제복을 입지 않았다고 ? 그렇군, 제복을 입은 이는 한 사람도 없었군. ”

“그렇소. 예를 들어 세 사람이 그냥 일반 시민이라고 생각해 보시오. 그렇다면 어떤 결과가 나올까요 ? 아마 경찰에 원한을 가진 미친 녀석의 짓이라고는 생각되지 않겠지요. ”

“그러나 세 사람은 분명히 경관이 아닙니까 ? ”

“경관이기 이전에 한 사람의 남자였소. 경관이라는 것은 두 번째의 우연이지요. ”

“그렇다면 세 사람이 경관이었다는 것은 피살된 것과는 조금도 관계가 없다는 뜻인가요 ? ”

“그럴지도 모르겠소. 그 점은 좀 더 깊이 들어가 보아야 알겠지만 ……. ”

“잘 이해가 안 가는데요. ”

“이런 거지요. ” 캘레라는 말했다. “우리는 이들 세 사람을 잘 알고 있었고 날마다 같이 일을 해 왔소. 우리는 경관으로서의 그들을 알고 있을 뿐이오. 그러나 하나의 인간으로서의 세 사람에 대해 우리는 아무것도 모르고 있소. 그 세 사람은 경관이었기 때문에 피살되었던 것이 아니라 단지 한 사람의 남자로서 생활하다가 피살되었는지도 모르는 일이지요. ”

"으음, 재미있는 말씀이군요."

"결국 그 세 사람의 생활을 더욱 개인적인 곳까지 파헤쳐 봅시다. 그들이 뜻밖에도 엉뚱한 곳에 터무니없는 결점을 숨기고 있을지도 모르니까, 그다지 기분좋은 일은 아니지요."

"예를 들어 말한다면……" 새비지가 계속 말했다. "그렇군요, 리아던이 첩을 갖고 있었다든가, 포스터가 경마광이었다든가, 부슈가 불량배로부터 용돈을 뜯어 왔다든가, 뭐 그런 것이겠지요?"

"극단적으로 말한다면 그렇소."

"게다가 어떤 사정으로 말미암아 세 사람의 그런 행동이 어느 한 사람에게 연결되어 그 사나이가 여러 가지 다른 이유로 세 사람을 모두 죽이려고 생각했다, 당신은 이렇게 말하고 싶은 거지요?"

"그건 좀 복잡하군요. 세 사람은 그처럼 복잡한 관계는 아니오."

"그러나 세 사람의 경관을 죽인 것이 같은 사람이라는 점은 알아냈지요?"

"그 점은 대체적으로 확실합니다."

"그렇다면 세 사람의 죽음은 서로 관계가 있는 것이로군요."

"물론이지요. 그러나 어쩌면……" 캘레라는 어깨를 으쓱했다.

"나로서도 아직 확실치 않으니까 이런 이야기를 하는 것은 무리이긴 하지만, 결국 동기가 단지 세 사람이 달고 있는 휘장 때문이 아니라 좀 더 깊은 곳에 있지 않을까 하고 생각해 본 겁니다."

"그럴지도 모르지요." 새비지가 크게 한숨을 쉬었다. "그러니까 온 시내의 경관이 모두 이 사건을 해결하기 위해 지혜를 짜내고 있다는 것으로 위안을 삼고 있겠군요."

캘레라는 새비지의 말을 깊이 생각해 보지도 않고 끄덕였다. 그는 더 이상 이야기를 하고 싶지 않았던 것이다. 흘긋 시계를 보았다.

"이제 가 보아야겠소. 약속이 있으니까."

"애인?"

"물론."

"이름은?"

"테디. 정확하게 시오도라요."

"시오도라 뭐라고 하지요?"

"프랭클린."

"좋은 이름이군요. 진정한 사랑이겠지요?"

"당신이 상상하는 것과 조금도 틀림이 없소."

"지금 당신이 말한 동기에 대한 이야기를 높은 분들에게 이야기했습니까?"

"아니오. 그런 조그마한 영감 같은 것을 어떻게 일일이 이야기하겠소? 좀 더 조사해 보고 문제가 될 것 같을 때 이야기하겠소."

"그렇겠군요. 그럼, 테디에게는 말했나요?"

"테디에게? 왜? 아직 말하지 않았소."

"그녀도 그렇게 생각할까요……?"

캘레라는 쑥스러운 듯이 웃었다.

"그녀는 내가 하는 일에 잘못이 있으리라고는 생각지도 못하지요."

"훌륭한 아가씨인 모양이군요."

"그렇지요. 그럼, 약속시간이 늦어서 꾸중 듣기 전에 빨리 가야겠습니다."

"그러시지요." 새비지는 알았다는 듯한 얼굴로 말했다.

캘레라는 시계를 보았다.

"그녀가 사는 곳은?"

"리버헤드." 캘레라가 대답했다.

"리버헤드의 시오도라 프랭클린인가요?"

"그렇소."

"당신의 의견을 들려 주서서 고맙습니다."

캘레라는 일어섰다.

"신문에 내지 않겠다고 약속한 것을 잊지 마시오."

"물론 내지 않겠습니다." 새비지가 말했다.

"술, 고마웠습니다."

두 사람은 악수를 나누고 헤어졌다. 새비지는 그대로 자리에 남아 톰 콜린스를 다시 주문했다. 캘레라는 샤워를 하고 테디와의 데이트를 위해 면도를 했다.

문을 열었을 때 그녀는 화려한 옷차림을 하고 있었다. 문에서 한 발 물러서 그녀는 캘레라가 그 아름다움에 익숙해지기를 기다렸다. 하얀 마직 바지에 희게 얽어맨 펌프스, 오른쪽 깃에는 빨간 돌이 박힌 핀을 꽂고, 달걀 모양의 빨간색 귀걸이가 옷깃에 꽂은 핀과 아름다움을 겨루는 듯했다.

"쳇! 아직 바지를 입고 있는 동안에 오려고 했었는데."

그녀는 생긋 웃으면서 윗옷 단추를 여는 시늉을 해보였다.

"오늘은 자리를 잡아 놓았어."

어디? 하고 그녀의 얼굴이 물었다.

"응, 용궁이라는 중국 음식점이야."

그녀는 기쁜 듯이 힘있게 고개를 끄덕였다.

"루즈는 어디 있지?" 그가 물었다.

그녀는 미소를 지으며 그의 곁으로 다가갔다. 그가 입술을 가져가자마자 그녀는 마치 10분 뒤에는 캘레라가 시베리아에라도 가 버리고 마는 듯한 기세로 힘껏 매달렸다.

"자, 화장을 고쳐." 캘레라가 말했다.

그녀는 옆방으로 가서 루즈를 바르고 조그마한 빨간 핸드백을 들고 나왔다.

"거리에서는 모두 그런 것을 들고 다니지. 그리스 신화에 나오는 삼림의 휘장 같은 거로군."

밖으로 나오면서 그가 말하자, 그녀는 장난스럽게 그의 등을 톡톡 쳤다.

중국 요리집은 음식 솜씨가 좋고 이국적인 장식이 자랑이었다. 캘레라는 요리만으로는 만족하지 못하는 성격이었다. 중국 요리집에서 식사를 할 때는 중국적인 분위기가 기분 좋았다. 그는 카르바 거리의 싸구려 중국집은 좋아하지 않았다.

두 사람은 군만두와 해삼탕, 라조기, 탕수육, 삶은 돼지고기를 주문했다. 만두에는 야채가 들어 있어 씹기가 좋았고 맛있는 흰 콩과 조갯살과 송이버섯 등이 들어 있었다. 만두는 먹음직스럽고 내음이 강했다. 두 사람은 식사를 하는 동안 그다지 말이 없었다. 다음에는 해삼탕을 먹고 그 다음에는 탕수육을 먹었다.

"어린 양고기 이야기를 알고 있어?" 캘레라가 물었다. "거기에 대한 수필을 썼지……"

그녀는 고개를 끄덕이고 다시 고기를 먹기 시작했다.

라조기의 닭고기는 참으로 맛이 있었다. 두 사람은 접시가 깨끗하게 먹어치웠다. 다른 요리가 나왔을 때는 배가 불러 더 이상 들어갈 여지가 없었다. 그러나 그들은 무리를 하면서까지 많이 먹었다. 두 사람은 노란 알맹이가 먹음직스러운 파인애플과, 따뜻하고 향기로운 차를 마셨다. 배가 그득해지자 몸도 마음도 느긋해졌다.

"8월 19일이 어때?"

테디가 어깨를 움츠렸다.

"토요일이지. 토요일에 결혼하는 게 싫어?"

좋아요, 하고 그녀의 눈이 말했다.

종업원이 과자를 가지고 와서 차를 바꾸어 주었다.

캘레라는 과자를 쪼갰다. 그는 작은 종이 위에 씌어 있는 글을 읽어 보기 전에 테디에게 말했다.

"중국 요리점에서 이것을 읽어 본 남자의 이야기가 있는데, 알고 있어?"

테디가 고개를 옆으로 저었다.

"거기에는 '수프는 먹지 말게, 친구로부터'라고 씌어 있었다는군."

테디는 웃으며 손으로 종이쪽지를 가리켰다. 캘레라가 소리를 내어 읽었다.

"당신은 이 땅에서 가장 행복한 사나이, 시오도라 프랭클린과 결혼하게 되리라."

테디는 놀란 듯한 얼굴로 종이쪽지를 집어들었다. 종이에는 깨알같이 작은 글씨가 씌어 있었다.

'당신은 타산적이다.'

"당신에 대한 감정이 그만큼 흥분했다는 표시지."

테디는 방긋 웃으며 자기의 과자를 쪼갰다. 순간 그녀의 얼굴이 흐려졌다.

"왜?"

그녀가 고개를 가로저었다.

"보여 줘."

그녀는 종이를 보이지 않으려고 했으나 빼앗기고 말았다.

'레오(사자)가 울부짖는다――잠을 자지 말라.'

캘레라는 인쇄된 종이쪽지를 들여다보았다.

"과자에 넣기에는 좀 이상한 말이군. 무슨 뜻일까?"

무언가 생각하던 캘레라는 테디를 보며 말했다.

"사자라……별을 가지고 점을 치는 점성술에서는 7월 22일부터 8

월 며칠까지라고 하던가?"

테디가 고개를 끄덕였다.

"그렇다면 괜찮아. 결혼하고 나면 당신은 얼마든지 잘 수가 있을 테니까."

캘레라가 싱긋이 웃어 보이자 테디의 얼굴에서도 불안스러운 그림자가 사라졌다. 그녀는 살며시 웃으며 고개를 끄덕이고 탁자 위에 있는 그의 손을 잡았다.

쪼개진 과자가 탁자 위에 그대로 놓여 있었다. 그 옆에 동그랗게 말린 종이쪽지가 눈에 띄었다.

'레오(사자)가 울부짖는다——잠을 자지 말라.'

21

그 사나이의 이름은 레오가 아니었다.

그 사나이의 이름은 피터, 성은 번즈.

그 사나이가 울부짖고 있는 것이었다.

"캘레라, 이게 대체 무슨 짓인가?"

"뭐 말입니까?"

"오늘의……이, 이것 말이야." 그는 고함을 치면서 책상 위에 있는 저녁 신문을 내밀었다. "8월 4일 저녁 신문이야!"

(이 친구가 사자였던가) 하고 그는 생각했다.

"무얼 말입니까……무슨 말씀이십니까, 경감님?"

"무슨 말이냐구?" 번즈 경감은 화가 치밀었다. "몰라서 묻나? 누가 새비지 같은 얼간이 녀석한테 이런 걸 쓰게 했나?"

"뭐라고요?"

"이런 잠꼬대 같은 개인적 견해를 떠벌린 덕분에 베스타운의 순찰로 격하된 형사도 있단 말이야!"

"새비지가?……보여 주십시오."

캘레라가 손을 내밀었다.

경감은 화가 나서 말도 하지 않고 신문을 펼쳐들었다.

"경찰 당국에 바람!" 경감이 큰 소리로 읽었다. "제목은 이거야! '경찰 당국에 바람!' 이게 웬일인가, 캘레라, 응? 여기가 마음에 안 든단 말인가?"

"잠깐 보여 주십시오……"

"게다가 그 밑에 '범인의 윤곽이 잡혔다고 형사는 말한다'라!"

"윤곽이 잡혔다는 것은……"

"자네가 새비지에게 그런 말을 했나?"

"범인이 누군지 내가 안다는 말입니까? 설마 주임님, 그것 좀……"

"자아, 읽어 봐!"

캘레라는 신문을 집어들었다. 묘한 흥분으로 그의 손이 떨렸다.

역시 경감의 말대로였다. 기사는 4면에 있었고 제목은

경찰 당국에 바람!
범인의 윤곽이 잡혔다고 형사는 말한다.

"그러나 이것은……"

"읽어 봐!" 경감이 소리쳤다.

캘레라는 읽었다.

그 술집은 어두컴컴하고 시원했다.

스티브 캘레라 형사와 기자는 마주보고 앉았다. 형사는 잔 속의 술을 조금씩 마시면서 여러 가지 이야기를 했으나 화제는 거의 살해 사건에 대한 것이었다.

"나는 이 세 사람의 형사를 누가 죽였는지 짚이는 게 있지만, 그러나 상관들에게 이야기할 수는 없소. 어차피 그들은 이해하지 못하니까" 라고 캘레라 형사는 말했다.

이렇게 하여 시경 북부 본부 살인과의 인물들을 골탕먹이고, 완고하고 고루한 제87분서의 피터 번즈 경감을 꼼짝 못하게 만든 수수께끼의 사건에 처음으로 희망의 빛이 비쳐 오기 시작했다.

"아직 조사 중이라 자세한 것은 말할 수 없으나……" 캘레라 형사는 이렇게 전제하고 이야기했다. "그러나 경관에게 원한을 품은 미친 녀석의 짓이라는 생각은 잘못된 것입니다. 나는 그 동기에 세 사람의 사생활이 관련되어 있으리라 보고 있지요. 일은 지금부터지만, 끝내 범인을 잡고 말겠습니다."

살인적인 더위가 내리누르는 어제 저녁 어떤 술집에서 캘레라 형사는 이렇게 말했다. 형사는 순진할 만큼 수줍어했다. 그리하여 말은 결코 개인적인 공적을 노린 것으로는 보이지 않는다.

"경찰이 하는 일도 취급하는 것이 범죄라는 것만 다를 뿐 다른 일과 같습니다" 라고도 말했다. "무엇인가 머리에 떠오르면 밀고 나가지요. 결과가 나오면 상부에 알리지만, 들어 줄지 어떨지는 잘 모르겠습니다."

지금까지 그는 자기의 영감을 애인에게만 밝혀 두었다. 리버헤드에 사는 시오도라 프랭클린이라는 예쁜 아가씨. 프랭클린 양은 캘레라가 하는 일은 틀림없다고 믿고 지금까지 당국의 수사가 부진한데도 불구하고 캘레라가 사건을 해결하는 날이 오리라는 것을 의심하지 않고 있다.

"여러 가지로 경찰관들의 실수가 드러나고 있지요." 캘레라 형사가 말했다. "그것은 범인을 잡는 데 실마리가 됩니다. 더욱 깊이 파고들어가 보아야 알겠지만, 이제는 시간 문제입니다. "

두 사람은 어둡고 시원한 술집에 앉아 있었다. 기자는 이 사나이에게서 한없는 저력을 느꼈다. 그는 주위의 동료 경찰관들이 가지고 있는 '경찰관을 혐오하는 미친 녀석의 짓'이라는 설에도 아랑곳하지 않고 굳건히 수사를 밀고 나가는 용기있는 사나이다.

이 사나이라면 범인을 잡을 수 있으리라고 기자는 생각했다.

피문은 손에 흉악한 45구경 자동권총을 쥐고 거리를 방황하는 미지의 살인마에 대한 공포와 불안에서 시민을 해방시켜 주는 것은 이 사나이리라. 이 사나이만이……

캘레라가 중얼거렸다.

"개새끼! "

"자, 어떻게 된 건가? " 번즈 경감이 다시 다그쳤다.

"이런 말을 한 기억은 없습니다. 이런 투로 이야기하지 않았습니다. 게다가 그는 신문에 내지 않겠다고 약속했습니다! " 캘레라는 갑자기 울화통이 터졌다. "전화 어디 있지? 이 나쁜 놈을 당장 명예훼손으로 고소해야지! 절대로 용서하지 않겠어! "

"참아! " 경감이 말했다.

"어째서 이런 일에 테디를 들먹이는 거지! 그 얼간이 같은 놈이 테디를 45구경 권총의 밥으로 만들 참인가! 그놈은 미친 녀석입니다! "

"참게. " 경감이 거듭 말했다.

"참으라구요? 나는 결코 범인을 알고 있다고 말한 기억이 없습니다! 그런 말을……. "

"그럼, 뭐라고 지껄였나? "

"좀 손대 보고 싶은 곳이 있다고 말했을 뿐입니다. "

"어떤 생각으로?"

"그 친구는 경관을 노린 게 아닌지도 모른다는 생각에서입니다. 단순히 한 남자로서 노린 것뿐이고, 진실로 노린 것은 그 가운데 하나뿐이었는지도 모른다는 생각이었습니다."

"누굴 노렸다는 건가?"

"아직 모르지요. 어째서 그는 테디를 들먹였을까요? 개새끼, 대체 그 녀석은 이게 자기와 무슨 관계가 있다고 이러는 거지?"

"머리좋은 의사는 못 고치는 병이 없는 것 같아." 경감이 말했다.

"경감님, 지금부터 테디가 어떻게 되었는지 가 보고 오겠습니다. 무슨 일이 일어나지 않으리라고 믿을 수 없군요……"

"지금 몇 시인가?"

"6시 15분입니다."

"6시 반까지 기다리게. 그때까지는 하빌랜드가 저녁을 먹고 올 테니까."

"이번에 새비지 녀석을 만나면 갈가리 찢어 놓고 말아야지!"

"그보다도 속도 위반 딱지나 떼지 않을까 모르겠네."

번즈는 말했다.

검은 양복의 사나이는 문 옆에 서서 귀를 기울이고 있었다. 윗옷 오른쪽 주머니에서 저녁 신문이 삐죽이 내밀어져 있었다. 왼쪽 어깨가 쿡쿡 쑤시고 아팠다. 윗옷 한쪽 주머니에 넣어 둔 45구경 권총의 무게와 어깨를 짓누르는 상처의 통증으로 그의 어깨가 약간 처져 있었다. 안에서는 아무 소리도 들리지 않았다.

그는 신문에서 시오도라 프랭클린이라는 이름을 들리지 않게 읽은 다음 전화 번호부에서 주소를 확인하여 이곳까지 찾아왔다. 그녀를 만나 이야기를 듣고 싶었다. 그는 캘레라가 어느 정도 알고 있는지 알고 싶었던 것이다. 어떻든 그것을 조사하지 않고는 그대로 있을 수 없었다.

이상하게도 조용하다고 그는 생각했다. 무엇을 하고 있을까?

그는 조심스럽게 문의 손잡이를 돌려 보았다. 천천히 끝에서 끝까지 돌려 보았다. 문은 잠겨 있었다.

발 소리가 들려 왔다. 사나이는 얼른 문 앞에서 물러서려 했으나 이미 늦었다.

주머니 안에 있는 권총을 꺼냈다. 문이 조금 열리더니 곧 활짝 열렸다.

여자는 깜짝 놀라 그 자리에 우뚝 섰다. 예쁘다. 작은 몸매에 검은 머리, 빛나는 눈, 하얀 가운을 걸치고 있었다. 가운은 군데군데 젖어 있다. 방금 샤워를 하고 나온 모양이라고 그는 생각했다. 그녀의 눈길이 그의 얼굴로 갔다가 손에 쥔 권총으로 옮겨졌다. 입은 벌어졌지만 소리는 나오지 않았다. 문을 닫으려 했으나 사나이가 한 발을 문 틈으로 들이밀어 그 틈새로 밀고 들어와 버렸다.

그녀는 사나이에게서 도망쳐 방 안으로 들어갔다. 사나이는 문을 닫고 열쇠를 채웠다.

"프랭클린 양이지?"

그녀는 몸을 떨면서 고개를 끄덕였다. 모든 신문의 1면에 나 있고, TV 방송에도 나오는 이와 비슷한 얼굴을 그녀도 알고 있었다. 틀림없이 캘레라는 이 사나이를 찾고 있는 것이다.

"잠깐 이야기할 게 있는데 괜찮소?"

털어놓고 말하는 곧은 목소리는 부드럽다고 해도 좋을 듯싶다. 인상도 험상궂지 않았다. 이런 사나이가 왜 그런 짓을 했을까? 이처럼 조용한 사나이가 왜……?

"내 말을 듣고 있겠지?" 사나이가 물었다.

테디는 끄덕여 보였다. 사나이의 입술이 움직이는 것을 그녀는 읽을 수 있었고, 말하는 것을 알 수 있었다. 그러나……

"당신 애인은 대체 어디까지 알고 있나?"

그는 권총을 가볍게 쥐고 있었다. 그는 이미 죽인다는 일에 익숙해져 버린 듯 권총을 위험한 무기라기보다 장난감같이 생각하고 있는 것 같다.

"왜, 무섭나?"

테디는 두 손을 입술에 댔다가 곧 내렸다. 안된다는 시늉 같았다.

"뭐야?"

그녀는 같은 손짓을 되풀이했다.

"이봐, 부탁이니까 말로 해줘. 무서운가?"

그녀는 다시 한 번 똑같은 짓을 되풀이하고, 이번에는 고개를 흔들어 보였다. 사나이는 의아스러운 눈초리로 그녀를 쏘아보았다.

"뭐야, 벙어리인가?" 그는 큰 소리로 웃어댔다. 웃음 소리는 온 방 안에 퍼져 벽을 흔들었다.

"벙어리라……이거 재미있군. 귀머거리라!" 웃음 소리가 그쳤다. 사나이는 유심히 그녀를 살펴보더니 "이상한 흉내를 내는 건 아니겠지!" 하고 물었다.

테디는 힘있게 머리를 가로저었다. 그녀의 손이 가운 깃으로 가더니 굳게 앞을 여몄다.

"그래, 이렇게 좋은 조건은 없어, 그렇지?" 그는 히죽이 웃으며 말했다. "비명을 지를 수도 없고 전화를 걸 수도 없고, 아무것도 할 수 없을 거야. 그렇지?"

테디는 사나이를 쳐다보면서 숨을 죽였다.

"캘레라가 무엇을 알아차렸나?"

테디는 머리를 저었다.

"신문에는 그가 단서를 잡았다고 나와 있어. 그가 나에 대한 것을 알고 있나? 내가 어떤 사람인지 알고 있어?"

테디는 다시 머리를 저었다.

"믿을 수 없어."

테디는 캘레라가 아무것도 모른다는 것을 알려 주기 위해 힘껏 고개를 끄덕여 보였다. 어떤 신문에 대해 이야기하는 것일까? 무슨 뜻일까? 그녀는 아무것도 모른다는 뜻으로 두 손을 활짝 펼쳐 보였다. 이 사나이가 알아 주었으면 좋겠다고 빌면서……

사나이는 윗옷 주머니에서 신문을 꺼내 그녀에게 던져 주었다.

"4면을 읽어 봐. 나는 좀 앉아야겠으니……아무래도 이놈의 어깨가……"

사나이는 앉았다. 권총은 테디를 겨냥하고 있었다. 테디는 신문을 펴서 읽었다. 그녀는 읽으면서 머리를 가로저었다.

"어때?" 사나이가 물었다.

테디는 계속해서 머리를 저었다.

'아니에요, 이것은 거짓말이에요, 캘레라는 이런 말을 하지 않았어요. 그이는……'

"녀석이 뭐라고 했지?"

테디의 눈이 호소하듯 크게 떠졌다.

'아무것도……그이는 정말 아무것도 이야기하지 않았어요.'

"그러나 신문에 이렇게 버젓이……"

테디는 신문을 마루 위로 내던졌다.

"거짓말이라는 건가, 응?"

'그래요' 하고 그녀는 끄덕였다.

사나이는 생각에 잠긴 듯 눈을 가늘게 떴다.

"신문은 거짓말을 쓰지 않아."

'거짓말이에요, 거짓말이에요.'

"캘레라는 언제 이리로 오나?"

그녀는 표정을 죽이고 그대로 서 있었다. 권총을 가진 이 사나이에게 그걸 알려 주고 싶지 않았다.

"이제 올 때가 됐지?"

테디는 머리를 저었다.

"거짓말! 얼굴에 뚜렷하게 씌어 있는데, 이제 올 때쯤 되었지?"

테디는 가볍게 문 쪽으로 뛰어갔다. 사나이가 그녀의 팔을 움켜쥐고 방으로 끌어들였다. 마루 위에 넘어져 가운이 그녀의 다리 위까지 말려올라갔다. 테디는 서둘러 옷자락을 감싸쥐고 사나이를 바라보았다.

그녀의 숨소리가 거칠어졌다. 지금 이 사나이의 몸안에 감긴 용수철 같은 것이 있다는 것을 그녀는 알고 있었다. 캘레라가 문을 여는 순간 그 용수철은 튀어나갈 것이다. 그러나 그이는 12시 전에는 올 수 없다고 말했다. 지금부터 한밤중까지는 아직 많은 시간이 남아 있다. 그때까지의 시간에……

"샤워를 하고 방금 나왔군?" 사나이가 물었다.

테디는 끄덕였다.

"다리가 날씬한데!" 사나이가 말했다.

테디는 사나이의 눈길을 느꼈다.

"여자." 사나이는 새삼스러운 듯 중얼거렸다. "그 옷 속에는 뭘 입고 있나?"

테디는 눈을 크게 떴다. 사나이는 킬킬 웃어댔다.

"좋은 생각을 했어. 멋있는 생각이지. 시간 보내는 데는 안성맞춤이야. 캘레라는 몇 시에 오지?"

테디는 아무 대답도 하지 않았다.

"7시？ 8시？ 9시？ 오늘은 비번이 아니지？"

사나이는 테디의 얼굴을 뚫어지게 쳐다보았다.

"너에게서는 아무것도 알아볼 수 없겠군. 그렇지？ 그의 근무 시간은 4시부터 밤중까지인가？ 그렇군. 틀림없어. 그렇지 않다면 지금쯤 이곳에 와 있어야 할 텐데 말이야. 그럼, 천천히 해도 괜찮겠군. 기다리는 시간이 너무너무 기니까. 뭐, 마실 건 없나？"

테디는 끄덕였다.

"뭐가 있나？ 진？ 라이？ 버번？"

사나이는 테디의 얼굴을 보았다.

"진이 있어？ 토닉도？ 없어？ 탄산수는？ 그럼, 톰 콜린스를 만들어 줘. 어디 가는 거야？"

테디의 손이 부엌을 가리켰다.

"나도 같이 가지."

사나이는 테디를 따라 부엌으로 들어갔다. 그녀는 냉장고를 열고 탄산수가 들어 있는 병을 꺼냈다.

"새것은 없나？"

테디는 사나이에게 등을 돌리고 있어서 사나이의 입술의 움직임을 볼 수가 없었다. 그는 테디의 어깨를 잡고 뒤로 돌렸다. 그는 아직도 한 손으로 어깨의 상처를 잡고 있었다.

"입을 대지 않은 것은 없느냐고？"

테디는 끄덕이고 냉장고 맨 아래에서 새 병을 꺼냈다. 과일 서랍에서 레몬을 집어 낸 다음 진 병을 가지러 선반 쪽으로 갔다.

"여자라……" 사나이는 다시 중얼거렸다.

테디는 키가 높은 잔에 진을 더블로 따랐다. 스푼으로 설탕을 넣고 다시 서랍쪽으로 갔다.

"이봐！"

그녀가 칼을 들자 사나이가 놀라서 불렀다.

"그런 것으로 엉뚱한 짓을 할 생각은 그만 둬. 레몬만 자르는 거야. 알았지?"

테디는 레몬을 두 개로 잘라 모두 잔 속에 짜 넣었다. 글라스에 4분의 3쯤 찰 때까지 탄산수를 따르고 각설탕을 넣어 사나이에게 주었다.

"네 것도 만들어."

테디는 머리를 저었다.

"네 것도 만들라고 했어! 나는 혼자 마시는 것을 좋아하지 않거든."

그녀는 참을성 있게 다시 자기 것도 만들었다.

"따라와. 거실로 돌아가자."

거실로 돌아온 사나이는 안락의자에 앉았다. 어깨가 편하게 고쳐 앉으면서 사나이는 얼굴을 찡그렸다.

"문을 두드려도 너는 가만히 있어야 해. 알았지? 가서 자물쇠를 풀어 놓아!"

테디는 문 쪽으로 가서 자물쇠를 풀었다. 지금이라도 문이 열리며 캘레라가 한 발자국 들어서면 불을 뿜을 45구경 권총과 맞부딪치겠지 하고 생각하니 불안감이 거미줄을 치듯 머릿속을 누볐다.

"무얼 생각하나?" 사나이가 물었다.

그녀는 어깨를 움츠렸다. 거실로 돌아와 사나이와 마주보며 문을 향해 앉았다.

"나는 그를 죽일 거야." 사나이가 말했다.

테디는 눈을 크게 뜨고 사나이를 보았다.

"지금으로서는 이렇게밖에 할 수가 없어. 형사 하나쯤 더 죽이든 덜 죽이든 나로서는 마찬가지니까. 그렇지 않나?"

테디는 이해할 수가 없었다. 그러한 그녀의 마음이 표정으로 얼굴에도 나타났다.

"그것이 가장 좋은 방법이야." 사나이는 설명했다. "만일 그가 무엇인가 알고 있다면 나는 그에게서 고통받고 싶지 않아. 만일 아무것도 모른다 해도 지금까지 사건의 계속으로 하는 거야." 사나이는 앉은 채로 어깨를 으쓱했다. "제기랄, 이 망할 놈의 어깨를 고쳐 놓지 않으면……그 엉터리 의사 녀석은 뭐야? 그런 바보가 어디 있어! 나는 의사를 인술이라고 생각했는데."

테디는 이 사나이도 역시 여느 사람들과 다를 바 없이 이야기하는구나 하고 생각했다. 그는 단지 사람을 죽이겠다는 것을 거침없이 말할 뿐이다. 이 사나이는 캘레라를 죽일 것이다.

"우리는 멕시코로 갈 예정이었지. 오늘 오후 떠나기로 했는데, 네 애인이 재미있는 소리를 하고, 쓸데없는 생각을 한 거야. 그래서 내일 아침 떠나기로 했지. 이 친구만 처치하면 바로." 사나이는 숨을 내쉬고 나서 계속했다. "멕시코에 가면 좋은 의사가 있을까? 제기랄, 이것이 사나이가 가는 길인가." 그는 테디를 뚫어지게 쳐다보더니 "사랑한 일 있나?" 하고 물었다.

테디는 사나이의 얼굴을 보았다. 테디는 이해할 수도 짐작할 수도 없었다. 사나이는 살인마로는 보이지 않았다. 그녀는 고개를 끄덕여 보였다.

"어떤 자와? 경찰하고?"

테디는 다시 끄덕였다.

"그거 안됐는데." 그는 참으로 안되었다고 생각하는 것 같았다. "참으로 안됐군. 그러나 이것도 인과지. 달리 어떻게 할 도리가 없는 거야, 알겠지? 그래, 이런 일을 시작할 때부터 어떻게 할 수가 없었어. 그것도 한 번 일을 저지르게 되면 끝까지 하지 않으면 안돼. 지금에 와서는 이제 내가 살아남기 위해서 하는 일이야. 알겠지? 제기 랄, 이것이 사나이가 살아 가는 길이라는 거야. 그런데 너도 알겠지 만" 그는 한숨 돌리더니 다시 말했다. "만일 너도 정말 그 사람을 위 해서라면 살인이라도 하겠지?"

테디는 가만히 있었다.

"그 사나이를 빼앗기지 않기 위해, 그 사나이를 위한 일이라면 너도 사람을 죽이겠지?"

테디는 고개를 끄덕였다.

"그렇지? 그것 봐." 사나이가 웃어 보였다.

"나도 처음부터 살인마는 아니었어. 내 직업은 기술이 좋은 기계공 이야. 그러니까 멕시코에 가도 일자리는 있을 거야."

테디는 어깨를 으쓱해 보였다.

"틀림없이 있을 거야. 그곳에도 자동차는 있을 테니까. 잠시 거기 있다가 조용해지면 다시 미국으로 돌아올 거야. 그렇지, 무슨 일이 든 언젠가는 조용히 잊혀지기 마련이니까. 내가 지금 하고 싶은 말 은 나의 본업이 살인 청부업자는 아니라는 거야. 그러니까 너도 그 렇게 생각지 말아. 나는 단순하고 의지가 굳은 사나이일 뿐이야."

테디의 눈은 그 사나이를 믿으려고 하지 않았다.

"그렇게 뵈지 않는다는 거야? 아니야, 이건 진실이야. 때로는 이 럴 수밖에 다른 방법이 없는 경우도 있거든. 전혀 희망을 가질 수 없게 되었을 때 누군가가 이렇게 하면 희망이 있다고 말해 주면 누 구라도 거기에 달려들 거야. 그 경찰을 죽일 때까지 나는 사람을 죽인 경험이 한 번도 없었어. 내가 죽이고 싶어서 죽였다고 생각하 나? 나는 살기 위해서 그 일을 한 거야. 그것뿐이야. 어떻게도 할 수가 없었어. 제기랄, 네가 무얼 알아듣겠냐, 귀머거리인데."

그녀는 사나이를 보면서 조용히 앉아 있었다.

"여자란 무서운 동물이야. 악마 같은 여자도 있어. 나는 지금까지 여러 종류의 여자와 관계를 가졌지. 꽤 많은 여자하고, 너 같은 것은 셀 수도 없을 정도야. 그런데 이번 여자는 아주 달라. 처음부터 아주 달랐어. 나를 꼼짝 못하게 포로로 만들었지. 그래서 나는 생각이 달라진 거야. 한 번 그렇게 되면 밤에 잠을 이룰 수도 없지. 아무것도 손에 잡히지 않아. 하루 종일 그녀만 생각하게 돼. 그 여자를 손에 넣기 위해……나는……그녀는 남편에게 헤어져 달라고 했지. 그러나 이건 남편 녀석이 완고했기 때문이지 내 죄가 아니야. 그렇지, 녀석은 고집을 피우고 배짱을 부렸거든. 지금은 죽어 버렸지만."

테디의 눈길이 사나이의 얼굴에서 떨어졌다. 사나이 등 뒤의 문을 보다가 이윽고 손잡이에 눈길이 멈춰졌다.

"게다가 동료 두 사람까지 길동무로 삼아서 말이야." 사나이는 잔 속을 들여다 보았다. "그것도 모두 운명이야. 녀석이 이치에 닿는 이야기를 점잖게 들어 주었어야 했어. 그녀 같은 여자는……그런 여자 때문이라면 누구든 어떤 짓이나 할 거야. 무슨 짓이든 다 할 거야! 그녀의 방에 들어가는 것만으로도 무슨 일이든지……"

테디는 문의 손잡이를 뚫어지게 보았다. 그녀는 갑자기 일어섰다. 순간 잔을 들어 사나이를 향해 힘껏 던졌다. 잔이 사나이의 얼굴을 스치며 술이 어깨로 흘러내렸다. 사나이는 벌떡 일어섰다. 노여움으로 얼굴이 굳어지면서 45구경 권총을 그녀에게 겨냥했다.

"뭐야, 이 따위 짓을 하다니!"

22

캘레라는 정각 6시 반에 분서를 나왔다. 하빌랜드는 아직 돌아오지 않았지만 더 기다리고 있을 수가 없었다. 새비지가 그처럼 바보스러운 짓을 저질러 놓은 이상 테디를 아파트에 혼자 있게 놓아 두고 싶지 않았다.

그는 리버헤드로 자동차를 몰았다. 교통신호도 무시한 채였다.

무엇이든지 무시했다. 그의 머릿속은 45구경을 갖고 있는 사나이와 말을 못하는 그녀의 일로 가득차 있었다. 그녀의 아파트에 닿자 그는 창문부터 쳐다보았다. 커튼은 쳐져 있지 않았다. 뜻밖에도 아파트는 아주 조용했다. 그의 숨소리가 조금 부드러워졌다. 가슴이 뛰었다. 걱정할 필요는 없다고 생각했으나, 새비지의 기사가 테디의 신상에 위험을 가져오리라는 생각을 털어 버릴 수가 없었다.

그는 문 앞에 멈추어섰다. 라디오를 켜 놓았는지 안에서 중얼거리는 듯한 소리가 들려 왔다. 문손잡이에 손을 뻗쳤다. 언제나처럼 좌우로 끝까지 돌리고, 발소리가 들리기를 기다렸다. 이 신호를 보면 곧 그녀가 문을 열기 위해서 나온다는 것을 알고 있었기 때문이다.

의자를 당기는 소리가 나면서 누군가 소리쳤다.

"뭐야, 이 따위 짓을 하다니!"

캘레라의 머리에 번갯불처럼 스치는 것이 있었다. 그는 38구경 권총을 꺼내 쥐고 다른 손으로 왈칵 문을 열어젖혔다.

사나이가 뒤돌아보았다. 그는 "이 새끼!" 하고 외치면서 손에 든 45구경 권총의 불을 뿜어댔다.

캘레라는 방 안에 들어서면서 마루에 엎드려서 아래에서 겨냥하여 쏘았다. 처음의 두 발이 사나이의 넓적다리 부분에 맞았다. 사나이가 앞으로 거꾸러지면서 45구경 권총을 손에서 떨어뜨렸다. 캘레라는 38구경 권총의 방아쇠에 손을 댄 채 기다렸다.

"개새끼!" 마룻바닥에 쓰러진 사나이가 내뱉었다.

"개새끼!" 캘레라는 일어나서 45구경 권총을 주워 뒷주머니에 쑤셔넣었다. "일어나!" 그는 테디에게로 몸을 돌리고 말했다.

"테디, 괜찮아?"

테디는 고개를 끄덕였다. 그녀는 거칠게 숨을 몰아쉬면서 마루 위의 사나이를 노려보았다.

"잘해 주었어. 고마워." 캘레라는 다시 사나이에게 "일어나!" 하고 소리쳤다.

"내가 설 수 있다고 생각하나? 제기랄……왜 나를 쏘았지? 어째서 나를 쏘았느냔 말이야?"

"너야말로 왜 경관을 셋이나 죽였지?"

사나이는 아무 대답도 하지 않았다.

"이름은?"

"머서, 폴 머서."

"경관에게 원한을 가지고 있나?"

"경관은 좋아하지."

"그럼, 무슨 이유였나?"

"지금 빼앗아 간 권총을 조사하겠지?"

"물론. 우선 살아나기는 힘들 거야."

"그 여자가 시킨 것이었소." 머서는 얼굴을 찌푸리면서 말했다.

"그러니까 진짜 범인은 그녀요. 나는 단지 시키는 대로 방아쇠를 당겼을 뿐이오. 그녀는 그를 어떻게 해서든 죽여야 했고, 다른 방법이 없다고 했소. 다른 친구들을 쏜 건 경관을 미워하는 미친 녀석의 짓이라고 꾸미기 위한 연극에 지나지 않았소. 이것 역시 그녀의 지혜였지. 그런데 왜 나 혼자 죄를 뒤집어써야 하지?"

"누가 뒤에서 조종했나?"

"앨리스. 알 거야……경관에게 원한을 가진 미친 녀석의 짓으로 보이게 하기 위해서 그런 거요. 나는 단지……"

"잘했군." 캘레라가 말했다.

앨리스 부슈는 연행되어 왔을 때 회색 옷을 입고 있었다. 점잖은 회색이었다. 그녀는 형사실에 무릎을 포개고 앉아 있었다.

"스티브, 담배 없어요?"

캘레라는 담배를 주었으나 불을 붙여 주지는 않았다. 여자는 담배를 물고 한참 기다리더니 아무 말 없이 자신이 조용하게 성냥을 그었다.

"어떻게 된 겁니까?" 캘레라가 물었다.

"무엇이 말이에요?" 그녀는 어깨를 으쓱하면서 되물었다. "모두 끝났어요. 네, 모두 끝났어요."

"정말 행크가 미웠나 보군요. 남편을 무슨 독처럼 싫어했군요."

"연출은 당신이었고, 나는 단순히 춤추는 배우였어요."

앨리스가 말했다.

"쓸데없는 말은 그만둬요!" 캘레라는 화를 냈다. "나는 지금까지 여자를 때린 적이 없지만 이번에는 아무래도……"

"진정해요." 앨리스가 말했다. "이제 끝났어요. 당신은 금메달을 받고, 그리고……"

"앨리스……"

"나더러 대체 어떻게 하라는 거지요? 흐느껴 울며 통곡할까요? 나는 확실히 그이를 미워했어요. 그래서 이런 일을 저질렀어요. 그이의 그 큰 손도 싫었고, 몸에 난 붉은 털도 싫었고, 그이의 모든 것이 싫었어요. 이제 됐나요?"

"머서의 이야기로는 당신이 남편에게 헤어져 달라고 했다는데, 참말이오?"

"거짓말이에요. 헤어져 달라고는 부탁하지 않았어요. 행크는 어차피 그러자고 하지 않았을 거예요."

"그렇지만 왜 한 번도 그런 기회를 주지 않았지요?"

"왜 그런 기회를 주어요! 그이가 나를 위해서 생각해 준 게 무엇이게요? 그 싸구려 아파트에 처박아 놓고 도둑이나 칼싸움이나 날치기 등을 잡기 위해 그이가 나갔다 오는 것을 기다리게 한 것이었어요. 여자에게 그것이 어떤 생활이라고 생각하세요?"

"그러나 함께 살 때부터 그가 경관이라는 것은 알았던 게 아니오?"

앨리스는 대답하지 않았다.

"헤어져 달라고 말할 수도 있었을 텐데. 노력할 수도 있었을 것이오."

"싫었어요. 그런 건 모두 바보 같은 짓이에요. 나는 그이가 죽어주기를 바랐어요."

"분명 남편은 죽었습니다. 덕택에 두 사람의 길동무까지 데리고, 조금은 마음이 아프겠지요?"

앨리스는 갑자기 방긋 웃었다.

"나는 그다지 걱정하지 않아요."

"걱정하지 않는다구요?"

"틀림없이 배심원으로는 남자들이 나올 테니까요." 그녀는 잠깐 멈추었다가 다시 말했다. "나는 남자들에게 인기가 좋거든요."

확실히 배심에는 남자가 8명 나왔다.

배심 판결은 6분 만에 결정이 났다.

배심 대표가 판결 결과를 낭독하고 판사가 판결을 내리자 머서는 울고 있었다. 앨리스는 조용히, 마치 남의 일 같은 얼굴로 판사의 말을 듣고 있었다. 가슴을 펴고 얼굴을 똑바로 들고 있었다.

배심원은 두 사람을 제1급 살인죄로 인정하고, 판사는 두 사람에게 전기의자에 의한 사형 판결을 선고했다.

8월 19일, 스티브 캘레라와 시오도라 프랭클린도 판사의 선고를 받았다.

"이 결혼을 법적으로 방해하는 어떤 이유가 있다면 두 사람 모두 지금 이야기하지 않으면 안된다. 그리고 이곳에 참석한 사람으로서 이 두 사람의 법적 결혼을 반대하는 정당한 이유를 내놓을 수 있는 사람은 지금 곧 그것을 말해야 된다. 그렇지 않으면 앞으로 모든 평화를 지켜 나가도록 애써야 할 것이다."

번즈 경감은 평화를 지키기로 했다. 할 윌리스 형사도 아무 말도 하지 않았다. 친구며 친척인 조촐한 축하객들은 다정스러운 눈길로 그 광경을 지켜보았다.

시의 직원이 캘레라에게로 돌아왔다.

"스티브 캘레라, 당신은 이 여성을 부부 생활을 같이하는 법적인 아내로 받아들입니까? 성실한 남성으로서 건강할 때나 아플 때나, 번영할 때나 어려움에 처해 있을 때나 아내를 애정과 존경으로 대하고, 살아 있는 날까지 아내 이외의 여성을 가까이하지 않을 것을 서약합니까?"

"네, 서약합니다." 캘레라가 대답했다.

"시오도라 프랭클린, 당신은 이 남성을 부부 생활을 같이하는 법적인 남편으로 받아들입니까? 성실한 여성으로서 건강할 때나 아플 때나, 번영할 때나 어려움에 처해 있을 때나 남편을 애정과 존경으로 대하고 살아 있는 날까지 남편 이외의 남성을 가까이 하지 않을 것을 서약합니까?"

테디는 고개를 끄덕였다. 그녀의 눈에는 눈물이 괴어 있었으나, 꿈을 꾸는 듯한 미소가 넘쳐흘렀다.

"이 두 사람은 결혼을 승낙하고 입회인 앞에서 인정했으므로, 주 법률이 정하는 바에 따라 나에게 부여된 권한으로 지금 두 사람을 부부로 선언합니다. 이들 부부에게 하느님의 축복이 내리기를."

캘레라는 그녀를 껴안고 입맞춤을 했다. 시 직원이 빙긋 웃었다. 번즈 경감은 헛기침을 하고 윌리스는 천장을 바라보았다.

캘레라가 테디에게서 몸을 떼자, 시 직원이 그녀에게 입맞춤을 하고, 번즈도 윌리스도 그녀에게 축하 입맞춤을 했다. 친구들이며 친척도 모두 입맞춤을 했다.

"빨리 돌아오게." 번즈 경감이 말했다.

"네? 경감님, 저는 신혼 여행을 가는 겁니다."

"아아, 그래도 빨리 돌아와 주게. 자네 없이 분서의 일을 어떻게 하겠나? 아무튼 자네는 완고하고 고루한 번즈 경감의 결정에 반대할 수 있는 우리 시의 유일한 용기있는 경관이니까."

"체! 적당히 해 두십시오." 캘레라는 빈정거리듯이 말했다.

윌리스가 악수를 청해 왔다.

"스티브, 건강하게 다녀오게. 훌륭한 부인이네."

"고맙네, 할."

테디가 옆으로 왔다. 그는 테디의 어깨를 안았다.

"자, 갑시다."

그들은 밖으로 나갔다. 번즈 경감은 두 사람을 부러운 눈길로 배웅했다.

"저 친구는 아주 좋은 경관이야."

"그렇습니다." 윌리스가 대답했다.

"자, 가세." 경감이 말했다. "서에서는 어떤 일이 기다리고 있을지 모르겠군."

두 사람은 함께 현관으로 나왔다.

"신문을 살까?"

경감은 신문 판매대로 다가가서 신문을 집어들었다. 공판 기사는 이미 그림자처럼 사라져 버리고 없었다. 더욱 중대한 기사가 있었던 것이다.

제목은 다만

뜨거운 파도 지나가다! 만세!

한밤의 공허한 시간

한밤의 공허한 시간

1

처음에는 그 여자가 흑인인 줄 알았다. 신고를 받고 현장에 간 순찰경관은 자기가 죽은 여자를 발견하게 되리라고는 생각지 못했다. 그래서 시체를 생전 처음 보는 그 경관은 깔개 위에 괴상하고 우스꽝스럽게 누워 있는 여자의 시체를 보고 움찔했다. 현장 보고서를 쓰는 그의 손이 약간 떨렸다. 그러나 인종을 써넣게 되어 있는 빈칸에 그는 서슴없이 '흑인'이라고 기입했다.

전화 신고는 경찰본부에 있는 중앙신고접수국에서 한 경관이 접수했다. 그 경관은 인쇄된 신고 접수 용지를 앞에 놓고 책상에 앉아 신고 내용을 받아쓰면서 늘 있는 대수롭지 않은 일이려니 생각하고 어깨를 으쓱했다. 그는 그 용지를 돌돌 말아 금속통에 밀어 넣은 다음 압축공기를 이용한 전달 장치를 통해 방송실로 쏘아 보냈다. 그곳의 통신 지령원도 그 신고 양식을 읽고는 역시 늘 있는 대수롭지 않은 일이려니 하고 어깨를 으쓱한 다음, 자기 책상 앞 벽에 있는 관내 지도를 들여다보고 제87번 구역 11호차를 현장으로 보냈다.

그 여자는 죽어 있었다.

살아 있을 때는 예뻤던 것 같은데 죽어서 살갗 밑에 가스가 잔뜩 팽창해 있기 때문인지 보기에 끔찍했다. 여자는 스웨터에 치마를 입고 있었으며 맨발이었다. 깔개 위에 넘어졌을 때 그랬는지 치마는 치켜올라가 있었다. 머리는 기묘한 각도로 돌아가 있었으며, 짧게 자른 검은 머리카락은 깔개에 닿아 헝클어져 있었다. 갈색의 두 눈은 뜨고 있었고 얼굴은 퉁퉁 부어 있었다. 경관은 갑자기 여자의 치마를 무릎까지 내려주고 싶은 충동을 느꼈다. 갑자기 그 여자는 그렇게 해주기를 바랐을 것이라는 생각이 들었다. 죽음이 그 여자에게서 여자로서의 본능을 앗아가고 이런 단정치 못한 자세로 고정해 놓았던 것이다. 이 여자가 다시는 하지 못할 일들이 무척 많을 것이다. 그 모든 것들이 틀림없이 이 여자 자신에게는 지극히 중요한 일일 것이다. 그러나 그중에서도 올라간 치맛자락을 끌어내리는 그 평범한 일이 평소에는 지극히 사소한 일이지만 죽음으로 인해 매우 큰일로 확대되어 있었다. 그 여자는 치맛자락을 무릎 아래로 끌어내리는 단순한 여자다운 행동, 어딘지 모르게 아름다운 그 행동을 다시는 할 수 없게 된 것이다.

경관은 한숨을 내쉬고 보고서를 완성했다. 경찰차로 걸어가면서도 줄곧 죽은 여인의 모습이 경관의 머리에서 떠나지 않았다.

8월 초인 그날 밤 경관 대기실은 무척 더웠다. 야간 교대조의 경관들은 저녁 6시에 출근했다. 그들은 다음날 아침 8시까지 근무해야 했다. 모두가 다 형사들이었다. 경관들 중에서도 특권층에 속하는 사람들이라 할 수 있었다. 그러나 경관들 중에는 정복경관 생활이 형사 생활보다 훨씬 낫다고 말하는 사람들이 많았다. 메이어 메이어 형사도 그중의 한 사람이었다.

"암 그렇고 말구." 메이어는 지금도 셔츠 바람으로 책상에 앉아 이렇게 공언했다. "순찰경관이 하는 일은 규칙적이고 안전하단 말야. 그리고 가정 생활도 할 수 있고."

"쓸데없는 소리 마. 이 형사실이 자네 집이라도 된단 말인가? 그러면 그렇다고 해 보게." 캘레라가 말했다.

"맞아." 메이어가 싱긋 웃으며 말을 받았다. "매일 일하러 나오는 것이 얼마나 기다려지는지 모르겠어." 그는 다 벗겨진 자기 머리를 손으로 쓰다듬으면서 말을 계속했다. "내가 이 형사실의 어디를 특히 좋아하는지 아나? 장식이야, 실내 장식. 마음을 편안하게 해준단 말이야."

"아니 그럼 자넨 같이 일하는 동료들은 좋아하지 않는단 말인가? 그래?" 캘레라는 이렇게 말하고 책상에서 빠져나오면서 서류함에 기대어 서 있는 코튼 호스에게 슬쩍 눈짓을 해보였다. 그리고 방 저쪽 구석, 대기실과 복도를 분리하는 나무 칸막이 바로 안쪽에 있는 냉수기 쪽으로 걸어갔다. 그의 걸음걸이는 아주 태연하고 편안해 보였는데 그에겐 그다지 어울리지 않는 걸음걸이였다. 스티브 캘레라는 역도선수같이 우락부락하게 생긴 사람은 결코 아니었다. 그리고 근육이 울퉁불퉁 솟아 기운 센 사람 같은 인상은 아니었다. 그래도 그의 사람됨과 행동거지에는 조용한 힘이 있었고 자기 몸이 지닌 능력과 한계를 받아들이고 있는 사람이 풍기는 자신감이 있었다. 그는 냉수기에 가서 멈춰 서더니 종이컵에 물을 받아 가지고 다시 메이어 쪽으로 돌아섰다.

"아니, 나는 내 동료들을 좋아해." 메이어가 다시 말을 시작했다.

"내가 만일 또다시 같이 일할 사람들을 고른다 해도 아마 이 사람들같이 점잖고 명예를 존중할 줄 아는 사람들을 고를 걸세. 정말이네."

메이어는 이렇게 말한 다음 고개를 끄덕이고 약간 뜸을 들인 다음 다시 말했다. "사실 난 훈장을 자네들한테 나눠 줄까 생각중이야. 나는 정작 내가 이런 직장을 갖게 된 것을 얼마나 다행으로 생각하는지 몰라. 이제부터는 무보수로라도 일할지 몰라. 월급을 줘도 안 받을지도 모르지. 이 일이 그만큼 보람 있게 느껴진단 말일세. 난 자네들한테 고맙다고 말하고 싶어. 내 인생에서 참다운 가치를 찾게 해주었으니까."

"연설 한번 멋진데!" 호스가 말했다. "저 친구에게 라인업(범인 판정을 하기 위해 용의자들을 줄 세워놓고 한 사람씩 확인하는 일)을 맡겼어야 하는데. 그러면 단조로움이 깨질걸. 메이어, 자네는 왜 그 일을 맡지 않고 있나?"

"사실 그 일을 맡아달라는 말이 있었지." 메이어는 정색을 하고 말했다. "그렇지만 나는 내가 우리 관내에서도 제일 중요한 이 87형사반에서 꼭 필요한 사람이라고 말했지. 그랬더니 형사주임을 하라고 하더군. 그것도 싫다니까, 그럼 경찰서장을 하라더군. 그러나 나는 충성을 바쳐서 우리 조에서 일하기로 한 거라고."

"우리 저 사람에게 훈장을 주세!"

호스가 말했다. 그 순간 전화가 울렸다.

메이어가 수화기를 들었다. "87형사반 메이어 형사입니다. 뭐라고요? 예. 잠깐만요." 메이어는 메모지를 끌어당겨 받아쓰기 시작했다. "네, 알겠어요. 네, 네, 네, 알았어요." 그는 수화기를 내려놓았다. 그동안 캘레라는 메이어의 책상에 다가가 서 있었다.

"젊은 흑인 여자래." 메이어가 말했다.

"그래?"

"사우스 11번가의 가구 딸린 셋방에서."

"그래서?"

"죽었대." 메이어가 말했다.

2

너무 이른 아침에는 도시가 본래의 제모습대로 보이지 않는다.

도시! 그것은 물론 여자다. 시간도 결코 그것만은 바꾸지 못한다. 도시는 이제 여자로서 잠에서 깨어난다. 하품을 하고 기지개를 켜면서 미소를 머금고 하루를 시험삼아 건드려보고 있다. 입술에는 립스틱도 칠하지 않고 머리는 헝클어져 있다. 간밤에 푹 자고 난 몸은 따뜻하고 한결 윤기가 흐른다. 그리고 햇빛이 동녘 하늘을 붉게 물들이고 온기가 퍼지자 그녀에게는 순결한 여자다움이 감돈다. 이제 여인은 황폐하고 어수선한 빈민가의 가구 딸린 방에서 옷을 챙겨 입고, 홀애버뉴에 있는 고급 아파트에서도 옷을 입는다. 또한 아이솔라와 리버헤드, 그리고 캄스포인트에 빽빽이 늘어서 있는 수없이 많은 아파트에서, 그리고 베스타운과 마제스타의 거리를 메우고 서 있는 단독주택에서도 옷을 입고 있다. 아침 햇살을 받고 새로이 단장한 도시는 조금 전과는 다른 여자가 된다. 말쑥하고 사무적이고 매력이 넘친다. 그러나 요염해 보이지는 않는다. 매니큐어칠을 하고 곱게 단장한 그 여자는 매우 유능해 보이고 긴 하루 일과를 앞두고 있어 허튼소리 같은 것을 할 시간이 전혀 없어 보인다.

그러나 오후 다섯 시가 되면 마법에 걸린 듯 변신이 일어난다. 이 도시, 이 여인이 옷을 바꿔 입은 것도 아니다. 똑같은 원피스, 똑같은 투피스를 입고, 똑같은 단화를 신고 있다. 그런데도 무엇인가가 그 티 없는 껍질을 깨고 나온다. 분위기라고 할까 색조라고 할까, 아니면 내면에 깔려 있던 성향이라고 할까? 도시는 바나 칵테일 라운지에 앉아 있는, 또는 안뜰이나 고층건물에 드리워진 테라스에 앉아 느긋하게 쉬고 있는 다른 여자로 변한다. 약간 피곤한 듯한 표정, 무엇인지 알 수 없는 비밀을 간직한 것 같은 얼굴, 남자를 유혹하는 듯한 웃음, 여인은 이어 잔을 들고 조용히 웃는다. 지평선 위에 저녁이 살짝 내려앉자 하늘은 온통 하루의 끝을 알리는 심홍색으로 물든다.

도시는 밤이 되어도 여자다.

유혹하는 여자다. 품위 있는 치장을 벗고 딱딱해 보이는 유능함도 약간 산만해지고 귀여워진다. 거리낌없이 다리를 꼬고 앉기도 하고, 입을 맞춰 립스틱이 지워져도 개의치 않는다. 자기 몸에 와 닿는 남자의 손에 호응을 하고, 부드러워지고 신비로울 정도로 원초적인 매력을 드러낸다. 밤은 여성적인 시간이다. 도시는 여자다.

그리고 그 여인이 잠자는 그 공허한 시간, 그 시간에는 여인은 자기 자신이 아닌 것같이 보인다.

아침이 되면 여인은 다시 깨어나 두 팔을 쭉 뻗고 기지개를 켜며 화장기 없는 입술에 만족한 미소를 머금고 조용한 공기를 흔들 것이다. 여인의 머리는 헝클어져 있을 것이다. 그래도 우리는 그 여인을 알아볼 것이다. 그 여인의 그런 모습을 자주 보았기 때문에.

그러나 지금 그 여인은 잠자고 있다. 조용히 잠자고 있다, 이 도시는. 오, 여기저기 있는 밤의 빌딩들은 눈을 한두 개씩 뜨고 있다. 그러나 한번 윙크를 하고 다시 감는다. 고요, 여인은 쉬고 있다. 잠들어 있을 때는 여인을 알아보지 못한다. 여인의 잠은 죽음과는 다르다. 따뜻한 이불 밑에서 삶의 속삭임을 듣고 느낄 수 있기에. 그러나 우리가 친히 알고 있고 열렬히 사랑했던 그 여인이 지금은 낯선 사람 같다. 여인은 이불 속에 쭈그리고 누워 아무런 반응도 보이지 않는다. 우리는 여인의 풍만한 엉덩이에 손을 얹고 있다. 거기서 우리는 생명을 느낄 수 있다. 그러나 그 여인이 누군지 모른다. 어둠 속에 가려져 얼굴도 없고 모양도 없다. 그 여인은 어떤 도시 또 어떤 곳일 수도 있다. 우리는 여인을 어설프게 만져보고 있다. 이른 아침에 검정색 잠옷을 걸치고 누운 그 여인, 우리는 그 사람이 누군지 알지 못한다. 그 사람은 낯선 여자다, 두 눈을 감고 있는.

주인여자는 자기가 경찰을 불렀는데도 경찰관들이 나타나자 놀란 표정을 지었다. 경관들 중 키가 큰 쪽, 자신을 호스 형사라 소개한 사람은 붉은색 머리의 거인이었는데 머리에 흰 새치가 하나 나 있었다. 정말 무서워 보이는 사람이었다. 주인여자는 깔개 위에 여자가 죽어 누워 있는 그 아파트 방에 서서 형사들에게 조용조용 속삭였다. 죽음을 맞닥뜨리고 있어서가 아니라 고요한 새벽 3시였기 때문이다. 주인여자는 가운 위에 목욕할 때 입는 옷을 걸치고 있었다. 방안에는 낚시를 하러 떠나기 직전이나 비극이 끝났을 때 느껴지는 친근감이 감돌았다. 새벽 3시라면 모두들 잠든 시간이다. 도시 전체가 잠들어 있는 시간에 깨어 있는 사람들 사이에는 서로 모르는 사이지만 친밀하게 느껴지는 공통의 유대가 있다.

"이 여자 이름이 뭐죠?" 캘레라가 물었다. 새벽 3시인데도 그 전날 오후 5시에 면도를 했기 때문에 그의 턱은 매끈매끈해 보였다. 두 눈은 약간 아래를 내려다보고 있었으며, 깨끗이 면도한 얼굴과 함께 이상할 정도로 동양인 같은 인상을 풍겼다. 주인여자는 캘레라에게 호감이 갔다. 쾌남아같이 보인다고 생각했다. 주인여자는 이 세상 남자들을 모조리 '쾌남아'와 '쓰레기 같은 인간'으로 구분했다. 코튼 호스는 아직 확실히 구분할 수 없었다. 그러나 필경 기생충 같은 인간일 거라고 생각했다.

"클로디아 데이비스예요." 주인여자는 호감이 가는 캘레라를 향해 이렇게 대답했다. 호스에 대해서는 무슨 권리로 이렇게 몸집이 크고 머리에는 흰 새치까지 한 줄 달고 다니는지 모르겠다고 생각하고 전적으로 무시해버렸다.

"몇 살인지 아십니까?" 캘레라가 물었다.

"스물여덟이나 아홉쯤 됐을 거예요."

"여기 산 지 오래됐습니까, 모더 부인?"

"6월부터 살았어요." 주인여자가 대답했다.

"그렇게밖에 안 됐어요? 흠."

"예, 그런데도 이런 일이 일어났어요." 주인여자가 말했다. "아주 착한 것 같았는데요, 누가 이런 짓을 했을까요?"

"글쎄, 알 수 없죠." 캘레라가 대답했다. "아니면 자살인 것 같아요? 가스 냄새 같은 건 맡지 못했는데, 혹시 냄새나나요?"

"아니요." 캘레라가 대답했다. "혹시 여기 오기 전에 어디 살고 있었는지 아십니까, 모더 부인?"

"아뇨, 몰라요."

"아파트를 세놓으면서 신원보증 같은 걸 요구하지는 않았습니까?"

"기껏해야 가구 딸린 자취방 하난걸요." 모더 부인은 어깨를 으쓱하면서 말했다. "한달치 집세를 선불로 내고 들어왔어요."

"그게 얼만데요, 모더 부인?"

"60달러요. 현금으로 내놓았어요. 난 모르는 사람한테서는 수표를 안 받거든요."

"그럼, 이 여자가 이 도시에서 살던 사람인지 딴 곳에서 살다 왔는지, 그런 걸 전혀 모른다는 말이군요. 맞습니까?"

"네, 그래요."

"데이비스라." 호스가 머리를 흔들며 끼어들었다. "스티브, 찾기 어려운 이름인걸. 전화 번호부를 봐도 1000명은 될걸."

"당신 머리는 왜 희죠?" 주인여자가 물었다.

"허, 뭐라구요?"

"그 새치 말예요."

"아." 호스는 무심코 자기 왼쪽 관자놀이를 만져보았다. "한번 칼에 잘렸었죠." 그리고 갑자기 더이상 질문을 못하게 하려는 듯이 "그런데 모더 부인, 이 여자는 혼자 살았나요?" 하고 물었다.

"몰라요. 난 남의 일에는 관심 안 가져요."

"그래도 혹시 누가……."

"혼사 사는 것 같았어요. 나는 남의 일에 꼬치꼬치 파고들거나 하지 않아요. 게다가 이 여자는 한달치 방세를 미리 주었다니까요."

호스는 한숨을 쉬었다. 주인여자가 자기에게 반감을 가지고 있다는 것을 느낄 수 있었다. 그래서 질문은 캘레라에게 맡기기로 했다. 그리고 "나는 책상 서랍과 옷장을 볼게" 하고는 캘레라의 대답도 기다리지 않고 행동을 개시했다.

"방안이 몹시 더운데요." 캘레라가 말했다.

"순찰경관이 댁들이 올 때까지 아무 것도 손대면 안된다고 하더군요. 그래서 창문을 열거나 하는 일도 안 했어요." 모더 부인이 말했다.

"대단히 생각이 깊으시군요." 캘레라가 말했다. "그러나 이젠 창문을 열어도 괜찮을 것 같군요, 그렇죠?"

"좋으실 대로 하세요. 게다가 냄새가 나는 것 같고, 이 여자 때문이죠?"

"예." 캘레라가 대답했다. 그러고는 창문을 잡아당겨 열었다. "이제 좀 나아지는군."

"별로 나아지지도 않는 것 같아요." 주인여자가 말했다. "날씨가 지독히 더워서요, 정말 지독해요. 잠을 잘 수 없을 정도니까요."

주인여자는 죽은 여자를 내려다보며 말했다. "정말 흉측하지 않아요?"

"그렇습니다. 그런데 이 여자가 어디서 일했는지 아십니까? 아니면 직업이 무엇인지라도."

"아뇨, 미안합니다."

"혹시 어떤 사람이 찾아온 일도 없었던가요? 친구나 친척 같은……."

"아뇨, 한번도 본 적이 없었는걸요."

"이 여자의 일과에 대해 뭐 말씀해주실 만한 것이 없을까요? 아침에는 몇 시에 집을 나가고 저녁에는 몇 시에 돌아왔는지 그런 것들 말입니다."

"미안합니다. 전혀 눈여겨본 일이 없었기 때문에……."

"그럼, 이런 일이 일어났는지는 어떻게 눈치챘지요?"

"우유 때문이었죠. 문밖에 있었거든요. 어제 저녁에 친구들과 외출했다가 집에 돌아오니까 3층에 사는 남자가 전화를 했어요. 옆방 사람이 라디오를 너무 크게 틀어놓고 있으니 나더러 소리를 좀 낮추라고 해달라는 거예요. 그래서 3층에 올라가 그 사람에게 라디오 소리를 좀 낮추라고 이른 다음 이 방을 지나려니까 문밖에 우유가 있는 거예요. 이렇게 더운 날 우유가 바깥에 그대로 있어서 좀 이상하다고 생각했지만, 그 우유는 이 여자의 것이고 난 남의 일에 참견하기 싫어하는 사람이니까 그냥 내려와 자리에 누웠지요. 그런데 복도에 그대로 놓아둔 우유에 자꾸 신경이 쓰이는 거예요. 그래서 다시 가운을 걸치고 올라가 문을 두드렸어요. 아무리 두드려도 대답이 없어요. 그래서 큰소리로 이름을 불렀지요. 그래도 대답이 없어요. 그래서 나는 이거 필경 무슨 일이 생겼구나 하고 생각했죠. 왜 그런지 뭐가 잘못됐구나 하는 생각이 들었어요. 이 여자가 방안에 있는데도 왜 대답을 안 할까 하고 생각했지요."

"이 여자가 방안에 있다는 걸 어떻게 아셨죠?"

"처음에는 몰랐지요."

"문이 잠겨 있던가요?"

"네."

"열려고 해보셨어요?"

"그럼요. 그랬더니 잠겨 있었어요."

"알겠습니다." 캘레라가 대답했다.

"차 두 대가 밑에 와서 섰는걸." 호스가 말했다. "아마 실험실 사람들일 거야. 아니면 살인전담반 사람들일지도 모르고."

"신고가 우리한테 들어온 것이라는 걸 알 텐데." 캘레라가 말했다.

"그 사람들은 무엇 때문에 오는 거지?"

"잘 보이게 해." 호스가 말했다. "살인전담반도 그런 이름이 붙은 만큼 일을 해서 월급 값을 해야 된다고 생각하는 거겠지."

"뭐 찾아낸 것 있나?"

"새로 산 옷가방 한 세트가 있어. 여섯 개로 된 거야. 서랍과 옷장에는 옷이 잔뜩 들어 있어. 대부분이 새것 같아. 행락용 옷들이 많더군. 새책도 좀 있고."

"그 밖에 또 뭐 없던가?"

"화장대 위에 우편물들이 좀 있고."

"쓸 만한 게 있던가?"

호스는 어깨를 으쓱하면서 말했다. "은행에서 온 통지서가 있고, 그리고 결제된 수표가 한 뭉치 있고. 이런 것들이 좀 도움이 될지도 몰라."

"그럴지도 모르지." 캘레라가 동의했다. "실험실에서 어떤 결과가 올는지 기다려보세."

실험실의 보고서는 그 다음날 부검시관이 첨부한 검시 결과와 함께 왔다. 그 보고서는 둘다 상당히 귀중한 정보를 제공해 주었다. 우선 형사들이 안 사실은 죽은 여자가 30세 가량 된 백인이라는 것이었다. 여자는 백인이었다.

그 소식은 형사들을 상당히 놀라게 했다. 그들은 사건 현장에서 깔개 위에 누워 있는 그 여자를 보고 틀림없이 흑인이라고 생각했기 때문이었다. 어떻든지간에 그 여자의 피부가 까만 것은 확실했다. 햇볕에 탄 것도 아니고, 커피색도 아니고, 갈색도 아니었다. 생활의 상당한 시간을 햇볕에 노출되어 사는 원시부족들에게서 볼 수 있는 그런 완전히 새카만 흑색이었다. 따라서 그 여자가 흑인이라는 결론은 당연한 것이었다. 그러나 죽음은 사람들을 평준화하는 위대한 작용을 함으로써 그 자체로서 즉흥적인 해학을 연출하기도 한다. 특히 죽음이 부리는 가장 재미있는 익살은 시각적인 변화다. 죽음은 흰 것을 검게 변화시킨다. 그래서 죽음이라는 그 무서운 늙은이가 쳐들어오게 되면 백인이든 흑인이든, 누가 누구하고 학교를 같이 다니느냐 따위는 문제가 안 된다. 피부색으로 사람이 구별되지도 않는다.

그날 밤 방바닥에 누워 있던 그 여자는 흑인같이 보였지만 사실은 백인이었다. 그리고 그 여자가 어떤 사람이었건간에 이미 죽어 차디찬 시체가 되어 있었던 것만은 엄연한 사실이었다. 인간이 당할 수 있는 최악의 운명을 당한 여자였다. 실험보고서에 따르면 그 여자의 몸은 상당히 부패가 진행되어 있었다고 했다. 그리고 깔개 위에 누워 있었기 때문에 부패가 한층 빠르게 진행되었다는 애기를 이해할 수 있었다. 실험결과로 알 수 있는 것은——물론 이것도 이렇게 더운 날씨에는 확실하지 않지만——그 여자는 죽은 지 적어도 48시간 동안 그 방안에 방치된 채 썩어가고 있었다는 것이다. 거기에는 또 '그 여자의 사망 일자는 8월 1일이나 체강과 세포조직과 혈관들이 가스로 인해 전반적으로 팽창상태에 있었다' 같은 현학적인 말과 '용혈현상과 황화수소가 혈액에 일으킨 작용으로 피부와 점막과 홍채가 까맣

게 변색되었다'는 등의 어려운 말들이 나열되어 있었다. 또 하나의 보고서에는 그 여자가 입고 있던 옷은 시내의 큰 백화점에서 산 것으로 되어 있었다. 또 그 여자가 가지고 있던 옷들은——입고 죽은 옷과 옷장에 있던 옷들이 다——약간 비싼 축에 속하는 것들이었다고 했다. 실험실의 어떤 사람은 또 그 여자가 입고 있던 팬티까지 조사했는지, 그 가장자리에 벨기에 레이스가 달려 있는데 그것은 시중에서 25달러에 살 수 있다는 것까지 씌어 있었다. 또 그 여자의 옷과 몸을 철저히 조사해 보았지만 피나 정액이나 기름자국 같은 것은 하나도 발견되지 않았다고 했다. 검시관은 이 여자의 죽음을 교살이라고 단정했다.

3

때때로 아파트 하나를 뒤져서 과학적으로 얼마나 많은 정보를 얻어낼 수 있는지를 알게 될 때 놀라는 수가 많다. 그러나 살인 현장에서 필사적으로 단서를 찾고 있는데 아무 것도 찾아내지 못할 때도 역시 실망스럽다기보다는 놀랍다. 클로디아 데이비스가 목졸려 죽은 그 아파트에는 끈직끈적한 표면이 많아서 아마 수없이 많은 지문이 묻어 있었을 것이다. 또 옷장과 서랍에 켜켜이 쌓여 있던 옷들에는 화약가루에서 분가루에 이르는 별의별 것들이 다 묻어 있었을 것이다. 그러나 실험실 사람들은 방안을 샅샅이 다 뒤져 지문을 채취하고, 먼지를 떨어내고, 진공청소기로 흡입해 둘 것은 모조리 흡입해 두고, 또다시 시체보관소에 가서 그 여자의 피부를 꼼꼼이 검사해도 아무 것도 찾아내지 못했다. 전무했다. 아니, 완전히 전무하지는 않았다. 클로디아 데이비스의 지문은 많이 채취했다. 그리고 그 여자의 신발이나 가구에 묻어 있는, 온 시내에서 묻혀온 많은 먼지를 채취했다. 또한 죽은 여자가 가지고 있던 출생증명서, 산타모니카의 한 고등학교의 졸업장과 시효가 지난 도서관 출입증 같은 서류도 찾아내는 데 성공했다. 그리고 열쇠도 하나 찾아냈다. 그러나 그 열쇠는 방문이나 그 밖의 어떤 자물쇠에 갖다대 보아도 맞지 않았다. 실험실 사람들은 그 모든 잡동사니들을 모조리 제87형사반에 보내왔다. 그리고 실험실장 샘 그로스먼은 직접 캘레라에게 전화를 걸고 별소득이 없는 데 대해 사과까지 했다. 캘레라가 실험실에서 온 전화를 받고 있을 때 형사실은 덥고 소란했다. 대화는 이상하게도 일방적이었다. 실험실에서 보내온 봉투 속의 물건들을 책상 위에 내던졌던 캘레라는 전화통을 들고 가끔 불만스러운 소리를 내거나 고개를 끄덕이기만 했다. 그러다가 마침내 그로스먼에게 고맙다고 하고는 수화기를 내려 놓고, 길거리와 그로버 공원 쪽으로 난 창문으로 밖을 물끄러미 내다보았다.

"뭐 좀 있나?" 메이어가 물었다.

"응, 그로스먼은 살인자가 장갑을 끼고 있었던 것 같대."

"그래?"

"그리고 이 열쇠가 어디에 쓰이는 것인지 알 것 같아." 그는 열쇠를 책상에서 주워들면서 말했다.

"그래? 어디에 쓰이는 건데?"

"자네 그 여자가 발행한 이 수표들 봤나?"

"아니."

"한번 보게." 캘레라가 말했다.

캘레라는 클로디아 데이비스 앞으로 온 갈색 은행 봉투를 열더니 은행에서 돌아온 그 여자의 수표들을 책상 위에 펴 놓고 은행 결제통지서를 내보였다. 메이어는 그것들을 조용히 검토하기 시작했다.

"코튼이 이 봉투를 그 여자 방에서 찾아냈지." 캘레라가 말했다.

"이 은행 통지서는 7월분이야. 이 수표는 모두 여자가 발행한 것이야. 최소한 7월 31일까지 은행에서 결제된 것들이지."

"수표가 꽤 많은데." 메이어가 말했다.

"정확히 스물다섯 장이야. 그래 어떻게 생각하나?" 이렇게 말한 캘레라는 스스로 대답했다. "나는 이렇게 생각해."

"어떻게?"

"그 수표들을 보면 그 사람의 생활을 알 수 있어. 일기장을 읽는 것과 똑같아. 그 여자가 다닌 백화점들이 어딘지 알 수 있고, 여기 이걸 보게. 꽃가게, 미용실, 과자가게, 심지어 그 여자가 간 구둣방까지 알 수 있단 말일세. 그리고 이걸 보게. 장의사에게 발행한 수표도 있고. 그런데 누가 죽은 거지? 또 이것 좀 봐. 그 여자는 모더 부인 집에서 살았어. 그런데 이 수표는 스튜어트시티의 사우스사이드에 있는 초호화 아파트 건물에서 발행했거든. 그리고 어떤 수표들은 개인들에게 발행한 것이야. 이 사건은 우선 그 사람들을 찾아내야 해결할 수 있어."

"전화 번호부를 가져올까?"

"아니, 잠깐만 기다리게. 이 은행통지서 좀 보게. 그 여자는 7월 5일에 1000달러를 가지고 은행계좌를 텄단 말야. 갑자기 미국 시보드 은행에 1000달러를 예치한 거야."

"그게 뭐 그리 수상한가?"

"어쩌면 수상할 게 없을지도 모르지. 그런데 코튼이 시내의 다른 은행들을 알아봤는데, 클로디아 데이비스란 여자가 크롬웰 애버뉴의 하일랜드 트러스트 은행에 아주 큰 계좌를 가지고 있었다는 것을 알아냈거든. 아주 거액을 예금하고 있었더란 말야."

"얼마나 큰 액수던가?"

"약 6만 달러 가량 되더래."

"뭐라고?"

"6만 달러라니까. 그런데 하일랜드 트러스트 은행에서 7월에는 꺼내간 돈이 한푼도 없었어. 그런데 시보드 은행에 넣은 돈은 어디서 난 거지?"

"시보드 은행에 예금한 돈은 그것뿐이었나?"

"이걸 보게."

메이어는 은행통지서를 집어들었다.

"처음 예금한 날은 7월 5일이었어. 1000달러를 예금했지. 그 다음 7월 12일에 또 1000달러를 예금했어. 그리고 19일에 또 1000달러를 예금했고, 27일에 또다시 1000달러를 예금했어." 캘레라가 말했다.

메이어는 눈이 휘둥그래졌다. "4000달러나 예치했단 말이야? 그것 참 엄청난 액순데."

"게다가 그 모든 돈이 한달도 안 되는 사이에 예금됐단 말이야. 나 같은 놈은 1년 내내 일해야 벌 수 있는 돈인데."

"그것도 다른 은행에 있는 6만 달러는 제외하고 말일세. 도대체 어디서 그런 돈이 나왔을까?"

"글쎄 알 수 없는 일이야. 도대체 말이 안 돼. 팬티는 벨기에 레이스가 달린 것을 입고 다니면서 욕실 하나만 있는 구질구질한 셋방에서 살았다니 자넨 이걸 어떻게 생각하나? 은행계좌를 두개나 가지고 있고, 엉덩이는 25달러나 들여 가리고 다니면서 월세가 60달러밖에 안 되는 싸구려 집에서 살고 있으니 말일세."

"아마 도둑질하고 도망다니는 여자인지도 모르지."

"아냐." 캘레라는 고개를 흔들었다. "컴퓨터로 조회해 봤거든. 전과가 없었어. 무슨 일로 수배중인 여자도 아니었고, FBI에서는 아직 연락이 없지만 아마 똑같은 결과일 거야."

"그런데 그 열쇠는 어찌 된 거지? 아까 그것에 대해 뭐라고……."

"응 그래. 그것 아주 간단한 거야. 이걸 보게나."

캘레라는 한 움큼 되는 수표들 속에서 수표보다 약간 큰 노란 종이를 하나 꺼내 메이어에게 건네주었다. 그 쪽지는 다음과 같이 되어 있었다.

미국 시보드 은행
아이솔라 지점   P1698
7월 5일

본 은행은 귀하의 계좌에서 다음의 금액을 결제하오니 확인하여 주시기 바랍니다.

결제사항	대여금고 #375 사용료		5	00
	국세			50
		합계	5	50

사용자   클로디아 데이비스   기록자
아이솔라 사우스 11번가 1263   BPR

"그러니까 그 여자는 수표계좌를 연 날 귀중품 대여금고를 빌린 거로군, 그렇지?" 메이어가 말했다.
"맞아."
"그 속에 뭘 넣어두었을까?"
"좋은 질문이군."
"시간을 절약하고 싶어?"
"물론이지."
"그럼 은행에 가기 전에 수색영장을 얻자구."
미국 시보드 은행 지점장은 50대 초반으로 대머리였다. 신체적으로 유사한 점이 있는 사람들끼리는 서로 의기투합하기 쉽다는 지론을

가진 캘레라는 대부분의 질문을 메이어에게 하게 했다. 그러나 앤더슨 지점장은 과묵한 사람이어서 그에게서 순순히 대답을 끌어내기는 힘들었다. 그러나 메이어 메이어 형사는 전세계는 아닐지라도 시내에서는 으뜸가는 인내심이 있는 사람이었다. 그의 인내심은 조상한테서 물려받았다기보다는 후천적으로 습득한 성격이었다. 물론 명랑한 성격의 아버지 맥스 메이어로부터 물려받은 것이 몇 가지는 있었지만 그중에 인내심은 끼어 있지 않았다. 맥스 메이어는 성격이 아주 급하다고는 할 수 없었지만 인내심은 별로 없는 사람이었다.

예컨대, 자기 부인이 아기를 가졌다는 소식을 들었을 때 그는 분통을 터뜨릴 뻔했다. 그는 자잘한 농담을 무척 즐기는 사람이었고 아마도 리버헤드 전지역에서도 짓궂은 농담을 제일 잘하는 사람이었다. 그러나 그로서는 자연이 준 이 특별한 장난을 즐길 수 없었다. 그는 자기 부인이 아기를 낳을 시기는 벌써 오래전에 지났다고 생각했었기 때문이다. 그는 자신이 망령들 나이가 됐다고 생각해 본 일은 없었으나 어쨌든 나이는 꽤 먹었고 갱년기에 아기를 갖는 것은 의사도 권하지 않는 일이었다. 그래서 아기가 나올 때까지 혼자서 치밀어오르는 화를 참고 있으면서, 이 세상에서 제일 짓궂은 장난으로 앙갚음을 하겠다고 벼르고 있었다.

마침내 아기가 태어나자 그는 아기의 이름을 메이어라고 지었다. 성이 메이어인데 이름도 메이어라 해서 메이어 메이어라 부르면 마치 총신이 두 개가 있는 총과 같은 강력한 효과가 있을 것이라고 생각하면서.

그것은 정말 우스운 이름임에 틀림없었다. 정통적인 유대인이거나 매우 점잖은 이웃과 사는 극도로 예민한 아이가 아니라면 그 이름을 듣고서 옆구리 잡고 웃지 않을 아이는 없었을 것이다. 그래서 메이어 메이어와 같은 동네에 사는 아이들은 메이어 메이어라는 이름이 오로

지 자기네들을 재미있게 하기 위해서 만들어졌다고 생각했다. 이 유대인 소년을 두드려줄 구실이 필요할 때도 굳이 딴 데서 찾을 필요가 없었다. 이름을 외쳐대는 것만으로도 그의 부아를 돋우기에 충분했던 것이다. 동네 아이들은 걸핏하면 "메이어 메이어, 유대인을 불태워라!" 하고 외치면서 그를 쫓아가 실컷 때려주곤 했다.

그래서 메이어는 인내심을 배웠다. 한 아이가 아니 어른이라 해도, 떼를 지어 덤비는 여러 아이들에 대항해 싸워 이길 수는 없는 일이다. 그러나 때로는 말을 잘해 몰매를 맞는 것을 모면할 수는 있다. 또 때로는 인내심 있게 충분히 참고 기다리다가 한 놈씩 마주쳤을 때 사나이 대 사나이로서 한판 싸워 메다꽂을 수도 있다. 그러면 도저히 당해낼수 없는 다수와 싸워 절망적으로 얻어맞지 않고 정정당당히 싸워 이기는 쾌감도 맛볼 수 있다.

그러나 맥스 메이어의 장난은 해롭지 않은 것이었다. 늙은 사람에게서 그런 재미까지 뺏을 순 없는 노릇이다.

한편 은행 지점장인 앤더슨은 54살이며 머리가 완전히 벗겨져 있었다. 그와 마주앉아 질문을 하는 형사 메이어 메이어 역시 완전한 대머리였다. 아마 일생 동안 닦은 도(道), 일생 동안 훈련된 인내심으로 남아 있을 수도 없었을 것이다. 그러나 메이어 메이어는 이제 겨우 37살이었다.

그는 참을성 있게 질문을 계속했다. "앤더슨 씨, 당신은 이렇게 많은 돈이 예치된 것을 보고 이상하게 생각하지 않았습니까?"

"예." 앤더슨이 대답했다. "1000달러는 그리 큰돈이 아닙니다."

"앤더슨 씨," 메이어는 끈질기게 다시 물었다. "이곳에서는 은행에 유달리 많은 돈이 한꺼번에 예치되면 경찰에 알리게 돼 있다는 걸 알고 계시죠, 그렇죠?"

"예, 압니다."

"데이비스가 3주 동안 4000달러를 예금했습니다. 그게 이상하다고 생각하지 않으셨단 말입니까?"

"예. 예금은 띄엄띄엄 행해졌어요. 한번에 1000달러라는 돈은 많은 돈이 아닙니다. 수상할 만큼 많은 예금액이 아니에요."

"저로서는 1000달러라면 큰 돈입니다. 1000달러로 맥주를 사면 무척 많이 살 텐데요."

"난 맥주 안 마셔요." 앤더슨은 단호하게 말했다.

"나도 안 마셔요." 메이어가 말했다.

"게다가 우리는 큰 예금이 들어왔을 때 예금주가 단골손님이 아니면 경찰에 연락해 왔습니다. 난 이 예금들이 그런 연락이 필요한 것으로는 보지 않았어요."

"고맙습니다, 앤더슨 씨." 메이어가 말했다. "여기 수색영장이 있어요. 데이비스가 빌린 금고를 열어봐야겠습니다."

"어디, 영장을 좀 보여주실까요?" 앤더슨이 말했다. 메이어가 그것을 보여주자 앤더슨은 한숨을 쉬고 나서 말했다. "좋습니다. 데이비스의 열쇠를 가지고 계십니까?"

캘레라는 호주머니에 손을 집어넣었다. 그리고 "혹시 이게 그 열쇠일까요?" 하고 물으며 열쇠를 책상 위에 놓았다. 그 열쇠는 데이비스의 아파트에서 발견한 다른 서류들과 함께 실험실에서 보내온 것이다.

"예, 맞습니다." 앤더슨이 말했다. "아시다시피 금고마다 서로 다른 두 개의 열쇠가 있습니다. 은행에서 하나를 가지고 있고, 금고를 대여한 사람이 나머지 하나를 가지고 있죠. 금고는 두 열쇠가 다 있어야만 열 수 있습니다. 자, 이쪽으로 오십시오."

앤더슨은 375번 금고의 은행 보관용 열쇠를 가져온 다음 두 형사를 은행 뒤쪽으로 데려갔다. 그 방은 반짝이는 금속판으로 안이 대어진 것같이 보였다. 캘레라는 시체실과 그 안에서 삐걱거리는 롤러를 타고 벽 속에서 끌려나왔다 벽 속으로 들어갔다 하는 냉동 선반들이 생각났다. 앤더슨은 은행에서 보관하고 있던 열쇠를 금고의 열쇠 구멍에 넣고 돌렸다. 그러고는 데이비스의 열쇠를 또 하나의 구멍에 넣고 돌렸다. 이어서 좁고 긴 상자를 벽에서 끄집어내더니 메이어에게 건네주었다. 메이어는 그것을 받아들고 건너편 벽에 있는 카운터로 가지고 가 손잡이를 올렸다.

"열까?" 그는 캘레라에게 물었다.

"그래."

메이어는 상자의 뚜껑을 들어올렸다.

그 속에는 1만 6000달러가 들어 있었다. 쪽지도 하나 있었다. 1만 6000달러는 네 개의 지폐 뭉치로 나뉘어 있었다. 세 뭉치는 각각 5000달러씩 묶여 있었다. 네 번째 뭉치는 1000달러만 묶여 있었다. 캘레라는 쪽지를 집어 올렸다. 그 쪽지에는 누군가가——아마 클로디아 데이비스가——연필로 다음과 같이 써놓았다.

$$
\begin{array}{rr}
7/5 & 20,000 \\
7/5 & -1,000 \\
\hline
 & 19,000 \\
7/12 & -1,000 \\
\hline
 & 18,000 \\
7/19 & -1,000 \\
\hline
 & 17,000 \\
7/27 & -1,000 \\
\hline
 & 16,000 \\
\end{array}
$$

"이거 무슨 뜻인지 아시겠습니까, 앤더슨 씨?"

"글쎄요, 모르겠는데요."

"그 여자는 7월 5일에 2만 달러를 가지고 이 은행에 왔던 겁니다. 그리고 1000달러는 은행에 당좌예금으로 넣고, 나머지는 이 금고에 넣어두었습니다. 이 쪽지에 써놓은 날짜들은 그 여자가 금고에서 돈을 꺼내 당좌예금 계좌에 넣은 날을 표시한 겁니다. 데이비스는 규칙을 알고 있었어요. 2만 달러를 한꺼번에 예치하면 경찰에 알리게 된다는 것을 알고 있었던 겁니다. 그래서 이런 훨씬 안전한 방법을 택한 겁니다."

"이 지폐들의 일련번호를 적어둬야겠어요." 메이어가 말했다.

"앤더슨 씨, 직원 한 사람에게 좀 부탁해 주실 수 있을까요?"

앤더슨은 금방이라도 항의를 할 것같이 보였다. 그러나 그러는 대신 캘레라를 보고 한숨을 짓고는 "그렇게 하지요" 했다.

일련번호는 조금도 도움이 되지 못했다. 시경찰 당국이 가지고 있는 지폐 번호 목록과 다른 도시의 지폐 번호 목록이나 FBI의 목록에 견주어 보았으나 갓 찍어낸 지폐는 한 장도 없었다.

8월의 날씨만 갓 구워낸 것처럼 뜨거웠다.

4

스튜어트시티는 아이솔라의 머리 위에 보석이 주렁주렁 매달린 로마 교회의 삼주관 모양 앉아 있다. 시라고는 하지만 사실은 시도 아니고 읍이라고도 할 수 없었다. 그저 딕스 강을 굽어보며 한 무리의 호화 아파트들이 세워져 있는 곳으로서 영국 왕조의 이름을 딴 이 지역은 이 고장에서도 줄곧 제일 배타적인 사회다. 주소지가 스튜어트시티인 것을 자랑하는 사람들은, 자신이 고소득자임을 자랑하고, 또 샌즈스핏에 전원주택을 가지고 있고, 아파트 지하 주차장에는 메르세데스 벤츠가 있다고 자랑하는 사람들이다. 스튜어트시티에 산다고 주소를 알려줄 때는 누구나 어느 정도 속물적인 자부심을 느낀다. 스튜어트시티에 산다는 것 자체가 결국 선택된 소수에 속한다는 것을 뜻하기 때문이다.

클로디아 데이비스라는 이름의 그 죽은 여자는 스튜어트플레이스 사우스 13번지에 있는 매니지먼트 엔터프라이스사에 750달러의 수표를 끊어준 바 있었다. 그 수표는 그 여인이 시보드 은행 계좌를 연지 4일 만인 7월 9일에 발행한 것이었다.

캘레라와 호스가 매니지먼트 엔터프라이스사에 도착해 차를 댈 때 강에서는 시원한 미풍이 불어오고 있었다. 늦은 오후의 햇빛이 오염된 딕스 강물을 비추고 있었다. 캄스포인트와 아이솔라를 연결해주는 다리들이 황혼의 습격을 기다리고 있는 하늘을 배경으로 걸려 있었다.

"그 차양판을 내리지 그래." 캘레라가 말했다.

호스는 손을 뻗어 차양판을 밑으로 내렸다. 차양판을 내리니까 앞유리창을 통해 밖에서 보이게 손으로 쓴 '긴급출동중──제87형사반'이라고 쓴 카드가 붙어 있었다. 1956년형 시보레인 그 차는 캘레라의 소유였다.

"내 차에도 이런 표시를 해야겠어." 호스가 말했다. "지난 주엔 어떤 놈이 딱지를 떼더라구."

"그래서 어떻게 했나?"

"법정에 가서 무죄를 주장했지. 비번인 날에 말야."

"그래 벌금 물지 않고 빠져나왔나?"

"물론이지. 신고를 받고 달려가는 중이었으니까. 내 차를 써야 했던 것만 해도 억울해 죽을 판인데 딱지까지 떼다니."

"난 내 차가 더 좋아." 캘레라가 말했다. "형사반에 있는 그 차 석대는 쓰레기더미에 갖다 버려야 돼."

"두 대지 무슨 석 대야!" 호스가 말을 가로챘다. "하나는 경찰차 정비소에 벌써 한 달째 가 있단 말이야."

"며칠 전에 메이어가 어떻게 됐나 보러 갔다왔어."

"뭐라고 그러더래? 다 고쳤대?"

"아니. 기계공 하나가 말하는데 순찰차 고장난 게 넉 대나 되는데 그것들을 먼저 수리해야 한다고 그러더래. 그러니 어떻게 하겠어?"

"할 수 없지. 난 내가 청구한 휘발유 값을 아직 못 받고 있어. 알겠나?"

"잊어버리는 게 나을 거야. 난 지금까지 휘발유 값 청구해서 받아본 적이 없단 말야."

"메이어는 그 자동차를 어떻게 하겠대?"

"그 기계공에게 5달러짜리를 슬쩍 찔러넣어 주었대. 그러니까 좀 빨리 되겠지."

"당국에서 어떻게 할지 아나?" 호스가 말했다. "중고 택시를 살 거야. 한 200~300달러씩 주고 사가지고 페인트칠을 다시 해서 형사반에게 나누어줄 거라구. 개중에는 아직 꽤 쓸 만한 게 있어."

"그것도 한 방법이군." 캘레라가 곧이들리지 않는 것처럼 이렇게 대답했다. 이어서 두 사람은 건물 안으로 들어갔다. 그들은 화려한 현관 로비의 안쪽 구석에 있는 한 사무실에서 관리인인 밀러 부인을 만났다. 나이는 40대 전반으로 보였고 아주 잘 가꿔진 몸매에 목소리는 매우 거칠었다. 머리는 정수리에 틀어 올리고 적갈색 뒷주머니에다 연필을 꽂고 있었다. 관리인은 복사 사진기로 찍은 수표를 들여다보더니 '오, 알겠어요, 물론 알죠' 했다.

"데이비스를 알고 있었습니까?"

"예, 여기서 오래 살았는걸요."

"얼마나 오래요?"

"5년이에요."

"언제 이사갔습니까?"

"월말에요." 밀러 부인은 늘씬한 두 다리를 꼬았다. 그 여자의 다리는 나이에 비해 아주 늘씬했으며 웃는 모습이 매우 밝았다. 유혹하는 듯하지만 의식적으로 계산을 한 듯, 결코 지나치지 않을 정도로 몸을 흔들면서 걷는 그녀의 걸음걸이는 원숙한 여성미를 지니고 있었다. 그 여자는 일생 동안 여자로서 갖춰야 할 몸가짐과 걸음걸이를 가꿔왔으며 이제 그것을 쉽고도 매력 있게 실천하고 있는 것 같았다. 같이 있으면 기분좋고, 말하는 것을 지켜보고 듣는 것이 유쾌했으며, 한번 안겨보고 싶은 충동을 느끼게 하는 여자였다.

캘레라와 호스는 발끝까지 매혹되어 그녀 앞에서는 긴장이 풀리는 것 같았다.

"이 수표 말입니다." 사진을 손끝으로 가볍게 두드리며 캘레라가 말했다. "무엇에 쓰인 겁니까?"

"6월분 방세예요. 7월 10일에 받았어요. 클로디아는 매월 10일이면 언제나 방세를 냈어요. 항상 제때에 방세를 냈지요."

"아파트 세가 한달에 750달러나 합니까?"

"예."

"아파트 세 치고는 좀 비싼 것 아닌가요?"

"스튜어트시티에선 비싼 게 아니죠." 밀러 부인은 점잖게 말했다. "게다가 아파트는 강 쪽을 향해 있으니까요."

"아, 그래요? 그럼 데이비스는 좋은 직장에 다닌 모양이군요."

"아녜요. 직장이 없었어요."

"그럼 어떻게 그런……?"

"글쎄요. 그 여자는 꽤 부자였어요."

"그 돈이 다 어디서 났죠?"

"글쎄요⋯⋯." 밀러 부인은 어깨를 으쓱했다. "그 여자한테 직접 물어보시지 그러세요? 그 여자에 관한 일이라면 직접 그 여자한테 가서 물어보는 게 좋지 않겠어요?"

"밀러 부인," 캘레라가 말했다. "클로디아 데이비스는 죽었습니다."

"뭐라고요?"

"그 여자는⋯⋯."

"정말이에요? 클로디아가요? 맙소사. 어쩌다가⋯⋯." 밀러 부인은 머리를 저었다. "그런데 그 수표 말이에요⋯⋯난⋯⋯그 수표는 바로 지난 달에 왔는데요." 이렇게 말한 밀러 부인은 다시 머리를 좌우로 흔들면서 "그럴 리가 없어요" 했다.

"그 여자는 죽었습니다. 목 졸려 죽었어요." 캘레라가 말했다.

잠시 동안 밀러 부인의 그 매력 있는 표정이 흐트러지는 것 같았다. 급격한 감정 변화가 일고 있음이 두 눈에 나타나면서 눈꺼풀이 파르르 떨렸다. 잠시 동안 눈물이 돌아 눈동자가 반짝거리는 것 같았고 또 세심하게 립스틱을 칠한 입술이 일그러질 것 같았다. 그러나 마음속에 있는 어떤 것이 자제하라고 요구했고, 매력 있는 여자는 울어서 멋있는 눈화장이 지워지게 하지 않는다는 사실을 깨우쳐 준 것 같았다.

"정말 안됐군요," 밀러 부인은 속삭이듯 말했다. "정말 안됐어요. 참 좋은 사람이었는데."

"그 여자에 관해서 알고 있는 것을 좀 말씀해 주시겠습니까?"

"예, 예. 물론이죠." 그 여자는 고개를 설레설레 흔들면서 도저히 믿기지 않는다는 투로 말했다. "참 무서운 일이군요. 정말 무서워요. 아직 어린 나이인데."

"우리는 대략 30살쯤 됐다고 추청하고 있는데요. 우리 추측이 잘못되었습니까?"

"더 젊어보였어요. 그렇지만 아마…… 약간 수줍은 사람이었으니까요. 처음 왔을 때도 어딘지 허탈감에 빠진 사람 같은…… 그러나 물론 자기 부모가 죽은 직후였으니까…… ."

"그전엔 어디서 살았죠?"

"캘리포니아 산타모니카에서요."

캘레라는 고개를 끄덕이고 말했다. "처음 말씀하실 때 말이죠, 그 여자가 꽤 부자였다고 하신 것 같은데 그 얘기를 좀더 해 주실 수 없겠습니까?"

"예, 주식이 있었나 봐요."

"무슨 주식 말입니까?"

"부모가 그 여자에게 남긴 주식 신탁계좌가 있었나 봐요. 그래서 그들이 죽은 후부터 그 여자는 그 주식에서 나오는 수익을 받기 시작한 겁니다. 그 여자는 무남독녀였으니까요."

"그럼 그 주식배당금만 가지고 살았단 말이죠?"

"예, 배당금이 꽤 많았습니다. 그리고 그것을 저축했죠. 그 여자는 아주 조직적이고 경솔한 곳이라곤 전혀 없었어요. 배당금을 수표로 받으면 즉시 이서를 해서 곧바로 은행에 예치하곤 했습니다. 클로디아는 아주 슬기로운 여자였어요."

"어느 은행이었죠?"

"하일랜드 트러스트 은행이었어요. 이 길을 따라 쭉 내려가면 있죠. 크롬웰 애비뉴예요."

"알겠습니다. 그럼 만나는 남자들이 많았습니까? 혹시 아시는지?"

"그렇지 않은 것으로 알고 있어요. 줄곧 혼자 있곤 했지요. 조사가 온 후에도요."

캘레라는 이 말을 놓치지 않으려는 듯 몸을 앞으로 구부리고 "조시라고요? 그게 누굽니까?" 하고 물었다.

"조시 톰프슨이라고 사촌이에요. 본이름은 조세핀이죠."

"그럼 그 사람은 어디 출신이죠?"

"캘리포니아요. 두 사람이 다 캘리포니아 출신이에요."

"그럼 그 조시 톰프슨을 만나보려면 어떻게 해야 되죠?"

"그 여자는…… 모르세요? 모르셨어요?"

"뭘 말입니까?"

"조시는 죽었어요. 6월에 죽었어요. 클로디아가 이사간 것도 그 때문이라고 난 생각합니다. 저 아파트에서 조시 없이 혼자 살 수 없었던 거죠. 무섭지 않겠어요? 안 그래요?"

"예 그렇군요." 캘레라가 대답했다.

형사과 보충보고서	형사반	관할구역	관할 구역 보고서	형사과 보고서 번호
pdcn360 rev 25m	87	87	32-101	DD 60 R-42

보고대상자 성명 주소	최초보고 일자
밀러 아이린(존 밀러의 부인) 스튜어트플레이스 S. 13	
	60-8-4

성 이름	주소

상기 주소의 매니지먼트 엔터프라이스사에서 이루어진 아이린 밀러(존 밀러의 부인)와의 클로디아 데이비스 사망 사건에 관한 인터뷰 요지.

밀러 부인은 다음과 같이 말했음.

클로디아 데이비스는 1955년 6월에 이 도시에 와서 상기 주소지에서 한 달에 750달러짜리 아파트를 얻어 혼자 살았음. 남자든 여자든 친구와 어울리는 것을 본 일이 거의 없었음. 주식투자에서 나오는 상당한 수익금으로 혼자 칩거함. 부모인 데이비스 부부는 1955년 4월 14일 샌디에이고 고속도로에서 스테이션 왜건과 정면충돌하여 사망함. 로스앤젤레스 경찰국은 그 사고를 확인했으며, 상대편 운전자가 운전 부주의로 재판에서 유죄판결을 받았다고 함. 아이린 밀러는 클로디아 데이비스의 키와 몸무게가 중간 정도였다고 함. 또 거무스름한 머리를 짧게 깎았고, 눈은 갈색이었으며, 무슨 상처나 모반(母斑) 같은 것을 본 적은 없었다고 했는데 이상은 검시결과와 일치함. 또한 클로디아 데이비스는 조용하고 겸손할 뿐 아니라 방세나 그밖의 요금을 제때에 꼭꼭 냈으며 얌전하고, 착하고, 평범하고, 순진한 면이 있었다고 함. 돈 문제에는 신중했으며 사람들이 좋아했으나 접근하기는 어려운 사람이었음.

1959년 4월이나 5월쯤에 죽은 여자의 사촌인 조시 톰프슨이 캘리포니아 주 브렌트우드에서 왔음(범죄인 확인소에 조회해본 결과 전과는 없었음. 로스앤젤레스 경찰국 및 FBI에 조회중). 클로디아보다 약간 나이가 많은 것 같았으며, 외양이나 성격은 꽤 달랐음. 밀러 부인은 "두 여자는 백인과 흑인 사이 같았어요, 그러나 둘은 아주 사이가 좋았어요"라고 했음. 조시는 사촌의 아파트에 와서 같이 살기 시작했는데, 밀러 부인은 이 두 사람의 관계를 가장 사이좋은 자매간 또는 "성격이 아주 잘 맞는 사이" 또는 "가장 가까운 친구"라는 말로 표현했음. 두 여자는 남자 친구와 만나는 일이 별로 없었으며 항상 둘이서만 지내는 것 같았음.

조시도 클로디아로부터 칩거 생활을 배워 익힌 것 같음. 둘이서 같이 여행가는 일이 자주 있었음. 59년에는 거북섬에서 여름을 보내고 노동절날 돌아옴. 그해 크리스마스에는 선밸리로 스키를 타러 갔었고, 올해 3월에는 자메이카의 킹스턴에 가서 3주일간 있다가 4월 초에 돌아옴. 소득원은 상당한 액수의 주식 배당금이었음. 클로디아는 주식 소유주는 아니었지만, 살아 있는 한 거기서 나오는 이익금은 전부 자기 차지였음. 클로디아가 죽으면 그 주식과 수익금이 클로디아의 아버지의 모교인 UCLA로 넘겨지게 되어 있었음. 여하튼 클로디아는 일생 동안 상당히 많은 소득이 보장된 사람이었음(하일랜드 트러스트 은행 계좌 참조). 그리고 밀러 부인이 두 사람 다 직장이 없었다고 증언한 것으로 보아, 클로디아가 조시의 생활비까지 대주었던 것으로 보임. 혹시 두 사람이 동성연애자가 아니냐는 질문도 나왔었지만, 그 문제에 대해 아는 게 있음직하고 정통한 듯한 밀러 부인의 말로는 절대 그렇지 않으며 두 사람 중 어느 한쪽도 동성연애자가 아니라고 함.

6월 3일에 조시와 클로디아는 또다시 주말 여행을 떠남. 현관 수위는 자기가 그들의 옷가방들을 클로디아의 자동차인 1960년형 캐딜락 컨버터블(지붕을 접을 수 있게 된 차)에 실어주었다고 함. 떠날 때 운전은 클로디아가 했음. 두 여자는 월요일에 돌아오겠다고 하고 떠났으나 월요일에 돌아오지 않았음. 수요일에 클로디아가 전화를 걸어왔는데 수화기를 쥐고 울고 있었으며 밀러 부인에게 조시가 무서운 사고로 죽었다고 말함. 밀러 부인은 혹시 자기가 무슨 도움이 될 일은 없겠느냐고 물은 기억이 난다고 함. 그러나 클로디아는 없다고 말하고, 모든 일은 다 처리됐다고 함.

6월 17일 밀러 부인은 클로디아로부터 편지를 받았는데(첨부했음. 필적은 클로디아가 발행한 수표들과 일치함.) 그 편지에서 자기는 사촌이 그 끔찍한 사고를 당하고 난 지금 아파트에 다시 돌아갈 수가 없다고 했음. 클로디아는 또 밀러 부인에게 아파트 계약이 7월 4일에 끝나기로 돼 있음을 상기시키고 7월 10일 이전에 6월분 집세를 보내겠다고 했음. 이어 이사 대행사가 자기의 짐을 모두 싸고, 자기 소유의 모든 귀중품과 서류들도 전부 싸가지고 자기한테 전해주든지, 당장 필요치 않은 것들은 보관해 줄 것이라고 했음(7월 14일자 클로디아 데이비스의 수표——수표 번호 010 참조. 그 수표는 자기 짐을 포장하고 수송하고 보관하는 비용으로 알로라 브러더스사에 발행한 것임). 클로디아 데이비스는 그 아파트에는 한번도 돌아오지 않았음.

밀러 부인은 우리가 부인에게 클로디아의 죽음을 알렸을 때까지 그 여자의 소식은 한번도 들어본 적이 없었으며, 또 그 여자가 어디에 갔는지도 전혀 모르고 있었음.

보고서 작성일자			
8월 6일			
2급 형사	캘레라 스티브	714-56-32	형사/경위 피터 번즈
계급	성 이름	경찰관 기장번호	지휘관

5

트라이앵글 호로 올라가는 드라이브 길은 각별히 경치가 좋은 곳이었다. 8월인데다가 마침 캘레라가 비번인 일요일이었다. 그래서 캘레라는 일도 하고 놀이도 즐기면서 하루를 보내기로 했다. 그는 자동차 지붕을 벗겨버리고, 도시락을 싸고, 보온병에다 냉커피를 담고, 옆자리에 아내 테디를 태워서 트라이앵글 호를 향해 달리기 시작했다. 차를 몰고 산길을 달리면서 그는 클로디아 데이비스에 관해서는 싹 잊어버리기로 했다. 캘레라는 자기 아내와 같이 있을 때는 무슨 일이든다 잊기가 쉬웠다.

캘레라에게는 자신의 아내 테디야말로 이 세상에서 가장 아름다운 여자였다. 그의 그러한 판단은 결혼 후 거리를 지나가면서 테디를 보고 불어대는 잦은 휘파람 소리로 확인되었다. 캘레라는 가끔 자기처럼 털이 많고, 촌스럽고, 못생기고, 바보스러운데다 맵시도 없는 한낱 순경이 어떻게 시어도어 프랭클린과 같이 훌륭한 여자를 아내로 맞이할 수 있었는지 의아하게 생각한다. 그러나 여하튼 그 아리따운 여자를 손에 넣은 것은 사실이고, 지금도 무개차 안에서 바로 옆에 앉혀놓고 곁눈질해 보면서 차를 몰고 가고 있었다.

그는 언제나 그녀가 곁에 있다는 사실만으로도 흥분되었다. 늘 흐트러져 있는 테디의 검은 머리는 격렬하게 불어오는 바람에 흩날려 계란형의 얼굴을 때리고 있었다. 갈색 눈은 차 앞 유리창을 넘어 세차게 불어오는 바람을 피하느라 살짝 감고 있었다. 테디는 풍만한 가슴 곡선이 두드러져 보이는 흰 블라우스와 푸짐한 엉덩이에서 늘씬한 다리까지 꼭 끼는 검은 바지를 입고 있었다. 테디는 신고 있던 샌들을 벗고 두 무릎을 구부려 가슴에 대고 맨발을 유리창 밑의 물건 넣는 함 위에 올려놓고 있었다. 캘레라는 자기 아내가 야성적인 면과 세련된 면을 신기하게 조화시켜 갖추고 있다는 것을 새삼 깨달았다. 갑자기 덤벼들어 키스를 할지, 아니면 힘껏 때릴지 알 수 없었고, 그러한 불확실성 때문에 아내는 영원히 매력 있고 흥분을 자아내게 한다.

테디는 남편이 큰 손으로 운전대를 잡고 차를 운전하는 것을 지켜보고 있었다. 남편을 지켜보는 것이 즐거웠기 때문이기는 했지만 계속 말을 하기 때문이기도 했다. 날 때부터 농아자였던 테디는 딴 사람이 말하는 것을 알아들으려면 그 사람의 입술을 지켜봐야만 했다. 남편은 운전하면서 사건에 대해서는 한 마디도 하지 않았다. 테디는 클로디아 데이비스의 수표 한장이 트라이앵글 호의 팬처 장의사 앞으로 발행되어 있었으며, 그래서 남편이 그 장의사 주인하고 직접 만나 얘기를 하고 싶어한다는 것을 알고 있었다. 또한 남편이 그 사람을 만나보는 것이 지극히 중요하다는 것도 알고 있었다. 그렇지 않다면 남편이 오랜만에 노는 휴일에 그렇게 먼 곳까지 차를 몰고 가지는 않을 것이다. 그렇지만 그는 자기에게 오늘은 일과 놀이를 함께 할 것이라고 약속했었다. 그리고 지금 이렇게 산길을 달리는 것은 놀이에 속하는 것이었다. 그렇기 때문에 남편은 자기를 위하고 자기에 대한 약속을 지키기 위해, 머리 속은 여전히 클로디아 사건으로 꽉 차 있음에도 불구하고, 그 사건에 대해서는 한마디도 안 하고 있는 것이었다. 그 대신 남편은 경치에 대해서 얘기하고, 올 가을에는 무슨 일을 할까 계획을 하기도 하고, 쌍둥이들이 자라나는 과정을 얘기하기도 하는가 하면, 자기보고 당신은 어쩌면 그렇게 예쁜지 모르겠다고 칭찬도 하고, 당신은 차에서 내리기 전에 그 블라우스 단추를 잠그어야 겠다고도 했다. 그러면서 그들이 팬처 장의사 사무실에 들어서서 자신을 바튼 스콜스라 소개한 우울하게 생긴 사람의 눈을 들여다볼 때까지 클로디아 데이비스에 대해서는 일언반구도 꺼내지 않았다.

스콜스는 키가 크고 여윈 사람이었다. 아마 1912년 견신례를 받았을 때 입었던 검정색 양복을 그대로 입고 있는 것같이 보였다. 그는 작은 도시의 너무나 전형적인 장의사같이 보였다. 그래서 캘레라는 처음 그를 보았을 때 자칫하면 폭소를 터뜨릴 뻔했다. 그러나 방안의 분위기는 웃음을 터뜨릴 만한 것이 못되었다. 방안에 깔린 짙은 양탄자와 사방 벽과 천장에 매달린 샹들리에에서 이상한 냄새가 나는 것 같았다. 조금 후에야 캘레라는 그것이 방부제인 포름알데히드 냄새라는 것을 알게 되었고 이어서 반사적으로 죽음을 연상하게 되었다. 그러나 이제까지 죽음을 매우 자주 바로 눈앞에서 보아온 자기로서도 이상하게도 계속 욕지기가 나왔다.

"데이비스가 7월 15일에 당신 앞으로 수표를 한 장 발행했는데, 그 수표를 왜 보냈는지 말씀해 주시겠어요?" 캘레라가 말했다.

"예, 물론이죠." 스콜스가 말했다. "그 수표는 상당히 오래 기다린 후에야 받았습니다. 그 여자는 보증금으로 25달러밖에 주지 않았었죠. 보통 50달러는 받는 건데. 난 돈을 못 받고 물린 때가 여러 번 있었어요. 아시겠어요?"

"그게 무슨 뜻이죠?" 캘레라가 물었다.

"죽은 사람을 묻어주고도 수고비를 못 받는 때가 많아요. 이 일이 그리 재미나는 일은 아니지 않습니까? 장례 의식을 다 치러주고 매장까지 해 주고서도 돈을 못 받아 보십시오. 사람들에 대한 신뢰감이 싹 달아납니다."

"그렇지만 데이비스는 결국 다 지불했지요?"

"아, 그렇습니다. 그러나 그것 때문에 정말 애먹었답니다. 애를 많이 먹었어요. 그 여자로 말하면 시내에서 찾아온 외지인 아니었겠어요? 게다가 아무도 없이 혼자 와서 저 예배당에 죽치고 앉아 마치 누가 시신을 훔쳐가기라도 할 것처럼 지키고 있었어요. 죽은 사람과 자기하고 단둘이서요. 정말…… 캘레라 씨…… 당신 이름이 캘레라…… 맞죠?"

"예, 그렇습니다."

"이제야 말씀드리지만 아주 으스스했어요. 그 여자는 자기 사촌을 거기에다 꼭 이틀 동안 놓아두고 있었지요. 그러더니 시신을 여기 이 지방 공동묘지에 꼭 묻어 달라고 했어요. 그래서 요구하는 대로 했죠. 보증금으로 25달러만 받고 말입니다. 그야말로 믿고 하는 일이죠."

"그게 언제 일입니까?"

"그 여자는 6월 첫주 주말에 익사했어요." 스콜스는 말했다. "그렇게 이른 철에 호수에 나간 것이 잘못이었죠. 6월에는 물이 얼음처럼 차거든요. 7월 말이나 돼야 좀 따뜻해지죠. 배를 타고 노를 것다가 물에 빠졌어요. 아마 얼음같이 찬 물에 얼었는지 쥐가 났는지 어쨌든 물에 빠져 죽었어요." 스콜스는 이렇게 말하고 머리를 흔들었다. 그리고 "그렇게 이른 철에 배를 타러 나간 것이 잘못이었죠"했다.

"사망증명서를 확인하셨나요?"

"그럼요. 의사 도넬지 씨가 작성한 것이었어요. 사인은 익사였어요. 맞아요. 틀림없이 익사였어요. 또 검시까지 했지요. 익사한 뒤 화요일에 했어요. 검시 결과도 사고로 인한 익사라 나왔죠."

"그 여자가 혼자서 배를 탔다고 하셨던가요?"

"그래요. 데이비스는 뭍에서 구경하고 있었죠. 사촌이 물에 빠지니까 자기도 물 속으로 뛰어들어가 사촌이 빠진 데까지 헤엄쳐 가려 했지만 제때 도착하지 못했어요. 물이 굉장히 찼습니다. 정말이에요. 지금은 벌써 8월인데도 물은 아직 별로 따뜻하지 않으니까요."

"그런데 데이비스 양은 별 이상이 없었나요?"

"글쎄요. 그 여자는 아마 헤엄을 잘 치는 사람이었던 게죠. 내 경험에 의하면 예쁜 여자들은 다 힘이 세더군요. 당신 부인도 힘이 셀거라고 난 장담합니다. 아주 예쁘시니까요."

스콜스는 미소지었다. 테디도 살짝 웃고는 캘레라의 손을 꼬집었다.

"그런데 그 돈 말입니다." 캘레라가 말했다. "장례식비와 매장비로 지불한 돈 말입니다. 데이비스 양이 그 돈을 보내는 데 왜 그리 오랜 시간이 걸렸는지 혹시 아십니까?"

"모르죠. 난 그 여자한테 두 번이나 편지를 했었죠. 첫번째는 그저 친절하게 상기시켜 주기 위한 것이었고, 두 번째는 약간 강렬하게 썼죠. 변호사 친구가 자기 업무용 편지지에 써 주었습죠. 그러면 항상 효과가 있더군요. 그러나 두번 다 답장을 못 받았어요. 그런데 어느 날 갑자기 수표가 온 거예요. 전액이 다 왔어요. 알 수 없는 일이더군요. 아마 사촌이 죽은 일에 충격을 받아서인지도 모르죠, 아니면 항상 빚을 갚는 게 느린 여자였는지도 모르고, 어찌 되었든 돈을 받았으니 나는 좋습니다. 흔히 산 사람들이 죽은 사람들보다 더 말썽을 피우는 수가 있거든요, 정말이에요."

캘레라와 테디는 같이 호수까지 걸어 나갔다. 그리고 호숫가에 앉아 도시락을 먹었다. 캘레라는 이상할 정도로 말이 없었다. 테디는 호수물에 발을 담그고 흔들고 있었다. 스콜스 말대로 8월인데도 아직 물은 찼다.

호숫가에서 돌아오면서 캘레라는 물었다. "여보, 돌아가기 전에 한 군데만 더 들러도 되겠소?"

테디는 어디를 가려는지 궁금한 듯 캘레라 쪽으로 눈을 돌렸다.

"이곳 경찰서장을 좀 만나봐야겠소."

테디는 눈살을 찌푸렸다. 두 눈은 의문으로 가득차 있었다. 그래서 캘레라는 즉시 대답해 주었다.

"그 여자가 익사했을 때 클로디아 데이비스 말고 목격자가 또 있었는지 알아봤으면 좋겠어서. 스콜스의 얘기를 들어보면 6월에는 저 호수에 사람이 별로 없는 모양인데."

경찰서장은 배가 볼록 튀어나오고 발이 큰 땅딸막한 사람이었다. 캘레라와 얘기하는 동안 줄곧 두 발을 책상 위에 얹어놓고 있었다. 캘레라는 그 꼴을 지켜보면서 왜 이 빌어먹을 놈의 도시에 사는 사람들은 마치 MGM 영화에 나오는 휴가 나온 사람들 같을까 하고 생각했다. 경찰서의 책상 총걸이에는 총이 나란히 세워져 있었다. 그 옆의 게시판에는 수배자들의 사진이 더덕더덕 붙어 있었다. 서장의 왼쪽 구두 바닥에는 구멍이 나 있었다.

"예, 목격자가 하나 있긴 있었습니다." 서장이 말했다.

캘레라는 적잖이 실망하면서 물었다. "그게 누굽니까?"

"호수에서 낚시하던 사람이었소. 처음부터 다 보았고 후에 검시관

앞에 가서 증언까지 했소."

"뭐라고 말했나요?"

"조시 톰프슨이 배를 타고 호수로 나갔을 때 자기는 낚시를 하고 있었답니다. 클로디아 데이비스는 뭍에 남아 있었다더군요. 톰프슨이 배 밖으로 떨어져 돌멩이처럼 물속으로 가라앉더래요. 그러자 데이비스가 물 속으로 뛰어들어가 톰프슨 쪽으로 헤엄쳐 가더랍니다. 그러나 제때에 가 닿지 못했다고 합디다. 이게 전붑니다."

"다른 말은 없었습니까?"

"그는 자기가 데이비스의 차, 1960년형 캐딜락 컨버터블로 그 여자를 읍까지 데려다 주었다고 했습니다. 데이비스는 말도 제대로 못할 정도였답니다. 훌쩍훌쩍 울다가 무엇인지 중얼거리며 손을 계속 비틀기도 하고, 걷잡을 수 없는 혼란 상태에 있었다고 했지요. 우리는 그 낚시꾼한테서 사건의 전말을 들어야 했어요. 데이비스는 그 다음날부터야 제대로 얘기를 할 수 있었지요."

"검시는 언제 했습니까?"

"화요일에요. 그 여자를 매장하기 전날이었습니다. 검시관은 월요일에 부검을 했어요. 우리는 형법 2213조에 따라 시체를 매장할 의무가 있는 가장 가까운 친족으로서 순전히 사인을 규명할 목적으로 행하는 부검을 허가할 권한이 있는 데이비스 양으로부터 부검허가를 받았습니다."

"그래 검시관은 사인을 익사라 했습니까?"

"그렇지요. 그 사람은 검시 배심원들 앞에서 그렇게 말했습니다."

"검시는 왜 했죠? 단순한 사고로 인한 익사 이상의 그 무엇이 있었을지 모른다고 의심했던가요?"

"반드시 그런 것은 아니었지요. 그러나 그 낚시하던 친구 말이요. 그 사람도 역시 시내에서 온 사람이오. 그래서 우리가 비록 그 사람을 잘 알고 있긴 하지만, 혹시 데이비스와 짜고 그 죽은 사람을 배에서 떨쳐서 익사시킨 다음 얘기를 꾸몄을 가능성도 있다고 보지 않을 수 없었지요. 두 사람이 짜고서 새빨간 거짓말을 할 수도 있거든요."

"그랬습니까?"

"우리가 조사한 바로는 그렇지 않았습니다. 낚시하던 남자가 데이비스 양을 읍내로 태워 갈 때의 그 모습처럼 비탄에 잠긴 사람은 생전 본 적이 없다고 하더군요. 만약에 그 여자가 슬프지도 않은데 그렇게 행동했다면 아마 배우치고도 일류 배우가 됐을 겁니다. 다음날에는 진정이 됐지만 그날 그 여자가 슬퍼하는 것은 그것을 본 사람이면 누구나 그게 진짜라는 것을 알았을 거요. 그리고 검시 평결 과정에서 그 낚시하던 친구는 두 여자를 호숫가에서 만나기 전에는 한번도 만난 일이 없다는 것을 배심원들에게 확신시켰습니다. 자기는 그 이전에 두 여자를 알지도 못했고 아무런 관련도 없었다는 것을 확신시킨 겁니다. 나도 역시 그렇게 확신했고요."

"그 사람의 이름이 뭐죠?" 캘레라가 물었다. "그 낚시하던 사람 말입니다."

"코트노이입니다."

"뭐라고요?"

"코트노이, 시드니 코트노이요."

"고맙습니다." 캘레라는 이렇게 말하고 갑자기 자리에서 일어섰다. "자 갑시다, 테디. 시내로 돌아가야겠소."

6

코트노이는 리버헤드에 있는 1가구용 미늘벽 판자집에서 살고 있었다. 월요일 아침 일찍 캘레라와 메이어가 그의 집 앞에 자동차를 세울 때 그는 차고문을 들어올리고 있는 중이었다. 그는 두 형사가 차를 세우자 한쪽 손을 올라가는 차고문에 댄 채 호기심에 찬 눈으로 차를 바라보았다. 차고문은 올라가다가 중간에 선 채 그대로 있었다. 캘레라는 문 앞길로 걸어 들어갔다.

"코트노이 씹니까?"

"그런데요?" 그는 어리둥절한 표정으로 캘레라를 쳐다보았다. 그의 얼굴에는 전혀 낯선 사람이 자기 이름을 대며 접근해 올 때 누구나가 느끼는 어리둥절함이 역력했다. 코트노이는 40대 후반으로 8월의 날씨에 머리에는 모자를 쓰고 잘 맞지 않는 스포츠 재킷에다 검정 플란넬 바지를 입고 있었다. 관자놀이 쪽 머리가 희끗희끗해져 가고 있었다. 그는 몹시 피로해 보였다. 한데 그의 피로는 아침 7시라는 시각과는 전혀 무관했다. 점심 도시락이 그의 발 곁에 놓여 있었다. 아마 차고문을 열면서 거기에 놓았던 모양이다. 차고 안에는 1953년형 포드가 있었다.

"우린 경찰관입니다. 몇 가지 질문을 해도 되겠습니까?" 캘레라가 말했다.

"어디 배지를 좀 봅시다." 코트노이는 말했다. 캘레라가 배지를 보이자 코트노이는 마치 자기가 의당 해야 할 공적인 의무를 다한 것같이 고개를 끄덕이면서 물었다. "그래 질문이라는 게 뭐요? 난 지금 일하러 가고 있는 중인데. 그 거지 같은 건축허가에 관한 거요?"

"무슨 건축허가요?"

"차고를 좀 늘리는 데 대한 허가 말예요. 아들에게 고물 자동차를 한 대 사주려는데 바깥에 두고 싶지 않아서요. 그래서 차고를 좀 늘리려는데 건축허가를 내려니까 정말 힘들군요. 그래 그런 법이 어디 있소? 기껏해야 지금 있는 차고에서 3~4m만 더 내어 짓겠다는 건데. 내가 공원이라도 짓는 줄 아시오? 그래 그것 때문에 왔단 말이오?"

집안에서 여자 목소리가 들려왔다. "여보, 누구예요?"

"아무 것도 아냐. 아무 것도 아냐." 코트노이는 성가신 듯 말했다.

"아무 것도 아냐. 걱정 마." 그는 이어 캘레라를 보고 다시 말했다. "우리 집사람이에요. 댁도 결혼했소?"

"예, 그럼요. 결혼했죠."

"그럼 이해하시겠군." 코트노이는 은근히 이렇게 속삭였다. 그리고 "그래 질문이 뭐요?" 하고 물었다.

"혹시 이거 보신 적이 있습니까?" 캘레라가 물었다. 그러면서 코트노이에게 수표 복사한 것을 한 장 건네주었다. 코트노이는 그것을 잠깐 들여다보더니 "물론 봤소" 하고 말했다.

"설명을 좀 해주시겠습니까?"

"무엇을 설명하라는 거요?"

"클로디아 데이비스가 왜 당신에게 120달러짜리 수표를 보냈는지를요."

"보상이죠." 코트노이는 서슴없이 대답했다.

"뭐, 보상이라고요? 허, 참." 메이어가 끼어들었다. "무엇에 대한 보상이죠? 황당무계한 얘기를 해준 데 대한 보상입니까?"

"아니, 무슨 소리를 하는 거요?"

"무엇에 대한 보상이란 말입니까?"

"사흘 동안 일을 못한 데 대한 보상이오. 도대체 무슨 생각으로 그러는 거요?"

"뭐라고요?"

"아니, 당신들 지금 무슨 생각을 하고 있는 거요?" 코트노이는 화가 잔뜩 나서 메이어에게 손가락질을 하면서 소리쳤다. "이 사람들이 정말 생사람 잡네. 그럼 내가 무슨 나쁜 짓이라도 하고 그 돈을 받았다는 거요? 정말로 그렇게 생각하고 있는 거요?"

"코트노이 씨……."

"난 그 빌어먹을 검시 때문에 사흘 동안이나 일을 못 했단 말이오, 트라이앵글 호에서 월요일과 화요일 그리고 수요일에도 배심원의 결정을 기다리기 위해 하루 종일 잡혀 있었소. 나는 벽돌공이오, 하루 여덟 시간에 5달러씩 받고 일한단 말요. 한데 사흘이나 일을 못 했소. 그래서 데이비스 양이 친절하게도 120달러를 보내준 거요. 그런데 당신들은 무슨 생각으로…… 이유나 들어봅시다."

"그때 트라이앵글 호에서 만난 것 말고 데이비스 양을 만난 일이 있었나요?"

"한번도 만난 적이 없었소. 도대체 이게 뭐하는 짓들이오? 내가 지금 무슨 신문을 받고 있는 거요?"

집안에서 여자의 날카로운 목소리가 또다시 들려왔다. "시드니! 뭐 잘못됐나요? 괜찮아요?"

"아무 것도 아냐. 입 좀 닥칠 수 없어?"

집안에선 약간 고통스러운 듯한 침묵이 흘렀다. 코트노이는 뭔지 중얼거리고 나서 다시 형사들을 보고 말했다. "자 이제 다 끝났소?"

"아뇨, 아직 끝나지 않았어요. 코트노이 씨, 그날 그 호수에서 일어난 일을 좀 말씀해 주시겠습니까?"

"뭣 때문에요? 그렇게 관심이 있거든 가서 검시 보고서나 자세히 읽어보슈. 난 일하러 가야 하니까."

"일은 나중에 하고 어서 이야기하세요, 코트노이 씨."

"나중에 하다뇨? 난 지금 저기 멀리……."

"코트노이 씨, 우린 시내까지 가서 당신의 체포영장을 떼어 오고 싶지는 않아서 그래요."

"나를 체포한다고요? 무슨 죄로요? 이것 봐요, 내가 무슨…

… ? ”

“시드니, 시드니, 경찰을 부를까요 ? ” 여자가 또다시 집안에서 소리쳤다.

“제발 입 좀 닥치고 있어 ! 경찰을 부른다고 ? 경찰 때문에 이렇게 골치가 아픈데 경찰을 또 부르겠다는 거야 ? 당신들, 나한테서 뭘 원하는 거요 ? 나는 정직한 벽돌공이란 말요. 난 그 여자가 물에 빠져 죽는 것을 봤고 본 대로 얘기했을 뿐이오. 그게 죄가 된단 말요 ? 왜 와서 귀찮게 구는 거요 ? ”

“그러니까 본 대로 다시 한번 말해 달라는 겁니다. 그때 본 대로만 얘기해 주시면 됩니다. ”

“그럽시다. 그 여자가 배를 타고 갑디다. ” 코트노이는 크게 숨을 한번 내쉬고 말을 시작했다. “나는 낚시를 하고 있었소. 그 여자의 사촌은 호숫가에 있었고, 그 여자가 배에서 떨어졌소. ”

“조시 톰프슨이 말이죠 ? ”

“예, 조시 톰프슨인지 누군지가요. ”

“배에 그 여자 혼자 있었습니까 ? ”

“예, 혼자 있었소. ”

“그래서요 ? 계속하시죠. ”

“호숫가에 있던 데이비스 양이 비명을 지르며 물속으로 뛰어들어가 헤엄치기 시작했소. ” 그는 여기까지 말하고 고개를 흔들고 다시 계속했다. “그렇지만 제때에 도착하지 못했소. 배가 워낙 멀리 나가 있었거든요. 그 여자가 배에 도착했을 때는 호수 수면이 잔잔해진 후였소. 그 여자는 물 속으로 들어가더군요. 한번 나왔다가 다시 들어갔소. 그러나 그때는 이미 늦었소. 너무 늦었죠. 그래서 그 여자가 헤엄쳐 나오기 시작했는데, 나는 그 여자도 빠져 죽는 줄 알았소. 여러 번 허우적거리더니 물속으로 들어가는 거예요. 나는 기다리면서 그 여자도 빠져죽은 것으로 생각했소. 그런데 노란 헝겊조각 같은 게 다시 떠오르더군요. 그래서 그 여자가 무사한 줄 알았소."

"왜 당신이 직접 물속에 뛰어들어 도와주지 않았죠?"

"난 수영할 줄을 몰라요."

"그래요? 그럼, 그 다음엔 무슨 일이 일어났습니까?"

"그 여자가 물속에서 나왔소. 데이비스 양이 말이오. 완전히 녹초가 되어 흥분해 있었소. 난 그 여자를 진정시켜보려 했소. 그러나 울고 불고, 소리지르고 무슨 종잡을 수 없는 말만 뇌까리더군요. 그 여자를 자동차까지 끌고 가 자동차 열쇠를 내놓으라고 했소. 처음에는 내가 무슨 말을 하는지 알아듣지도 못하는 것 같았소. 그래서 또다시 '열쇠 말이오. 당신 자동차 열쇠! 당신 자동차 열쇠 어디 있어요?' 하고 소리를 질렀소. 마침내 그 여자는 지갑 속에 손을 넣더니 열쇠를 건네줍디다."

"계속하세요."

"내가 자동차를 몰고 그 여자를 읍내로 데리고 갔소. 내가 경찰에 가서 경위를 얘기했소. 그 여자는 말을 못 했소. 덮어놓고 중얼거리기만 하고, 소리내어 울기도 하고, 비명을 지릅디다. 정말 보기에 딱하더군요. 난 그렇게 완전히 정신이 나간 여자를 일찍이 본적이 없어요. 다음날까지도 그 여자한테서는 두어 마디도 제대로 된 말을 들을 수 없었소. 그러더니 차츰 나아지더군요. 경찰관에게 자기가 누구인지를 말하고, 내가 그 전날 경찰에서 말한 대로 사건을 설명하기 시작했소. 그리고 죽은 여자는 조시 톰프슨이고 자기 사촌이라고 하더군요. 그후 경찰이 호수로 가서 시체를 건져냈소. 시체를 보니 정말 안됐어요. 정말 안됐더군요. 그렇게 꽃다운 아가씨가."

"죽은 여자의 옷차림은 어떻습디까?"

"면제품이었소. 단화인가 샌들인가를 신고 있었고, 약간 얇은 스웨터를 걸치고 있었는데 아마 카디건이었을 거요."

"보석 같은 것은 안 달고 있던가요?"

"없었던 것 같소. 없었소."

"지갑은 가지고 있었나요?"

"아뇨. 지갑은 차 안에 있었소. 데이비스 양 것과 함께."

"데이비스 양은 무엇을 입고 있었습니까?"

"언제요? 익사하던 날 말이오? 아니면 그 여자 사촌을 건지던 날 말이오?"

"그럼 시체를 인양할 때 그 여자도 거기 있었나요?"

"물론이죠. 그 여자가 시체를 확인한걸요."

"사고가 난 날 그 여자가 무엇을 입고 있었는지 알고 싶은데요."

"아마 스커트와 블라우스를 입고 있었을 거요. 머리엔 리본을 달고, 신은 단화였던 것 같은데 확실친 않소."

"블라우스는 무슨 색이었죠? 노란색?"

"아뇨, 청색이었을 거요."

"조금 전에는 노란색이라고 했잖아요?"

"아뇨, 청색이었소. 언제 노란색이라고 그랬소?"

캘레라는 눈살을 찌푸렸다. "아까는 노란색이라고 한 것 같은데." 그는 어깨를 으쓱해보였다. "됐어요. 검시하던 날 무슨 일이 있었는지도 좀 말해 주시죠."

"별로 특별한 일은 없었소. 데이비스 양은 나보고 친절하게 도와줘서 감사하다고 말하고 내가 일을 못 한 시간에 대한 보상으로 돈을 보내주겠다고 하더군요. 처음에는 그만두라고 했다가 다시 생각했죠. 받은들 무슨 일이 있겠는가? 나는 열심히 일해서 벌어먹고 사는 사람이야. 돈이 나무에서 떨어져서 먹고 사는 사람도 아닌데.

이렇게 생각되더군요, 그래서 내 주소를 대줬소, 또 그 여자는 그만한 돈을 쓸 수 있는 사람인 것 같기도 하구요, 캐딜락을 몰고 다니고 사람을 사서 차를 시내까지 몰고 가게 하고……."

"왜 자기가 직접 몰고 가지 않았을까요?"

"모르죠, 아마 아직도 몹시 떨렸던 것 같소, 생각해 보쇼, 그것은 무서운 경험이 아니겠소? 혹시 사람이 옆에서 죽는 걸 경험해본 일 있소?"

"예," 캘레라가 대답했다.

집안에서 코트노이의 부인이 또 소리질렀다. "그 사람들 보고 문간에서 물러나라고 해요!"

"저 소리 들었죠?" 코트노이는 이렇게 말하고 차고문을 다시 끝까지 들어 올렸다.

7

월요일을 좋아하는 사람은 아무도 없다.

월요일은 숙취를 풀기 위해 있는 날이다. 그것은 사실상 새로운 주간의 시작이 아니고, 전주일의 마지막 날이다. 월요일을 좋아하는 사람은 아무도 없다. 월요일은 비가 와서 우울하거나 기분이 언짢지 않아도 불만을 자아내긴 마찬가지다. 8월초 활짝 개서 햇빛이 쨍쨍 쬐이는 날도 마찬가지다. 집 앞 자동차 들어가는 길에서 아침 7시에 면담하는 일로 시작해서, 그날 9시 반까지 계속 기분이 나빠질 수도 있다. 월요일은 역시 월요일이며, 국회도 월요일의 그 좋지 못한 성격을 고칠 수는 없다. 월요일은 어쨌든 월요일이다. 냄새가 물씬물씬 나는 날이다.

그 월요일 아침 9시 반이 될 때까지 형사 스티브 캘레라는 매우 혼란한 상태에 빠져 있었다. 그리고 보통 사람들과 마찬가지로 그건 월요일이기 때문이라고 월요일을 나무랐다. 그는 형사실로 돌아와서 클로디아 데이비스가 7월 한 달 동안에 발행한 수표를 열심히 뒤적이고 있었다. 모두 25장이었는데, 인쇄소 식자공 모양 앉아서 혹시 그 여자가 목졸려 죽은 단서라도 찾을 수 있을까 하여 한장 한장 살펴보고 있었다. 수표들을 보니 몇 가지는 명백해졌지만 그중 어느 것도 사건과 관련이 있는 것 같지 않았다. 그는 자기가 한 말이 생각났다.

"그 수표들을 보면 그 사람의 생활을 알 수 있어. 일기장을 읽는 것과 똑같아."

그는 이 말을 하고서 자기가 어떤 유명한 말, 아주 간략한 두어 문장으로 된 유명한 말이라도 한 것같이 생각하기 시작했다. 그러나 이것이 만약 클로디아 데이비스의 일기라면 이 나라의 베스트셀러 목록엔 절대로 오를 수 없을 정도로, 호기심을 유발할 것이 너무나 없는 생활이 그려져 있다고 아니할 수 없었다. 대부분의 수표는 옷가게나 백화점 앞으로 끊은 것이었다. 클로디아는 여자라는 자신의 종(種)에 알맞게 물건사기를 몹시 좋아했으며, 소비 욕구를 충족시킨 돈 쓰는 재미에 빠진 사람임을 나타내는 수표책을 남겼다. 수표를 끊어준 가게들에 알아보니 그 여자의 취미는 지극히 다양했다. 판매전표를 살펴보면 7월 한 달 동안에 산 물건이 잠옷 세 개, 허리 아래만 있는 속치마 두 개, 비옷, 손목시계, 여러 가지 색깔로 된 바지 네 개, 신 두 켤레, 선글라스, 비키니 수영복 네 벌, 물빨래할 수 있는 원피스 여덟 개, 스커트 둘, 캐시미어 스웨터 둘, 베스트셀러 소설 여섯 권, 아스피린이 큰 병으로 하나, 배멀미약 두 병, 옷가방 여섯 개, 휴지 네 상자 등이었다.

그 여자가 산 것 중에서 가장 비싼 것은 500달러짜리 이브닝 가운이었다. 7월에 끊은 수표들은 이런 물건들을 사기 위한 것이었다. 이밖에 미용사, 꽃집, 구두가게, 과자가게에 끊어준 수표들이 있었고,

개인——남자 두 명과 여자 한 명——에게 끊어준 용도를 알 수 없는 석 장의 수표가 있었다. 첫째 것은 조지 바두에크라는 사람 앞으로 끊은 것이었다.

둘째 것은 데이비드 오블린스키라는 사람에게 끊어준 것이었다. 셋째 것은 마사 페델슨이라는 여자 앞으로 끊은 것이었다. 형사 한 명이 열심히 전화 번호부를 뒤져 세 명 중 두 사람의 주소는 알아냈다. 두 번째의 오블린스키라는 사람은 전화 번호부에 올라 있지 않은 전화 번호를 가지고 있었다. 그러나 전화국 책임자와 반 시간이나 입씨름을 한 끝에 결국 그 사람의 전화 번호를 알아내는 데 성공했다. 이제 세 사람 모두의 주소와 전화 번호를 적은 쪽지가 소인 찍힌 클로디아 데이비스의 수표와 함께 캘레라의 책상 위에 놓여 있었다. '진작 이 사람들을 찾아냈어야 하는 건데' 하고 그는 생각했다. 그러나 아직도 풀리지 않는 의문이 있었다.

"코트노이가 왜 나와 메이어에게 거짓말을 했을까?" 캘레라는 코튼 호스에게 물었다. "왜 그 사람은 익사 사건이 있은 날 클로디아 데이비스가 입고 있던 옷과 같이 단순한 문제에 관해 거짓말을 했을까?"

"뭐라고 거짓말을 했는데?"

"처음에는 그 여자가 노란 옷을 입고 있었다고 했거든. 물속에서 노란 헝겊 같은 것이 다시 떠올랐다고 말야. 그런데 나중에는 청색이라고 했거든. 왜 그랬을까?"

"난 모르겠는데."

"그리고 그 사람이 거짓말을 한 것이 사실이라면, 그 사람과 클로디아가 조시 톰프슨을 익사시키는 데 공모하지 않았겠어?"

"글쎄, 모르겠는걸."

"그리고 코튼, 그 2만 달러라는 돈은 어디서 났겠어?"

"주식 배당금이었는지도 모르지."

"그럴지도 모르지. 그렇다면 그 수표를 왜 곧바로 은행에 예치하지 않았을까? 그런데 그게 현금이었단 말야. 현금이었다고. 그 많은 현금이 어디서 났을까? 현금치고는 굉장히 많은 돈이야. 2만 달러나 되는 현금을 아무데서나 구할 수는 없지 않겠어?"

"그렇겠군."

"코튼, 난 2만 달러를 어디서 얻을 수 있는지 알아."

"어디서?"

"보험회사에서. 누가 죽었을 때." 캘레라는 이렇게 말하고 고개를 한번 급하게 끄덕였다. "전화를 좀 걸어야겠어. 그 돈이 나온 데가 꼭 있을 거야."

캘레라는 여기저기 전화를 걸다가 여섯 번째에 가서야 마침내 중요한 단서를 얻었다. 제리마이어 도드라는 증권보험법인의 대표와 통화를 했는데 그 사람이 조시 톰프슨이라는 이름을 금방 알아차렸다.

"오, 그래요. 그 사람에 대한 청구는 7월에 해결했습니다."

"누가 청구했습니까?"

"물론 수혜자였죠. 잠깐 기다리세요. 서류철을 가져올 테니. 끊지 말고 기다리시겠습니까?"

캘레라는 초조하게 기다렸다. 수화기를 통해 보험회사 사무실로부터 목소리들이 들려왔다. 갑자기 여자가 킬킬거리고 웃었다. 어떤 사람이 누군가에게 냉수기를 사이에 두고 키스를 하고 있는 게 아닌가 생각했다. 드디어 도드가 다시 전화를 받았다.

"여기 있습니다. 조세핀 톰프슨. 수혜자는 그 사람의 사촌 클로디아 데이비스 양. 아, 이제 다 생각나는군요. 맞아요, 이겁니다."

"뭐가요?"

"두 여자가 서로 수혜자가 돼 있습니다."

"그게 무슨 뜻입니까?"

"사촌들끼리 말입니다. 생명보험을 두 개 들었습니다. 하나는 데이비스 양을 위한 것이고 또 하나는 톰프슨 양을 위한 것이었어요. 두 사람이 서로 상대방이 죽었을 때 수혜자가 되도록 돼 있네요."

"아니, 그럼 데이비스는 톰프슨의 생명보험 수혜자이고, 반대로 톰프슨은 데이비스의……."

"맞아요, 그렇습니다."

"그것 참 재미있네요. 보험 액수는 얼마나 됩니까?"

"어, 아주 적습니다."

"그래요? 얼마나 되는데?"

"둘 다 1만 2500달러짜리에 들어 있던 것 같은데…… 잠깐 기다리세요. 조사해 보겠습니다. 그래요, 맞습니다."

"그런데 데이비스가 사촌이 익사한 다음 보험금을 청구했단 말이죠?"

"예, 그렇습니다. 여기 있습니다. 바로 여기 있어요. 조세핀 톰프슨은 6월 4일 트라이앵글 호에서 익사했어요. 맞아요. 클로디아 데이비스가 사망증명과 검시 배심원들의 평결서와 함께 보험금 청구서를 보내왔네요."

"흠, 그 여자 기회를 놓치지 않고 재빠르게……."

"여보세요, 뭐라고요?"

"보험금은 지불했습니까?"

"그럼요. 완벽하게 합법적인 청구였으니까요. 청구서를 받자마자 즉시 절차를 밟아 지불했습니다."

"트라이앵글 호에 사람을 보내 톰프슨이 익사한 경위를 조사해 봤습니까?"

"예, 그럼요. 그러나 그저 통상적인 조사에 지나지 않았죠. 캘레라 형사님, 우리로선 검시관의 조사만으로도 족합니다."

"데이비스에게 돈이 지불된 날이 언제입니까?"

"7월 1일입니다."

"그럼 그 사람한테 1만 2500달러를 수표로 보냈습니까?"

"아닙니다."

"아까 그렇게 말씀……?"

"보험금은 1만 2500달럽니다. 그건 맞습니다. 그러나 재해시 배액(倍額)지불 특약조항이 있었어요. 톰프슨은 사고로 죽지 않았습니까? 그래서 우리는 최대 한도의 보상을 해줘야 했습니다. 그래서 우리는 7월 1일에 2만 5000달러짜리 수표를 끊어 데이비스 양에게 보냈습니다."

8

경찰이 하는 일에는 신비라는 게 없다.

미리 세심하게 짜놓은 계획에 꼭 맞아떨어지는 것이 없다. 어떤 사건이 발생하건 중대한 시점은 흔히 시체가 발견된 때다. 사건이 차츰 전개되어 클라이맥스에 도달하는 일은 없다. 그런 긴장은 영화에서나 있을 수 있다. 사건에는 오직 관련된 사람들이 있고, 얽히고 설킨 동기가 있고, 설명되지 않은 단편적인 사실들이 있는가 하면, 우연의 일치와 예기치 못한 일들이 있기 마련이다. 그리고 그런 것들이 연결되어 일련의 사건을 이룬다. 그러나 진정한 의미에서 신비는 없다. 결코 있을 수 없다. 오직 삶이 있고 때로 죽음이 있을 뿐인데, 두 가지 중 어느 것 하나도 규칙에 따르지는 않는다.

경찰관들은 추리소설을 싫어한다. 추리소설에는 그들이 한 사건을 놓고 벌이는 때로는 흥분되고 때로는 지긋지긋한 일과로서 늘 되풀이되는 실제 수사에서는 찾아볼 수 없는 통제가 있기 때문이다. 산재한 단서들을 모아 말끔하게 이어붙이는 일은 아주 멋있고 똑똑해 보이고 또 손쉬워 보인다. 마치 방정식 문제를 푸는 것처럼 상수는 살인과 희생자이고 미지수는 살인자인 대수문제를 푸는 일류 수학자로 형사를 생각해 주는 것은 참으로 친절한 일이 아닐 수 없다. 그러나 이 일류 수학자 형사들 중에는 한 달에 두 번 타는 급료에서 공제된 금액은 합산할 줄도 모르는 사람이 많다. 이 세상에 귀재들이 많은 것은 틀림없다. 그러나 그런 사람이 경찰에서 일하는 것은 극히 드물다.

클로디아 데이비스 사건에서도 수학적으로 맞아떨어지지 않는 큰 모순이 하나 있었다.

5000달러의 행방을 찾을 길이 없었다.

클로디아 데이비스에게는 7월 1일에 2만 5000달러가 송금되고, 그 여자가 그 수표를 받은 것은 7월 4일 독립기념일 휴일이 지나서였을 것이다. 그 여자는 그 수표를 어디선가 현금으로 바꿔 미국 시보드 은행에 가서 새 당좌예금 계좌를 트고 대여금고를 하나 빌렸다. 데이비스가 시보드 은행에 예치한 돈은 모두 합쳐 2만 달러, 그러나 원래 받은 돈은 2만 5000달러다. 그렇다면 나머지 5000달러는 어디 갔단 말인가? 그리고 그 여자에게 수표를 현금으로 바꿔준 사람은 누구였을까?

증권보험법인의 도드는 캘레라에게 자기네 회사의 약간 복잡한 금전 출납 절차를 설명해 준 바 있다. 수표가 발행되면 그것이 현금화된 뒤 보험증서가 말소될 때까지 며칠 동안 현지 지사에 보관한다. 그런 뒤에 시카고 본사에 보내는데, 본사에서는 그 보험에 관한 매스터 파일이 정리될 때까지 몇 주일 동안 그 수표를 보관한다. 그 후 샌프란시스코의 회계 및 감사 담당 회사로 보내진다. 도드는 클로디아 데이비스에게 결제된 수표가 이미 샌프란시스코의 회계 회사에 보내겼을 것으로 생각한다고 했다. 그러면서 즉시 그것을 추적해 보겠노라고 약속했다. 캘레라는 좀 빨리 해달라고 부탁했다. 어떤 사람이 클로디아를 대신해서 그 수표를 현금으로 바꾸었다면 아마 그 사람이 수표 액면가의 5분의 1을 뗀 것이 확실했다.

클로디아 데이비스가 그 수표를 그대로 시보드 은행에 가져가지 않았다는 사실은 그 여자에게 틀림없이 감추려는 것이 있었음을 시사했다. 여자는 혹시 누가 보험회사가 발행한 수표나 보험증서, 재해 배액지불 특약조항이나, 특히 사촌 조시 톰프슨에 관해 질문할까봐 두려워했음이 분명했다. 보험회사에서 보낸 수표는 완벽한 것이었다. 그런데도 그 여자는 은행에서 새 계좌를 트기 전에 수표를 현금으로 바꾸었다. 왜 그랬을까? 뿐만 아니라 왜 다른 은행에 상당한 액수가 예금된 계좌를 가지고 있으면서도 번거롭게 또 다른 은행에다 새 계좌를 텄을까?

경찰이 하는 일에는 오로지 "왜"가 있을 뿐이다. 그러나 그 "왜"들은 추리소설에서처럼 긴장이 동반하는 재미로 이어지지 않는다. 다만 일로 이어질 뿐이다. 그리고 일은 아무도 좋아하지 않는다. 제87형사반 소속 형사들은 엉덩이를 붙이고 앉아 진토닉을 마시는 게 더 좋지만, 그 '왜'들이 있기 때문에 할 수 없이 모자를 쓰고 가슴에 권총대를 차고 출동해야만 했다.

코튼 호스는 클로디아 데이비스가 살해된 그 싸구려 셋집에 세든 사람들을 모조리 한 명씩 신문해 보았다. 그러나 그들은 모두 빈틈없는 알리바이를 갖고 있었다. 그래서 그는 부서장에게 올리는 보고서에서 그 셋집에 든 사람들 중에는 혐의자가 없다고 단정했다. 자기가 조사한 바에 따르면 그들은 모두 깨끗했다.

메이어 메이어는 제87형사반의 정보원들을 풀어 수소문했다. 제87형사반 관할 구역은 물론 전시내에는 장물을 시세대로 쳐서 현금으로 바꿔주는 장물아비들이 많았다. 만약 어떤 자가 클로디아 데이비스의 2만 5000달러짜리 수표를 현금으로 바꿔주고 5000달러를 받았다면 그건 그 장물아비 중의 하나가 아닐까? 그는 정보원들을 풀어 혹시 증권 보험법인의 수표를 바꿔준 사람이 있나 알아보라고 했다. 그러나 정보원들은 아무 소득도 없이 돌아왔다.

실험실의 샘 그로스먼 경위는 그의 실험실 조사원들을 살인이 일어난 그 셋방에 가서 다시 샅샅이 뒤져보게 했다. 뒤지고 또 뒤지고, 몇 번이나 뒤지게 했다. 그는 그 방문의 자물쇠는 열었다가 닫으면 자동으로 찰칵하고 닫히는 용수철 자물쇠라고 보고했다. 따라서 클로디아 데이비스를 죽인 자는 문에는 신경쓸 필요가 없었을 것이다. 그 방을 떠날 때 그냥 닫기만 하면 자동으로 잠겨버릴 테니까. 그로스먼은 또 클로디아 데이비스의 침대에 사건 당일 저녁에 사람이 잔 흔적이 없다는 것을 알아냈다. 침실에 있는 큰 안락의자 밑에서 신 한 켤레가 발견되었다. 그리고 의자 팔걸이 한쪽에는 소설책 한 권이 펼쳐진 채 놓여 있었다. 그는 클로디아가 그 의자에서 책을 읽다가 잠이 들고 다시 깨어 옆방에 갔다가 살해된 것으로 추리했다. 그러나 살인자가 누구였는지에 대해서는 아무 단서도 없었다.

스티브 캘러라는 덥고 짜증나고, 또 너무 과중한 업무에 시달렸다. 관할 구역 내에서는 절도, 강도, 칼부림과 폭력 사건 같은 다른 사건들도 많이 일어나고 있었다. 또 여름방학중이므로 아이들 사이에서는 다른 아이가 한 '세뇨르'라는 말의 발음이 마음에 안 든다고 해서 야구방망이로 마구 때리는 사건도 일어났다. 계속해서 전화벨이 울렸으며 보고서도 세 통이나 작성해 제출해야 했다. 또 사람들은 밤이건 낮이건 형사실까지 찾아와 그 정의로운 도시의 시민의 자격으로 불만을 털어놓았다. 그러는 가운데 클로디아 데이비스 사건에 관여하지 않았다. 캘러라는 차라리 구둣방을 하는 게 낫지 않을까 싶었다. 그러는 중에도 그는 데이비스가 수표를 보낸 조지 바두에크, 데이비드 오블린스키, 마사 페델슨을 찾기 시작했다.

버트 클링은 다행히도 클로디아 데이비스 사건과 아무 관계는 없었다. 그는 같은 형사실에 있는 사람들 중 어느 누구와도 그 사건을 얘기해 본 일이 없었다. 그는 젊은 형사였고, 신참이었다. 관할 구역 내에서 늘상 일어나는 일들을 다루는 데도 바빠서 미칠 지경이었다. 그래서 그는 공연히 돌아다니며 남의 일에 참견하거나 관심을 보이지 않았다. 그러지 않아도 골칫거리가 너무 많은 터였다. 그중 하나가 혐의자들을 정렬시켜 놓고 얼굴을 확인하는 일이었다.

수요일 아침에 보니 버트 클링의 이름이 라인업 담당자로 게시되어 있었다.

9

라인업은 하이스트리트의 경찰본서에 있는 체육관에서 있었다. 이것은 매주 월요일부터 목요일까지 실시되었는데, 한번 도둑은 영원한 도둑이며 범죄도 일종의 '직업'이라는 전제하에 관내 형사들에게 상습범들의 얼굴을 익혀두게 하려는 데 목적이 있었다. 형사들이 길거리에서 그들과 마주치더라도 금방 알아볼 수 있게 하려는 것이다. 형사들이 혐의자를 적시에 알아봄으로써 많은 사건을 해결하는 데 도움이 됐으며, 어떤 때는 목숨을 건지는 일도 있었다. 그렇기 때문에 라인업이 매우 중요한 관례로 여겨지고 있었다. 그렇다고 해서 형사들이 라인업을 하기 위해 시내에 있는 경찰본서까지 가는 것을 좋아한다는 뜻은 아니다. 형사들은 보통 2주일에 한번 정도 라인업을 담당했는데, 그 일이 비번인 날에 걸리는 수가 많았기 때문이다. 비번인 날에 전과자들과 실랑이를 벌이게 되는 것을 달가워할 사람은 아무도 없다.

그 수요일 아침의 라인업은 여느 때와 전혀 다를 바 없이 진행되었다. 형사들은 체육관에서 접는 의자에 앉아 있었고, 형사부장은 체육관 뒤편의 높은 지휘대 뒤에 앉아 있었다. 단상에는 녹색 커튼이 쳐져 있었으며 조명등이 비치고 있었고, 그 전날 체포된 범인들이 줄지어 걸어나와 모여 앉은 경관들 앞에 서자 형사부장이 한명 한명에 대한 죄과를 읽은 다음 신문을 시작했다. 그 절차는 간단했다. 정복경관이나 사복형사들은 자기가 체포한 범인의 차례가 오면 체육관 뒤쪽으로 가서 형사부장과 같이 앉았다. 형사부장은 범인의 이름을 부르고, 그 체포된 지역을 말한 다음 번호를 부른다. 예컨대, "존스, 존, 리버헤드, 3번"이라고 말할 때, "3"이라는 번호는 단순히 그 범인이 그날 리버헤드에서 세 번째로 잡힌 범인임을 뜻하는 것이었다. 라인업은 중범이나 특수범들만 데려다 세웠다. 따라서 보통 때 라인업에 세워지는 범인의 수는 자연히 적을 수밖에 없다. 형사부장은 범인의 번호를 말한 다음 "진술 있었음" 또는 "진술 없었음"이라 말한다. 이는 그곳에 모인 형사들에게 그 범인이 잡혔을 때 어떤 말을 했는지, 아니면 아무 말도 안 했는지를 알려주기 위한 것이었다. 만약 범인이 체포되었을 때 어떤 진술을 한 경우에는 범인이 법정에서 이용될 수 있는 그 말을 번복하는 일이 없도록 하기 위해 형사부장은 범인에게 일반적인 질문만을 했다.

반면 범인이 체포될 때 아무 진술도 하지 않았을 경우에는 그에게서 자백을 끌어내기 위해 온갖 질문을 다했다. 그 경우 형사부장은 눈이 부시는 전깃불 밑에 서 있는 그 범인의 모든 전과 기록을 총동원했다. 그리고 라인업의 목적이 무엇인지를 알고, 또 그 자리에서 무슨 질문을 받아도 대답할 의무가 없다는 것을 아는 약삭빠른 범인은 대답을 회피했다. 사실 라인업에서 오가는 질문과 답변은 극히 중요했다. 범인의 입장에서는 말 한 마디 잘못하면 창문이 하나밖에 없는 독방에서 오랫동안 살게 될 수도 있기 때문이었다.

버트 클링에게는 이 라인업이 지루하기 짝이 없는 일이었다. 라인업에 올 때마다 항상 지루했다. 그것은 마치 똑같은 연극을 100번이나 보는 것 같았다. 가끔 재미있는 일도 있었지만 대체로 지루한 행사에 불과했다. 그 수요일도 마찬가지였다. 여덟 번째 범인이 나와서 형사부장의 신랄한 질문 세례를 받기 시작했을 때쯤에 클링은 벌써 꾸벅꾸벅 졸고 있었다. 옆에 앉아 있던 형사가 그의 옆구리를 살짝 찔렀다.

"레이놀즈, 랠프, 아이솔라, 4번. 노스 3번가에서 아파트를 털다가 체포됨. 진술 없었음. 어때 랠프?" 형사부장이 소리쳤다.

"뭐가요?"

"이런 짓 가끔 하나?"

"무슨 짓요?"

"도둑질 말이야."

"난 도둑놈이 아녜요." 레이놀즈가 항변했다.

"내 여기 저 친구의 전과 기록을 가지고 있는데," 형사부장이 말했다. "1948년 절도죄로 피체. 증인(여자)이 범인을 오인했다며 증언을 번복. 1952년 또다시 절도죄로 피체. 유죄판결. 10년 징역형을 선고받고 캐슬뷰 교도소에 수감. 1958년 모범수로 가석방. 그런데 지금 또 옛날 그 연단 위에 와서 있군. 안 그래?"

"아뇨, 난 그때 이후로 줄곧 깨끗한 생활을 해왔어요."

"그럼 한밤중에 그 아파트에서 뭘 했단 말이야?"

"약간 취해 있었어요. 그래서 다른 건물에 잘못 들어간 거요."

"그게 무슨 소리야?"

"그게 내 아파튼 줄 알았단 말이에요."

"당신 아파트는 어디지?"

"저……어……저기…… ."

"빨리 말해봐!"

"저, 난 사우스 5번가에 살아요."

"그런데 자네가 어제 저녁에 가 있던 아파트는 노스 3번가야. 그렇게 정반대 방향으로 갔다니 취해도 보통 취한 게 아니었던 모양이지?"

"예, 몹시 취해 있었어요."

"그 아파트에 사는 여자가 그러는데 자네는 그 여자가 깨니까 주먹으로 때렸다더군. 그게 사실인가?"

"아뇨, 난 그 여자를 절대로 안 때렸어요."

"그 여자가 그렇게 말했는데도?"

"그건 그 여자가 잘못 안 거예요."

"그래? 의사의 진단에 의하면 누군가가 그 여자의 턱을 후려갈긴 흔적이 있다고 했는데, 그건 어떻게 된 건지 말해봐."

"글쎄요, 아마…… ."

"그랬어, 안 그랬어?"

"글쎄요, 아마 그 여자가 비명을 질렀기 때문에 내 신경이 예민해져서 그랬던 것 같아요. 내 말은 내 아파트인 줄 알고 들어갔는데…… ."

"랠프, 자네는 그 아파트를 털려고 했어. 사실대로 말하는 게 어때?"

"절대로 그런 게 아니에요. 난 거기에 잘못 들어간 거예요."

"그럼 어떻게 들어갔지?"

"문이 열려 있었어요."

"한밤중에 문이 열려 있었다고? 정말이야? 문이 열려 있었다고?"

"그래요."

"자네가 자물쇠를 따고 들어간 게 아니고?"

"아뇨, 아니에요. 내가 왜 그런 짓을 했겠어요? 내 아파튼 줄 알았는데."

"랠프, 그럼 자네는 그 도둑질 도구들을 가지고 뭘 했지?"

"뭐라고요? 내가 도둑질 도구를 가지고 있었다구요? 그것들은 도둑질 도구가 아니에요."

"그럼 그게 다 뭐란 말이야? 유리 자르는 도구, 조립식 쇠지렛대, 구멍뚫는 연장과 송곳도 있더군. 그리고 자물쇠 따는 연장들도 있었고, 여러 가지 자물쇠에 맞는 열쇠들도 있었어. 그런 게 다 도둑질할 때 쓰는 연장 아니야?"

"아뇨, 나는 목공입니다."

"그래, 자네가 목공인 건 틀림없어. 그렇지만 우리가 자네 아파트를 수색했는데 의심스러운 것이 많더군. 손목시계 16개, 타자기 4대, 팔찌 12개, 반지 8개, 밍크 목도리 하나와 은그릇 세 벌이 늘 챙겨두는 자네 살림이라니 말이 돼?"

"그럼요, 나는 그런 걸 수집하고 있으니까요."

"물론 남의 것이겠지? 우리는 또 미화 400달러와 5000달러 상당의 프랑스 프랑도 발견했어. 그 돈은 어디서 난 거지?"

"어느 쪽 말입니까?"

"어느 쪽이든 말하고 싶은 쪽을 말해 봐."

"그, 그 미국 돈은 경마장에서 딴 겁니다. 그리고 그 프랑스 돈은 …… 프랑스 사람 하나가 나에게서 금을 얻어 갔다가 프랑스 돈으로 갚은 거예요. 그게 전부라구요."

"우리는 지금 도둑 맞은 물건들을 조회해 보고 있어, 랠프."

"알아보쇼!" 랠프가 갑자기 성을 내면서 소리쳤다. "그래 나보고 어떻게 하라는 거요? 당신이 잘 먹고 잘 살도록 일하라는 거요? 몽땅 쟁반에 받쳐 들어다드리리까? 재미도 있겠군. 난 다 말했어. 난 ······."

"저 친구 데리고 가!" 형사부장이 소리쳤다. "다음, 블레이크, 도널드, 베스타운, 2번. 강간 미수. 진술 없었음······."

버트 클링은 다시 접는 의자에 편안하게 앉아 졸기 시작했다.

10

조지 바두에크라는 사람 앞으로 끊어준 수표의 번호는 18이었다. 그것은 아주 작은 액수로서 5달러짜리였다. 캘레라에게는 그것이 별로 중요해 보이지 않았다. 그러나 아직 해명되지 않은 수표 석 장 중 하나였기 때문에 그것도 추적해보기로 했다. 알고 보니 바두에크는 사진사였다. 그 사람의 가게는 아이솔라에 있는 주(州)법원 청사 바로 건너편에 있었다. 그 사진관의 유리창에는 운전면허증용 사진, 사냥 허가증용 사진, 여권용 사진, 택시 운전사 허가증용 사진, 총기 소지 허가증용 사진 등을 찍어준다는 광고문이 붙어 있었다. 가게는 작고 손님이 붐볐다. 바두에크는 마치 개미 잡는 기구 안에 들어가 있는 딱정벌레같이 그 사진관에 잘 어울렸다. 그는 뻣뻣해서 잘 넘어가지 않는 검은 머리를 한, 체구가 아주 큰 남자였다. 몸에서는 사진 현상액 냄새가 풍겼다.

"그런 걸 누가 기억하겠습니까?" 그는 캘레라에게 말했다. "매일 무수한 사람들이 찾아오는걸요. 현금으로 지불하는 수도 있고, 수표로 주는 사람도 있고, 못생긴 사람도 있고, 예쁜 사람도 있고, 가죽만 남은 사람도 있고, 뚱뚱한 사람도 있죠. 그러나 내가 찍은 사진에서는 다 똑같아 보여요. 다 시시하죠. 나는 당신들을 위해 그 많은 사람들의 사진을 찍어주는 것 같아요. 당신은 그 명함판 사진들 못

봤어요? 모두 얼굴밖에 안 찍었잖아요? 그러니 누가 무슨 재주로 그런 걸 일일이 다 기억하겠어요? 그 여자 이름이 뭐라구요? 클로디아 데이비스라, 또하나의 얼굴일 뿐이에요. 또하나의 명함판 사진이랬죠? 왜 그래요? 수표가 부도라도 났습니까?"

"아뇨, 수표는 괜찮아요."

"그럼 왜 법석이죠?"

"법석떤 것 없수다. 아무튼 고맙소." 캘레라는 이렇게 인사하고 나왔다.

그리고 한숨을 쉬며 쨍쨍 내리쬐는 8월의 뙤약볕 속으로 걸어 나갔다. 길 건너 법원 청사는 하얀 색의 고딕식 건물이었다. 그는 손수건을 꺼내 이마의 땀을 닦으면서 생각했다. '또하나의 얼굴이다. 그래 그것뿐이다, 이거지?' 하고, 그는 또한번 한숨을 쉬고 길을 건너가 건물 안으로 들어갔다. 천장이 높다란 통로는 시원했다. 그는 안내판을 보고 우선 운전면허국을 찾아갔다. 그리고 그는 운전면허국 사무원에게 클로디아 데이비스라는 여자가 사진이 필요한 운전면허를 신청한 일이 있는지 물었다.

"우리는 직업운전사 면허에만 사진을 제출하라고 요구합니다." 사무원이 말했다.

"그래요? 그래도 한번 조사해 봐 주시겠습니까?"

"그러죠, 그러나 시간이 좀 걸릴 겁니다. 자리에 앉아 계시겠어요?"

캘레라는 자리에 앉았다. 매우 시원했다. 10월 같았다. 캘레라는 시계를 들여다보았다. 점심 때가 거의 다 돼가고 있었다. 시장기가 돌았다. 이윽고 사무원이 돌아와 가까이 오라고 손짓했다.

"클로디아 데이비스라는 이름이 있어요. 그러나 이미 면허증을 가지고 있어요. 새 면허를 신청한 일은 없어요."

"무슨 면허를 가지고 있나요?"

"보통면허증요."

"유효 기간은 언제까지죠?"

"9월이에요."

"그럼 그 여자는 사진이 필요한 면허를 신청한 일이 없단 말이죠?"

"없었어요, 미안합니다."

"괜찮아요, 고맙습니다." 캘레라는 말했다.

캘레라는 다시 복도로 걸어나갔다. 그는 클로디아 데이비스가 택시 운전사 면허증을 신청했을 가능성은 전혀 없었을 것이라고 생각했다. 그래서 택시운전사 면허국은 그대로 통과하고 2층의 총기소지 허가국을 찾아갔다. 총기소지 허가국에 있는 여자는 아주 친절하고 또 능률적이었다. 자기의 서류철을 뒤져보더니 클로디아 데이비스라는 이름의 여자가 휴대용이든 집에 보관하기 위해서든 총기 소지면허를 신청한 사실이 없다고 했다. 캘레라는 그 사무원에게 고맙다는 인사를 하고 다시 통로로 나왔다.

몹시 배가 고팠다. 배에서 쪼르륵 소리가 나기 시작했다. 그러나 그는 점심먹는 것을 뒤로 미루고, '제기랄, 이왕 온 김에 일을 다 끝내버려야지' 하고 결심했다. 여권과 사람은 나이가 많고 야위었으며 녹색 보안용 챙을 눈에 걸고 있었다. 캘레라가 물으니까 그 영감은 가서 서류철을 찾아보더니 삐걱 소리를 내며 창구로 돌아왔다. "맞아요." 영감이 말했다.

"뭐가요?"

"그 여자가 신청했군요, 클로디아 데이비스 말입니다. 여권을 신청했어요."

"언제요?"

영감은 떨리는 손으로 서류를 뒤지더니 말했다. "7월 20일에요."

"여권이 발급됐습니까?"

"그럼요. 그 사람의 신청서를 접수했죠. 여권 발급 담당 부서니까요. 워싱턴으로 그 신청서를 보내야 합니다."

"그런데 당신이 그 신청서를 받았습니까?"

"그럼요. 안 받을 이유가 없죠. 구비 서류를 다 갖추어 왔는데요. 왜 안 받겠어요?"

"구비 서류가 뭡니까?"

"사진 두 장, 시민권자임을 증명하는 증거, 여권·신청서하고 신청비죠."

"시민이라는 증거로는 무엇을 제출했죠?"

"출생 증명요."

"출생지는 어딥니까?"

"캘리포니아요."

"신청비는 현금으로 냈습니까?"

"예."

"수표가 아니고요?"

"예. 처음엔 수표를 쓰려 합디다. 그러나 거기 놓여 있던 볼펜이 잘 써지지 않았어요. 아시다시피 여기서는 볼펜을 쓰지 않습니까? 그런데 그 여자가 신청서를 다 쓰고 나니까 볼펜이 잘 나오지 않았어요. 그래서 현금으로 낸 겁니다. 아무튼 그리 큰돈이 아니니까요."

"알겠습니다, 고맙습니다." 캘레라는 인사했다.

"천만에요." 영감은 대답했다. 그는 삐그덕 소리를 내며 서류철로 돌아가 클로디아 데이비스에 관한 서류를 다시 제자리에 두었다.

007이라는 번호가 매겨진 수표는 7월 12일에 끊은 것이었다. 그리고 마사 페델슨이라는 여자 앞으로 끊은 것이었다.

마사 페델슨은 코안경을 다시 잘 쓰고서 수표를 들여다보았다. 그런 다음 어수선한 사무실 안에 놓여 있는 작은 책상 위에서 서류들을 한켠으로 치워놓고 수프를 잘 놓은 다음 어깨를 구부려 더 가까이에서 다시 자세히 살펴보았다.

"맞아요." 페델슨이 마침내 말했다. "이 수표는 내 앞으로 끊은 것입니다. 클로디아 데이비스는 바로 이 사무실에서 이 수표를 끊었어요." 그리고 그녀는 빙그레 웃고는 "이런 곳도 사무실이라 부를 수 있다면 말입니다. 책상 하나에다 전화기 한 대밖에 없어도요. 아무튼 난 이제 막 시작했으니까요" 하고 덧붙였다.

"여행사를 시작하신 지는 얼마나 됐습니까?"

"이제 6개월 되었습니다. 그러나 아주 신나는 일이에요."

"그전에도 데이비스에게 여행을 주선해 준 일이 있었습니까?"

"아뇨, 처음이었어요."

"누구 소개로 왔습니까?"

"전화 번호부에서 내 이름을 봤대요."

"그래서 당신이 여행을 주선했단 말이죠?"

"예."

"그러면 이 수표 말입니다. 이건 어디에 쓰인 겁니까?"

"비행기표하고 몇 군데 호텔 예약금이죠."

"어디에 있는 호텔입니까?"

"파리와 디종이에요. 그리고 스위스 로잔에 또 한 군데."

"그럼, 그 여자가 유럽으로 가려 했나요?"

"예, 로잔에서 이탈리아의 리비에라로 갈 예정이었죠. 그곳 여행도 내가 주선했어요. 차편하며 호텔 예약하며……."

"언제 출발할 예정이었죠?"

"9월 1일에요."

"그렇군요. 여행 가방들과 옷들이 그래서 있었군." 캘레라는 자신도 모르게 큰소리로 말했다.

"예? 뭐라고 하셨어요?" 페델슨은 이렇게 반문하고는 미소를 지으며 눈썹을 위로 올렸다.

"아닙니다, 아무 것도 아녜요." 캘레라는 이렇게 말하고 머리를 다시 숙였다. "데이비스의 인상은 어떻습디까?"

"오, 그건 말씀 드리기 힘들군요. 꼭 한번밖에 안 봤으니까요. 이해할 수 있으실 겁니다." 페델슨은 이어 잠깐 생각에 잠기는 듯하더니 말했다. "노력하면 예뻐질 수 있는 여잔데 여자가 노력을 안 하는 것 같더군요. 머리는 짧고 검었어요. 그리고 약간 내성적인 것 같았습니다. 여기 있는 동안 줄곧 선글라스를 쓰고 있더군요. 수줍어하는 것 같기도 하고 겁을 먹은 것 같기도 하고…… 모르겠어요." 페델슨은 여기까지 말하고 다시 미소를 지었다.

그리고 "좀 도움이 됐나요?" 하고 물었다.

"글쎄요. 이제야 그 여자가 외국에 가려 했다는 걸 알았어요." 캘레라가 말했다.

"9월 말은 외국 여행하기 좋은 때죠." 페델슨이 대답했다. "9월이면 관광객들이 모두 돌아간 때거든요."

이렇게 말하는 페델슨의 목소리에는 그리움이 배어 있었다. 캘레라는 그녀에게 고맙다는 인사를 하고 책상 위에 여행 안내서가 어수선하게 쌓여 있는 그 작은 여행사를 나섰다.

11

캘레라는 이제 수표 추적도 다 끝내고 아이디어마저 고갈되어가고 있었다. 캘레라가 조사한 바로는 그 여자가 도망치려 했고, 숨어서 살려고 애썼다는 것을 알 수 있었다. 그러나 감출 것이 무엇이었으며 누구로부터 도망치려 했을까? 조시 톰프슨은 그 보트에 혼자 타고 있었다고 했으며, 검시 결과 조시 톰프슨의 죽음은 사고로 인한 익사였다. 보험회사도 클로디아의 보험 청구에 이의를 제기치 않았고, 그래서 보험금을 두말없이 지불했으며 보험회사의 그 수표는 세계 어느 곳에서든지 현금화할 수 있는 합법적인 수표였다. 그럼에도 불구하고 클로디아 데이비스의 행적을 보면 숨어 다닌 흔적이 역력했으며 쫓겨다닌 흔적도 뚜렷했다. 캘레라는 왜 그런지 그 이유를 도무지 이해할 수 없었다.

캘레라는 클로디아의 수표 중에서 아직 남은 수표들의 목록을 호주머니에서 꺼냈다. 그 여자의 구두가게, 미용사, 꽃가게, 과자가게, 하나같이 중요치 않은 것들이었다. 그리고 개인 앞으로 발행된 수표 중에서 마지막으로 남은 006번 수표는 데이비드에게 7월 11일에 끊어준 45달러 75센트짜리다. 캘레라는 두시 반에 점심을 먹고 시내로 들어갔다.

오블린스키라는 사람은 버스 종점 근처의 간이식당 카운터의 높은 의자에 걸터앉아 커피를 마시고 있었다. 캘레라가 접근하자 그는 커피를 같이 마시자고 권했다. 그래서 캘레라는 같이 앉아 커피를 마시기 시작했다.

"당신은 그 수표를 가지고 나를 찾아냈다는 말씀이오?" 오블린스키는 말했다. "전화회사에서 내 전화 번호와 주소를 대주더라 이거죠? 나는 전화 번호가 전화 번호부에 등재되지 않게 했는데 말이오, 그 사람들은 내 전화 번호를 가르쳐주면 안 되는 걸 모르더란 말이오?"

"압니다. 그러나 경찰이니까 특별히 대준 거죠."

"그렇소, 가령 경찰관들이 전화회사에 전화를 걸어 말론 브란도의 번호를 가르쳐달라고 했다면 가르쳐줬겠소? 절대로 안 가르쳐줬을 거요. 난 그게 싫다 이거요. 그렇소, 난 그런 게 싫은 거요."

"무슨 일을 하십니까? 그리고 전화 번호부에 등재되지 않은 번호를 가져야 할 이유가 있습니까?"

"택시 운전 합니다. 물론 이유가 있소. 전화 번호부에 안 나오는 전화를 가지면 특권층같이 보이기 때문이지요. 그런 줄 몰랐소?"

캘레라는 미소를 지었다.

"예, 몰랐습니다."

"틀림없이 그렇소."

"클로디아 데이비스가 왜 이 수표를 주었습니까?"

캘레라가 물었다.

"난 시내 택시회사에서 일해요. 그렇지만 주말이나 노는 날에는 내 차를 가지고 장거리 여행하는 사람들을 태워다 주죠. 무슨 말인지 아시겠소? 가령 시골이나 산이나 해안 같은 데 말이오. 가고 싶은 데는 다 데려다 줍니다."

"알겠습니다."

"6월 어느 날, 6월 초였다고 생각됩니다만 트라이앵글 호에 사는 아는 친구 하나가 전화를 걸었습디다. 돈 많은 여자가 있는데 자기 캐딜락을 그곳에서 시내까지 몰아다 줄 사람을 찾고 있다고 하데요. 그 친구는 날 보고 기차를 타고 와서 몰아다 주면 30달러를 준다고 했답디다. 그래서 나는, 45달러를 주지 않으면 그까짓 일 안하겠다고 했죠. 나는 그 친구가 내 요구를 거절할 수 없다는 것을 알고 있었죠. 아시겠어요? 그 친구가 나보고 그 지방 사람들한테 이미 부탁해 봤는데 다 거절당했다고 말했었거든요. 그랬더니 그 친구가 그 여자하고 의논해보고 다시 전화걸겠다고 하더라구요.

조금 있다 다시 전화가 왔어요. 한데 난 전화회사가 몹시 못마땅해요. 내 전화 번호는 그렇게 마음대로 대줄 수 없는 건데. 만약 내가 마릴린 몬로였다고 해보시오. 그렇게 쉽게 대줬겠소? 전화회사한테 한바탕 해줘야겠소. 정말이오."

"그 사람이 다시 전화를 걸어와서 그 다음에 어떻게 됐습니까?"

"예, 그 여자가 45달러를 낼 용의가 있다고 하더군요. 그러나 다만 돈 받는 건 7월까지 기다려 줄 수 있겠느냐고 하더군요. 당장은 돈이 좀 딸려서 그런다는 거였어요. 그래서 나는 생각했죠. 1960년형 캐딜락까지 가진 여잔데 그까짓 돈 몇푼 떼어먹을라구? 7월까지 기다리지 하고. 그래서 기다리겠다고 했소. 그러나 그 대신 돌아오는 기차 요금은 추가로 물어줘야 한다고 말했죠. 보통 그것까지 요구하지는 않는 건데요. 그래서 75센트가 더 붙게 된 겁니다. 기차요금으로 말입니다."

"당신은 기차를 타고 거기까지 가서 데이비스를 캐딜락에 태워 시내까지 데려다 준거로군요, 그렇죠?"

"예."

"집으로 돌아가는 길에 그 여자는 몹시 비탄에 잠겨 있었겠군요."

"글쎄요."

"말도 조리가 없이 이랬다저랬다하고요."

"글쎄요."

"허탈 상태에 빠져 울고 히스테리를 부리고 안 그랬습니까?"

캘레라가 물었다.

"아뇨, 아무렇지도 않았는데요."

"아니, 내 말은……." 캘레라는 주저했다. "난 그 사람이 차를 몰 수 없을 정도였느냐는 뜻으로 물은 것인데."

"예, 그랬어요. 그래서 나를 쓴 거죠."

"그렇다면⋯⋯."

"그러나 허탈 상태에 빠져 있었거나 그런 일은 없었다 이겁니다."

"그럼 왜?" 캘레라는 얼굴을 약간 찡그리며 말했다. "짐이 많았나요? 그 때문에 당신의 도움이 필요했나요?"

"예, 그랬었죠. 자기 짐하고 자기 사촌의 짐까지 있었지요. 그 여자의 사촌이 물에 빠져 죽었거든요, 아시죠?"

"예, 압니다."

"그러나 짐은 아무라도 도와줄 수 있었을 테고," 오블린스키가 말했다. "짐 때문에 나를 부른 것은 아니었죠. 그 여자는 내가 꼭 필요했어요, 아시겠소?"

"왜 꼭 필요했죠?"

"왜냐구요? 차를 몰 줄 몰랐기 때문이었죠. 문제는 그거였어요."

캘레라는 그를 물끄러미 쳐다보고 "그건 아니오, 당신이 모르는 소리요" 했다.

"모르는 소리라니요?" 오블린스키는 항의하다시피 말했다. "자동차 몰 줄을 몰랐어요. 내가 자동차에 짐을 실으면서 시동 좀 걸어달라고 했더니 시동 걸 줄을 몰라 쩔쩔매더군요. 그런데 어떻게 할까? 전화회사에 한바탕 해줘야 하지 않겠소?"

"글쎄요." 캘레라는 갑자기 자리에서 일어나면서 말했다. 갑자기 클로디아 데이비스가 미용사에게 끊어준 수표가 굉장히 중요하게 여겨졌다. 이제 더 조사할 수표가 없어서인지 몰라도 캘레라는 갑자기 그런 생각이 떠올랐다.

12

미용실은 제퍼슨애버뉴에 바로 이웃한 사우스 23번가에 있었다. 미용실 지붕에는 녹색으로 된 천개 모양의 차양이 인도 쪽으로 튀어

나오게 매달려 있었다. '아르투로 만프레디'라는 흰 글자가 차양에 쓰여 있었다. 창문의 장식판에도 미용실의 이름이 새겨져 있고 〈보그〉나 〈하퍼스 바자〉지를 읽지 않는 사람들을 위해서, 이 미용실의 분점이 그곳 바하마 군도 나살에도 있다고 쓰여 있었다. 그 밑에는 좀더 작은 글자로 '국제적으로 유명한 미용실'이라고 쓰여 있었다.

캘레라와 호스는 오후 4시 30분에 미용실에 들어섰다. 작은 응접실에는 머리를 아주 공들여 새로 단장하고 매니큐어칠을 한 두 여자가 역시 비싼 값을 들여 매만진 다리를 꼬고 앉아 있었다. 아마 운전기사나 남편을 기다리고 있든지, 아니면 애인이 데리러 오기를 기다리는 눈치였다. 그들은 캘레라와 호스가 들어서자 기다렸다는 듯 올려다보더니 약간 실망한 표정으로 보고 있던 패션 잡지를 다시 들여다보았다. 캘레라와 호스는 책상 쪽으로 걸어갔다. 책상에는 요염한 표정으로 교양 학교에서 배운 말씨를 쓰는 금발 여자가 앉아 있었다.

"어떻게 오셨죠?" 그 여자가 물었다.

여자는 캘레라가 보여준 경찰 배지가 번쩍하자 몸을 약간 움직였다. 이어서 배지에 돋을새김으로 된 글자를 읽고 투명 비닐을 입힌 사진을 보더니 평소에 잘 훈련된 세련된 침착성을 재빨리 되찾았다. 그리고 아무 감정 표시 없이 냉랭하게 물었다.

"그런데요? 무슨 일로 그러시죠?"

"예, 이 수표를 끊은 여자에 관해서 좀 말씀해 주셨으면 좋겠는데요," 캘레라가 말했다. 그는 이어 윗옷 호주머니에 손을 넣어 접혀 있는 수표 사본을 꺼내어 편 다음 그것을 금발 여자의 책상 위에 놓았다. 여자는 그것을 대충 들여다보았다.

"이름이 뭐죠? 알아볼 수가 없는데요," 그것을 여자가 말했다.

"클로디아 데이비스입니다."

"데-이-비-스라고요?"

"예."

"그런 이름은 생각나지 않는데요." 금발 여자가 말했다. "우리 단골 손님이 아니에요."

"그렇지만 그 여자는 이 미용실 앞으로 수표를 끊었습니다. 그 여자는 7월 7일에 이 수표를 끊었습니다. 그러니 기록을 조사해서 그 여자가 그날 왜 여기 왔으며, 누가 그 여자를 상대했는지 좀 알아봐 주시겠습니까?" 캘레라가 말했다.

"미안합니다." 금발 여자는 말했다.

"뭐라고요?"

"미안합니다. 우리는 다섯 시에 문을 닫습니다. 지금은 하루중 제일 바쁜 시간입니다. 물론 이해하실 줄 믿습니다. 조금 있다 다시 와 주시겠습니까?"

"아뇨, 조금 있다 다시 돌아오고 싶지 않군요." 캘레라가 말했다. "조금 있다 다시 올 때는 수색영장과 장부 압수영장을 가지고 오게 될 겁니다. 그렇게 되면 가십 담당 기자들이 쫓아와 상당히 시끄러워질 텐데요. 그러면 이 미용실의 국제적 평판에도 좋지 않은 영향을 미칠 테고. 게다가 아가씨, 우리는 오늘 할 일이 아주 많습니다. 그리고 이것은 아주 중요한 일입니다. 자, 어쩌시겠습니까?"

"물론, 저희는 언제나 경찰에 기꺼이 협조하고 있습니다." 금발 여자는 쌀쌀하게 말했다. "특히 예의를 지킬 때는요."

"예, 우리가 바로 그런 경찰입니다."

"7월 7일이라고 하셨죠?"

"7월 7일 맞습니다."

금발 여자는 책상에서 일어나 미용실 안쪽으로 걸어갔다. 그리고 잠시 후 거무스름한 머리의 여자가 나오더니 "'미스' 마리는 퇴근했나요?" 하고 물었다. "'미스' 마리가 누구죠?"

"금발 아가씨 말예요."

"아니요, 그 아가씨는 우리를 위해 뭘 좀 알아봐 주러 안으로 들어 갔는데요."

"그 하얀 머리 참 매력적인데요." 그 검은 머리의 여자가 말했다.

"제 이름은 '미스' 올가예요."

"안녕하십니까?"

"예, 감사합니다." '미스' 올가가 대답했다. "'미스' 마리가 돌아오 면 3층에 있는 머리 건조기 하나가 고장났다고 좀 말씀해 주시겠어 요?"

"예, 그러죠." 호스가 대답했다. '미스' 올가는 미소지으며 손을 흔 들고는 안쪽으로 다시 들어갔다. 바로 뒤에 마리가 다시 나타났다. "클로디아 데이비스라는 사람이 7월 7일에 여기 왔었어요. '미스터' 샘이 그 여자 머리를 했는데 그 여자하고 얘기해 보시겠어요?"

"예, 그러겠습니다."

두 형사는 덧옷을 입고 머리 건조기 속에 머리를 넣은 채 다리를 꼬고 앉아 있는 여자들을 지나 미용실 뒤쪽으로 그 여자를 따라 들어 갔다. "그런데 말입니다." 호스가 말했다. "'미스' 올가가 3층 머리 건조기 하나가 고장났다고 말해달라고 하던데요."

"예, 알겠어요." 마리가 대답했다.

호스는 여자들만 쓰는 기계들로 꽉 찬 그 세계에 들어서자 어색하 게 느껴졌다. 방안이 온통 섬세하고 능률적인 분위기로 꽉 차 있는 것같이 느껴졌다. 185cm의 키에 85kg이나 되는 몸무게를 가진 그는 자칫 잘못하면 매니큐어병이나 린스병들을 엎어버릴 것같이 느껴졌 다. 미용실 2층에 들어가 이발사가 입는 앞치마 같은 것을 나일론 속 치마 위에 걸치고 우주인이 쓰는 것과 같은 헬멧을 쓰고 길게 줄지어 앉아 있는 여자들을 내려다본 호스는 새로운 사실을 발견하고 당황했다.

여자들이 건조기 헬멧 속의 머리를 서서히 자기 쪽으로 돌려 자기 왼쪽 관자놀이를 덮고 있는 하얀 머리를 쳐다보는 것이었다. 호스는 자기가 바보가 된 것 같았다. 그 흰 머리는 칼에 맞아서 자연적으로 그렇게 된 것이었다. 본래는 붉은 머리였지만 상처를 치료하느라 잘라낸 그 부위의 머리카락이 다시 자라날 때는 흰색으로 변해 있었던 것이다.

그러나 그곳에 있는 여자들은 머리를 그렇게 부분적으로 탈색하기 위해 어렵게 번 돈을 아낌없이 지출하고 있었던 것이다. 그래서 호스는 공무로 그 미장원을 찾아온 경찰관이 아니라, 그 흰 머리를 손질하기 위해 온 손님같이 느껴졌다.

"이분이 '미스터' 샘이에요." '미스' 마리가 말했다. 그 말에 고개를 돌린 호스는 캘레라가 머리와 다리를 양쪽에서 잡아당겨 길어진 것 같은 사람과 악수를 하는 것이 보였다. 그 사람은 각별히 키가 큰 게 아니라 잡아당겨 늘여놓은 것 같았다. 영화관 옆자리에서 보았을 때와 같이 아래위만 길었다. 그는 하얀 덧옷을 입고 있었으며, 가슴에 달린 호주머니에는 좁은 빗 세 개가 꽂혀 있었다. 가냘프고 섬세해 보이는 한쪽 손에는 가위를 들고 있었다.

"안녕하십니까?" 그는 캘레라를 보고 이렇게 말하며 유럽에서 생겼지만 미국에서 쓰이는 반절을 했다. 그는 이어서 호스를 향해 손을 내밀어 흔들더니 역시 "안녕하세요?" 했다.

"이분들은 경찰에서 오셨어요." '미스' 마리가 그렇게 정중할 필요가 없다는 듯 퉁명스럽게 말했다. 그리고 남자들만 남겨놓고 떠나버렸다.

"클로디아 데이비스라는 여자가 7월 7일에 여기 왔었죠?" 캘레라가 말을 꺼냈다. "당신이 머리를 해 주었다던데 그 여자에 관해서 기억나는 것 있으면 말씀해 주시겠습니까?"

"미스 데이비스라, 미스 데이비스." '미스터' 샘은 그의 높다란 앞이마에 손을 갖다대고 중얼거렸다. 머리를 별로 쓰지 않고 잘 떠오르지 않는 얼굴을 기억해 내려는 노력을 하는 것같이 보였다. 그러면서, "글쎄요. 미스 데이비스라, 미스 데이비스"라는 말을 연발했다.

"예, '미스' 데이비스 말입니다."

"예, 미스 데이비스. 아주 예쁘게 생긴 금발 말이죠?"

"아녜요. 검은 머리예요. 딴 사람을 생각하시는 것 같군요." 캘레라는 이렇게 말하고 고개를 흔들었다.

"아뇨. 분명히 그 사람이에요." '미스터' 샘이 말했다. 그는 한쪽 집게손가락으로 관자놀이를 톡톡 치며 말했다. "이제 생각나요. 클로디아 데이비스. 금발이었어요."

"검은 머리라니까요." 캘레라는 이렇게 되풀이하고 샘을 주시했다.

"그래요. 나갈 때는 검은 머리였죠. 그러나 올 때는 금발이었어요."

"뭐라고요?" 호스가 끼어들었다.

"예, 그 사람은 금발이었어요. 아주 아름다운 타고난 금발이었죠. 보기 드문 금발이에요. 타고난 금발이었다구요. 왜 그것을 바꾸려 했는지 이해할 수가 없었어요."

"그럼 머리를 염색해 줬다는 말입니까?" 호스가 물었다.

"그래요."

"왜 자기가 검은 머리로 바꾸고 싶어하는지 말하던가요?"

"아뇨. 난 그 여자하고 다투기까지 했는걸요. 내가 '아가씬 참 멋진 머리를 가지고 있군요. 내가 아주 멋있게 손질해 드릴 테니 그대로 있으세요. 정말 멋진 금발이에요. 갈색 머리 여자들은 아가씨 같은 금발로 만들어달라고 매일같이 찾아온답니다.' 이렇게까지 말했는데도 막무가내더군요. 그래서 할 수 없이 원하는 대로 염색해 줬지요."

이렇게 말한 '미스터' 샘은 그때 생각을 하고 다시 화가 나는 것 같은 표정을 지었다. 그는 형사들을 보고 클로디아 데이비스가 그렇게 완고한 고집을 피운 것이 그들의 책임이라도 되는 듯 노려보기까지 했다.

"그 밖에 또 뭘 해줬지요?" 캘레라가 물었다.

"염색, 컷, 세트를 해줬어요. 그리고 우리 아가씨들이 얼굴에 마사지를 해주고 매니큐어칠도 해 준 것으로 알고 있는데요."

"컷을 했다니 무슨 뜻이죠? 그 여자가 여기 왔을 땐 머리가 길었습니까?"

"예. 아주 아름답고 긴 금발이었죠. 그런데 잘라달라더군요."

"미스터' 샘은 머리를 설레설레 흔들며 말을 계속했다. "아까웠어요. 자르고 나니까 아주 보기가 흉했어요. 나는 내가 머리치장 해 준 사람을 보고 웬만하면 이런 말을 하지 않아요. 그러나 그 여자는 영형편없는 모습으로 여기서 걸어나갔거든요. 불과 세 시간 전에 걸어들어왔을 때의 그 금발의 미인이라고는 도저히 생각할 수 없었어요."

"일부러 그렇게 꾸민거군."

"뭐라고요? 뭐라고 하셨어요?"

"아무 것도 아닙니다. 고맙습니다. '미스터' 샘. 바쁘실 테니까 이만 가보겠습니다."

미용실을 나와 거리를 걸어가면서 호스는 이렇게 물었다. "'미스터' 스티브, 이미 알고 왔지, 그렇지?"

"그냥 의심은 했었어. '미스터' 코튼. 자, 빨리 가세. 서로 빨리 돌아가자고."

13

형사들은 일단의 광고회사 중역들처럼 모여 앉아 서로 의견을 교환하고 얘기를 주고받고 있었다. 그들은 번즈 경위 방에 앉아 이 궁리 저 궁리하고 있었다. 물속에 구명대를 던져 놓고 혹시 누가 그것을 붙드는지 지켜보고 있는 셈이었다. 혹은 국기를 게양해 놓고 절을 하는지 안 하는지 지키고 있는 것과 같았다. 그게 전부였다. 번즈 경위는 이 특별수사반에서 제일 높은 사람이기 때문에 그의 방은 사면 유리로 되어 있었다. 아주 우아하게 꾸며진 방이었다. 방 안에는 전기 선풍기가 놓여 있었으며, 크고 넓은 책상이 있었다. 바깥 공기를 빨아들이고 내보내는 통풍 장치도 설치되어 있었다.

그곳은 정말 기분좋은 방이었다. 그러나 사실대로 말하면 쟁쟁한 형사나리들이 최고 수준의 회의를 하기에는 약간 초라한 방이었다. 하지만 여하튼 그 구역에서는 제일 좋은 방임에는 틀림없었다. 그러나 잠시 후면 칠이 벗겨지고 더럽혀진 벽과 침침한 전깃불과 아래층 화장실에서 올라오는 악취에 다시 익숙해질 것이다. 피터 번즈는 일류 광고회사에서 일하는 사람이 아니라 시 정부에 소속된 형사이기 때문이다. 어쨌든 그 방에는 차이가 있었다.

"방금 아이린 밀러에게 전화를 했습니다. 클로디아 데이비스가 어떻게 생겼는지 다시 한번 말해보라고 했더니 똑같은 얘기를 되풀이하더군요. 짧게 깎은 검은 머리에다 수줍어하는 평범한 여자였다구요. 다음 그 여자의 사촌 조시 톰프슨이 어떻게 생겼냐고 말해보라 했죠." 캘레라는 얼굴이 굳어지면서 "뭐라고 했는지 아시겠어요?" 하고 말했다.

"예쁘고 긴 금발이라고 했겠지." 호스가 끼어들었다.

"맞아. 밀러 부인은 우리가 처음 만나 얘기했을 때 자세히 말했었지. 두 여자의 겉모양이나 성격이 흑인과 백인처럼 서로 다르더라고, 한쪽은 검은 머리고 다른 쪽은 금발이었다고 말야!"

"그러면 그 노란 색이 설명되는군." 호스가 말했다. "노란 색이라니?"

"코트노이가 한 말 말야. 왜 물속에서 노란 천 같은 것이 떠오르는 걸 봤다고 했잖아? 스티브, 그 사람은 그 여자의 옷을 본 게 아니었어. 그 여자의 머리를 본 거야."

"그것뿐만 아니라 다른 것들도 설명이 돼." 캘레라가 말했다. "클로디아 데이비스가 왜 잠옷과 비키니 수영복을 사가지고 유럽 여행을 떠나려 했는지도 설명이 돼. 또 장의사가 왜 클로디아 데이비스를 예쁜 여자라고 했는지도 알 수 있고, 또 우리 경찰이 한 부검 보고에서 왜 클로디아 데이비스를 약 30세의 여자라 했는지도 설명이 되지. 모든 사람이 다 그보다 더 젊어보였다고 했는데 말야."

"그럼 물에 빠져 죽은 여자는 조시가 아니었다는 말이지?" 메이어가 말했다. "자넨 그게 클로디아라고 생각하는거군."

"그렇구말구. 익사한 사람은 클로디아였어."

"그 여자는 후에 머리를 짧게 자르고 염색을 한 다음, 이름을 바꾸고 외국으로 도망갈 때까지 자기 사촌인 것처럼 행세했다 이 말이군." 메이어가 말했다.

"왜?" 번즈가 물었다. 그는 둥근 머리에 딱 바라진 몸을 가진 다부지게 생긴 사람이었다. 번즈는 쓸데없는 말은 하기 싫어했다.

"투자신탁으로 얻는 수입이 전부 클로디아의 이름으로 돼 있었기 때문이죠. 조시는 자기 돈이 한푼도 없었어요."

"그래도 자기 사촌이 죽었으니까 보험금은 탈 수 있었을 텐데." 메이어가 말했다.

"물론이지. 그러나 돈 타는 건 그걸로 끝이야. 클로디아가 죽으면 그 신탁금은 몽땅 UCLA로 넘어가게 돼 있으니까. 대학으로 넘어

간다구. 제기랄, 조시가 그걸 생각하면 어땠겠어? 이봐, 난 조시가 살인했다고 말하려는 건 아니야. 다만 그 여자가 뜻밖의 상황을 잘 판단해 그걸 이용하려 했다고 생각할 뿐이야. 클로디아는 그 배에 혼자 타고 있었어. 그리고 배에서 물 속에 빠지자 조시가 헤엄쳐가 구하려 한 것만은 사실이었어. 그건 의문의 여지가 없는 사실이야. 그러나 구하지 못했고, 클로디아는 빠져죽고 말았어. 그러자 조시는 어쩔 줄 몰랐지. 말도 제대로 못하고, 울고 불고, 정말 히스테리에 걸린 사람같이. 왜 그런 여자들 많이 봤잖아? 그러다가 새벽이 됐어. 그때부터 생각하기 시작한 거지. 클로디아와 자기는 시내에서 떨어진 낯선 곳에 와 있었고 아무도 그들을 몰랐어. 클로디아는 물에 빠져 죽었지만 아무도 그것이 클로디아인 줄을 몰라. 자기 외엔 아무도 모른다고. 클로디아는 자기가 누군지를 증명할 물건을 아무것도 몸에 지니고 있지 않았어. 생각나나? 그 여자의 지갑은 자동차 안에 있었거든. 그러니까 조시가 만약 죽은 사촌이 클로디아라고 바로 말하면 자기는 생명보험회사에서 2만 5000달러는 탈 수 있어도 클로디아 이름으로 돼 있는 주식은 몽땅 잃어버려. 조시는 그 이상은 한푼도 못 건지게 돼. 그렇지만 한번 생각해 보라구. 조시가 경찰에게 호수에 빠져죽은 사람이 조시 톰프슨이라고 진술한다고 생각해 보란 말야. 그 여자가 '나 클로디아 데이비스는 물에 빠져죽은 사람이 내 사촌 조시 톰프슨임을 증언합니다'라고 말했다고 해봐."

호스는 고개를 끄덕이며 말했다. "그러면 그 여자가 보험금도 다 먹게 되지만 주식 배당금도 다 먹게 된다 이거군."

"그렇지. 주식 배당금으로 나오는 수표를 현금화하는 데 필요한 게 뭐겠어? 은행계좌만 있으면 되는 것 아닌가? 그것만 있으면 다 된다구. 은행계좌를 트고 서명을 등록해 놓기만 하면 돼. 그러니까 그 여자는 은행계좌를 하나 새로 트고 자기 이름을 클로디아 데이비스라고 서명해 놓기만 하면 주식 배당금으로 나오는 수표에 그 필체로 이서해서 계좌에 넣으면 된단 말야."

"그러니까 새 계좌가 필요했던 거로군." 메이어가 말했다. "조시는 클로디아가 가지고 있던 은행계좌는 은행에서 클로디아의 얼굴도 알고 그 여자의 서명도 알고 있기 때문에 쓸 수 없었던 거야. 그래서 조시는 하일랜드 트러스트 은행에 있던 클로디아의 예금 6만 달러를 포기하고 새로 은행거래를 틀 수밖에 없었던 거야." ·

"그래서 그 여자가 사실은 클로디아 데이비스라고 내세우고 부자가 된 다음에 말야." 호스가 말했다. "클로디아가 가지고 있던 몇 안되는 친구들이 그 여자를 잊어버리게 하기 위해 유럽으로 날아가려 했던 거야. 아마 유럽에 꽤 오래 있을 작정이었겠지."

"그러니까 모든 것이 다 해명되네." 캘레라가 말했다. "클로디아는 운전면허증이 있었지. 그리고 스튜어트시티에서 호수까지 갈 때는 클로디아가 차를 몰고 갔어. 그렇지만 조시는 다시 시내로 돌아오기 위해 대리 운전사를 써야 했고."

"그리고 말야. 돈에 대해 그렇게 빈틈없이 정확했던 클로디아가 그렇게 많은 사람들에게 줄 돈을 주지 않고 기다리게 했을 리가 있겠어? 호스는 이렇게 묻고 혼자서 자문자답했다. "절대 그랬을 리는 없지. 살아남은 여자가 조시였기 때문에 그랬어. 그리고 조시는 그때 돈이 한푼도 없었지. 그러니까 보험회사에서 돈이 오기를 기다렸다가 빚을 청산하고 이 나라를 빠져 나가려 했던 거야."

"그렇군. 인제 다 알겠어." 메이어가 말했다.

피터 번즈는 꼭 할 말만 하는 사람이었다. 그는 "그럼 그 2만 5000달러는 누가 조시 대신 현금으로 바꿔줬지?" 하고 물었다.

방안에는 침묵이 흘렀다.

"그리고 그 없어진 5000달러는 누가 가졌나?" 번즈가 또 물었다. 번즈가 이렇게 질문하자 또다시 침묵이 흘렀다.

"그리고 누가 조시를 죽였어?"

14

증권보험법인의 제리마이어 도드는 이틀 후에야 전화를 걸어왔다. 그는 캘레라 형사를 대달라고 하고 캘레라가 전화를 받자 말했다.

"캘레라 형사님, 방금 그 수표에 관해 샌프란시스코에서 소식이 왔습니다."

"무슨 수표 말이죠?" 캘레라는 물었다. 캘레라는 칼버애비뉴의 잡화상에서 일어난 칼부림 사건의 증인을 막 신문하고 있던 참이었다. 클로디아 데이비스 사건, 아니 조시 톰프슨 사건은 아직 미결로 분류하지는 않았지만, 그렇게 분류하고 마무리해 버릴 운명에 있었다. 그래서 그 사건은 그 순간 캘레라의 머리에서는 이미 멀리 떨어져 있었다.

"그 클로디아 데이비스에게 지불된 보험금 수표 말입니다." 도드가 말했다.

"아, 그거 말씀이군요. 누가 현금으로 바꿔갔습니까?"

"예, 수표 뒷면에는 두 개의 서명이 있었습니다. 하나는 물론 클로디아 데이비스였고 또다른 서명은 '레슬리서머스'라는 회사가 한 것이었어요. '예금에만 쓰임'이라는 보통 회사 스탬프가 찍히고 회사 간부 한 사람이 사인한 것이었어요."

"그게 무슨 회사인지 혹시 아십니까?" 캘레라가 물었다.

"예," 도드가 대답했다. "외환을 취급하는 회삽니다."

"예, 고맙습니다." 캘레라가 말했다.

캘레라는 그날 오후 버트 클링과 같이 그 회사를 찾아갔다. 그가 클링과 같이 간 것은 순전히 우연이었다. 클링이 자기 어머니 생일 선물을 사러 시내에 가는 길이었기 때문에 캘레라를 태워준 것이다. 두 사람이 차를 주차시키고 나서 클링이 물었다.

"얼마나 걸리겠습니까?"

"그저 몇분 정도일걸세."

"그럼 여기서 다시 만나도록 할까요?"

"나는 레슬리서머스사에 있을걸세. 나보다 먼저 끝나면 거기로 오지그래."

"예, 그럼 나중에 뵙죠." 클링이 말했다.

두 사람은 홀애버뉴에서 악수도 없이 헤어졌다. 캘레라는 지상 1층에 있는 레슬리서머스사 사무실을 발견하고 안으로 걸어 들어갔다. 안에는 방 길이를 다 차지한 카운터가 있었으며 그 뒤에 아가씨 몇 사람이 앉아 있었다. 그중 한 아가씨는 손님과 프랑스 어로 무어라 얘기를 주고받고 있었다. 또 한 여자는 이탈리아의 리라화를 사려는 손님과 이탈리아 어로 말을 주고받고 있었다. 아가씨들 책상 뒤에 있는 게시판에는 전세계 화폐의 환율이 적혀 있었다. 캘레라는 손님들 뒤에 줄을 서서 기다렸다. 마침내 차례가 돼서 카운터에 다가가자 조금 전 프랑스 말을 하던 아가씨가 "예, 어떻게 오셨죠?" 했다.

"난 형삽니다."

캘레라는 지갑을 꺼내 경찰 배지가 붙어 있는 쪽을 보여주며 말했다.

"지난 7월에 클로디아 데이비스라는 여자의 수표를 바꿔준 일이 있죠? 보험회사에서 발행한 2만 5000달러짜리 말입니다. 혹시 기억 나시나요?"

"아뇨, 저는 취급한 일이 없는 것 같은데요."

"누가 취급했는지 좀 알아봐 주시겠습니까?"

그 아가씨는 옆에 앉은 아가씨들과 잠시 상의하더니 뒷책상에 앉은 뚱뚱하고 머리가 벗겨진데다 면도칼날같이 날카로운 수염을 기른 사람한테 가더니 꼬박 5분 동안 수군거렸다. 그 뚱뚱한 남자는 말하면서 손을 자꾸 저었다. 그 아가씨가 보험회사가 발행한 수표라는 말을 되풀이하는 것이 들렸다. 그때 정문이 열리는 종소리가 나더니 버트 클링이 걸어 들어왔다. 클링은 약간 두리번거리더니 캘레라를 보고는 카운터로 와서 캘레라 옆에 섰다.

"다 끝났나?" 캘레라가 물었다.

"예, 팔찌를 하나 샀어요. 여기 일은요?"

"저 사람들 정상 회담을 열고 있어." 캘레라가 말했다.

그 뚱뚱보 남자가 카운터까지 어기적어기적 걸어오더니 "무엇이 잘못됐습니까?" 하고 캘레라에게 물었다.

"잘못된 것은 없어요. 2만 5000달러짜리 수표를 바꿔주셨던가요?"

"예. 부도수표였습니까?"

"아뇨, 진짜였어요."

"진짜 같았습니다. 그 보험회사 수표였어요. 그 젊은 아가씨는 우리가 보험회사에 조회하는 동안 기다리고 있었죠. 보험회사에서는 그것이 진짜라면서 우리보고 받아도 된다고 합디다. 그런데 뭐 잘못됐습니까?"

"아닙니다. 수표에는 문제가 없었습니다."

"그 여자는 신분을 증명할 만한 것까지 있었구요. 모든 것이 다 괜찮아 보였거든요."

"무엇을 제시하던가요?"

"우리는 보통 운전면허증이나 여권을 요구하죠. 그러나 그 여자는 그 중 아무것도 안 가지고 있더군요. 그래서 그 여자의 출생증명서를 보고 수표를 받았죠. 결국 우린 보험회사에 전화를 걸어 확인까지 했었으니까요. 그런데도 그 수표에 무슨 문제가 있나요?"

"아녜요. 수표에는 문제가 없었어요. 그러나 수표는 2만 5000달러짜리였었죠. 한데 나머지 5000달러가 어떻게…….."

"아, 그거 말입니까? 프랑스화 말이군요."

"무엇이라고요?"

"그 사람은 5000달러어치 프랑을 샀거든요." 뚱보가 말했다. "해외 여행을 한답디다."

"예, 맞아요. 해외 여행을 가려고 했었죠." 캘레라가 말했다. 그는 이어 깊은 한숨을 쉬었다. "그랬었구나. 그러니까 없겠군."

"잘못된 점은 하나도 없는 것 같았습니다." 뚱뚱한 그 사나이가 또다시 되풀이했다.

"예. 없었죠. 없었어요. 자 그럼…… 고맙습니다. 이제 그만 가세, 버트."

두 형사는 아무말 없이 애버뉴를 걸어 내려갔다.

"도무지 알 수 없단 말야." 캘레라가 말했다.

"뭐라고요?"

"이 사건 말야." 캘레라는 다시 한숨을 쉬었다. "에이 까짓것, 이제 기권해 버려야지!"

"그래요. 어디 가서 커피나 한잔 하죠. 그래 그 프랑화가 어떻게 됐다는 겁니까?"

"그 여자가 5000달러어치 프랑을 샀다는 거야."

"요즘은 프랑스 사람들이 자꾸 말썽을 부리는군요. 그렇죠?" 클링이 미소지으며 말했다.

"여기 어때요? 괜찮아 보입니까?"

"그래, 괜찮아." 캘레라는 간이식당 문을 잡아당겨 열면서 "그게 무슨 소리지?" 하고 물었다.

"프랑 말입니다."

"프랑이 어떻다는건가?"

"환율이 아주 좋은 모양이에요."

"무슨 말인지 모르겠어."

"프랑이 여기저기 널려 있으니 말입니다."

"버트, 자네 무슨 말을 하고 있는 거야?"

"왜 저하고 같이 가시지 않았습니까? 지난 수요일에 말입니다."

"자네하고 같이 어디 말인가?"

"그 라인업에 말입니다. 전 같이 가신 것으로 생각하고 있었는데요."

"아냐, 난 안 갔어." 캘레라는 피곤한 듯 말했다.

"아, 그래서 그렇구나."

"뭐가 그렇다는 거야? 도대체 뭐가?"

"그러니까 그 친구를 기억 못 하시죠."

"글쎄, 누구 말인가?"

"그 절도 사건으로 잡혀온 부랑자 말입니다. 그 친구 아파트에서 5000달러나 되는 프랑스 돈을 발견했다지 뭡니까!"

캘레라는 마치 방금 트럭에 치인 것같이 느껴졌다.

15

사건은 처음부터 비비 꼬였었다. 어떤 사건들은 그런 수가 있다. 그 죽은 여자가 처음에는 흑인으로 보였었다. 그런데 알고 보니 백인이었다. 처음에는 클로디아 데이비스인 줄 알았지만 조사하고 보니 조시 톰프슨이었다. 한데 처음부터 살인자를 찾고 있었지만 잡힌 놈은 살인범이 아니라 절도범이었다.

형사들은 1급 절도범으로 재판을 기다리고 있던 그 절도범을 감방에서 데려왔다. 절도범은 경찰 감시하에 엘리베이터를 타고 왔다. 경찰차는 그를 형사재판소 건물 옆문 앞에다 내려놓았다. 그러자 경찰관들이 그를 끌고 통로로 들어와 지하터널을 통해 지방검찰청 검사가 있는 건물로 데리고 가 엘리베이터에 태웠다. 엘리베이터 문이 열리자 아주 작은 방이 나타났다. 그 방에는 문이 또하나 있었지만 잠겨 있었고, '들어갈 수 없음'이란 표지가 붙어 있었다. 랠프 레이놀즈라는 그 절도범을 취조실로 데려온 경관은 형사들이 그 절도범을 취조하는 동안 쭉 엘리베이터 문에 등을 대고 오른손을 권총에 댄 채 서 있었다.

"난 그런 여자 이름은 들어본 적도 없어요." 레이놀즈는 말했다.

"클로디아 데이비스, 아니면 조시 톰프슨, 둘 중에 좋은 대로 택해봐." 캘레라가 말했다.

"난 그 어느 쪽도 몰라요. 이게 뭡니까? 절도범이라고 잡아들이더니, 이젠 이 도시에서 일어난 일을 전부 나한테 갖다 뒤집어씌우려는겁니까?"

"누가 이 도시에서 무슨 일이 일어났다고 하던가, 레이놀즈?"

"아무 일도 안 일어났다면 왜 나를 여기까지 끌고 온 거예요?"

"당신 집에서 프랑스 돈으로 5000달러가 나왔단 말야, 레이놀즈, 그 돈 어디서 난 거지?"

"그건 알아서 뭐 해요?"

"건방지게 굴지 마, 레이놀즈! 그 돈 어디서 났는지 어서 말해."

"어떤 사람이 나한테서 꿔갔던 거요. 그 사람이 프랑화로 갚은 거요. 그 사람은 프랑스 인이거든요."

"그 사람 이름이 뭐지?"

"기억나지 않는데요."

"생각해 내도록 해봐."

"피에르 무엇이라 하던데."

"피에르 뭐라고?" 메이어가 소리질렀다.

"피에르 라 살이라 하던 것 같아요. 난 그 사람 잘 알지 못한단 말요."

"그런데도 5000달러나 꿔줬단 말이야?"

"네."

"8월 1일 밤에 어디서 무얼 하고 있었지?"

"왜요? 8월 1일에 무슨 일이 일어났는데요?"

"네가 말해봐."

"난 내가 뭘 했는지 모르겠어요."

"일하고 있었나?"

"난 직장이 없어요."

"우리가 무슨 말을 하고 있는지 알고 있으면서 왜 그래?"

"아뇨, 무슨 말인지 모르겠는데요."

"남의 아파트에 도둑질하러 들어갔잖아?"

"아녜요."

"말해! 그랬어, 안 그랬어?"

"훔치러 간 게 아니랬잖아요?"

"이 친구 거짓말하고 있어." 메이어가 말했다.

"물론이지."

"그래요. 난 거짓말하고 있어요. 이거 봐요, 당신들은 나한데 1급 절도죄밖엔 씌울 것이 없어요? 그것도, 그것도 법정에 가서 입증해야 된단 말요? 그러니까 그 외에 딴 죄를 나한테 뒤집어씌우려 하지 말란 말요. 절대로 안 될 테니까."

"그렇지. 지문검사 결과가 나올 때까지는 안 되지."

"무슨 지문 말요?"

"죽은 여자 목에서 나온 지문 말야." 캘레라는 거짓말을 했다.

"난 장갑을……."

그 작은 취조실은 죽음과 같이 고요해졌다.

레이놀즈는 깊은 한숨을 쉬었다. 그리고 방바닥을 내려다보았다.

"이제 말해보시지."

"싫소, 절대 안 해!" 레이놀즈는 소리쳤다.

그러나 그는 드디어 말했다. 12시간이나 계속된 신문 끝에 결국 다 털어놓고 말았다. 자기는 처음부터 그 여자를 죽이려 한 것은 아니었다고 했다. 그 아파트에 사람이 있었는지는 몰랐다면서. 처음 들어갔을 때 침실을 들여다보았더니 아무도 없었다. 옷을 다 입은 채 의자에서 잠들어 있는 그 여자를 보지 못했었다. 프랑스 돈은 부엌 싱크대 위 선반에 놓여 있던 항아리 속에 있었다. 그 돈을 꺼내고 다시 그 항아리를 잘못해서 떨어뜨렸다. 그러자 그 여자가 깨어 부엌으로 들어오더니 비명을 지르기 시작했다. 그래서 그 여자 목을 거머쥐고 졸랐다. 소리만 지르지 못하게 하려고 했다. 그러나 그 여자는 계속 반항했다. 아주 기운이 센 여자였다. 그래서 계속 여자의 목을 졸랐다. 소리지르지 못하게 하려고, 그래도 자꾸 계속 반항했다. 그럴수록 목을 더세게 졸랐다. 그러나 여자는 마치 내가 자기를 죽이려는 것처럼 필사적으로 반항을 계속했다. 마치 죽기 싫어 몸부림치는 사람 같았다. 그러니까 자기는 살인한 것은 아니었다. 죽이려고 한 것은 아니었으니까. 그렇죠? 살인이라곤 할 수 없죠, 그렇죠? 레이놀즈의 진술은 대충 이런 것이었다.

"난 그 여자를 죽이려 하지 않았단 말요!" 레이놀즈는 엘리베이터로 끌려 들어가면서도 소리질렀다. "그 여자가 비명을 지르기 시작했단 말요. 난 살인자가 아니야. 내가 살인자같이 보여?" 그리고 엘리베이터가 지하실에 가 닿자 그는 또다시 소리질렀다. "난 도둑이란 말야!" 마치 자기의 도둑이라는 '직업'이 자랑스러운 듯 소리쳤다. 자기는 보통 시시한 절도도 아니고 잘 훈련된 직공이요, 기술 있는 장인이라도 되는 것처럼, 또다시 "난 도둑이지 살인자는 아니란 말야!" 하고 외쳤다. 그리고 "난 살인자가 아니다! 난 살인자가 아니다!" 하고 되풀이하여 외쳤다. 엘리베이터가 경찰차가 기다리고 있는 지하실에 도착하자 그의 그 울부짖음이 엘리베이터가 오르내리는 수직 공간을 통해 울려퍼졌다.

형사들은 레이놀즈가 가버린 뒤에도 그 작은 취조실에 잠시 그대로 앉아 있었다.

"이 방 굉장히 더운데." 메이어가 말했다.

"그래." 캘레라가 고개를 끄덕였다.

"왜 그러고 있어? 뭐 잘못됐어?"

"아냐, 아무것도 아냐."

"아마 그 친구 말이 옳은 것 같아." 메이어가 말했다. "그 친구는 아마 단순한 절도였을 거야."

"그렇지만 남의 생명을 끊은 순간부터 그렇지 않았어, 메이어."

"조시 톰프슨은 남의 생명을 훔치지는 않았어."

"그래." 캘레라가 대답했다. 그리고 머리를 저으며 말했다. "빌렸을 뿐이지. 거기에 차이가 있는 거야, 메이어."

방안은 조용해졌다.

"커피라도 한잔 하겠어?" 메이어가 물었다.

"그러지."

형사들은 엘리베이터를 타고 밑으로 내려가 쨍쨍 내리쬐는 8월의 햇볕 속을 걸어 나갔다. 거리에는 생명이 약동하고 있었다. 그들은 우글거리는 사람들 속으로 섞여 들어갔지만 이상하게도 말 한마디 하지 않았다.

드디어 캘레라가 말문을 열었다. "그 여자는 죽어선 안 될 사람이었던 것 같아. 인생을 살아보려고 그렇게 악착같이 애쓰는 그런 사람한테서 생명을 빼앗다니. 그런 일이 일어나선 안 되는 건데 말야."

메이어는 캘레라의 어깨에 손을 얹었다. "이거 봐, 우린 단지 맡은 일을 했을 뿐이야. 맡은 일을 한 것뿐이라구." 그는 이렇게 진지하게 말했다.

"그렇지." 캘레라가 대꾸했다. "맡은 일을 한 것뿐이지."

위대한 제87분서 시리즈

"사, 사, 사람이 살해되었다!"

사건을 알리는 최초의 전화는 제87분서가 아닌 시경본부 전화 교환대로 걸려왔다. 더욱이 본부에서 연락이 왔을 때, 이 제87분서의 형사실에는 2급 형사 스티브 캘레라와 그의 동료인 행크 부슈 말고는 아무도 없었다.

그러므로 캘레라와 부슈가 현장에 가 닿았을 때에는 이미 시경본부 살인과에서 형사 둘이 달려와 있었다.

"대체 제87분서 녀석들은 뭘 하고 있는 거야?"

"아마 포커 판이라도 벌이고 있는 게지."

그들이 이런 말을 주고받고 난 뒤였다. 그제야 헐레벌떡 달려온 캘레라와 부슈 두 사람은 "흥, 제 시간에 맞추어 오는군" 하고 말하는 선배의 차가운 말을 듣게 된다.

"그러다가 폭탄이라도 장치해 놓았다는 협박 전화가 오면 대체 어쩔 셈이오?"

이 말을 듣고 캘레라는 "폭탄이라면 폭발물 단속반에 맡기면 되지"라고 대답한다. 그리고 다시 이렇게 덧붙여 말하는 것이다.

"당신들이라면 어떻게 하겠다는 거요?"

이상은 《경관 혐오》에서 스티브 캘레라가 처음으로 얼굴을 내미는 장면이다. 이것이 바로 우리 제87분서 시리즈 독자들에게는 캘레라와의 '기념할 만한 첫만남의 순간'인 셈이다.

이것이 바로 에드 맥베인의 교묘한 점이다. 캘레라가 살인과 형사에게 핀잔듣는 것을 보고 우리는 저도 모르게 그에게 동정을 느끼게 된다. 어느새 그의 편이 되어 버리는 것이다.

"재미있는 사람이로군" 하고 다시 살인과 형사가 적의를 담고 말한다.

"나올 수 없었던 거요"라고 대답하는 캘레라.

"알 만하오."

형사는 무뚝뚝하게 대답하지만, 그가 과연 무얼 알고 있는 것일까? 아무것도 알지 못하고 있는 게 아닌가!

'경찰소설'이라면 이 제87분서 시리즈가 으뜸가는 대표작이다. 그리고 '제87분서 시리즈'라면 우리에게 바로 스티브 캘레라를 떠오르게 한다. 에드 맥베인의 제87분서 시리즈에 대한 이야기에서 캘레라의 매력부터 먼저 이야기하고자 한다.

캘레라는 제87분서의 2급 형사이다. 몸집이 큰 사나이지만 결코 둔중한 느낌은 없다.

갈색 머리털은 짧게 깎아올렸으며 눈도 갈색인데, 묘하게 내리뜨는 그 눈은 볼수염이 적은 동양인 같은 풍모를 엿보이게 한다. 어깨폭이 넓고 허리는 가늘며 옷맵시가 꽤 좋았다. 대체로 무슨 옷을 입든지 멋들어져 보이는 남자인 것이다.

이제까지 우리들에게 경찰관 친구가 없었던 것은 아니다. 예를 들면 F.W.크로프츠의 프렌치 경감이며, 조르즈 시므농의 메글레 경감,

J.J. 맬릭의 기데온 총경 등은 별도로 하고라도 조지 버그빌의 슈미트 총경이며 벤 벤슨의 웨이드팔리스 총경, 힐러리 워의 프레드 C. 펠로즈 서장 등은 실로 믿음직한 탐정들이었다.

그러나 이들 베테랑들도 여기에 소개하는 스티브 캘레라에 비하면, 좀 말하기 거북하지만 빛을 잃어 버리는 듯하다. 캘레라는 《경관 혐오》에서 처음으로 우리들 앞에 등장하는데, 등장하는 순간 곧바로 우리들을 사로잡아 버린다.

그것은 프렌치 경감을 비롯한 많은 선배 경관들이 저마다 잘못을 잘 저지르는 것도 원인의 하나이다.

또한 그들이 대체로 경감 이상의 높은 신분임에 비하여 캘레라는 2급 형사이다. 아이솔라 시경 북부 살인과에서 제87분서 구역으로 파견되어 온 16명의 형사 가운데 한 사람인 것이다.

다른 형사들과 마찬가지로 급료가 적다고 투덜거리고 연애도 한다. 그러나 다른 형사들과 다른 건 연애 상대가 테디 프랭클린이라는 농아자 아가씨라는 점이다. 테디 프랭클린은 뒷날의 테디 캘레라이다.

그는 테디와 알게 된 지 아직 반 년도 안 되었다. 그 무렵 테디는 이 파출소 구역 끄트머리에 있는 어느 작은 회사에서 봉투의 겉봉 쓰는 일을 하고 있었다. 그 회사에 도둑이 들었다는 신고를 받고 캘레라가 그 사건을 담당했다. 그곳에서 캘레라는 테디의 깨끗하고 아름다운 모습을 보고 한눈에 반해 곧 그녀를 불러내어 사귀게 되었던 것이다. 그는 또한 열심히 수사의 손길을 뻗쳐 도둑도 잡았지만, 그 무렵의 두 사람에게 그런 일은 아무래도 좋았다. 그에게 가장 소중한 것은 테디였다.

에드 맥베인(Ed Mcβain)은 1926년 맨해튼에서 태어났다. 12살

때 브롱크스로 옮겨가 고등학교를 졸업한 뒤 해군에 입대했다. 46년 제대하여 핸터 칼리지에 입학, 재학중에 애니타라는 여성과 결혼한다.

졸업한 뒤 실업학교 교사를 출발점으로 여러 가지 직업을 전전하던 끝에 출판 대리인이자 스코트 멜레디스 에이전시의 권유로 그때까지 써 온 원고에 눈을 돌린 그는 "이 정도라면 나도 쓸 수 있을 것 같다"라고 생각하여 붓을 들게 되었으며 그때부터 작가 생활로 들어간 듯하다.

리처드 마스틴, 헨트 콜린즈라는 이름으로 통속 하드보일드며 아동물 과학소설을 쓰고 있는데, 1952년 에반 헌터라는 이름으로 발표한 《폭력 교실》이 굉장히 잘 팔려 나갔다.

에드 맥베인이라는 이름으로 다른 시리즈도 썼지만, 이 필명은 본디 제87분서 시리즈를 쓰기 위해 사용하기 시작했던 이름이다. 그리고는 제87분서 시리즈를 계속 써 나가는 동안에 미스터리소설 속에 '경찰소설'이라는 하나의 분야를 확립했던 것이다.

그의 특징은 하나하나의 작품 첫머리에 "이 소설에 나오는 것은 가공의 도시이다. 등장인물도 장소도 모두 허구이다. 다만 경찰 활동은 실제의 수사 방법에 그 바탕을 두고 있다"라는 말을 써 놓았듯, 어쩐지 사실적이면서도 도회적인 특징을 보여주는데, 경찰이라고 하는 그룹에 의한 수사 활동에 대립이라든가 협력이라든가 인정이라고 말할 수 있는 인간 관계의 얽힘을 끼워 넣은 점에 아주 큰 묘미가 있다.

《경관 혐오》는 제1작이어서 캘레라와 테디 말고 젊은 버트 클링이 순경으로서 활약할 뿐인데, 캘레라와 테디가 결혼하여 쌍둥이를 낳을 무렵에는 클링도 형사로 승진하고 마침내는 메이어 메이어와 코튼 호스가 상대 멤버로 등장하는 조직이 이루어져 가는 것이다. 물론 수사 주임인 피터 번즈와 그 동료인 할 윌리스도 정식 구성원이다.

이러한 수법은 이윽고 스웨덴의 마이 슈발과 펠 바르 부부에게 이어져 《웃는 경관》을 비롯한 마르틴 베크 시리즈를 탄생시키게 된다. 이와 같이 바르 부부가 맥베인의 필치를 그대로 이어받게 된 것도 당연한 일! 그들이야말로 제87분서 시리즈를 스웨덴 말로 옮겨 '스웨덴에 소개한 사람들'이기 때문이다.

제87분서 시리즈를 읽으면 "소설의 주인공은 아이솔라 거리가 아닌가" 하는 감개를 느끼게 된다. 이것은 당연한 일이라고 생각한다.

캘레라나 테디 그리고 클링과 메이어 메이어, 호스 등의 활동도, 또 여기에 배경으로 묘사된 아이솔라 거리의 애환을 보면 실로 조그만 정경에 지나지 않는다. 에드 맥베인의 소박함은 이 정경에 피를 통하게 하고 그들을 살아 있는 인간으로서 생생하게 그려내고 있다.

그런데 이 가공의 도시 아이솔라에 대하여 "뉴욕 지도의 동서남북을 서로 바꾸면 그대로 제87분서 시리즈의 무대가 된다"라는 말이 있다.

요컨대 에드 맥베인은 이 제87분서 시리즈를 계속 써 나가면서 뉴욕를 묘사하고 있는 셈이다. 그리고 뉴욕 사람들의 참된 모습이 여실히 그려지고 있는 것이다.